TEMPS FORT

C.J. CHERRYH

Hestia	*J'ai lu* 1183/**2**
Les portes d'Ivrel	
Chasseurs de mondes	*J'ai lu* 1280/**4**
Les feux d'Azeroth	
Les puits de Shiuan	
Les adieux du soleil	*J'ai lu* 1354/**3**
Les seigneurs de l'hydre	*J'ai lu* 1420/**4**
Chanur	*J'ai lu* 1475/**4**
L'opéra de l'espace	*J'ai lu* 1563/**3**
La pierre de rêve	*J'ai lu* 1738/**3**
L'épopée de Chanur	*J'ai lu* 2104/**4**
La vengeance de Chanur	*J'ai lu* 2289/**4**
Le retour de Chanur	*J'ai lu* 2609/**7**
Les légions de l'enfer	*J'ai lu* 2814/**5**
Cyteen - 1	*J'ai lu* 2935/**6**
Cyteen - 2	*J'ai lu* 2936/**6**
Volte-face	*J'ai lu* 3144/**5**
Forteresse des étoiles	*J'ai lu* 3330/**7**
Temps fort	*J'ai lu* 3417/**7**

C.J. CHERRYH

TEMPS FORT

TRADUIT DE L'AMÉRICAIN
PAR JEAN-PIERRE PUGI

ÉDITIONS J'AI LU

Collection créée et dirigée
par Jacques Sadoul

Titre original :

HEAVY TIME
Warner Books, New York

1

L'isolement était absolu dans ce secteur éloigné de la Ceinture, où le moindre incident avait des conséquences catastrophiques. Et la sensation de profonde solitude était accentuée par les plaintes lentes et à peine audibles d'un vaisseau en difficulté.

Des signaux qui s'amplifiaient puis décroissaient et rataient une mesure.

– Il a du roulis, déclara Ben.

Mais Morris Bird pensa : Il fait des tonneaux. Et quand son partenaire eut fourni à l'ordinateur la configuration probable de l'appareil, les systèmes informatiques confirmèrent cette hypothèse. Sous forme de nombres, Bird se le représenta sans peine. Un homme qui avait consacré trente années de sa vie à marquer des rochers et à écouter les voix numériques d'identificateurs, de balises et de vaisseaux éloignés pouvait reconstituer la silhouette de ces derniers plus rapidement qu'un microprocesseur.

– Il doit être en perdition, déclara Ben Pollard, avec l'expression de jubilation et d'impatience qui était la sienne chaque fois qu'il désirait fortement quelque chose.

Un type qui ne tenait pas en place, ce Ben Pollard. A vingt-quatre ans, cet enfant de la Ceinture – qui avait terminé ses études à l'institut de l'ASTEX seulement deux ans plus tôt – s'était présenté à Bird avec un chèque de vingt k... ce qui relevait presque de l'exploit, car les mensualités versées par l'assurance-vie de sa mère n'avaient dû couvrir que le coût de sa pension et de ses études. Ben avait consacré cette somme à l'achat d'équipement pour le *Trinidad* et s'était embarqué avec lui en tant que calculateur. Et à une époque où la plupart des jeunes avaient de sérieux problèmes d'attitudes et croyaient pouvoir tout obtenir sans rien donner en échange, Ben ne cessait de répéter à son aîné : « Essayons encore », ou : « Bird, j'ai une idée... »

Les pensées que lui inspirait ce signal de détresse étaient faciles à deviner. Il se posait les mêmes questions que son partenaire plus âgé : A quelle distance peut bien se trouver ce vaisseau ? Qui a des ennuis, là-bas ? L'équipage est-il encore en vie ? Mais aussi... Que prévoit la loi, au sujet des primes de sauvetage ?

Ils contactèrent Base pour annoncer à Maman qu'ils recevaient un S.O.S. et lui demander si elle le captait, elle aussi.

Base n'entendait rien. C'était surprenant. Les géosyncs du Puits ne l'avaient pas enregistré et les systèmes d'écoute du C.T.S.A.A. ne différenciaient pas ces signaux de ceux des identificateurs et des tops d'écho des autres vaisseaux présents dans la Ceinture. Base s'accorda un temps de réflexion avant de calculer une trajectoire et de leur adresser les cartes des secteurs qu'ils devraient traverser, car Maman ne les fournissait qu'avec parcimonie. Finalement, elle leur déclara : Vous êtes autorisés à utiliser la radio, soyez prudents, bonne chance et Deux Vingt-neuf Tango.

Que Base n'ait rien capté les laissait perplexes... et le fait qu'aucun appareil n'était censé naviguer dans cette zone les intriguait encore plus. Il fallait en déduire que des prospecteurs s'étaient égarés. En de telles circonstances on restait éveillé pour passer en revue les noms des collègues qui pouvaient être là-bas – dont quelques bons amis – et se demander ce qui avait bien pu se produire... et quand. Les rochers réverbéraient les ondes radio. Une fois perdu, retrouver son chemin s'avérait pratiquement impossible. L'émetteur en question devait être le modèle standard d'une puissance de cinq watts, mais un appareil sur le point de griller manquait de fiabilité... et quiconque filait dans l'espace à la vitesse grand V avait bien d'autres sujets de préoccupation.

En principe, Base suivait la trace de tout ce qui se déplaçait à l'intérieur de la Ceinture. En cas de panne de la radio, il ne restait qu'à utiliser l'émetteur de détresse pour envoyer un S.O.S. et attendre que Maman eût pris les mesures nécessaires pour vous tirer de ce mauvais pas. Il ne fallait pas espérer voir un autre prospecteur venir spontanément à la rescousse. Nul ne se serait permis de quitter son secteur sans avoir reçu une confirmation de trajectoire. Prendre de telles initiatives était d'ailleurs formellement interdit, au même titre qu'utiliser la radio pour bavarder entre amis. Si vous vous perdez dans le noir, les enfants, respectez les règlements à la lettre et appelez Maman.

C'était bien la signification de ces sons à peine audibles, mais Maman ne les entendait pas ! Elle en déduisait que le signal était très faible et en conséquence que son point d'origine était proche de celui que Bird et Ben occupaient... une hypothèse que confirmerait le doppler.

Si les stations d'écoute n'avaient pas de problèmes techniques et qu'un bug ne s'était pas glissé dans les logiciels de traitement des informations captées par les antennes paraboliques. Mais Maman n'avait pas pour habitude de faire de telles confidences à de simples prospecteurs.

Elle était avare d'informations lorsqu'elle s'adressait à ces pauvres bougres sans importance.

– Tu te rappelles les naufrageurs ? demanda Ben.

Il venait de s'éveiller, pendant la permanence de

son partenaire qui était occupé à réviser un servomoteur.

– Ouais ! répondit Bird.

Il bloqua une vis et ajouta :

– J'ai même rencontré Karl Nouri.

– Tu plaisantes ?

– Tu oublies que les faits remontent seulement à une vingtaine d'années. Bon sang ! J'ai bu quelques verres en sa compagnie. C'était un type très sympathique, tu sais ? Son partenaire également.

Ben en resta coi. Il rentra dans son cocon rotatif et le remit en marche. Un instant plus tard il l'arrêtait de nouveau, s'en extirpait, enfilait son collant stim et sa combinaison puis, les yeux chassieux et pas rasé, allait prendre son petit déjeuner.

Il était toujours gênant de troubler le repos de son camarade, mais le simple fait de penser à Nouri l'eût empêché lui aussi de se rendormir.

Nul ne se livrait plus à des actes de piratage dans la Ceinture... La compagnie s'était débarrassée du naufrageur et de ses acolytes. Elle avait expédié deux de ces hommes en enfer, un sort qu'ils avaient amplement mérité en émettant des signaux de détresse bidon pour attirer les sauveteurs dans un piège, les massacrer et s'approprier le minerai contenu dans leur trémie ainsi que les trouvailles intéressantes consignées dans le journal de bord, et tous les éléments réutilisables de leur appareil...

De tels agissements avaient été couronnés de succès... jusqu'au jour où la chance insolente de Nouri et de ses acolytes avait éveillé des soupçons. Tout le monde se demandait comment ils s'y prenaient pour trouver tant de rochers valables, éviter les pannes et consommer si peu de carburant. Les naufrageurs attribuaient leurs succès au bon état de leurs appareils dont ils assuraient eux-mêmes l'entretien. C'étaient des experts.

Mais un enquêteur plus patient et consciencieux

que les autres avait dressé un inventaire des pièces détachées stockées dans les soutes du vaisseau de Nouri et découvert un composant, un vulgaire condensateur à cinquante dollars, dont le numéro de série lui avait permis de remonter jusqu'à ce pauvre Wally Leavitt.

Le naufrageur et cinq de ses supposés complices avaient été envoyés sur Terre pour y être jugés selon les lois de la compagnie, malgré la pression exercée par tous ceux qui auraient voulu les balancer dans le Puits sans autre forme de procès.

La peur qui régnait dans les profondeurs de la Ceinture était moins caractéristique de cette époque que les regards méfiants qu'ils se lançaient à Base. Tous se demandaient : Es-tu l'un d'eux ? ou... Me soupçonnes-tu de faire partie de leur bande ?

Et si les Ceinturiers en discutaient encore, c'était seulement pour se demander si Jidda Pratt et Dave Marks n'avaient pas été victimes d'une erreur judiciaire.

Maman soutenait qu'ils étaient coupables. Elle affirmait disposer de preuves irréfutables et les avait mis dans le même panier que Nouri.

Les prospecteurs et les ravitailleurs avaient ensuite perdu tous leurs droits. La compagnie n'aimait guère les indépendants et, à présent qu'ils avaient bien servi ses intérêts, elle s'évertuait à leur compliquer l'existence. L'affaire Nouri lui fournissait un excellent prétexte pour interdire la libre prospection. Il fallait désormais rédiger un rapport lorsqu'on éternuait, fournir les résultats de toutes les analyses de minerai, passer sous le portique d'un détecteur de métal dès le retour à Base, et tenir méticuleusement à jour le journal de bord pour ne pas risquer d'être accusé de conduite anticonformiste et surtout – Dieu les en préserve – de troc illicite ou d'échange d'informations. Pour aider un ami dans le besoin et lui fournir une pile, un identificateur ou un transpondeur lors d'un séjour à Base, les règlements imposaient de le mentionner dans le journal de bord, sans omettre de préciser la date et l'heure, puis de remplir des formulaires... des tas et des tas de formulaires, bon sang ! On devait faire signer un bon d'échange pour un collier valant cinquante cents, dès l'instant où il portait un numéro de série, et des plaisantins au sens de l'humour douteux racontaient que la compagnie préparait un questionnaire spécial pour les prêts de papier hygiénique.

Il était désormais interdit de conserver des cartes de secteur après l'appontage. Des employés de Maman montaient à bord pour effacer les mémoires de l'ord de navigation, les douaniers procédaient à la fouille corporelle de ceux qu'ils soupçonnaient d'avoir sur eux autre chose que leur Idcarte, et c'était la compagnie qui attribuait les zones de prospection. Ses décisions étaient irrévocables, et quand les prospecteurs avaient terminé leur temps fort à Base, Maman ne les renvoyait jamais au même endroit. Elle leur interdisait même d'utiliser la radio pour saluer des amis croisés dans l'espace. Ils étaient condamnés à respirer pendant trois mois d'affilée la sueur de leur partenaire ; deux individus confinés dans un habitacle de cinq mètres sur trois, si exigu et coupé de tout qu'ils finissaient par entendre leurs pensées se réverbérer entre les cloisons. Mais tout indépendant qui tentait de joindre un collègue dans le secteur voisin était aussitôt accusé avec son associé d'échange d'informations, car fournir le moindre renseignement était devenu un crime au même titre que prêter de l'argent ou du matériel. Maman se réservait l'exclusivité des données. Les prospecteurs s'engageaient à lui céder toutes leurs découvertes et elle estimait qu'elle avait, par extension, un droit de regard sur tous ceux qui travaillaient pour elle. Fait guère surprenant, les juges avaient entériné cette interprétation des règlements internes de la compagnie et il était désormais illégal de saluer quelqu'un dans l'espace, de l'inviter à son bord pour boire quelques verres, ou de lui fournir un peu de nourriture s'il avait épuisé ses réserves. Les mesures prises à l'encontre de Nouri avaient sonné le glas de bien des libertés.

C'était pour cela que Maman s'était accordé un temps de réflexion quand Bird et Ben lui avaient demandé l'autorisation de quitter leur secteur pour porter secours à un appareil supposé en détresse. Inverser les initiales de la Gestion des Mouvements pour lui attribuer le sobriquet de Maman Garce était presque un compliment. Il ne fallait *jamais* lui dire qu'on agissait à des fins purement altruistes car elle eût refusé de le croire, par principe, oui m'dame. D'une nature méfiante, elle voulait vérifier les antécédents de Morris Bird et de Benjamin Pollard, ainsi que ceux d'un vaisseau de prospection baptisé le *Trinidad*, pour s'assurer que cet appareil et son équipage n'avaient été impliqués dans aucune opération douteuse.

Elle les avait cependant autorisés à utiliser leur radio pour répondre aux signaux de détresse.

Et elle dut finir par admettre l'authenticité des appels qu'ils captaient puisqu'elle leur adressa des cartes... traversées par le trait rouge lumineux qui matérialisait l'emplacement d'une drave. Ce rayon propulseur de minerai pouvait être à l'origine de l'accident, et sa présence douchait l'enthousiasme des sauveteurs en puissance. Mais il était un peu tard pour se défiler. Ils connaissaient la situation et ne pouvaient faire marche arrière : des vies étaient en jeu et Maman avait pris des dispositions pour les envoyer sur les lieux.

D'accord.

Maman ne pourrait rien pour eux au cas où ils auraient des ennuis. Elle les avait informés qu'aucun vaisseau n'était en retard sur son plan de vol ou signalé égaré, ce qui était bizarre. Que l'appareil en question fût militaire venait naturellement à l'esprit mais, interrogée à ce sujet, Maman se contenta de leur répéter le *Négatif* reçu du haut commandement de la Flotte.

Alors qu'ils captaient toujours ces bips à peine audibles.

Maman modifia l'orientation du rayon propulseur émis par le relais R 2-8 et les envoya sur une trajectoire en principe sans danger. Ils filaient à présent vers le point d'origine du signal et suivaient leur progression sur les cartes en scrutant de tous côtés l'espace pour y chercher des rochers ou d'autres obstacles non signalés. Maman versait une récompense substantielle à quiconque réussissait à démontrer que ses parcours n'étaient pas d'une fiabilité absolue. Dès l'instant où elle daignait fournir des cartes aux prospecteurs, ces derniers étaient autorisés à en vérifier la précision.

Et lorsqu'on se déplaçait à la vitesse grand V, il ne restait qu'à prier pour que les omissions éventuelles ne soient pas situées droit devant.

Mais ils passaient d'un secteur à l'autre au sein d'un Grand Néant où il n'y avait que deux identificateurs de la compagnie et un appareil de prospection parti faire un long, très long voyage. Les documents mis à leur disposition étaient précis, il n'y manquait que la source de ce signal présumé très faible.

Autrement dit, très proche.

Ils naviguèrent ainsi quatorze jours, la gorge serrée à la pensée que le *Trinidad* risquait de se volatiliser en une énorme sphère de feu aveuglante une fraction de seconde après qu'ils auraient détecté un obstacle.

Ce fut naturellement au moment de la relève, pendant la pause dîner-petit déjeuner, que le radar leur signala l'acquisition d'un objet non identifié... et Bird se brûla avec son café.

Mais ses coordonnées et celles du point d'émission des S.O.S. étaient identiques.

– J'avertis Maman ? demanda Ben.

Bird mordilla sa lèvre inférieure. Il pensait aux vies de deux êtres humains, à la lenteur proverbiale de Maman lorsqu'elle devait prendre des décisions et à tous les règlements qui devaient s'appliquer en de telles circonstances.

– Contentons-nous de régler les instruments d'optique. Nous n'avons rien de vraiment nouveau à lui annoncer et nous exécutons toujours ses instructions. Il devrait être possible de décélérer sans son assistance. La vitesse différentielle n'est pas très importante et je ne tiens pas à ce qu'elle nous casse les pieds avec ses conseils tout au long de la manœuvre.

– Comme tu voudras, répondit Ben.

Il soupira et se pencha sur le clavier, pour effectuer des calculs.

– Ils ont dû se payer un rocher, déclara Bird.

Il désignait du doigt une zone d'ombre profonde au centre du réservoir externe numéro un.

– Regarde, il est vraiment amoché.

Ben était tout joyeux depuis qu'une observation visuelle leur avait confirmé qu'il s'agissait d'un appareil de prospection.

– Il est en effet assez mal en point. Utilise le logiciel de traitement des images pour essayer de rendre son immatriculation lisible.

– C'est comme si c'était fait.

Ils se rapprochaient lentement du vaisseau et lui adressaient des messages – c'était permis – mais ils ne recevaient pour toute réponse que les bips modulés par son mouvement de rotation.

Ils braquèrent leurs projecteurs sur sa coque et ce qu'ils virent n'était guère encourageant.

– Un choc violent, marmonna Ben. Peut-être un rocher qui arrivait à la vitesse grand V.

– Possible. Bon Dieu ! Les *deux* réservoirs sont bousillés. Là, tu vois ? Celui-là a été atteint en plein milieu.

– Ces types n'ont pas eu de veine.

– Une collision inattendue. Sous un mauvais angle. Un tas de *g*.

– Un réservoir défoncé et l'autre déchiqueté. L'explosion a pu les projeter contre un caillou.

– Il est impossible de se prononcer. Un *g* – s'ils ont eu de la chance dans leur malheur – ou une dizaine. Et ils n'ont pas eu le temps de s'y préparer.

– D'où une prise de contact brutale avec la cloison. De quoi les obliger à se refaire une beauté.

– Je me demande ce qui les a percutés.

– Un astéroïde ?

– Probable. Ils ont joué de malchance, en plein milieu de ce néant. Ce machin leur a été envoyé par le destin. Tu sais quelles sont les probabilités ?

– Cent pour cent, pour eux.

Une autre image. Des motifs blancs entraient dans le champ des caméras et des projecteurs : un numéro peint sur la coque.

– Merde, c'est une série Un ! Un Quatre-vingt-quatre Zebra...

Il ne venait pas de Base mais de l'extérieur de leur zone, d'au-delà de la Ligne.

Le mouvement de rotation amena le sas dans le faisceau de clarté.

– L'écoutille est à première vue intacte, fit remarquer Bird.

– Tu n'envisages tout de même pas d'y aller ?

– Si.

– Tu es fou, Bird ! Ils ne répondent pas.

– Leur récepteur a dû griller. Si ce n'est pas leur émetteur et s'ils ne sont pas trop sonnés pour s'en servir.

– Dis plutôt qu'ils sont tous morts, là-dedans. Y aller ne servirait à rien !

– Possible, mais j'irai quand même.

– Pas moi.

– Aurais-tu oublié la prime de sauvetage, mon garçon ?

– Merde !

Pour des prospecteurs, interrompre un mouvement de rotation était une opération banale. La plupart des rochers roulaient sur eux-mêmes... mais lorsque l'objet à immobiliser avait des dimensions et une masse identiques à celles de leur appareil – abstraction faite des réservoirs éventrés –, une telle manœuvre devenait très délicate.

Il fallait utiliser le bras télémanipulateur pour ralentir le mouvement par une série de brefs contacts, puis saisir une protubérance et laisser aux gyros le soin de compenser les embardées et de maintenir l'assiette, par des poussées des stabilisateurs dont chaque mise à feu coûtait une petite fortune en carburant. Mais trente ans d'expérience avaient apporté à Bird un doigté indéniable. Une élingue cingla le *Trinidad* et effraya Ben, et ce fut après une interminable angoisse que l'épave finit par s'immobiliser. Encore bien plus tard la cible blanche peinte à côté du sas fut centrée dans le viseur du mécanisme de jonction.

Mais la prise de contact s'effectua en douceur.

Ils entendirent les grappins cliqueter et claquer.

– Ça y est, déclara Bird. Nous sommes en place.

– Ce machin nous appartient, soupira Ben.

– Ça reste à démontrer.

– C'est une épave, bordel !

– La banque est prioritaire.

– Hum ! Mais même si la compagnie était propriétaire de ce tas de ferraille, nous aurions malgré tout droit à cinquante pour cent de sa valeur.

– Sauf si le pilote est toujours aux commandes.
– On ne le dirait pas.
– Suffit d'aller jeter un coup d'œil pour être fixés, pas vrai ?
– Déconne pas, Bird... Merde ! Rien ne nous oblige à monter à bord. C'est ridicule de courir des risques inutiles.
– Ouais, ouais...
Bird déboucla sa ceinture de sécurité et s'imprima une poussée pour se soulever de son siège. Il effleura du pied le tampon d'orientation et obliqua vers le placard.
– Tu viens ?
Maussade, Ben défit son harnais et s'éleva à son tour pendant que son associé sortait les scaphandres du réduit et entreprenait d'en enfiler un.
Ben marmonnait des jurons. Bird concentrait son attention sur son équipement, par habitude, et parce qu'il ne tenait pas à penser à ce qui les attendait de l'autre côté du sas.
Et, surtout, à ce que pourrait leur rapporter cette épave.
– Je suis prêt à parier à deux contre un qu'ils ont crevé, déclara Ben.
– Leur radio a pu griller. Les possibilités ne manquent pas et tu devrais modérer ton enthousiasme. Il ne faut pas vendre la peau de l'ours avant de l'avoir tué.
– L'unique certitude, c'est qu'on va trouver un beau merdier, là-dedans. Qui sait depuis quand ce machin dérive dans l'espace ? C'est peut-être un des appareils pillés par Nouri.
– Son émetteur de détresse fonctionne.
– Les batteries ont une durée de vie encore plus longue.
– Pas lorsqu'elles doivent assurer l'alimentation des systèmes de maintien de la vie. Six mois au

maximum. En outre, les naufrageurs se les appropriaient en même temps que le carburant.

Le casque de Ben passa entre eux. Il le saisit au vol.

– Je vais me munir d'un levier. Nous en aurons certainement besoin pour entrer. Tu paries ?

Bird prit son propre casque et le coiffa : une odeur de vieux plastique et de désinfectant. Des relents respirés pendant tant d'heures de froidure et d'inconfort.

Et le début d'une autre de ces périodes désagréables, alors qu'ils se glissaient dans un sac plus large que profond, un réduit exigu déjà traumatisant pour l'unique occupant claustrophobe qu'il était censé recevoir.

Sortir à deux était peut-être absurde, et ce serait dangereux dès la fermeture de l'écoutille externe, mais après avoir pendant deux semaines traversé le Néant en direction du point d'origine d'un signal spectral, un homme faisait des cauchemars et se rappelait toutes les fois où il s'en était tiré de justesse... et il devait alors voir ce qui l'attendait au bout du chemin pour exorciser ses hantises. Et s'il voulait raconter cette aventure à ses amis une fois de retour à Base, il fallait que son partenaire pût se porter garant de l'authenticité de son récit.

Peut-être était-il naturel de se sentir un peu tendu quand son associé était à ce point enthousiaste et affirmait qu'ils avaient des droits sur l'épave.

Et depuis l'affaire Nouri et les mesures prises par la compagnie à l'encontre des naufrageurs, il était souhaitable qu'un témoin oculaire pût confirmer sous serment devant un tribunal qu'on n'avait rien fait de répréhensible à bord de l'appareil d'un tiers.

Bird referma l'écoutille interne et déclencha le cycle de dépressurisation. Un voyant rouge s'alluma et le compte à rebours commença.

– Pense à la prime de sauvetage, lui disait Ben par

son scaphcom. Ce machin est peut-être encore en état de naviguer, non ? Les réservoirs ont dû amortir l'impact, et ce ne sont que de simples bidons, rien de plus. Ils ne doivent pas coûter très cher. Nous n'aurons qu'à hypothéquer ce vaisseau pour emprunter de quoi le remettre en état. La banque devrait l'accepter comme garantie, tu ne crois pas ?

– Ce que je crois, c'est que la prudence s'impose. Il s'est produit un accident dans ce secteur et je ne tiens pas à ce qu'il y en ait un second.

Le voyant PRESSIONS ÉGALES s'alluma. Ben se balançait avec impatience à l'intérieur du réduit, mais il ne se serait pas pour autant hâté d'ouvrir le sas. L'oxygène était une denrée aussi rare que l'eau, dans l'espace, et même quand tous les systèmes avaient un rendement optimal, la chaleur représentait un bien inestimable. Il convenait en outre de traiter les pompes et les joints avec beaucoup d'égards, et si les modules de sécurité autorisaient le déverrouillage des écoutilles avec une marge de tolérance, la précipitation coûtait très cher. C'était une vérité première que tout ravitaillement se chargeait de rappeler !

Ils lurent sur l'écran qu'ils n'étaient plus qu'à cinq mb du vide absolu. Le compresseur n'aurait pu faire mieux et Ben pressa le bouton OUVERTURE ÉCOUTILLE EXTERNE. Les panneaux s'écartèrent sur les portes éraflées et noircies de l'autre sas. Une pellicule de poussière recouvrait la jauge de pression interne de l'épave, que Bird essuya avec son gant.

– 760 mb. Il y a de l'air, là-dedans. L'habitacle n'a pas été perforé.

Ben utilisa son levier pour taper sur le métal, puis y colla son casque.

– *Nada !* dit-il. Ils sont morts, tu peux me croire.

– Nous serons bientôt fixés.

Bird emprunta la barre d'acier pour faire sauter le couvercle de sécurité de la poignée d'accès.

Rien. Les systèmes auxiliaires n'étaient pas alimentés.

– Ils n'ont pas eu de chance, déclara Ben d'une voix joyeuse.

Bird força le couvercle du panneau d'alimentation externe du vaisseau.

– On va le brancher sur nos batteries.

– Oh, non !

– Nerveux ?

Sans répondre, Ben s'écarta pour sortir d'un logement de la paroi un câble qui ondula alors qu'il reculait. Bird saisit la fiche et l'inséra dans la prise encastrée dans la coque de l'autre appareil, qui se mit aussitôt à vibrer et à battre sous son gant.

– Ça marche, dit-il.

– Il est à nous !

– Ne vends pas la peau de l'ours...

Leur respiration sifflait dans les scaphcoms alors que les vibrations d'une pompe se communiquaient au métal.

– Hé ! Bird... Un vaisseau en bon état, ça va chercher dans les combien ?

Un homme digne de ce nom devait être posé et pondéré. Un homme digne de ce nom devait penser au sort des pauvres naufragés, interrompre sa prospection et effectuer un voyage long et périlleux vers la source d'émission de leur signal de détresse en ne pensant qu'à les secourir... et non se demander quelle était la valeur de l'épave, s'il serait possible de la remettre en état et si le fait de se l'approprier lui permettrait de vivre à l'aise jusqu'à la fin de ses jours. La liste d'attente des prospecteurs de Raffinerie Deux qui souhaitaient louer un vaisseau était si longue qu'aucun de ces appareils ne restait à l'appontage plus longtemps que ne le réclamait la durée des opérations de maintenance et de ravitaillement.

– 130 mb, 70, 30, 10.

Les nombres visibles sur l'écran de la jauge de

pression décroissaient. Sous sa paume, les frémissements changeaient de nature. Les portes s'ouvrirent.

Sur des tourbillons de cristaux de glace que la terne clarté de l'énergie empruntée faisait scintiller. Une pellicule de givre se formait sur toutes les surfaces du sas... de l'humidité, là où n'était pas sa place.

– Pas très encourageant, grommela Ben.

Du bout du pied, Bird s'imprima une poussée et saisit la poignée située à côté des valves internes. Son gant glissa sur la glace; Ben vint le rejoindre et déclara :

– On y va.

Il abaissa l'interrupteur FERMETURE.

– Ça risque d'être long.

Il levait les yeux vers la partie supérieure de sa visière pour avoir une vision sur trois cent soixante degrés et voir les portes externes du sas de l'épave se refermer par à-coups derrière eux.

– Tu crois que cette batterie est fiable ? demanda Ben.

Bird pressa la touche CYCLE 2. Les pompes vibrèrent.

– Et toi, tu crois que c'est le moment de poser cette question ?

– Tu l'as testée ?

– J'ai trente ans de métier, bordel ! Tu parles que j'ai vérifié... Ohé, là-dedans !

Un voyant jaune se mit à clignoter à l'intérieur de la visière, à côté d'un écran où défilaient des données vertes luminescentes. Un témoin rouge s'illumina.

– CONTAMINATION ! laissa échapper Ben avant de siffler. Ça ne doit pas être beau à voir, là-dedans. Est-il vraiment indispensable de continuer, Bird ? Il ne peut pas y avoir de survivants.

– Tu pourrais dormir, sans savoir ?

– Comme un ange, crois-moi. Je ne suis pas amateur de sensations fortes, dès l'instant où je peux les éviter.

– Allons ! Nous devons tous mourir un jour. Un être humain n'est après tout qu'un mélange de carbone et d'azote additionné de beaucoup d'eau...

– Ferme-la, Bird !

– Tu es poussière et tu redeviendras poussière.

740/741 mb et *PRESSIONS ÉGALES*, lisaient-ils sur les cadrans.

– Saloperie de compresseur, grommela Bird en appuyant sur le bouton OUVERTURE ÉCOUTILLE INTERNE.

L'air s'engouffra en sifflant entre des joints défectueux. Les portes s'écartèrent lentement, avec des gémissements que captaient les micros externes de leurs scaphandres. Ils lurent dix degrés de température ambiante sur les écrans de visière.

– Le chauffage laisse à désirer. Il est toujours l'avant-dernier à lâcher. Sais-tu ce qui résiste le plus longtemps, mon vieux ?

– Ce foutu émetteur de détresse.

Ben claquait des dents mais ce n'étaient pas les modules thermiques de sa tenue qui étaient en cause, pensa Bird. Les sifflements qu'il entendait par son scaphcom lui indiquaient que son partenaire avait des difficultés à respirer.

– Pour que Maman puisse aller récupérer l'épave. Mais nous l'avons prise de vitesse, Bird, et j'avoue que ça ne me plaît guère. Que ferons-nous si ce putain de câble d'alimentation se débranche ?

– Aucun risque.

– Bordel !

Arrivées à mi-course, les portes internes se bloquèrent. Bird se faufila entre elles et se propulsa dans l'habitacle plongé dans la pénombre.

Un scaphandre privé de son casque flottait devant eux et valsait lentement avec un tuyau et divers cordons, dont un qui reliait sa batterie à la console et témoignait d'une ultime tentative dictée par le désespoir. L'équipage avait amplement eu le temps de prendre conscience de la gravité de la situation, d'utiliser les batteries principales puis celles de l'alimentation externe, avant d'avoir recours à cet expédient.

Divers objets dérivaient dans la pénombre et reflétaient au passage les faisceaux des projecteurs de leurs scaphandres : cordons, clips... tout ce que la rotation de l'appareil avait délogé. Quant aux fluides, ils évoluaient dans les airs sous la forme de petites lunes et planètes.

– Un beau merdier, pas vrai ? commenta Ben.

Bird attrapa le tuyau et le tira pour écarter le valseur spectral de son chemin, puis il alla regarder à l'intérieur du placard.

– Il manque un scaphandre.

– J'arrête ce foutu émetteur, d'accord ? demanda Ben.

– Je n'ai rien contre.

Des objets de toutes parts : des câbles, un essaim météorique de clips qui scintillaient dans le faisceau d'un projecteur, des sphères de liquide ambré aux reflets huileux, un sweater et une pantoufle solitaire qui tournaient tels les effets d'un danseur invisible.

– Le module de maintien de la vie est complètement H.S., déclara Ben.

Une porte de placard claqua pendant que Bird regardait à l'intérieur des cocons rotatifs. Inoccupés, comme la cabine de douche.

Une batterie passa devant eux. Vidée de toute son énergie et provenant sans doute du réduit de stockage.

Une petite lune liquide entra en collision avec la visière de Bird et explosa en un chapelet de perles rouge sombre.

– Viens, Bird. Ne restons pas ici. L'équipage est parti. Cet appareil est désert et je ne tiens pas à en apprendre plus sur les globules qui se promènent dans les parages. Il est évident que les recycleurs ont eux aussi cessé de fonctionner.

Un tuyau parti à la dérive. D'autres clips. Sous le poste de travail numéro deux, des couvertures révélées par le projecteur de Bird qui déclara :

– Je crois en avoir trouvé un.

– Mon Dieu ! Ne le touche pas !

– Carbone et eau. Seulement du carbone et de l'eau.

Bird prit appui sur la console pour tirer la couverture.

Le corps glissa et roula hors de son linceul qui alla se joindre à la danse macabre du sweater et de la pantoufle.

Un jeune homme, vêtu d'une combinaison souillée. Des cheveux bruns et raides, des membres flasques ballottés par le mouvement giratoire.

Une barbe peu importante.

Bird le saisit par une manche et interrompit ses révolutions. Il vit un visage sale, des yeux clos et une bouche ouverte. La déshydratation avait parcheminé sa peau et fendillé ses lèvres.

– Ne le touche pas ! s'écria Ben. Laisse-le où il est, bon Dieu !

– Il s'est rasé il n'y a pas plus de trois jours !

– Personne n'est là pour le confirmer... Ce type est mort, Bird. C'est un cadavre.

Du menton, Bird fit basculer l'interrupteur de son casque sur la fonction d'affichage des sondes externes.

– Main gauche, précisa-t-il aux microprocesseurs.

Et il lut sur l'écran une température bien supérieure aux dix degrés ambiants.

La rigidité cadavérique n'était pas installée.

– Il n'est pas mort, Ben. Ce type vit toujours.

– Merde ! Mais nul ne pourrait contester qu'il n'est plus maître de son appareil, non ?

La porte interne de l'épave se refermait lentement derrière eux et les isolait dans ce sas exigu qu'ils devaient à présent partager avec le naufragé inconscient. Les moteurs sous-alimentés peinaient et semblaient sur le point de s'arrêter, mais ils purent ensuite commuter leur propre sas sur le Mode 2 et conserver une pression suffisante aux besoins de l'homme qu'ils ramenaient en mélangeant l'atmosphère des deux appareils.

– Passe devant et referme l'écoutille derrière nous, dit Bird. Ne touche à rien, au cas où Maman poserait des questions.

– Seigneur, le voyant CONTAMINATION clignote dans *notre* sas ! Nous aurions dû nous munir d'un sac poubelle et le foutre dedans, bordel ! Ce type est couvert de merde.

– Nous ne manquerons pas d'y penser la prochaine fois. Allez, grouille-toi.

Ben jura, déclencha le lent processus de fermeture de l'écoutille externe de l'épave, débrancha le câble d'alimentation et pressa le bouton FERMETURE sur leur propre pupitre pour rendre Un Quatre-vingt-quatre Zebra à son hibernation électronique, toujours arrimé à leur appareil mais désormais privé de tout apport d'énergie.

– Ce type est vraiment le roi des cons, marmonna Ben. Il aurait dû brancher son scaphandre sur les batteries du vaisseau et non le contraire.

– Tu as absolument raison.

– Et qu'a bien pu devenir son partenaire ?

– Dieu seul le sait. Presse CYCLE, je ne peux pas atteindre ce foutu bouton.

Ben passa le bras derrière le naufragé pour appuyer sur la touche. Le compresseur du *Trinidad* se mit en marche, un mécanisme fiable dont les vibrations régulières et rassurantes se communiquèrent au plancher.

Puis le réduit fut illuminé par une clarté rougeâtre

et sur l'écran du pupitre des lettres blanches clignotantes annoncèrent CONTAMINATION INTERNE.

– Merde ! gémit Ben.

– Voilà qui résume parfaitement la situation.

– Je ne trouve pas ça très drôle, Bird. Les filtres ne retiennent pas ces saloperies !

– Passe en manuel et fais comprendre à l'ord que nous sommes désolés mais que nous n'avons pas le choix.

Ben enfonçait déjà le bouton.

– Il ne manquerait plus qu'un foutu cadavre empuantisse notre atmosphère, même s'il lui faut du temps pour se décomposer, grommela Ben. Merde ! Bird, nous voilà *propriétaires* de ce vaisseau !

– Ce n'est pas un sujet à l'ordre du jour.

Bird sentit bouger entre ses bras. Il serra plus fermement le rescapé et pensa : Pauvre gosse. Tiens bon, petit. Résiste encore un peu. Nous t'avons sorti de là. Ça va aller.

– Il reprend connaissance, annonça-t-il à Ben, qui respira à fond.

– Et si on le rapportait là où on l'a trouvé ? Qui le saurait ?

– Ton sens de l'humour laisse à désirer, Ben.

Le voyant PRESSIONS ÉGALES s'alluma.

– Ouvre le sas. Et donne-moi un coup de main, d'accord ? Je n'arrive pas à me tourner.

– On ne peut pas se le permettre, Bird ! Notre situation financière...

– Presse cette touche, bon Dieu !

Ben obtempéra. La porte s'ouvrit derrière Bird qui eut alors assez de place pour faire demi-tour et porter le rescapé dans la cabine. Sitôt à l'intérieur, il lâcha le jeune homme et regagna le sas pour remettre le cordon d'alimentation externe dans son logement mural, avant de retourner dans l'habitacle et de refermer l'écoutille.

Ben retira son casque, grimaça et jura. L'analyseur

d'atmosphère avait déclenché une sirène et l'éclairage clignotait afin de mettre l'accent sur la gravité de la situation. Ben saisit l'inconnu par le col et entreprit de le dépouiller de ses vêtements.

Bird enleva à son tour son casque qu'il laissa en suspension pour se débarrasser de ses gants et aider Ben à déshabiller le survivant. Il retenait sa respiration et roulait la combinaison et le collant stim afin de réduire les surfaces en contact avec l'air ambiant. Il ne savait s'il devait les fourrer dans un sac hermétique ou la machine à laver. Cette dernière était plus proche. Il poussa les vêtements et les chaussons souillés à l'intérieur, rabattit la trappe et déclencha le cycle de lavage. La puanteur adhérait à ses mains et il était maculé de taches rougeâtres et brunâtres.

Il entendit protester... d'une petite voix. Pas celle de Ben. Des propos incohérents. Il se tourna et vit son partenaire ouvrir la bouche. Le jeune homme se débattait et Ben le fit entrer de force dans la cabine puis referma la porte... sur un genou qu'il repoussa à l'intérieur. Leur passager dérivait derrière la séparation de plastique transparent à laquelle il donna un coup de poing sans vigueur.

– Tu pourrais faire attention, dit Bird.

Ben verrouilla la cabine, souleva un couvercle et appuya sur un bouton. Le jet cingla le rescapé qui frappa apathiquement le panneau avant d'être projeté contre la paroi du fond par la pression de l'eau.

– La douche est à quelle température ?

– C'est toi qui t'en es servi le dernier.

– Je ne me souviens pas du réglage... Arrête, Ben, il tombe dans les pommes.

– Il se porte comme un charme, bordel ! Cet imbécile nous a déjà fait perdre trop de temps et je refuse de vivre dans une puanteur pareille ! Tu oublies que je suis ton associé, Bird. C'est aussi mon fric que nous dépensons à cause de ce connard. C'est moi qui ai payé les filtres chargés de retenir cette odeur pestilentielle qui me donne envie de gerber !

– D'accord, d'accord ! Calme-toi.

– Cette saloperie a tout envahi !

– Ferme-la, Ben... Ferme-la, tu m'entends ?

La sirène de l'analyseur d'atmosphère beuglait toujours et suffisait à elle seule à les rendre cinglés. Leur prospection n'avait pas été fructueuse, ils ne rapportaient pas grand-chose dans leur trémie. Après tant d'heures éprouvantes pour les nerfs, Ben se sentait si proche de la richesse qu'il s'imaginait déjà les plaisirs qu'elle pouvait procurer. Il inspira lentement, comme pour tenter de placer son système nerveux sous contrôle, parce qu'il était sur le point de craquer ou de devenir fou furieux.

Bird se propulsa vers une console et coupa la sirène. Le silence qui s'ensuivit fut assourdissant. Ils n'entendaient plus que les crépitements de la douche et les sifflements de leurs respirations hachées.

Ben travaillait dur, parfois trop. Bird se le répétait... il se disait qu'il avait un partenaire idéal et qu'il était normal d'avoir les nerfs à fleur de peau en un lieu aussi désert que la Ceinture. Deux hommes confinés dans une boîte de cinq mètres sur trois pendant des mois d'affilée devaient tôt ou tard libérer leur tension... par nécessité.

– Il faut nettoyer nos scaphandres, Bird, grommela Ben sans desserrer les dents. Il est urgent d'éliminer la puanteur. Toute cette merde va finir par saturer nos filtres, bordel !

– Aucun risque, affirma posément Bird.

Il alla malgré tout chercher la boîte de serviettes dans le placard. La douche passa en mode de séchage. Le naufragé flottait toujours à l'intérieur de la cabine... les yeux clos, endormi ou inconscient. Bird tendit la main vers la porte.

Mais Ben le prit de vitesse et lança un deuxième cycle de lavage.

– Pour l'amour de Dieu ! protesta Bird. Tu veux le noyer ?

– Je refuse de respirer ses relents !

L'homme – le gosse, plutôt, car il devait être encore plus jeune que Ben – avait dérivé contre la paroi du fond. Il bougeait de nouveau, faiblement. Renoncer à ramener Ben à la raison était peut-être de la lâcheté, mais Bird craignait de provoquer une rixe – catastrophique dans un espace aussi exigu – et une douche supplémentaire ne ferait aucun mal au rescapé. Le détergent n'était pas toxique et on pouvait respirer sa bruine ou même en boire. Et lorsqu'on était transi de froid et déshydraté à ce point, un peu d'eau chaude ne pouvait avoir qu'un effet salutaire.

C'est pourquoi il se contenta de répondre :

– D'accord, Ben.

Puis il ouvrit la boîte de serviettes désinfectantes dont il se servit pour essuyer ses mains, sa poitrine et ses bras, avant de continuer vers le bas de son corps.

Ben l'imita.

– Ça pue encore, fit-il d'une voix chevrotante. On a beau frotter, ça schlingue toujours autant.

– C'est le désinfectant.

– Tu parles !

Bird pensa que son coéquipier avait de sérieux problèmes. Il regretta de l'avoir obligé à l'accompagner. Ben était âgé de moins de trente ans et il avait toujours vécu à bord d'une station avant d'embarquer avec lui. Peut-être ne s'était-il encore jamais trouvé confronté à un danger véritable. En outre, toutes ces discussions sur les naufrageurs avaient dû alimenter ses vieilles peurs.

Mais il était encore possible que la mentalité d'un vieux prospecteur originaire de la Terre et celle d'un enfant de la Ceinture ayant terminé ses études seulement quatre ans plus tôt soient trop différentes pour leur permettre de se comprendre dans certains domaines.

Ils retirèrent leurs scaphandres, après avoir utilisé les trois quarts de la réserve d'essuie-tout.

– Nous allons attendre que ses vêtements aient séché pour le sortir de là, déclara Bird après avoir réfléchi posément à la situation.

Il programma un cycle supplémentaire, alla ranger son scaphandre puis se propulsa vers la machine à laver. Le linge dégageait une forte odeur de désinfectant et était encore humide aux coutures ; la sonde du séchoir figurait sur la liste d'une douzaine de pièces qu'ils devraient remplacer. Il lut l'étiquette cousue dans la combinaison.

– Il se nomme Dekker. P. Dekker.

– Parfait. Nous savons à présent comment l'appeler. Ce que nous ignorons toujours, c'est ce qui est arrivé à son partenaire.

C'était peut-être ce qui le tracassait. Il avait trop souvent entendu parler des méfaits de Nouri et de ses naufrageurs.

– Il a bien failli y rester lui aussi, non ?

P. Dekker flottait dans la cabine de douche. Il bougeait, imperceptiblement. Bird tira la porte et Ben n'intervint pas. Il prit l'homme par le bras et lui dit doucement :

– Dekker, je m'appelle Bird, Morris Bird. Et voilà mon associé, Ben. Tu es tiré d'affaire, fiston. On va t'habiller, à présent. Il ne faudrait pas que tu prennes froid.

Le jeune homme entrouvrit les paupières. Peut-être réagissait-il à la fraîcheur ambiante, ou encore à sa voix. Il essaya de résister quand Bird voulut le tirer hors de la cabine.

– Cory ? demanda-t-il.

Pris de panique, il cala un genou et une main contre le montant de la porte.

– Cory ?

– Attention ! cria Ben.

Mais ce fut lui qui reçut la main de Dekker en

plein visage. Projeté par le recul contre le coude de Bird, le rescapé essaya de se propulser entre les deux hommes. Il échoua, car il n'avait ni forces ni point d'appui. Bird lui barra le passage et referma un bras autour de sa taille. Dekker allait perdre connaissance. Il s'affaissait, lorsqu'il répéta :

– Cory...

– Son partenaire, je suppose, commenta Bird.

– Qui sait ? grommela Ben. Donne-moi un coup de main, tu veux ? J'aimerais prendre une douche, moi aussi.

Il lui arracha des mains la combinaison toujours humide et saisit le bras de Dekker.

– On laisse tomber le collant stim et on se contente de l'emballer avant qu'il ne balance un coup de poing à un pupitre, ou autre chose.

– Je m'en charge. Tiens-le.

Il attrapa le vêtement qui dérivait à proximité, tira l'élastique et démêla les jambes et les manches.

– Lève le pied gauche, fiston. Des vêtements tout propres. Allez, mets-y du tien. Pied gauche !

Dekker coopéra, dans la mesure de ses moyens. La fraîcheur ambiante glaçait sa peau et Ben avait raison : enfiler un collant en apesanteur était déjà difficile, mais habiller un homme à moitié inconscient s'avérait irréalisable. Dekker tremblait, et ils renoncèrent. Le temps de lui mettre sa combinaison et de remonter la fermeture à glissière, il était presque inerte.

– Il décline, tu ne trouves pas ? demanda Ben. Nous nous sommes donné tout ce mal pour rien. Il va nous claquer dans les doigts...

– Il s'en tirera, bon Dieu ! Fais attention à ce que tu dis !

– Tu sais, je ne demande qu'une seule chose : pouvoir me laver. Alors on va coucher bébé, prendre une bonne douche puis appeler Maman pour l'informer que ce vaisseau a changé de propriétaires !

– Ferme-la, Ben !

Une longue inspiration.

– Ecoute, je suis crevé et toi aussi. Je propose de laisser toutes ces questions de côté et d'attendre d'être un peu plus en forme pour en discuter, d'accord ?

– D'accord !

Bird s'écarta, à son tour en colère. Il se propulsa vers les cocons rotatifs situés dans les hauteurs en tirant Dekker derrière lui. Il effectua un rétablissement, trouva une prise et poussa le naufragé vers l'ouverture d'un des cyclindres.

– Allez, fiston, c'est l'heure de faire dodo.

– Cory...

– Cory, c'est ton associé ?

Dekker rouvrit les yeux et agrippa le rebord du cocon en secouant la tête. Il refusait d'y pénétrer.

– Dekker ? Que s'est-il passé ?

– Cory... Je ne veux pas... *Non !*

Ben monta lui prêter main-forte et empoigna le col du rescapé pour le pousser dans le cyclindre. Dekker se débattit et donna des coups de pied. Bird bascula afin de saisir la jambe du jeune homme qui appelait toujours Cory et tentait de les repousser.

– Ne le lâche pas ! cria Ben.

Bird passa derrière Dekker pour l'immobiliser pendant que son partenaire attachait un bras du jeune homme à une conduite à l'aide d'une sangle qu'il venait de décrocher de la paroi.

– Complètement cinglé ! Tiens-le, Bird, pendant que je vais chercher de quoi finir de le ligoter.

– Sa position n'est pas très confortable.

– La nôtre sera encore moins enviable que la sienne, s'il va percuter une console. Contente-toi de l'empêcher de gigoter, bordel !

Ben bascula vers les placards pendant que Bird tenait l'autre bras de Dekker et tapotait son épaule en lui disant :

– Ça va aller, fiston. Tout va s'arranger. Nous allons te ramener à la maison. Moi, c'est Bird. Lui, c'est Ben. Et toi, comment on t'appelle ?

Une respiration superficielle. Des efforts traduits par des frissons.

– Dek.

– Bien, très bien.

Le rescapé gardait les yeux ouverts mais devait ignorer où il se trouvait, ce qui lui était arrivé.

– Tiens bon, petit.

En proue, la porte d'un placard claqua. Ben revint vers eux, avec un rouleau de bande adhésive.

– C'est inutile, dit Bird. Il a seulement eu un peu peur.

Sans en faire cas, Ben saisit l'autre bras et entreprit de l'attacher à la conduite.

– Il a complètement disjoncté.

Dekker essaya de lui donner un coup de pied et cria :

– Cory... Où est Cory ?

– Vous avez eu un accident, expliqua Bird en immobilisant son épaule. Un scaphandre a disparu. Nous avons tout fouillé. Il n'y avait plus que toi, à bord.

– Non !

– Tu te rappelles ce qui s'est passé ?

Dekker secoua la tête. Il claquait des dents.

– Cory.

– Cory... c'était ton associé ?

– *Cory !*

– Ça commence à bien faire, grommela Ben avant d'empoigner Dekker et de lui allonger une calotte. Cory est mort, mon gars. Cory a plongé dans son scaphandre et est allé claquer dans l'espace. Tu es le seul survivant. Tu saisis ?

Inutile, Dekker murmurait toujours le même nom et Ben déclara :

– Je vais descendre prendre une douche. A moins que tu ne veuilles passer le premier.

– J'ai peur que nous n'ayons oublié son copain à bord de l'épave.

– Il n'y avait que lui, bordel ! Je t'interdis de rouvrir le sas !

– Je ne sais pas.

– Tu as regardé dans tous les coins, Bird. *Partout !* Le Cory en question a pris l'autre scaphandre et est sorti. Nous avons fait tout ce que nous pouvions pour ce type, nous avons risqué notre peau pour lui...

– Il a un nom.

– Je me fiche qu'il s'appelle Dekker, Cory ou Bouddha. L'important, c'est qu'il est complètement à la masse, que nous ne pouvons l'enfermer nulle part, que nous ne savons pas ce qu'est devenu son partenaire, et que Maman n'a jamais entendu parler de lui. Et ça m'ennuie, Bird. Ça m'ennuie vraiment !

Ce qui donnait effectivement matière à réflexion. Il manquait un scaphandre. Ils avaient fouillé les placards, les cocons et tout ce qui pouvait servir de cachette. Mais si la remarque de Ben était sensée, la situation elle-même était absurde.

– Tu m'écoutes ?

– Ouais, d'accord. Va prendre une douche pendant que l'ordinateur calcule un plan de vol. Nous devons rentrer. C'est le règlement. Et nous l'avons jusqu'à présent respecté à la lettre.

– Evite de t'apitoyer sur le sort de ce malade. Tu m'entends, Bird ? L'idée de retourner à bord de ce vaisseau ne doit même pas t'effleurer l'esprit.

– Entendu. Je m'abstiendrai d'y penser. C'est d'accord.

Ben secoua la tête, bascula et se propulsa vers la cabine de douche.

Bird descendit dans le coin-cuisine, ouvrit le réfrigérateur et en sortit un tube de Citrisal : un produit dont l'arôme de citron ne couvrait pas le goût épouvantable, mais qui contenait des éléments essentiels, des sels et des sucres.

C'était tout ce qu'il avait encore la possibilité de faire pour Dekker. Il remonta et coinça le tube entre les lèvres du jeune homme.

– Allez ! Aspire cette bonne pâte verte.

Dekker obéit, grimaça, détourna la tête.

– Encore ! Fais un effort.

Un mouvement de refus.

Bird ne pouvait le lui reprocher et il ne tenait pas à le voir vomir en apesanteur. Il s'assura que la sangle et la bande adhésive ne comprimaient pas trop ses poignets, puis décida de le laisser tranquille.

– Nous te détacherons dès que tu te seras un peu calmé. Tu es tiré d'affaire, tu comprends ? Nous allons te ramener à Base où des meds s'occuperont de toi. Tu m'entends ?

Dekker hocha la tête faiblement, sans ouvrir les yeux.

Il est épuisé, se dit Bird avant de lui tapoter l'épaule et de murmurer :

– Dors, à présent. Tu ne risques plus rien.

Le jeune homme marmonna quelque chose. Sans doute un assentiment. Bird l'espérait. Il tremblait, lui aussi, d'épuisement. Ils étaient très loin de Base et cela l'ennuyait.

La place de Dekker était dans un hôpital, qu'ils atteindraient au plus tôt dans un mois, au terme d'un pénible voyage. Et il avait d'autres soucis, comme par exemple le temps et l'argent que leur coûterait son sauvetage. Au moins six mois de revenus...

Ben pouvait avoir raison, peut-être avaient-ils des droits sur l'épave. Son partenaire était instruit, il connaissait les règlements dans leurs moindres détails... et surtout leurs lacunes. Mais Bird refusait de penser à cette possibilité, ou encore à la situation financière qui serait la leur après ce voyage. Si l'appareil qu'ils avaient en remorque appartenait à la compagnie, et si une prime de sauvetage leur était due, alors tout serait parfait... mais ce vaisseau était bien trop miteux pour faire partie des biens de Maman. Il était la propriété d'un indépendant, le fruit d'une vie de labeur. Peu importait qu'il fût à Dekker ou à un tiers. Bird souhaitait qu'ils puissent rentrer dans leurs frais, dans la mesure du possible, mais pas dépouiller un pauvre bougre de tout ce qu'il possédait. Il s'agissait d'un autre sujet de réflexion qu'il préférait laisser de côté pour l'instant.

Contrairement à Ben, qui l'effrayait brusquement. Celui qui avait vécu deux ans dans une cabine minuscule avec son partenaire s'imaginait le connaître. Mais c'était faux. L'expérience l'avait maintes fois démontré... Dans un isolement total, si loin de la civilisation, les travers de quelqu'un n'étaient révélés que si des événements extérieurs servaient de catalyseur.

2

Le vieil homme s'éloigna. Dekker l'entendait se déplacer, à moins que ce ne fût son partenaire. Les crépitements de la douche se mêlèrent aux grondements des ventilateurs et des pompes qui résonnaient dans les conduites, juste à côté de sa tête. La stabilité du vaisseau était rassurante, et il avait bien cru ne plus jamais éprouver une pareille sensation. Il avait réduit l'intensité de l'éclairage, coupé tout ce qui ne serait pas indispensable à sa survie et économisé le reste jusqu'au moment où les recycleurs avaient cessé d'assurer leurs fonctions.

Et il se retrouvait là, en combinaison mais sans collant stim, léger comme le vent et vulnérable au froid et à l'apesanteur. Il était conscient d'avoir manqué de discernement. Il savait que sa conduite inquiétait ses sauveteurs et il essayait de se reprendre, mais ces deux hommes l'effrayaient. Ils parlaient de s'approprier son vaisseau. Ils voulaient le voir disparaître et le laisseraient sans doute mourir, puis ils déclareraient à la compagnie qu'ils étaient désolés mais qu'ils n'avaient rien pu faire pour lui.

Peut-être ne mettraient-ils pas leurs projets à exécution. S'en préoccuper était stupide, à ce stade. Il était épuisé et subissait une véritable torture physique et morale. Vivre réclamait tous ses efforts. C'était l'essentiel pour le moment. Il ignorait combien de jours et de milliers de kilomètres le séparaient de son point de départ. Il ne supporterait pas d'être maltraité de la sorte tout au long du voyage. Il régnait une épouvantable odeur de désinfectant à bord de ce vaisseau qui était, selon les moments, le sien ou le leur.

Mais Cory ne répondait pas à ses appels. Et il savait qu'elle ne le ferait pas.

Le plus âgé des deux prospecteurs revint dans son champ de vision, glissa une paille entre ses lèvres et lui dit de boire. Il se montra docile. Le breuvage avait un goût de cuivre. Le vieil homme voulait savoir ce qu'était devenue sa partenaire. Et il se rappela – comment aurait-il pu oublier ? – qu'elle était au-dehors, et ce vaisseau aussi... il le voyait approcher...

– Non ! hurla-t-il.

L'imminence de la collision le faisait trembler, car il la savait désormais inévitable. La sirène l'assourdissait. Il cria dans le micro :

– Mon associée est à l'extérieur !

Car c'était l'unique chose qui importait encore.

– Ton associé est mort ! cria une voix.

– Ferme-la, Ben ! gronda l'homme âgé, en colère. Ton cœur est dur. Fiche-lui la paix, bon sang !

Il était toujours en vie, sans savoir par quel miracle. Il se traîna jusqu'à l'émetteur, bien décidé à lutter contre la force centrifuge tant qu'il lui resterait des forces.

– Cory ! répétait-il sur la fréquence des scaphcoms pendant que le vaisseau roulait sur lui-même.

Peut-être lui répondait-elle. Il entendait ses oreilles tinter mais était sourd aux grondements des ventilateurs et des pompes. Il essayait toujours de la joindre, pour l'informer qu'il était en vie, qu'il la cherchait, qu'il finirait par trouver un moyen de lui venir en aide...

Sitôt qu'il aurait réussi à mettre à feu ces maudits propulseurs.

Ou établi une liaison avec Base et contraint l'autre vaisseau à répondre...

– Qu'il appartienne à Maman ou à un prospecteur, la prime de sauvetage nous est *acquise*, affirma Ben. Il n'existe aucune différence sur le plan légal. C'est bien précisé dans les règlements de la compagnie. Je te montrerai...

– Nous rentrerons dans nos frais, l'interrompit Bird.

Il choisissait ses mots avec soin pour que Ben ne pût se méprendre sur le sens de ses réponses.

– Le droit spatial...

– Il y a le droit et la justice, Ben.

– La *justice* veut que nous devenions les nouveaux propriétaires de cet appareil. C'est ce que prévoit la loi pour les vaisseaux en perdition, dès l'instant où leur équipage n'en est plus maître.

Ben avait le souffle court. Il hurlait. Bird précisa posément :

– Ce que j'essaie de te faire comprendre, c'est que la situation n'est pas aussi simple. Nous devons y réfléchir. Nous ne serons de retour à Base que dans plusieurs semaines, ce qui nous laissera amplement le temps d'approfondir la question, d'en discuter. Mais nous n'arriverons jamais à destination si nous ne terminons pas ces calculs et ne demandons pas à Maman de nous ramener à la maison au plus vite.

– Combien vas-tu dépenser pour ce type ? Un mois de nourriture, sans parler des médicaments. Et tu voudrais en plus qu'on risque de se casser la gueule et de bousiller le *Trinidad* pour ses beaux yeux ?

Bird n'avait pas de réponse à fournir. Il ne lui venait à l'esprit aucun argument propre à clore cette discussion.

– C'est aussi mon fric, Bird. C'est également mon argent que tu vas dépenser. Tu es le propriétaire du *Trinidad* et je ne suis qu'un associé minoritaire, mais j'ai malgré tout mon mot à dire, ajouta Ben avant de désigner Dekker. Nous saurons avant la fin du mois s'il doit survivre ou crever. Je souhaite en être débarrassé au plus tôt, mais ce n'est pas une raison pour agir avec précipitation... d'autant plus que nous devrons nous déplacer avec une masse deux fois plus importante. Et je t'avertis tout de suite que je n'accepterai pas de larguer notre trémie...

– Je n'ai pas l'intention de l'abandonner dans l'espace, pas plus que celle de son appareil... s'il est possible de l'éviter.

– Je refuse également d'imprimer une poussée brutale aux vaisseaux. Risquer notre peau ou imposer aux élingues des secousses pour lesquelles elles ne sont pas prévues serait stupide. Ce n'est pas une question de vie ou de mort, Bird. Le temps que nous pourrions gagner sur la durée du trajet n'est pas assez important pour faire la moindre différence. Et je ne tiens pas à percuter un rocher, comme cet idiot.

C'était bien plus sensé que la plupart des propos qu'il avait tenus depuis longtemps. Bird trouva cela encourageant et hocha la tête.

– Je partage ton point de vue. En outre, une accélération violente lui ferait plus de mal que de bien.

– Il crèvera de toute façon.

– Il va s'en tirer ! Ferme ta grande gueule, bordel ! Tu oublies qu'il peut t'entendre.

– D'accord, admettons qu'il survive. Il va avoir un mois pour se rétablir et quand nous apponterons à Base, il sera en pleine forme et affirmera qu'il avait la situation bien en main...

– Laisse tomber, Ben !

– Je vais prendre quelques images.

– Ne t'en prive pas...

Bird secoua la tête. Il eût aimé pouvoir s'y opposer,

raisonner son associé. Mais si enregistrer la scène pouvait le satisfaire, eh bien, pourquoi pas ?

– Il y a l'état de cet appareil, son journal de bord...

– Ses cartes ! s'exclama Ben, comme si c'était une révélation.

– Nous n'y toucherons pas. C'est bien trop grave. Je connais quelques lois, moi aussi.

– Je ne parle pas de ça. Ecoute... écoute, j'ai une idée.

Toute proposition était la bienvenue. Ben fit apparaître la carte du secteur voisin sur l'écran de la console de pilotage puis désigna le draveur qui s'y trouvait et le trait incandescent du rayon qui le reliait au Puits... la drave, à laquelle il suffisait de penser pour avoir des frissons.

– Cet appareil doit avoir un med à son bord. Et il est commandé par un capitaine de cette foutue compagnie. Nous n'avons qu'à demander à Maman de nous propulser jusqu'à lui, juste au-delà de la Ligne, et les rats de la comp pourront prendre officiellement possession de l'épave.

– Ça ne fait aucun doute. Ils n'appartiennent pas à une œuvre de charité.

– Elle est immatriculée à R 1 et ils ont l'obligation de la prendre en charge. Ils n'ont pas le choix. La loi assimile un draveur à une base et Maman doit nous diriger vers lui si nous demandons à lui remettre ce que nous avons trouvé. Que ce soit du minerai ou un tas de ferraille, ça ne fait aucune différence, non ? Nous nous débarrassons de ce vaisseau, la prime de sauvetage est virée sur notre compte, nous donnons un coup de main aux ravitailleurs jusqu'à la date prévue pour notre retour à Base... et on se retrouve avec beaucoup de fric. De l'argent sûr. En outre, l'état de santé de notre passager nous fournit une excellente excuse pour agir de cette manière.

– Tu oublies que nous devrons traiter avec un capitaine de la compagnie et que ces salopards se fichent des règlements. Il risque de nous donner l'ordre de faire demi-tour et de ramener Dekker à Base, ou d'aller le déposer à R 1 si ça lui chante. S'il ne décide pas de garder Quatre-vingt-quatre Zebra jusqu'à son retour puis de nous adresser une putain de facture de remorquage. Maman nous posera des tas de questions, quand nous reviendrons à Base, et je ne tiens pas à comparaître devant une commission d'enquête sans pouvoir assurer ma défense pour la simple raison que les pièces à conviction sont restées arrimées à un draveur qui ne rentrera peut-être pas avant trois ou quatre ans. Tu te réfères constamment à la loi mais tu oublies de prendre en considération ses aspects pratiques !

Ben n'ouvrit pas la bouche.

– Un capitaine de draveur a tous les droits, y compris celui de nous facturer trois années de frais d'appontage si son vaisseau vient d'appareiller. Trois ans. Tu crois pouvoir contester une créance de la compagnie ? Sans parler du coût du trajet. Nous sommes juste en carburant. S'ils nous disent de ramener l'épave par nos propres moyens, nous devrons parcourir deux fois cette distance supplémentaire. Nous serons coincés et nous n'aurons pas d'autre choix que de devenir des ravitailleurs, et pour *la vie.* Sais-tu combien ils facturent un plein à des indépendants ?

Ben était très calme, en apparence. Il mordilla sa lèvre inférieure.

– D'accord, on tire un trait sur ma proposition. Reste la possibilité de lui donner un bon coup sur la tête. Ça résoudrait tous nos problèmes.

Bird fut sidéré par les propos de Ben, qui avait paniqué à la simple perspective de voir un cadavre.

– Ouais, c'est sûr, répondit-il.

De la poupe, une voix demanda :

– Quelle heure est-il ? Quelle heure est-il ?

Ben leva les yeux.

– Qu'est-ce qu'il veut, à présent ?

Bird regarda son poignet.
– 23 h 10.
– Je veux ma montre !
– Merde ! Et nous allons devoir le supporter pendant quatre semaines ? marmonna Ben en secouant la tête.
– *Je veux ma montre !*
– Ta gueule, bordel ! hurla Ben. Il n'y a personne qui t'attend, de toute façon !
– Patience, fit Bird.
Mais Ben se propulsa vers Dekker qui répétait doucement :
– Je veux ma montre.
– Tu n'en as pas besoin, vu que tu ne peux aller nulle part. Mais je t'informe malgré tout qu'il est 23 heures 10 minutes, que c'est ma période de repos, et que comme tu gaspilles notre air, notre carburant et notre temps, tu aurais intérêt à la boucler !
– Calme-toi, dit Bird qui était venu le rejoindre.
– Je vais lui fermer le clapet... avec une clé à molette.
– Ben !
– D'accord, d'accord, d'accord.
Il repartit.
– Je ne peux pas voir ma montre, insista Dekker.
Bird se déplaça pour regarder le cadran.
– Elle marque 20 h 14. Elle retarde de près de trois heures.
– Non.
– C'est pourtant indéniable.
– Quel jour sommes-nous ?
– Le 20 mai.
– Vous mentez !
– Bird ! gronda Ben.
Il remonta vers Dekker, mais son partenaire l'agrippa au passage.
– Je ne tiendrai pas un mois, Bird. Je t'avertis. Je ne peux déjà plus le supporter.

– Fiche-moi la paix cinq minutes, tu veux ? Ferme-la. Ferme-la, tu entends ?

– J'ai déjà eu affaire à des malades mentaux. J'ai déjà donné.

– Je veux bien le croire, mais tu oublies que nous l'avons récupéré dans une épave à la dérive. Il a reçu un coup sur la tête et il est normal qu'il soit un peu sonné. Est-ce que tu aurais tous tes esprits, si tu venais de vivre ce qu'il a subi ?

Ben le fixait, serrait les dents, visiblement vexé.

C'était le milieu de la nuit pour lui. Voilà. Epuisé et angoissé, il ne pouvait tolérer la moindre faiblesse.

Un grave travers de sa personnalité... un travers dangereux, pensa Bird en regardant son associé regagner son poste de travail sans rien dire.

Ben était un excellent partenaire dans bien des domaines. Sacrément efficace. Il s'y connaissait, en rochers.

Cependant, ils avaient des caractères diamétralement opposés. Ben déclarait être né dans la Ceinture, mais ne parlait jamais de ses parents. Un gosse élevé par la compagnie, pour la compagnie.

Si Bird lui avait cité le nom de Shakespeare, il aurait demandé : Il fait partie de quelle équipe ?

Si Bird lui avait déclaré qu'il venait du Colorado, il aurait demandé : C'est une ville importante ?

Ben ignorait ce qu'était une ville. Lui seul savait quel sens il attribuait à ce mot.

Si Bird lui avait dit qu'il était allé passer un week-end à Denver, Ben aurait pris un air bizarre car le principe d'un repos hebdomadaire n'appartenait pas à son univers. Mais il n'aurait pas pour autant demandé des éclaircissements. De telles choses n'avaient pas d'incidences sur sa situation financière et il n'irait jamais sur Terre, aussi les jugeait-il sans intérêt.

Mais il suffisait de parler d'analyse spectrale, de

forage ou de la provenance d'un échantillon de minerai pour le rendre intarissable.

Bird avait d'autres valeurs que celles inculquées aux enfants de la Ceinture. C'était parfois pour lui un sujet de réflexion, mais il ne tenait pas à approfondir la question pour l'instant.

Il se demandait simplement s'il n'aurait pas dû se chercher un autre partenaire. Ben était un excellent géologue, un copilote de confiance et un individu honnête... à sa façon. Cependant, certaines facettes de sa personnalité l'effrayaient.

Il apprendrait peut-être un jour ce qu'était une ville, mais qui aurait pu dire s'il serait alors capable d'assimiler les règles de la vie en société ?

Bird était vraiment en rogne. Ben s'en rendait compte, ce qui alimentait sa propre colère et sa nervosité. Il approuvait presque toujours les décisions de son partenaire, mais pas cette fois. Bird avait acquis de l'expérience au cours des trente années qu'il avait passées dans la Ceinture. Ben avait compris dès quatorze ans qu'il fallait avoir des connaissances haut placées ou un statut de pilote confirmé pour espérer s'élever au sein de la compagnie. Comme il ne possédait ni relations influentes ni réflexes assez rapides, la prospection exercée avec un statut d'indépendant était pour lui l'unique solution... une activité où des qualités de travailleur et la connaissance de certaines choses constituaient un atout.

A sa sortie de l'Institut il avait pour bagage un brevet élémentaire de pilotage ainsi que la connaissance des toutes dernières théories et de la science des nombres. La compagnie n'était pas ravie de voir un gosse de l'Institut opter pour un statut d'indépendant au lieu d'aller effectuer des calculs dans un de ses bureaux ou à bord d'un de ses vaisseaux. Et rares étaient ceux qui avaient assez de force de caractère pour l'imiter. Les autres n'auraient jamais eu la volonté de se priver de nourriture et de vivre dans les baraquements réservés aux démunis, puis d'investir jusqu'à leur dernier dollar en matériel destiné à un vaisseau tel que le *Trinidad*. La plupart des pensionnaires de l'Institut ne pouvaient refuser les friandises, les distractions et les chambres luxueuses que la compagnie leur proposait. A la fin de leurs études, ils étaient déjà criblés de dettes – il remerciait sa mère d'avoir eu la prévoyance de souscrire à cette assurance – et ceux, peu nombreux, qui évitaient ce piège manquaient généralement de bon sens. Ils semblaient ignorer que s'ils optaient pour la prospection, plutôt que pour un emploi sédentaire, ils ne devaient surtout pas entrer dans l'équipage du vaisseau de la compagnie flambant neuf qui venait d'apponter. Bon sang, non ! Il fallait consulter les fichiers pour y chercher la perle rare, en l'occurrence un vieil homme qui avait réussi à joindre les deux bouts pendant trente ans, tant au cours des périodes de vaches maigres que des autres.

En l'occurrence Morris Bird.

Prospecter pour son compte était le seul défi digne de ce nom qu'on pouvait encore relever dans la Ceinture et peu d'indépendants disposaient des atouts constitués par les connaissances approfondies et les mises à jour dispensées par l'Institut... complétées par ce qu'on apprenait au Bureau des garanties. Mais Morris Bird avait consacré trente années de sa vie à parcourir la Ceinture, et les premiers rochers enregistrés à son nom étaient bien plus gros que ceux qu'on pouvait encore découvrir sur la piste orbitale. Ils lui rapportaient chaque mois des primes consistantes. La compagnie ne contestait pas ses droits sur ces anciennes concessions qui revenaient régulièrement dans les zones d'exploitation, comme le faisaient tous les blocs de minerai en révolution lente ou rapide autour du Soleil. Leur trajectoire était parfois perturbée et, en cas de litige, il fallait apporter la preuve qu'on avait des droits sur eux. Désormais, le flair ne suffisait plus pour découvrir des filons valables. Ben avait son savoir à proposer, en plus de vingt k qu'il était prêt à investir sans intérêts pour financer la rénovation du *Trinidad*. C'était pour cette raison qu'un vétéran s'était associé à un débutant, alors qu'en ces temps difficiles bien des prospecteurs expérimentés se retrouvaient au chômage : une bonne formation en physique et en maths ainsi qu'une excellente connaissance des cartes de la Ceinture mises à la disposition du Bureau des garanties. Autant de choses qui leur avaient permis de former une bonne équipe et de voir la chance leur sourire, jusqu'au jour où Maman leur avait joué un des sales tours dont elle avait le secret en leur attribuant un secteur où il n'y avait plus que des identificateurs de la compagnie sur des rochers de la compagnie.

Ils se retrouvaient dans une situation financière précaire et la tension nerveuse de Bird révélait des facettes de sa personnalité dont Ben n'avait jamais soupçonné l'existence... des travers mis en évidence par le comportement de Dekker et ses airs d'angelot. Ce malade mental marmonnait constamment des propos sans queue ni tête parce qu'il avait perdu son partenaire (quel étourdi !) et c'était contre *lui* que Bird était en rogne... comme si c'était *sa* faute si ce taré leur cassait les pieds et si la trouvaille qui pourrait leur assurer une retraite confortable posait quelques problèmes.

Il lui vint à l'esprit que Bird devait désirer ce vaisseau autant que lui. Que Dekker fût toujours en vie lui posait un cas de conscience, à cause de ses *principes* ridicules... Oui, ce qu'il éprouvait devait le tourmenter.

Toutes ces salades de charité humaine étaient dangereuses... et injustes, dès l'instant où elles incitaient quelqu'un à renoncer à ses droits pour protéger les intérêts d'un inconnu – qui lui devait la vie et non le contraire – aux dépens de ceux de son propre associé. Bird était bien du genre à se laisser embobiner par ces sornettes, et il devait à tout prix le protéger contre les élans de son cœur.

– Bird ? appela-t-il depuis son poste. J'ai terminé les calculs préliminaires. Aucune complication, la présence de ce draveur et notre masse supplémentaire exceptées.

Bird vint le rejoindre et lui déclara qu'il terminerait ce travail et contacterait Maman. Il lui tapota amicalement l'épaule et ajouta :

– Tu peux aller dormir.

Et Ben lui répondit, pour lui être agréable :

– Vas-y. J'ai pris mon élan.

Au bas de la liste de ses motivations apparaissait l'espoir qu'à force de subir les divagations de Dekker, ses radotages sur ce Cory et sa montre, Bird perdrait peut-être un peu de sa bienveillance envers les inconnus.

Mais son partenaire insista :

– Toi. Tu en as plus besoin que moi.

– Ce qui veut dire ?

– Ce que j'ai dit. Tu es crevé. Ça fait longtemps que tu es à ton poste. Va prendre un peu de repos.

– Je crains de ne pas pouvoir m'endormir de sitôt. Ce dingue me tape sur le système. La situation me rend nerveux.

– Sale journée. Rude journée.

Bird semblait faire de nouveau preuve de bon sens et il se sentit soulagé.

– On devrait peut-être lui faire signer une déclaration, non ? En plus des enregistrements, bien sûr. Je vais le filmer quand il fait son petit numéro de « Quelle heure est-il ? ». Comme ça, nous aurons une preuve de ce qu'il nous fait endurer. Ça devrait nous permettre d'obtenir gain de cause.

« Pour l'amour de Dieu ! ajouta-t-il en voyant Bird secouer la tête.

– Nous devons le ménager.

– Qu'est-il, pour toi ?

– Un être humain.

– Tu parles d'une référence, marmonna Ben.

Mais argumenter sur ce point avec Bird aurait été une erreur, compte tenu de son état d'esprit actuel. Et du fait qu'il était le propriétaire du *Trinidad*.

– Je désire simplement prendre quelques images.

– Tu n'arrives donc pas à comprendre ?

– Comprendre quoi ?

– Que tu pourrais être à sa place.

– Je ne me serais jamais foutu dans un pareil merdier, Bird ! Et toi non plus.

– Tu en parais convaincu.

– Je le suis.

– Est-ce que je peux te poser une question ? Que sont devenus tes parents ?

– Je ne vois pas le rapport.

– N'ont-ils jamais commis une erreur ?

– Ce n'était pas ma mère qui pilotait... Ce vaisseau va nous déséquilibrer, avec ses réservoirs perforés. Son centre de gravité a dû se déplacer. J'aimerais faire un essai de propulsion dans un moment. Je ne veux rien laisser au hasard.

– Ouais ! Parfait. Mais en douceur, d'accord ? N'oublie pas que nous avons un passager.

Ben se renfrogna sans faire de commentaires.

– Il y a une chose que je dois préciser, Ben. Je n'ai pas l'intention de dépouiller ce pauvre bougre de tout ce qu'il possède. Il a eu assez d'ennuis comme ça, tu m'entends ? Je t'interdis d'y penser.

– Ce n'est pas du vol. C'est absolument légal. Tu as des droits sur son appareil comme il en aurait sur le tien si tu étais à sa place. Et il ne se priverait certainement pas de les faire valoir, crois-moi. C'est comme ça que tout fonctionne.

– Il y a la justice, et il y a ce qui est juste.

– Dekker n'est pas ton ami ! Même pas l'ami d'un ami, bon Dieu ! Nous avons une chance inouïe. Une occasion pareille ne se présente pas tous les jours, et il faut la saisir. C'est l'utilité des lois... elles servent à régler les litiges et à permettre la coexistence des gens tels qu'ils sont, Bird, et non tels que tu voudrais qu'ils soient.

– Je veux pouvoir me regarder dans un miroir.

– Quel est le rapport ?

– Si on nous doit quelque chose, c'est uniquement le remboursement de nos frais.

– Nos frais ! On nous doit un remorquage, les médicaments, le chimkit et une prime de sauvetage. Ce qu'on nous doit, c'est cette *épave* !

– Nous n'obtiendrons jamais gain de cause.

– C'est toi qui le dis ! Je peux te montrer les articles du Code. Tu veux que je les cherche ?

Bird était en colère contre lui.

– Je connais les lois, fit-il en soupirant.

Ben ne comprenait pas sa réaction, et il demanda :

– Est-ce que j'ai fait quelque chose de mal ?

– Non. Avertis-moi simplement avant la mise à feu des propulseurs. Je vais aller administrer des antibiotiques à notre passager, pour le soulager un peu.

Vexé, Ben lui lança :

– Tu devrais économiser la marchandise, si tu veux pouvoir continuer dans cette voie.

– Cesse de raisonner comme un ordinateur. Ce type a un rein et le foie dans un sale état, peut-être des fractures et un tas de traumatismes. Programme la poussée la moins brutale possible, il ne supporterait pas une manœuvre violente.

– D'accord ! Compris. Tout en douceur.

Ben tapota les touches avec son style en bouillant de rage... profondément blessé. Finalement, il ne put plus tenir et se propulsa hors de son siège pour rattraper son partenaire.

– Qu'est-ce que j'ai fait, bordel ?

Son associé le regarda comme s'il effectuait mentalement une addition.

Il ne supporte pas qu'on lui tienne tête, pensa Ben. A moins qu'il ne soit sous le charme de ce Dekker. Ben détestait les jolis garçons dans le genre de leur passager, ceux auxquels on aurait donné le bon Dieu sans confession. Ils bénéficiaient de faveurs que rien ne justifiait, même s'ils étaient complètement tarés et n'auraient pas hésité à trancher la gorge à leurs bienfaiteurs si c'était leur intérêt. Les gogos les croyaient parce qu'ils avaient l'air honnête et la voix douce. Ce raisonnement lui fit prendre conscience que Bird n'avait aucune raison logique de se comporter aussi stupidement, et il estima que le laisser s'occuper de Dekker n'était pas une idée aussi bonne qu'il l'avait tout d'abord supposé. Il dit, rapidement mais d'un ton calme :

– C'est à cause de la banque, que je m'inquiète. Et des intentions de ce type. Il n'est pas dans la zone qui lui a été attribuée. Il en est même très loin. Nous ne le connaissons pas. Il est possible qu'il ait dérivé jusqu'ici, mais rien ne le prouve. Nous ne savons pas qui il est, peut-être un rebelle...

– Il n'y a pas plus de rebelles que de naufrageurs, Ben. Et que serait-il venu espionner ? Un vaisseau qu'on peut voir de très loin avec un bon télescope ? On t'a raconté trop d'histoires.

– D'accord, d'accord, il fait partie des gentils. Tu veux qu'on le borde dans son petit lit douillet et qu'on lui administre une dose de panacée et de vitamines ? Entendu, je m'en charge. Va régler la poussée.

– Tu as commencé les calculs...

– J'ai dit que je m'occuperais de lui !

Ben se propulsa vers le placard à pharmacie. Bird se dit : J'ai réussi à le rendre un peu plus humain. Puis, avec cynisme : A moins qu'il n'ait pas compris que sa situation est précaire et qu'il veuille protéger ses arrières. Un homme ne change pas aussi vite.

Et, en voyant Ben emplir le pistolet hypodermique : Merde ! il ne ferait tout de même pas une chose pareille !

Bird prit appui sur la bande de contact pour se propulser vers son associé.

– Laisse-moi faire.

– Je m'en charge.

Bird saisit le flacon... qui lui échappa des mains et s'éleva en tournoyant. Le mouvement de rotation ramena l'étiquette dans son champ de vision à l'instant où il le rattrapait. Un antibiotique.

Le front de Ben se plissa.

– Toi aussi tu te comportes comme un cinglé, Bird. Tu perds les pédales, mon vieux ?

– Je vais lui faire cette injection. Je te demande seulement d'attendre quelques minutes avant la mise à feu.

Ben se renfrogna et se poussa pour retourner à reculons vers son poste de travail. Bird pensa qu'il l'avait blessé et se reprocha de l'avoir soupçonné à tort... sans être pour autant convaincu de ses intentions. Ben n'avait ni patience ni compassion à accorder à Dekker ou à tout autre individu, s'était-il dit.

Mais peut-être était-il jaloux ?

Ben se sangla à sa console, sans plus lui prêter attention. Il prenait soin de ne pas regarder dans sa direction.

Bird se propulsa d'un coup de pied et monta vers Dekker... qui semblait dormir. Il espérait que le rescapé s'était simplement assoupi. Au moins avait-il cessé de leur demander l'heure. Bird lui tapota le bras.

Dekker s'éveilla en sursaut et cria.

– Du Polybact, expliqua Bird en montrant le pistolet hypodermique. As-tu des allergies ?

Un mouvement négatif de la tête. Bird fit l'injection puis récupéra le tube de Citrisal qu'un courant d'air avait emporté entre deux conduites. Il le déboucha et le glissa dans la bouche du jeune homme, qui aspira une ou deux gorgées puis détourna la tête.

– Assez !

– Nous allons tester les moteurs et ensuite nous pivoterons sur cent quarante degrés pour aller attraper un rayon propulseur et rentrer à la maison. Nous devons regagner notre base, sauf si nous recevons des instructions contraires. Nous venons de R 2.

Dekker le fixait sans paraître le voir.

– Non ! Pas l'hôpital ! 79, 709, 12. C'est nos coordonnées. Nous avions trouvé un filon important... un gros bloc. *Enorme.* Je vous le cède, si vous allez là-bas. Vous devez récupérer mon associée.

– Ton associé était donc à l'extérieur, quand l'accident s'est produit ?

Dekker acquiesça de la tête.

– Que s'est-il passé ? Vous avez percuté un rocher ? Ça arrivait parfois. Surtout à des débutants.

Une autre confirmation muette. Dekker ne le suivait des yeux qu'avec difficulté.

– Un kilomètre... Du fer.

Les indépendants ne trouvaient plus des blocs de ferronickel de cette taille. Tous ceux qui existaient avaient été repérés par les télescopes de Maman et enregistrés depuis belle lurette. Ils appartenaient à la compagnie et, si la quantité de minerai le justifiait, la G.M. leur avait déjà attribué un draveur chargé de les débiter et de propulser les blocs vers la zone de récupération du Puits. Mais Bird n'y fit pas allusion. Dekker n'avait plus toute sa raison, et il se contenta de lui demander :

– Un k ? Tu en es certain ?

– Absolument. Nous avons installé un identificateur. Un rocher qui n'était pas porté sur les cartes. Il est à vous, si vous allez là-bas et la retrouvez.

– La ? Cory est donc une femme ?

Dekker perdait de nouveau le fil.

– Cory. Oui... Mon Dieu ! Allez là-bas ! Allez-y ! Et je vous donnerai tout ce que vous voulez...

– Une autre gorgée ? suggéra Bird.

Mais Dekker ne l'entendait plus. Bird s'écarta et plongea. Il saisit une poignée à proximité du poste de travail de Ben, qui déclara :

– J'ai déjà vérifié. Il a bien dit 79, 709, 12 ? Je ne capte pas d'autre signal que celui du draveur, dans cette direction.

Que celui du draveur, se répéta Bird. Merde !

– Pas d'identificateur ?

Ben secoua la tête.

Bird mordilla sa lèvre inférieure. Il s'interrogeait...

Il se demandait depuis quand l'appareil de la compagnie occupait cette position. Longtemps, sans doute. Mais Maman était avare de confidences et il fallait déduire le reste à partir des informations glanées par les oreilles et le radar. Mais qui eût pris cette peine ?

Qui eût même souhaité le faire, lorsque les intérêts d'un simple prospecteur allaient à l'encontre de ceux de la compagnie ?

– Tu crois que ces imbéciles ont essayé de se servir sur un rocher qui appartient à Maman ? demanda Ben à voix basse.

Nous avons intérêt à filer d'ici au plus vite, songea Bird.

Mais il répondit :

– Nous ne savons rien. Nous ne demandons rien à personne. Et nous prenons bien soin de ne pas nous mêler de ce qui ne nous regarde pas. Ce rocher s'est déjà vu attribuer un draveur.

– Ce qui rend toute contestation irrecevable, non ?

– La question ne se pose même pas.

Prérogatives, codes secrets et contacts directs... il ne faisait aucun doute que les vaisseaux de la compagnie étaient autorisés à communiquer entre eux librement.

Et ce draveur était armé... si on estimait – comme Bird – qu'un propulseur de masse long d'un kilomètre était l'équivalent d'une arme redoutable. Seul un fou aurait osé discuter de droits de passage ou de propriété avec le capitaine d'un tel appareil. Ces officiers avaient vendu leur âme à l'ASTEX et ils appartenaient à une espèce... quasi divine.

– Je t'avais bien dit que nous aurions dû laisser ce type où il était, grommela Ben. Il n'est pas trop tard pour y remédier, note bien.

– Arrête ! J'ai déjà dit que je ne trouve pas cette plaisanterie amusante.

– Il ne nous a pas tout raconté, loin s'en faut. Un filon important ? Bon Dieu ! Ces inconscients voulaient voler la compagnie !

– Ça reste à prouver.

– Eh bien, j'aimerais être fixé. Je me sens brusquement soulagé de ne pas avoir contacté ce draveur. Je n'aime pas ça, bordel ! Pas du tout.

– Je ne sais rien. Et toi non plus. Nous n'avons pas regardé leur journal de bord, Dieu merci, et nous allons changer de secteur sans plus attendre.

– Nous pourrions nous porter témoins.

– De quoi, bon Dieu ? Nous ignorons ce qui s'est passé.

– Il suffirait de jeter un coup d'œil à leur journal pour l'apprendre.

– Tu crois peut-être que des chapardeurs vont y consigner tous leurs faits et gestes ? Tu les imagines en train d'écrire : « Il est 10 h 25 et nous venons de subtiliser un morceau d'un rocher d'un k » ? Tout accès à ces fichiers sera enregistré et tu le sais aussi bien que moi. Dois-je mettre les points sur les « i » ? Ne sois pas stupide.

– Je devrais pouvoir le faire sans laisser de trace.

– Je te l'interdis. Il faudrait que tu sois absolument sûr de ton coup. Non. Courir des risques pareils serait insensé. Si nous pouvons espérer ne pas avoir d'ennuis, c'est parce que nous n'avons pas consulté le journal de bord et nous ne savons rien. Le seul moyen d'éviter les problèmes, c'est de ne pas nous compromettre. Alors, on ne fait rien de douteux. *Nada !* On reste irréprochables, Ben.

– Pour ne pas avoir d'emmerdements, il n'existe qu'une seule méthode, marmonna Ben. Donner un coup de clé à molette sur le crâne de ce type pour que personne ne puisse l'interroger.

Merde ! pensa Bird. Est-ce qu'on apprend ça à l'école, à présent ?

Le vaisseau fut ébranlé.

Dekker hurla et se débattit pour se libérer. Quelqu'un – une voix désormais familière – lui cria de se taire.

Une autre, plus douce, lui expliqua :

– Nous nous plaçons en position de départ. Détends-toi.

Il sombra de nouveau dans l'inconscience et s'éveilla en sentant les *g* augmenter, comme dans un cauchemar. Il se demanda quand s'interromprait le phénomène et ce qui l'avait provoqué. Puis une pression s'exerça dans son dos et il pensa : Au secours ! Cet appareil se prend pour une toupie...

– Cory ! hurla-t-il.

– Ferme-la, merde !

– Dekker.

Une voix douce, et un contact sur l'épaule. Une odeur de nourriture cuite. En chute libre. Il cilla et vit le vieux prospecteur et un sachet en aluminium qui flottaient devant son visage.

– Nous sommes en position, lui dit l'homme âgé.

Il ne se rappelait pas son nom. Il s'en souvint. C'était Bird, le gentil. Celui des deux qui ne voulait pas le tuer.

– Demain, nous atteindrons un rayon propulseur et entamerons le voyage de retour. Maman n'a pas dû comprendre que nous sommes pressés, bon sang ! Je te détacherai, si tu peux rester éveillé.

Une autre tape sur l'épaule.

– Tu avais les idées un peu confuses, tu sais ?

– Quelle heure est-il ?

– Chut ! ne pose plus cette question.

– Je dois savoir...

Bird appliqua sa paume sur la bouche de Dekker.

– Pas de ça, insista-t-il en le fixant droit dans les yeux. Ne recommence pas, fiston. C'est sans importance. Vraiment. Ta partenaire est morte. Il y a longtemps. On ne peut plus rien pour elle.

Il refusait de le croire. Il voulait retrouver le repos de l'inconscience, mais Bird attrapa le sachet qui dérivait près de son visage et lui présenta la paille.

Il but. C'était chaud, de la soupe, trop salée. Il détourna la tête et Bird n'insista pas. Une petite sphère de ce breuvage refroidissait entre eux, emportée par un courant d'air. Bird la saisit et l'essuya sur sa manche.

Du sang partout, des gouttelettes sombres et brillantes...

Mais tout était stable, propre et paisible. Nulle tragédie n'avait eu lieu. *Rien* ne s'était passé. Il gardait les yeux ouverts pour fuir les terreurs tapies dans les ténèbres qui régnaient derrière ses paupières, et il accepta de boire encore un peu de soupe pendant que la première gorgée atteignait son estomac où elle produisait un effet qui restait à déterminer.

Pourquoi suis-je ici ? se demanda-t-il. Quel est ce vaisseau ? Ce n'est pas le nôtre. Qu'est-ce que je fiche à bord de cet appareil ?

Peut-être avait-il posé ces questions à haute voix. Il avait déjà oublié.

– Nous allons à Raffinerie Deux, lui dit Bird.

Il secoua la tête, inspira et pensa : Cory est dans le *Way Out*, ils l'ont laissée à bord...

Puis il se souvint. Il pouvait à présent affronter la réalité avec un calme étrange, presque du détachement. Non, Cory est morte... on le lui avait dit. Il se répétait ces mots mais ne gardait aucune trace de l'événement dans sa mémoire. Elle devait être toujours là, à l'extérieur. Elle se demandait ce qu'il attendait. Elle comptait sur lui pour faire le nécessaire, agir au mieux. Elle espérait le voir venir la chercher...

Le brun, le plus jeune, Ben, grimpa dans son champ de vision. Il tenait une longueur de filin et il s'immobilisa devant lui pour tendre la main et passer le garrot derrière son cou...

– Non ! hurla-t-il.

Il leva un genou, mais l'homme agrippa sa combinaison et fit dévier sa jambe.

Oh, merde ! pensa-t-il en remarquant l'expression de Ben. Il comprit qu'il voulait le tuer.

Mais Bird vint se placer de l'autre côté et lui dit :

– N'aie pas peur, fiston. C'est une mesure temporaire. Ne bouge pas.

Il avait cru que Bird était son allié, mais il l'immobilisait pour permettre à son associé de glisser le câble autour de son cou. Un mousqueton cliqueta.

– Et voilà ! dit Ben. Tu pourras atteindre ce qui t'est nécessaire... tout ce qu'il y a dans ce vaisseau à l'exception des commandes. Et tu n'as aucune envie d'y toucher, pas vrai ?

Il fixa Ben dans les yeux et se demanda s'il n'attendait pas que Bird se fût endormi pour l'assassiner.

Il avait entendu leurs discussions. Ben allait-il le frapper ?

– Tu as compris ?

Il hocha la tête, à la fois terrifié et étonné d'avoir les idées aussi claires, concentrées par l'adrénaline. Il ne bougea pas alors que Ben déroulait la bande adhésive qui assujettissait son poignet gauche à la conduite. Il ne pensait ni à l'avenir ni au passé. Il n'y avait plus que lui, Ben, et l'homme plus âgé qui lui disait en le tenant fermement par l'épaule :

– Je suis désolé, fiston, sincèrement désolé. Mais il serait trop dangereux de te laisser te déplacer librement avant que tu sois complètement rétabli. Ben n'est pas un mauvais bougre, tu sais ? Vraiment pas.

Il se rappelait leurs propos. Il en avait déduit que Ben souhaitait le laisser en vie mais il commençait à se demander si ses deux sauveteurs n'étaient pas aussi fous l'un que l'autre.

Ben libéra son bras gauche et Bird délia le droit. Il déplaça ses membres supérieurs et des muscles se déchirèrent dans sa poitrine, son dos, tout son corps. La souffrance était telle que des larmes brouillaient sa vision.

Ben s'éloigna. Bird s'attarda et le prit par l'épaule.

– Il n'y a aucune différence importante entre notre appareil et le tien. D'après ce que j'ai pu voir, c'est lui aussi un modèle standard. Tu peux utiliser tout ce qui est à ta portée. N'entre pas dans le cocon avec ce câble... tu dois comprendre pourquoi, et tu as sans doute eu plus que ta dose de *g*, quand ton vaisseau se prenait pour une toupie. Ton collant stim est propre, mais je présume que tu ne tiens pas à le remettre tout de suite. Tu dois avoir mal partout, pas vrai ? N'utilise pas la douche, ta laisse gênerait la fermeture de la porte et l'eau se répandrait dans tout l'habitacle. Pour le reste, fais comme chez toi. Bien reçu ?

– Ouais !

Bird enroula le câble et le plaça dans la main de Dekker.

– Tiens-le bien, quand tu te déplaces. Il ne faudrait pas qu'il te fasse trébucher ou qu'il t'arrête brusquement et que tu te blesses, tu comprends ? Nous t'avertirons avant la mise à feu des moteurs, mais, en attendant, ne fais pas d'imprudences. Ne lâche pas ce filin.

Il s'était produit trop de choses, trop rapidement. Il n'arrivait pas à analyser sa situation et à déterminer ce qu'ils voulaient. Il s'écarta et saisit le sachet de soupe parti à la dérive. Il se freina du bras contre une conduite, de justesse, laissa échapper le câble et percuta la cloison tête la première.

Une main se referma sur son pied et le tira en douceur. Elle lui imprima un mouvement de rotation pendant la descente et il se retrouva devant Bird qui tenait lui aussi un sachet de soupe.

– Nous te donnerons de la nourriture plus solide dès que ton estomac pourra l'accepter, déclara-t-il. Tu as libre accès à la cuisine. Tu as été sacrément déshydraté.

Il avait horreur de les entendre se référer à un épisode de son existence dont il ne gardait aucun souvenir. Il se rappela que Cory était morte et fut saisi de panique. Il effleura une bande de contact du bout du pied et s'arrêta. Il déglutit une gorgée du breuvage salé et regarda Bird aspirer le contenu de son sachet en se disant : Ils me mentent, ils n'ont pas l'intention de me ramener chez moi...

Et il demanda :

– Quel draveur ?

– Hein ?

– Vous avez parlé d'un draveur. Duquel ?

– Ne lui dis rien ! hurla Ben, en contrebas.

Dekker regarda cet homme assis à son poste de travail puis Bird qui flottait au ras de la cloison.

– Mon partenaire est un peu tendu, expliqua Bird.

Prends ton petit déjeuner. A moins que ce ne soit le dîner pour toi.

Ben montait les rejoindre. Il se freina d'une poussée de la main sur les canalisations.

– J'aimerais savoir avec quoi tu comptes nous régler ton passage, dit-il. Tu manges notre nourriture et tu respires notre air, tu nous fais perdre notre temps et notre carburant. Nous avons dû interrompre notre prospection pour aller te chercher et nous allons nous retrouver sans rien à la banque à cause de toi. Alors, j'aimerais bien savoir si tu as les moyens de nous dédommager ou seulement des dettes ?

– Nous avons de l'argent, dit-il.

Pour le regretter aussitôt. Il n'aurait jamais dû leur faire cette confidence. Il se concentra pour retrouver le fil de ses pensées et s'empressa de répéter, en espérant qu'il n'avait pas raté une partie de leurs propos :

– Quel est ce draveur ?

– Combien ?

– Ben, gronda Bird.

Il choisit ses mots et dit :

– Je veux... Je veux que vous contactiez ce draveur pour lui demander des nouvelles de ma partenaire.

– Quelles nouvelles de ta partenaire ?

– Il faut que je sache si...

Cette pensée le fit bafouiller. Ce n'était pas dans ses habitudes, mais il avait des difficultés à l'exprimer à haute voix.

– ... s'ils l'ont p-prise à bord.

– Pourquoi auraient-ils fait une chose pareille ? Qu'est-ce que vous fichiez ? Vous vous serviez dans une concession déjà attribuée ?

– N-non. C'est lui !

– Que veux-tu dire ?

– Ben, gronda Bird avant de regarder Dekker. Oublie sa question.

Il ne comprenait pas. Il était trop faible pour suivre leur discussion. L'hostilité de Ben, l'apesanteur et cette nourriture à laquelle il n'était pas accoutumé lui faisaient perdre son équilibre et son sens de l'orientation. A l'intérieur de son crâne un bourdonnement continu ne cessait de s'amplifier et de décroître, comme les grondements des ventilateurs. Parfois, il savait que Cory vivait toujours, aussitôt après, il pensait au temps écoulé et voulait regarder sa montre pour obtenir une confirmation.

Mais c'était de la folie. Il commençait à s'en rendre compte. Le draveur représentait le seul espoir de salut pour Cory. Peut-être était-elle à son bord. Peut-être.

– Il ne raconte plus la même version des faits, fit remarquer Ben. Il ment comme il respire. La première fois, il nous a parlé d'une collision avec un caillou. D'une explosion qui avait détruit un réservoir et d'un choc qui avait défoncé l'autre. Tu veux visionner la bande, Dekker ? Je peux te la passer.

– Nous n'avons pas heurté un rocher, rétorqua-t-il en secouant la tête.

Il ignorait ce qui en résulterait, de quoi ils l'accusaient, s'ils enregistraient cet interrogatoire et ce qu'ils espéraient obtenir de lui.

– Qu'est-ce qui a provoqué cette explosion ?

– Le draveur nous a éperonnés.

– Du côté *opposé* au Puits ? Dans quelle zone étiez-vous ?

– R 1.

– Draveur, mon cul ! Vous avez percuté un rocher, pas vrai ? Vous vous êtes payé un caillou.

– Non.

– Ben, intervint Bird, il faut le ménager. Il panique.

– Le ménager ? Certains types qui se retrouvent dans la merde l'ont parfois bien cherché.

– Nous ne savons rien, fit Bird. Il est normal que

sa mémoire flanche un peu, après tout ce qu'il a supporté.

– Il n'a pas l'air trop mal en point. Je dirais même qu'il est en pleine forme, grâce à notre air et à notre bouffe. Il fait même des progrès foudroyants.

Ben avait déclaré qu'il voulait s'approprier son vaisseau, il s'en souvenait. Ces hommes s'intéressaient au *Way Out*, qu'ils allaient ramener à R 2 et non à R 1, et ils déclaraient à présent que ça ne leur suffirait pas...

Ils feraient de lui leur esclave. Il avait entendu parler de Nouri. Tous ces faits s'étaient déroulés dans la Ceinture. Des individus sans scrupules s'emparaient d'autres vaisseaux... et avant de rentrer à Base, ils faisaient disparaître tout ce qui pourrait être retenu comme preuve contre eux.

Mon Dieu ! se dit-il en cessant de les voir. Le seul autre appareil présent dans les parages est ce draveur. Si son capitaine n'a pas annoncé le sauvetage de Cory...

Les instruments de bord... quelque chose approchait...

L'explosion l'ébranla comme un coup de poing, les *g* l'écrasèrent. Il tendit la main vers le bouton de mise à feu.

Pas d'alimentation. Rien...

Ben le laissa. Bird le laissa. Il les vit discuter en se tenant par le bras mais ne put entendre leurs propos.

Puis Ben cria :

– Son vaisseau nous revient !

Et Bird :

– Ferme-la ! Ferme-la une bonne fois !

Une nouvelle altercation. Ils s'emportaient pour des questions d'argent... des dépenses engagées pour le sauver. Bird prenait sa défense et répétait :

– Ce n'est pas à nous d'en décider, Ben !

Il se tourna pour les voir, tour à tour en phase avec la réalité puis inconscient, alors que les grondements du système de ventilation l'assaillaient et que la soupe qu'il venait d'ingérer lui donnait des nausées. La discussion s'envenimait et il craignait de voir Ben frapper Bird et prendre le commandement de l'appareil.

La dispute cessa. Il perdit connaissance. A son éveil il perçut une présence près de lui et ouvrit les paupières sur l'œil cyclopéen d'un caméscope braqué sur son visage. Ben tenait l'appareil. Il s'alarma. Cet homme était-il un malade mental ou avait-il simplement une marotte ? Il n'osait protester. Il se contentait de le fixer et de combattre ses nausées.

Ben baissa la caméra et lui dit :

– Cette fois je t'ai eu, pauvre connard.

Puis il se propulsa au loin.

Et Dekker pensa : Il est fou, complètement fou... Ben désirait s'approprier son vaisseau. Ben voulait le tuer. Depuis que Ben lui avait passé ce câble autour du cou, il n'osait s'endormir de crainte que ce dément n'en profite pour mettre ses sinistres projets à exécution. L'adrénaline le maintint éveillé un long moment puis la réalité s'estompa de nouveau. Il se retrouvait une fois de plus dans les ténèbres, malmené par la rotation de l'habitacle et écrasé par la pression qui s'accentuait sur son crâne. Finalement, il fut de retour devant l'objectif... et devant Ben dont la folie gagnait chaque jour un peu plus.

Il se demanda combien de temps duraient ces séances de prise de vues, s'il n'y assistait pas en rêve. Bird dormait dans un hamac improvisé tendu en proue et Ben était à son poste de travail, comme s'il ne l'avait quitté à aucun moment, comme s'il n'avait pas eu une conduite anormale. Dekker l'observa un instant, en s'interrogeant. Avait-il eu des hallucinations ? Etait-il sans danger de se déplacer pendant que Bird était endormi ? Il avait un besoin pressant mais craignait de mettre Ben en colère en quittant le coin de l'habitacle qu'il lui avait assigné.

Finalement, il se poussa doucement et descendit à la verticale vers les douches/toilettes.

Ben tourna la tête dans sa direction à l'instant où il atteignait la cloison opposée et tendait la main vers la porte de la cabine. Le pilote ne sembla pas en faire cas.

N'utilise pas la douche... Il n'avait pas oublié cet ordre de Bird et il garda le filin serré dans sa main gauche, toujours selon ses instructions. Pendant un instant il se demanda où il était, avant de se le rappeler : à l'intérieur des toilettes. Une pensée angoissante lui traversa l'esprit : Ils mentent, nous ne sommes pas à bord de leur appareil mais du *Way Out*. Il reconnaissait le revêtement vert rainuré des parois. Il le toucha et obtint la confirmation que la texture était la même, aussi matérielle que tout le reste. Il se dit : Cory ne peut pas être morte, elle vit, il n'y a pas d'autre vaisseau...

Mais il y avait le câble qui empêchait la porte de se refermer, ce mousqueton qui refusait de s'ouvrir... Il se cala avec les pieds et les épaules pour repousser la languette de sécurité et comprimer la partie mobile entre ses doigts, mais il n'avait aucune prise et Cory était à l'extérieur, dans l'impossibilité de rentrer...

Il regarda sa montre. Il lut : 06 : 38. Et encore : 12 mars. Cette saloperie déconne, se dit-il, il est impossible que nous soyons le 12 mars. Je suis revenu à mon point de départ. Cory va mourir ! Ô mon Dieu !...

La languette de sécurité du mousqueton se remit en place et lui pinça un doigt. Il mordit sa lèvre pour ne pas crier et pensa : Je dois me libérer, m'emparer du vaisseau, atteindre la radio...

Il chercha autour de lui quelque chose qui pourrait remplacer une pince pour comprimer le ressort. Il décida de faire un essai avec le distributeur de savon, releva son couvercle et bascula pour se retrouver avec la tête en bas en calant son pied contre la paroi.

Il utilisa sa main gauche pour tirer la languette de sécurité et la droite pour maintenir l'élément mobile sous le rebord du couvercle qu'il rabattit en appuyant de toutes ses forces, tout en essayant d'empêcher le mousqueton de glisser...

3

Ben entendit un bruit sourd et pensa : Il est là-dedans depuis une éternité.

Il déboucla sa ceinture, se propulsa dans cette direction et s'arrêta en agrippant une poignée sitôt qu'il vit la silhouette indistincte de Dekker en travers et la tête en bas à l'intérieur de la cabine.

Qu'est-ce qu'il fabrique ? se demanda-t-il. Il tira la porte transparente... et resta interdit en découvrant la scène. Puis il remarqua des empreintes de doigts sanglantes, l'angle étrange du cou et des bras du dément qui se servait du couvercle du distributeur de savon pour faire pression sur le mousqueton. Dekker lâcha brusquement le rabat métallique qui se remit en place en claquant, puis il se poussa à sa rencontre en cherchant une prise. Effrayé, Ben comprit que ce fou furieux voulait l'étrangler.

Il hurla, tendit les bras et referma les mains sur le filin. Ils tournoyèrent et s'emmêlèrent dans le câble que Dekker tentait de passer autour de sa tête. Ben le frappa, se dégagea et continua de le rouer de coups, de toutes ses forces.

– Ben ! cria Bird.

Il l'entendit à peine. Il s'acharnait sur Dekker. Il ne sentait plus ses poings et il avait tant de difficultés à respirer qu'il n'aurait pu dire si c'était le câble qui le faisait suffoquer. Bird saisit son bras et hurla :

– Tu vas le tuer ! Arrête, bon sang !

Il prit conscience que Dekker avait cessé de lutter. Bird lui fit lâcher leur passager qui dériva, puis il le secoua et lui dit :

– Merde ! Tu es complètement inconscient !

Il s'apitoyait sur le sort d'un fou furieux... au lieu de le remercier pour leur avoir sauvé la vie à tous deux. La peur le faisait trembler, il avait mal partout, et son partenaire ne se préoccupait que de Dekker !

– Ce salopard tentait d'ouvrir le mousqueton ! gronda-t-il.

Il se dégagea, agrippa Dekker et le hissa vers les canalisations en cherchant dans sa poche le rouleau de ruban adhésif. Le jeune homme était toujours inconscient mais Ben se hâta d'immobiliser son poignet à une conduite d'eau froide, pour en finir avant qu'il ne reprenne connaissance.

– Arrête ! cria Bird, qui monta et le poussa de côté.

Sa main le faisait encore souffrir et Bird prenait fait et cause pour ce cinglé. Il descendit et alla se servir une bière. Sans rien répondre, car il craignait d'en dire trop. Sa mâchoire était endolorie. Une dent branlait. Sa lèvre entaillée saignait. Il ne s'était jamais battu à l'école car il avait horreur de la violence, mais ce salopard avait voulu le tuer et c'était un cas de légitime défense.

– Ne le libère pas ! lança-t-il à Bird. Ne t'en avise pas !

Il but une gorgée de bière. Il tremblait toujours et des frissons spasmodiques secouaient ses bras et ses jambes. Sa respiration était si irrégulière qu'il s'étranglait à chaque gorgée. Cette réaction n'était pas due à la frayeur mais à la colère. Il bouillait de rage. Un malade mental essayait de le tuer et Bird défendait ce salopard et s'apitoyait sur son sort. Bird était le propriétaire de cet appareil. Il donnait les ordres. Et il soutenait ce cinglé...

– Envoie-moi une pochette réfrigérée, lui cria Bird.

Il obéit, docile. Il ouvrit l'armoire à pharmacie et lança le sachet de glace à son partenaire, qui ne daigna même pas lui accorder un regard.

Bird éteignit la lampe-stylo. Au moins les pupilles étaient-elles dilatées de façon identique et réagissaient-elles à la lumière. C'était à peu près tout ce qu'il savait devoir vérifier. Du sang gouttait du nez de Dekker, de petites perles rouges qu'il attrapait dans son mouchoir pour empêcher qu'elles n'aillent obstruer les filtres. Il essuya le menton du jeune homme puis appliqua la pochette réfrigérée sur son visage et sa nuque.

Dekker revenait à lui. Surpris, il tira sur la bande adhésive puis leva son autre main pour tenter de l'arracher. Bird saisit son poignet et l'immobilisa avant de lui dire, à voix basse pour que Ben ne pût l'entendre :

– Du calme, reste tranquille et tout finira par s'arranger. Ne t'énerve pas... ce n'est pas comme ça que tu amélioreras ta situation. Arrête, tu entends ?

Dekker respirait avec peine. Bird se demandait s'il le regardait ou s'il fixait un point situé quelque part derrière lui. Il ne pouvait lui reprocher de vouloir recouvrer sa liberté de mouvement... mais il avait des doutes sur sa santé mentale. Et bien malin celui qui aurait pu dire pourquoi Ben avait réagi de la sorte. Dekker tenta de dégager son poignet.

– Stop ! fit Bird. Ne bouge pas. Ne touche pas à ça pour le moment. Tu m'entends ? Reste tranquille.

– Tu n'es qu'un menteur.

– Si tu le dis.

Quand il s'était endormi, la situation semblait sous contrôle, et à son éveil ses deux compagnons de voyage essayaient de s'entre-tuer pour des raisons qu'il ne connaîtrait sans doute jamais.

– Tu balances du sang dans nos filtres. Cesse de gigoter comme ça, bordel !

Dekker suffoquait. Il éternua. D'autres perles vermeilles jaillirent. Bird les saisit dans un mouchoir qu'il lui colla sous le nez.

– J'aimerais savoir ce qui s'est passé, fiston. Qu'as-tu fait pour mettre Ben en rogne ?

Dekker se contenta de secouer la tête ; il ne savait pas, il avait oublié. Il se moucha, renifla avec bruit et murmura :

– Cory. Appelez Cory.

– Elle ne peut plus répondre.

Il attrapa la pochette réfrigérée qui revenait vers eux après avoir heurté la paroi et la plaça dans la main de Dekker.

– Tiens-la et garde-la sur ton nez. Si tu saignes, utilise le mouchoir, d'accord ? Mais ne te mouche pas. Laisse le sang couler.

Dekker le fixa par-dessus le carré de tissu ensanglanté. Peut-être avait-il repris ses esprits, à moins qu'il ne soit tout simplement trop malheureux et essoufflé pour réagir.

Bird reprit le contrôle de son système nerveux et de ce qui subsistait de sa patience avant de descendre rejoindre Ben. Son associé lui tournait le dos et feignait de ne pas l'avoir vu. Il prit appui sur un placard pour modifier sa trajectoire. On s'habituait à regarder les gens la tête en bas ou de travers, lorsqu'on vivait dans l'espace. Ben était amer, rongé par le ressentiment. Il l'ignorait, buvait sa bière et tentait de donner l'impression d'être plongé dans ses pensées.

– J'ai un problème, déclara Bird.

– Nous avons tous les deux un problème, rétorqua sèchement Ben, comme s'il n'avait rien d'autre à lui dire. (Mais il ajouta :) Ce détraqué voulait nous tuer.

Sans mon intervention il aurait ouvert le mousqueton en utilisant le couvercle du distributeur de savon comme levier. Qu'aurait-il fait ensuite, hein ? Tu peux me le dire ?

– Dieu seul le sait. Détends-toi. Le retour sera long.

– Tu me demandes de me détendre ? Je me suis privé depuis l'enfance pour mettre de côté ces vingt k, tu comprends ? On ne m'a jamais aidé ou donné quoi que ce soit, et quand la chance de notre vie se présente...

– Rien ne prouve que nous ayons des droits sur ce vaisseau.

– Bon Dieu !...

– Tout finira par s'arranger. Nous arriverons à redresser la situation...

Il comprenait les inquiétudes de Ben, vingt k étaient une somme importante, difficile à se procurer.

– Redresser la situation ! Tu es trop vieux pour dire des conneries pareilles, Bird. J'ai investi tout ce que je possédais dans le *Trinidad*.

– Moi aussi, rétorqua Bird avant de se tirer vers le bas et de basculer pour regarder Ben dans le bon sens. Plus de trente années de travail. Mais écoute-moi bien : je t'interdis de frapper encore ce type ! Tu ne trouves pas qu'il est suffisamment amoché comme ça ?

– Qu'est-ce qu'il est, pour toi ? Pourquoi te conduis-tu avec lui comme si tu étais son débiteur ? Est-ce qu'il existe des choses que j'ignore ? Tu l'as déjà rencontré quelque part ?

Ils avaient de nouveau cessé de communiquer. L'obsession de Ben laissait présager qu'il finirait par devenir violent.

Mais à l'instant où Bird crut que Ben allait le frapper, ce dernier leva la main et hocha la tête.

– D'accord, nous rentrons à Base, nous interrompons notre prospection... Oublie ce que j'ai dit.

– Quel jour sommes-nous ? demanda Dekker. Cory ? *Cory ?*

– Le 21. Le 21 mai.

Ben se passa la main dans les cheveux et adressa un regard exaspéré à Bird.

– Je ne veux plus voir ni entendre ce type. Qui sait ce qui est arrivé à sa partenaire ? Si jamais elle a existé.

– *Cory ?*

– Boucle-la ! hurla Ben. Ferme ta gueule !

Bird se mordilla la lèvre mais ne dit rien. Dans certaines circonstances, établir un dialogue s'avérait impossible et Ben n'était certainement pas d'humeur à prêter une oreille attentive à ses arguments.

– Demande simplement une confirmation à Base, lui dit-il en le prenant par l'épaule. Tout finira par s'arranger, tu peux me croire.

– Fais-le taire, par pitié ! Débrouille-toi pour qu'il nous fiche la paix cinq minutes.

Dekker s'affairait sur la bande qui immobilisait son poignet, dans la mesure de ses possibilités... ses doigts étaient enflés, ses côtes endolories, et il se demandait ce qui avait bien pu se passer, s'il avait fait quelque chose pour qu'ils lui infligent un pareil traitement et le ligotent de nouveau. Il ne se souvenait de rien, sauf des nervures vertes du revêtement de la cabine de douche et de sa montre. S'ils étaient bien ce jour-là, un malheur allait arriver à Cory... s'ils étaient bien ce jour-là... mais Bird affirmait qu'ils étaient en mai, pas en mars.

Janvier a trente jours. Non, trente et un. Février vingt-huit. Mars...

Septembre en a trente... comme avril, mars et novembre...

– Avril, *juin* et novembre. Ta gueule !

12 mars. Trente et un jours, douze ôté de vingt et un.

Non, une année débute en janvier. Il y a donc trente jours, non, trente et un. Trente et un plus vingt-huit... ou vingt-neuf les années bissextiles... cette année est-elle bissextile ?

– Non !

Vingt-huit et douze, alors... Non, il faut tout reprendre au début. Trente jours en janvier...

– Nous sommes le 21 mai, Dekker !

Ce serait plus facile dans l'autre sens... vingt et un jours en mai...

Impossible. Tout simplement impossible...

– Vous avez trafiqué ma montre, bande de salauds ! Vous voulez me rendre fou !

Bird monta vers lui, le prit par l'épaule, saisit la pochette réfrigérante qui dérivait à proximité et la lui fourra dans la main avant de dire posément, sans seulement savoir de quoi il retournait :

– Le temps est désormais sans importance, fiston. Détends-toi. Nous allons atteindre notre rayon. Tu vas entendre la voile se déployer sous peu.

– Raffinerie Deux, dit-il.

Il s'en souvenait. Il espérait que c'était un souvenir. Il priait le ciel pour ne pas devoir revivre tout cela.

– C'est exact.

Une caresse sur son bras, Bird était peut-être aussi fou que Ben, mais il paraissait animé de meilleurs sentiments. Dekker ne résista pas lorsqu'il inclina sa tête pour examiner son œil, le droit, enflé et douloureux.

– Bird, rends-moi un service.

– Tu nous en dois déjà un tas, fiston. Lequel ?

– Appelle ma partenaire.

– Nous faisons tout ce qui est en notre pouvoir.

Il ne le croyait pas. Et il le crut encore moins quand il le vit sortir de sa poche une boucle de câble et saisir son autre poignet. Il résista, essaya de le repousser, mais l'effort réclamé lui donna des vertiges et lui coupa le souffle.

– Ne m'attache pas, ne m'attache pas, murmura-t-il.

Pour que Ben ne pût l'entendre.

Ce que ses côtes le faisaient souffrir !

– Désolé, fiston, mais c'est impossible. Pas aujourd'hui. Tu devras attendre. Ben m'a dit que tu avais fait des dégâts.

Le câble entailla la chair et un mousqueton se referma.

– Il a menti !

Non. Il n'avait pas voulu s'engager sur cette voie. Il chercha un moyen de revenir sur cette affirmation. Un autre cliquetis... le filin venait d'être enroulé autour d'une conduite. Il essaya de ne pas céder à la panique et fit tout son possible pour donner de lui une meilleure image.

– C'est exact. J'ai perdu la tête. Mais je me suis repris. Explique à Ben que je regrette, et que je ne recommencerai pas.

– Je le lui dirai.

Bird exerça une pression sur son épaule, avec beaucoup de douceur.

– Tu ne risques rien, fiston. Personne ne te veut du mal, ici. Mais nous sommes entassés dans un vaisseau minuscule et tu as les idées un peu confuses. Alors, reste tranquille et tout se passera bien.

Il manquait d'oxygène. Il tenta de se reprendre. Il ne voulait pas entendre répéter qu'il disait n'importe quoi.

– Bird, il y a bien un draveur dans le secteur d'où je viens, n'est-ce pas ?

– Je ne pourrais pas te répondre, fiston. Je ne connais pas ses coordonnées.

– 79, 709, 12.

Bird hocha la tête, lentement.

– D'accord. Oui. Il y a un draveur à proximité.

Il respirait avec peine. Il se détendit, heureux de ne pas avoir été contredit.

– Vous devez le contacter. Pour lui demander des nouvelles de ma partenaire.

– Es-tu absolument certain d'avoir eu une partenaire ?

La réalité fichait le camp de nouveau. Le temps, l'espace et les événements en portaient la responsabilité. Il fixait le visage et l'embryon de la barbe grise de Bird, son seul point de repère.

– Appelez cet appareil, pour savoir si ces types l'ont retrouvée. C'est tout ce que je désire.

– Fiston... je ne sais pas ce que vous fabriquiez dans un secteur auquel un draveur avait déjà été assigné. Tu saisis le fond de ma pensée ?

Non. Il l'indiqua en secouant la tête.

– Il y a combien de temps que tu es dans la Ceinture, fiston ?

– Deux ans, répondit-il.

Pour en douter sitôt après. Il n'avait plus aucune certitude, dès que l'écoulement du temps entrait en ligne de compte. Il pensa : Je dois regarder ma montre, pour savoir...

– Indépendant ?

– Ouais.

– Et la prospection vous rapportait de quoi vivre ?

D'habitude, c'était Ben qui s'intéressait à ces choses.

– Nous n'avions pas à nous plaindre.

– Vous n'avez jamais empiété sur d'autres concessions, pas vrai ?

Son cœur s'emballa. Il secoua la tête, frénétiquement, pour donner du poids à sa dénégation.

– Non !

Il avait oublié le thème de leur conversation, ce qu'ils venaient de dire, pourquoi Bird lui avait posé une pareille question.

– Nous sommes très près de la drave et nous ne voudrions pas qu'il se produise un second accident. Tu saisis le fond de ma pensée ?

Tout s'assombrit. Bird lui donna de la soupe puis précisa que c'était son petit déjeuner et que tout allait bien. Dekker voulait le croire, mais ne le pouvait pas. Il entendait des voix, à proximité. Il croyait se rappeler que Bird l'avait interrogé. Ce n'était pas une certitude. Il avait rêvé qu'il répondait et que Bird le libérait pour aller aux toilettes. Mais peut-être était-ce une autre fois.

De temps en temps, il se rappelait la collision et bandait ses muscles. Puis il prenait conscience que le drame s'était déjà produit et qu'il avait survécu.

– Quel jour sommes-nous ? voulut-il savoir.

Bird lui saisit la mâchoire pour immobiliser son visage et le fixer droit dans les yeux.

– Evite de mettre Ben en rogne, fiston. Ne lui pose plus cette question. Et à moi non plus. Ton amie est morte. Elle est *morte*, tu comprends ?

Bird lui faisait mal. Il était en colère, pour une raison incompréhensible.

– Je viens de recevoir la confirmation de Base, annonça Ben.

– Parfait, commenta Bird qui lui tapota la joue avant d'ajouter : Je sens un courant d'air qui provient de cette trappe de ventilation. Je vais t'apporter des couvertures... nous sommes sur le point de prendre le rayon.

– Ouais.

Il était de nouveau désorienté. Les propos de Bird laissaient supposer qu'il disposerait d'un peu de temps, mais il ne savait toujours pas où ils étaient. Il se retrouva dans le néant pendant un moment. Il entendait Bird se déplacer. Les systèmes hydrauliques chargés de déployer la voile gémissaient. Nous rentrons, se dit-il. Ce n'était plus possible, désormais. Il savait qu'il ne reviendrait pas de ce voyage. Il revoyait la cloison de la cabine de douche et la montre à son poignet, et ces images revenaient sans cesse dans son esprit, en boucle, peut-être parce qu'il *était* mort...

Bird revint avec des couvertures. Il en cala une entre sa nuque et les canalisations, une autre au creux de ses reins.

– Ne les laisse pas partir à la dérive, lui conseilla le vieil homme.

Il s'était également muni d'un filet qu'il tendit autour de son corps, des couvertures et des conduites. Il précisa qu'il n'avait pas le choix, que c'était pour sa sécurité, mais Dekker avait cessé de le croire. Il pensa à Station Sol. A maman qui revenait du travail. A Cory qui s'avançait vers lui dans les docks de Raffinerie Un. « Salut, je suis Cory. » Et une fille qui n'avait été jusqu'à cet instant que des mots alignés dans des lettres s'était vu accorder un statut d'être de chair et de sang...

S'il regagnait Base, si Bird et Ben le ramenaient à son point de départ, elle serait là à l'attendre... Il lui suffisait de tenir jusqu'au 12 pour avoir la possibilité de tout reprendre de zéro...

Il était parti de chez lui. Cory s'était enfuie de chez elle. Sa mère approuvait son départ. Pas celle de Cory, et elle écrivait toutes ces lettres qui s'accumulaient dans le fichier-courrier... Il lui disait : Ne les lis pas, mais Cory n'avait pas écouté ses conseils. Rongée par un sentiment de culpabilité, elle avait ensuite passé des heures devant un ord de location pour rédiger une réponse... mais pas lui. Il aurait eu des tas de choses à dire, quand il en avait eu l'occasion. Mais c'était Cory qui n'aurait plus la moindre possibilité de faire quoi que ce soit, et c'était vraiment trop injuste.

– Parés, lui cria Bird. Tu as entendu, Dekker ? Nous allons prendre le rayon. Ça va, là-haut ?

Il s'imagina répondre. Il pensait : Nous ne rentrons

pas à la maison. Nous ne retournerons jamais là-bas. Il y a toutes ces lettres, et elle ne les lira pas. Ils diront tout à sa mère... et elle voudra me tuer...

– Dekker ! Prête-nous un peu attention, bordel ! hurla Ben. Réponds !

– Ouais, fit-il.

– *Dekker !*

Il le répéta, d'une voix plus forte. L'accélération l'écrasa contre les couvertures que Bird avait calées entre lui et les canalisations. La bande adhésive lui coupait la circulation et il ne sentait plus ses doigts. Il eut des étourdissements. Le vaisseau devenait instable... et tout lui revenait à l'esprit : l'explosion, l'appareil qui tournoyait, les objets qui volaient de toutes parts...

– Cory ! cria-t-il.

Peut-être avait-il poussé ce cri dans le passé. Il ne savait plus. Quelqu'un lui ordonna de se taire et il se rappela qu'on l'avait secouru. Mais il ignorait quelle était leur destination et s'ils l'épargneraient.

Finalement, la pression s'atténua et il resta immobile, le crâne martelé par les pulsations. Il sentait de nouveau ses mains. Dans ses sinus et derrière ses globes oculaires des élancements le torturaient.

– Quelle heure est-il ?

Nul ne lui prêta attention. Il répéta sa question, d'une voix brisée :

– Quelle heure est-il ?

Ben grimpa dans son champ de vision, saisit son genou puis son col et le gifla.

– Ta gueule !

Dekker leva une jambe et détourna le visage, pour se protéger. Ben le frappa encore, et encore, jusqu'au moment où Bird monta vers eux et écarta son partenaire en lui intimant d'arrêter.

– Retourne te coucher, Ben !

– Comment veux-tu que je puisse dormir pendant que ce cinglé débite des chapelets de « Quelle heure est-il ? Quelle heure est-il ? ». Merde ! je vais l'étrangler... je sens que je vais l'étrangler !

Bird le prit par l'épaule.

– Ben... détends-toi. D'accord ? Et toi, Dekker... *ferme ta grande gueule !*

Ensuite – le jour suivant ou la semaine suivante, ou seulement quelques heures plus tard, il n'aurait pu se prononcer –, Ben monta vers lui, empoigna le devant de sa combinaison et lui dit en le fixant dans les yeux :

– Je t'avertis que c'est mon tour de garde, tu entends ? Nous sommes seuls. Tu saisis, Dekker ?

Il hocha la tête puis le regarda pour dire :

– Oui.

Au cas où il n'aurait pas été assez explicite.

– Tu veux savoir quelle heure il est, Dekker ?

Il secoua la tête. Il se souvenait qu'il n'en fallait pas plus pour rendre cet homme fou furieux. Les doigts de Ben serraient son col et empêchaient le sang d'irriguer son cerveau.

– Pose cette question une seule fois et je te tords le cou. C'est bien compris, Dekker ?

Une nouvelle confirmation de la tête. Son champ de vision se réduisait. Ben le fixait toujours, et son expression traduisait des idées de meurtre.

Il se rappelait – à moins que ce ne soit le souvenir d'un rêve – cet homme occupé à le filmer à moitié inconscient. Le sang n'arrivait plus jusqu'à ses neurones et il pensa : Il est fou. Il est complètement fou, et je me demande si Bird ne l'est pas autant que lui...

– Tu m'entends ?

Il voulait fournir une réponse affirmative, mais tout se fondait dans la grisaille. Le vaisseau tournoyait. Ben le lâcha et s'éloigna. Il inspira un peu d'air et frissonna. Il aurait aimé voir Bird se réveiller, savoir où ils allaient et si Cory serait là-bas, à l'attendre. Ils avaient parlé de Raffinerie Deux, mais ils auraient pu dire Mars ou la Lune. Ce n'étaient que des noms, après tout.

C'était ainsi, dans la Ceinture. Depuis toujours. Les règles du jeu se modifiaient, car la compagnie essayait de rouler les prospecteurs. Cory se chargeait des calculs. Elle avait fait des études, elle connaissait les nombres bien mieux que lui.

Il regrettait d'avoir été secouru. Il eût préféré ne pas être retrouvé. Mais peut-être n'était-ce qu'un rêve. Il était si difficile de distinguer le réel de l'imaginaire.

Dekker avait encore disjoncté. Le bruit des pompes et des ventilateurs ne couvrait pas ses marmonnements et Ben se boucha une oreille avec la paume de la main, en essayant de concentrer son attention sur les cartes. Il devait relever toutes les données qui pourraient leur être utiles par la suite, car Maman ne fournissait aux indépendants qu'un minimum d'informations, et un fichier personnel – naturellement illicite – permettait aux plus entreprenants de les compléter, d'étudier les secteurs attribués et de déterminer s'ils devaient les prospecter eux-mêmes ou les laisser à ceux qui souhaitaient louer leur appareil.

C'était pour cela qu'ils étaient si attentifs lors de tout déplacement. Ils restaient à l'écoute de l'espace qu'ils traversaient sans le voir et sondaient les alentours avec le radar pendant que la Gestion des Mouvements ramenait leur vaisseau sur une trajectoire (théoriquement) sans danger. Ils enregistraient toutes les informations ainsi récoltées, repéraient les vieux identificateurs et établissaient des cartes des récents pour calculer les zones où les bons rochers pourraient se regrouper, car lorsque Jupiter traversait la Ceinture – tous les douze ans –, la planète géante ralentissait des astéroïdes et en accélérait d'autres, modifiait leurs orbites d'un million de k ou les envoyait se promener encore plus loin, et la donne changeait. Sol se chargeait de lancer les dés et Jupiter de rendre les résultats aléatoires. Et seuls les indépendants qui disposaient de coordonnées précises et de fichiers complets pouvaient espérer s'en tirer. Des rochers s'entrechoquaient, des capitaines de ravitailleurs et de draveurs manquaient de conscience professionnelle, et il arrivait parfois qu'on découvre des fragments de vieux rochers qui suivaient toujours leur ancienne orbite... si elle n'avait pas été modifiée par des collisions ou l'attraction de Jupiter, et si les blocs eux-mêmes n'avaient pas été emportés par la drave du minerai propulsé en direction du Puits. Il ne restait guère de cailloux non répertoriés mais – la plupart du temps à cause de la négligence d'un draveur – on en rencontrait encore, avec des résultats fracassants. Il arrivait encore qu'on trouve des blocs venus de très loin, d'anciens fragments de comète, des détritus du Nuage d'Oort, ou Dieu sait quoi. Tous avaient leur orbite, tous valsaient autour de Sol, mais certains gardaient leurs distances... et avec un appareil en remorque, il fallait espérer que Maman tenait à ses petits et s'était donné la peine de vérifier ses calculs.

– Ralentir ne sera pas facile, avait-il fait remarquer à Bird.

– Nous réussirons à décélérer.

– Ouais, mais tu oublies que les haubans n'ont pas été prévus pour une masse pareille.

– Ne t'en fais pas pour ça.

De telles réponses le mettaient en rage. Il ne pouvait accepter de courir le risque d'endommager la voile et de devoir sortir la réparer dans le meilleur des cas, et dans le pire de la perdre... ce qui enverrait le *Trinidad* faire un long, très long plongeon dans le Puits. Il était déjà à bout de nerfs, et Bird lui répondait simplement de ne pas s'en faire !

Il envisageait parfois d'étrangler Dekker.

Et Bird par la même occasion.

Mais seul quelqu'un d'aussi fou que leur passager pouvait avoir de telles pensées.

Il continuait de saisir des informations pour étoffer et compléter son fichier personnel, en essayant d'oublier la présence de Dekker. En apesanteur, il était impossible de garder constamment un doigt dans son oreille... très difficile, en tout cas. Il pensa aux protège-tympans rangés dans le placard, mais ils seraient *trop* efficaces pour lui permettre de bénéficier d'une certaine tranquillité d'esprit.

Il lança un regard oblique à Bird qui dormait paisiblement dans le filet tendu entre le coin-cuisine et le poste de travail numéro un. Dekker était trop proche des cocons rotatifs. Ce type avait peut-être sombré dans la folie bien avant le drame... et Bird risquait de se laisser apitoyer et de le libérer pendant une de ses permanences. Il ne manquerait plus que ce malade s'empare d'un objet contondant ou, Dieu les en préserve, pointu.

Tout ce sang, à bord de son appareil, les taches rouges sur sa combinaison... une simple entaille au front pouvait-elle saigner autant ?

Il devait faire entendre raison à Bird, le convaincre d'empêcher ce malade de nuire... d'une manière ou d'une autre. Ils ne pourraient pas dormir tout un mois dans un filet, ils devraient tôt ou tard regagner leurs cocons et la perspective de se retrouver coincé dans un cylindre pendant les six heures de permanence de Bird en se demandant ce que pouvait bien faire Dekker lui donnait déjà des nausées.

Et, merde ! Il avait la ferme intention de tout consigner dans le journal de bord ; tous leurs faits et gestes, tout ce que faisait ce dingue, tous ses « Quelle heure est-il ? ».

Il répondrait à ces questions à l'avenir. Mais il en prendrait note.

Ainsi que de leurs dépenses, sous la forme requise pour que la Gestion des Mouvements ne puisse refuser le dossier... parce que Benjamin J. Pollard n'était pas du genre à renoncer à une pareille aubaine à cause de la sensiblerie ridicule d'un vieillard. Certainement pas, merde !

4

La Raffinerie Deux n'avait pas un aspect plus engageant qu'un rocher mais ils furent heureux de voir des images de cet anneau noirâtre de plus d'un k de diamètre apparaître sur les écrans. Bird savait qu'ils n'étaient pas les seuls à être impatients de rentrer à Base. La plupart des prospecteurs braquaient leurs instruments d'optique sur elle bien avant l'instant prévu par les règlements pour une prise de contact visuelle. Grossie par les téléobjectifs des caméras, la station tournait sur elle-même avec la régularité d'une horloge, hérissée de mâts et de pylônes où étaient amarrés des pousseurs et des ravitailleurs, des navettes de bergers et d'autres appareils. Un petit nombre, guère plus d'une dizaine avec les engins de la compagnie en attente d'un nouvel équipage, ressemblaient au *Trinidad*... dans leurs moindres détails, s'ils avaient eux aussi un armement de type B et une cabine de douche verte.

L'intérieur de Raffinerie Deux rappelait aussi celui de leur vaisseau, hormis dans les niveaux résidentiels réservés aux sommités de la compagnie. Selon les rumeurs, car un indépendant n'avait pas plus de chances de les voir un jour que de visiter les bunkers de Mimas.

Des générations de Ceinturiers se succédaient et R 2 continuait de tourner. Cette roue démesurée qui abritait une usine dans son moyeu était l'unique endroit où les prospecteurs et les ravitailleurs pouvaient vivre pendant quelque temps sous une gravité proche de celle de la Terre. La raffinerie ingurgitait tout ce que rapportaient les bergers et éructait du méthane, vomissait des lingots, des poutrelles, des feuilles et des panneaux d'acier cellulaire. On y produisait aussi des matières plastiques et des textiles qui servaient à satisfaire les besoins locaux ou étaient expédiés vers Mars. Mais nul ne connaissait la nature exacte des activités qui se déroulaient à Mimas. On racontait que là, en bas, les robots se réparaient eux-mêmes et avaient plus de sentiments humains que les dirigeants de la comp... mais la plupart des gens préféraient ignorer ces rumeurs. Certains affirmaient qu'il ne s'agissait pas d'un centre d'ops mais d'un abri indestructible destiné aux directeurs, au cas où il se produirait une catastrophe dans le Puits. Mais tous veillaient à ne pas prononcer le mot *guerre* et s'abstenaient de penser à l'énorme structure en construction non loin de là, cernée par un essaim de ravitailleurs et d'assembleurs : un monstre hérissé de piquants métalliques, ébauché sur le site de production de l'acier et du plastique, avant d'être envoyé à Station Sol pour y être achevé. En fonction de leur état d'esprit, les gens qualifiaient les événements qui se déroulaient dans l'Espace-profond de spéculation, d'évasion fiscale ou de stupidité incommensurable, mais les plus sensés s'abstenaient de parler du conflit et de la forteresse spatiale en construction, et même d'y penser partout où Maman avait des oreilles.

Amen !

– Eh bien ! soupira Bird. R 2 est toujours là. Maman a laissé la véranda allumée et la porte grande ouverte.

Ben s'abstint de demander ce qu'était une véranda. Il lui en fallait plus pour réagir.

– Le soir, j'allais m'asseoir à l'extérieur pour contempler le ciel nocturne, ajouta Bird. Sais-tu ce qu'est une étoile filante, Ben ?

– Non.

L'intonation de sa voix indiquait qu'il avait d'autres préoccupations. Il préparait leur approche, dans la mesure où un copilote était habilité à s'en charger.

– Je suis presque paré pour le transfert. Tu as reçu la prise en charge ?

– Ouais.

– La Capitainerie a accusé réception de notre demande d'assistance médicale. Ils ont tout mis en branle.

– Voilà une bonne nouvelle.

Ben tapait sur le clavier, frénétiquement.

– Ils vont nous prendre en charge. Tu peux te détendre.

– Tu crois que c'est le moment ? Les meds et les douaniers vont rappliquer et nous aurons intérêt à n'avoir que des fichiers bien en règle.

– Nous n'avons rien à craindre. J'ai vérifié. Tu as vérifié... Tu es certain qu'ils ont bien reçu toutes les informations sur notre masse supplémentaire ?

– Ouais, j'ai demandé une confirmation.

Ben procédait à un envoi de données. Pas de papier. Des chaînes de variables. La G.M. réclamait de nombreuses déclarations, sous cette forme uniquement. Autrefois, on pouvait relire ses rapports pour s'assurer qu'on n'avait pas commis d'erreur. A présent, au sein de cette société qui avait proscrit tous les imprimés, les systèmes informatiques se chargeaient de poser les questions et de transmettre les réponses, si rapidement qu'il était impossible de vérifier si elles avaient un sens.

– Je constate que tu t'es chargé de tout, dit Bird. Et je t'en suis infiniment reconnaissant. J'ai vraiment toutes ces formalités en horreur.

– Ne t'en fais pas.

Ben avait un don pour fournir les bonnes réponses. Il affirmait qu'il suffisait pour cela d'avoir un état d'esprit approprié. Il saisit une donnée puis grommela :

– Bon Dieu ! Fais-le taire !

Bird ne s'était pas rendu compte que Dekker parlait, qu'il murmurait des mots d'une voix basse et monotone.

– Je l'entends à peine.

– Il m'empêche de me concentrer ! Moi, je ne l'entends que trop... « Où sommes-nous ? Où sommes-nous ? Quelle heure est-il ? » Toujours la même rengaine...

– Calme-toi.

– J'*étais* très calme, jusqu'à ce qu'il remette ça. Je sens que je vais lui tordre le cou avant l'appontage.

– Il s'est tu. Oublie-le.

– Tu deviens sourd. Tu ne l'entends pas ?

– A peine.

– C'est un dingue. Il est complètement à la masse. C'est bien la seule chose positive dans toute cette histoire, note bien...

– Laisse tomber, Ben... Il est à bout de nerfs, voilà tout. N'y pense plus, tu veux ?

Un silence glacial s'ensuivit, uniquement troublé par le cliquetis des touches du clavier. Et par la voix de Dekker, juste assez forte pour être audible *dès l'instant* où ils lui prêtaient attention.

Un murmure que couvraient les instructions fournies par les ops et le contrôle d'approche.

– Désolé, fit sèchement Ben.

Peut-être parce qu'ils se rapprochaient de la civilisation. Et de la santé mentale.

– Où sommes-nous ? demanda Dekker.

– Merde ! s'emporta Ben.

Il se pencha en arrière contre le dossier de son siège pour lui hurler :

– Nous sommes le 20 juin et nous arrivons à Base

Mars. Nous espérons que le président de la compagnie nous honorera de sa présence, lors de la réception donnée en ton honneur !

– Non, intervint Bird. Laisse-le tranquille.

– Je lui fiche la paix, bordel ! Si le voyage avait duré une semaine de plus, nous serions devenus aussi schizos que lui.

Un autre appel de Base :

– *Deux Vingt-neuf Tango* Trinidad, *ici contrôle d'approche* ASTEX. *Des remorqueurs sont partis à votre rencontre. Parés pour la décélération secondaire.*

– Contrôle d'approche, ici Deux Vingt-neuf Tango, répondit Bird. Ordre de décélérer bien reçu. Nous sommes parés.

Il coupa le micro pour crier :

– Dekker ! Apprête-toi à être secoué, tu entends ?

– Si ça pouvait lui faire le coup du lapin, grommela Ben.

Ce n'était pas le moment de parler de ça. Un rayon était braqué vers eux. Le contrôle d'approche leur adressa un avertissement et tira. Une force contraire cingla les voiles et la force d'inertie les projeta en avant dans leurs harnais. La position du *Trinidad* n'était pas idéale à cause du vaisseau accouplé à sa coque et le freinage fut plus brutal que de coutume. Dekker hurla... peut-être blessé. Ils avaient fait de leur mieux pour le caler et l'immobiliser, mais les résultats laissaient à désirer.

La décélération se poursuivait. Dekker se tut enfin. Il ne restait qu'à espérer qu'il ne ferait pas une nouvelle hémorragie nasale.

– *Deux Vingt-neuf Tango* Trinidad, *ici contrôle d'approche* ASTEX. *Procédez au découplage de l'appareil en remorque.*

– Contrôle d'approche, ici Deux Vingt-neuf Tango. Ordre de découplage bien reçu. Relèvement à 29 240 k de l'objectif à une vitesse d'approche de 1 702 k/s. Oméga.

Bird retira le capuchon de sécurité d'un bouton, qu'il pressa. Les mâchoires des grappins s'ouvrirent et la secousse se propagea dans tout l'appareil. Un Quatre-vingt-quatre Zebra cessa d'être assujetti au *Trinidad* mais resta collé à sa coque. Ils étaient à 29 240 k de la raffinerie et poursuivraient leur trajectoire de conserve, jusqu'à l'arrivée des remorqueurs chargés d'écarter l'épave.

– J'ai préparé des réponses à toutes les questions que les douaniers risquent de nous poser, marmonna Ben. J'ai également dressé une liste de nos frais.

– Laisse tomber...

– Je veux cet appareil, Bird. Je le veux. Merde ! Nous avons des preuves... Toutes celles qu'ils pourront nous réclamer...

– Ben...

– Ils feront une enquête en bonne et due forme. Mais ce type serait *incapable* de piloter un pousseur, et il était déjà dans cet état quand nous l'avons secouru. Que va-t-il faire, d'après toi ? Leur demander l'heure ? Nous avons la loi de notre côté. Son vaisseau est à nous, Bird, à nous !

Ben était redevenu tout joyeux.

– Laisse-le tranquille, et oublie son appareil !

– Faut pas y compter, bon Dieu ! On va le réclamer. Je peux déposer cette demande uniquement à mon nom, si tu y tiens. A toi de choisir, partenaire.

– Ça devient une obsession. Il ne faut rien désirer à ce point. C'est malsain.

– Malsain ? Je défends simplement nos intérêts, bordel ! Tu n'as qu'à me laisser faire, je connais la loi.

– Il n'y a pas que la loi, Ben... Pour l'instant, tu devrais ranger tout ça.

– Je n'ai pas terminé.

– Ils vont nous fouiller, bon sang ! Planque cette carte de données dans le trou ou balance-la dans l'espace. Nous ne pourrons pas la sortir, cette fois...

– Tout le monde le fait, et les douaniers s'en fichent... il suffit de leur dire que ce sont des logiciels de jeux et ils ne prennent même pas la peine de vérifier.

– Ben !

– Je ne me suis pas crevé à relever toutes ces données pour y renoncer maintenant. Ils passeront le *Trinidad* au peigne fin...

– Je le pilote depuis trente ans et personne n'a jamais trouvé cette cachette, ni les agents de Maman ni les équipages à qui je l'ai loué. Planque ça dans le trou. Tu crois peut-être qu'ils vont tout démonter parce que nous avons procédé à un sauvetage ?

– *Deux Vingt-neuf Tango* Trinidad, *ici contrôle d'approche ASTEX. Au bip sonore les remorqueurs seront à 20 minutes et 14 secondes.*

– Contrôle d'approche, ici Deux Vingt-neuf Tango. Bien reçu : 20 minutes 14 secondes. Pas de problème, épave libérée. Continuons selon vos instructions.

– Je t'ai trouvé une attitude tout au long du retour, déclara Ben. Ça me dépasse, Bird. Je te jure que je ne comprends pas.

– Connais-tu Shakespeare ?

– Non, je ne l'ai jamais rencontré.

Ils discutaient toujours lorsqu'ils appontèrent.

– Nous l'avons, déclara Ben.

Puis, après quelques inspirations, il ajouta :

– Désolé, Bird.

– Shakespeare était un écrivain.

– Oh ! Un de ceux-là ?

– Tout juste.

– Tu as une bande ?

– Ouais. Mais c'est plutôt ardu.

– Physique ?

– *Deux Vingt-neuf Tango* Trinidad, *ici la Capitai-*

nerie. Vérifiez votre pression. Aurez-vous besoin d'un apport extérieur ?

– Je relève 800 mb pour le dock B. Pas d'alimentation externe, nous sommes à 796.

– *Bien reçu,* Trinidad. *Les unités d'intervention médicales sont en attente sur les quais. Préparez-vous à fournir un échantillon de votre air.*

– Merde ! gémit Ben. Ils vont nous faire poireauter jusqu'à la fin des analyses. J'espère qu'ils ne vont pas trouver des saloperies à bord, sinon j'écorche vif ce salopard !

– Il n'y a rien. Exécute leurs ordres, d'accord ?

La proue venait d'atteindre le mât d'arrimage. Le berceau d'appontage se referma sur le *Trinidad* qui frémit et résonna. Ben envoya un peu d'air à l'analyseur d'atmosphère.

– *Bienvenue,* Trinidad, leur dit l'ASTEX. *Vous avez fait du beau travail. Attendez les résultats des analyses.*

L'air des docks agressait la gorge et les sinus de Ben, froid et saturé par les relents des produits volatils. Il avait un goût d'eau glacée et d'huile, mais s'il traversait son manteau et ses gants, il emportait enfin la puanteur qu'il avait reniflée en dormant et qui paraissait avoir contaminé tous leurs aliments. Au retour d'une tournée de prospection pendant laquelle on n'avait vu que le même visage à l'intérieur d'une cabine exiguë, découvrir autour de soi tant d'espace et d'autres gens engendrait une étrange sensation... celle d'assister à cette scène à la vid. Ils dérivaient avec seulement une longe et un propulseur manuel entre eux et une perspective vertigineuse... un décor bien plus impressionnant que celui des étoiles lorsqu'on effectuait une sortie extra-véhiculaire dans les profondeurs de la Ceinture. Les singes des docks arrivaient de toutes parts pour lire les indications des jauges, prélever des échantillons, s'adresser au néant. Par ses écouteurs, Bird était tenu informé des activités des meds montés à bord du *Trinidad* ainsi que de la réception du manifeste et des formulaires douaniers par les services concernés...

– Morris Bird, fit une voix fluette au sein des grondements et des martèlements en provenance du moyeu. Je suis l'inspecteur Wills, de la Sécurité. On nous a informés que vous aviez établi un contact avec un vaisseau en perdition.

Il avait horreur d'être abordé par surprise. Il ne pouvait pas supporter ces rampants qui arrivaient en catimini et le forçaient à se retourner pour voir où ils étaient... s'ils ne le contactaient pas en utilisant leur com. Il fit volte-face et vit trois hommes en uniforme vert des services de sécurité de l'ASTEX venir vers lui, agrippés aux poignées du tire-personnes.

– C'est exact, répondit-il. Nous avons fourni un rapport détaillé à la G.M. Des problèmes ?

– J'ai seulement quelques questions à vous poser, précisa le flic avant même d'être arrivé à sa hauteur.

5

– Avez-vous une idée de ce qui a pu se passer ? demanda Wills.

Les policiers restaient en suspension en face de lui, agrippés aux filins de sécurité, et, sans ses écouteurs, le fracas d'un chapelet de charges qui descendaient vers le moyeu en rotation aurait couvert les paroles de l'inspecteur. L'homme était muni d'une Optex et Bird haussa les épaules, secoua la tête et répondit avec sincérité :

– Ils ont pu percuter un rocher. Un réservoir est défoncé. Mais ce n'est peut-être pas la cause. Quelque chose a pu arriver sur l'autre bord alors qu'ils stationnaient à proximité d'un gros caillou. Je ne sais pas, et je me demande s'il sera possible de déterminer les raisons exactes de l'accident. Nous n'avons pas inspecté la coque, nous nous sommes contentés de la regarder avec les caméras externes. Nous disposons d'un enregistrement.

– Il faudra nous le remettre, avec le journal de bord. Qu'avez-vous sorti de l'épave ?

– Le survivant, c'est tout. Et les vêtements qu'il portait. Nous les lui avons rendus après les avoir lavés. Il n'avait rien d'autre sur lui, sa montre exceptée. Nous avons laissé tout le reste à bord, même ses effets de rechange et ses biens personnels. Vous comprendrez pourquoi si vous allez dans son appareil avant l'équipe de décont. Ça ne sent pas la rose, je vous avertis.

– Qu'est-il arrivé à sa partenaire, selon vous ?

– Je présume qu'elle était à l'extérieur, au moment de l'accident. Dekker l'appelait dès qu'il perdait un peu les pédales. Il a dû passer tellement de temps à essayer de la joindre que c'est devenu pour lui une idée fixe. Ils venaient de R1 et elle s'appelait Cory. C'est tout ce qu'il a pu nous apprendre. Les systèmes de maintien de la vie étaient sur le point de flancher et l'appareil faisait des tonneaux. Dekker avait de nombreuses contusions.

Une précision apportée dans l'espoir de couvrir Ben. Mentir le gênait, mais moins que dire la stricte vérité.

– Il était intoxiqué par l'air vicié et avait des hallucinations. Il voulait joindre sa partenaire... et je présume qu'il a fait tout son possible pour la retrouver, malgré son état.

Après Ben, c'était Dekker qu'il tentait de présenter sous un bon jour. Pour lui éviter à lui aussi des ennuis.

– Il a sans doute compris qu'elle était morte juste avant notre arrivée. Il avait une forte fièvre... il délirait et demandait sans cesse de ses nouvelles. C'est tout.

– Qu'a-t-il dit, plus exactement ?

– Il répétait son nom. Parfois, il hurlait : « Attention ! » comme pour avertir quelqu'un d'un danger. Il était épuisé et n'avait plus assez d'adrénaline pour se soutenir.

– Je vois. Il n'a pas précisé pourquoi ils étaient sortis de leur secteur ?

– Il n'était même pas conscient de s'en être écarté.

– Il vous a donc dit autre chose.

– Quand nous lui avons expliqué que nous allions le ramener à R 2. Ça l'a bouleversé. Il était perdu, désorienté. L'accident a dû se produire au-delà de la Ligne.

Le rôle des policiers consistait à faire parler les témoins, pas à leur communiquer des informations. Wills grogna et se tira le long d'un filin en direction du sas, comme s'il avait l'intention de monter à bord du *Trinidad*. Ses collègues le suivirent. Un med en combinaison bleue franchit l'écoutille, avec une civière sur laquelle Dekker était étendu. D'autres meds arrivaient derrière. Les flics les arrêtèrent pour les interroger puis regarder Dekker et lui poser une question. Les docks étaient bruyants – des opérations de chargement ou de déchargement étaient en cours – et Bird ne put entendre leurs propos ou la réponse du naufragé. Les meds furent autorisés à repartir et passèrent devant lui.

Emmailloté dans des couvertures et sanglé à la civière, Dekker paraissait bien mal en point. Il gardait les yeux ouverts et regardait de tous côtés. Les meds demandèrent :

– Avez-vous quelque chose à nous dire ?

L'expression du jeune homme reviendrait sans doute hanter ses cauchemars. Il avait l'air déconcerté, son esprit était ailleurs, mais il le reconnut.

– Bird, murmura-t-il. Où m'emmènent-ils ?

Il était terrifié. Bird voulait en finir, laisser derrière lui cet homme et ses angoisses, la puanteur et le froid de son vaisseau. Il se fichait de savoir s'ils seraient ou non dédommagés pour leur peine et remboursés de leurs frais. Il ne tenait pas à s'attarder mais ne pouvait éluder la question.

– A l'hôpital. C'est tout, fiston. Te voici à R 2. Tout se passera bien, tu verras.

Il regarda les meds qui haussèrent les épaules. Ils souhaitaient repartir avant que Dekker n'ait une crise.

Ils l'emportèrent, et il appela :

– Bird ?

Puis il cria, plus fort, d'une voix qui cinglait les nerfs malgré le vacarme :

– *Bird ?*

Ce dernier soupira et secoua la tête. Il n'avait plus qu'un seul désir : aller boire un verre.

Ben sortit du sas avec leurs effets personnels. Les policiers l'arrêtèrent et prirent ces bagages pour les examiner sous toutes les coutures. Ils l'interrogèrent et quand Bird alla les rejoindre, Ben déclarait :

– Il avait disjoncté. Nous nous demandions de quoi il était capable. Il hurlait à longueur de temps. Il se croyait encore à bord de son appareil. Nous avions peur qu'il ne touche aux commandes ou à autre chose.

Bird fronça les sourcils pour lui intimer de se taire, mais avec discrétion car Wills utilisait son Optex. Tourné vers les inspecteurs, Ben n'avait rien remarqué. Afin de justifier son expression, Bird déclara :

– Tu n'aurais pas eu les idées très claires toi non plus, si tu avais reçu autant de coups sur la tête.

– Lors de l'accident ? lança Wills, dans l'espoir d'en apprendre plus.

– Dans l'habitacle de son vaisseau, lorsqu'il tournoyait. Ce qui me sidère, c'est qu'il ait survécu. Il n'aurait jamais pu venir en aide à sa partenaire. Plus rien ne fonctionnait, à l'exception de l'émetteur de détresse. C'est sans doute l'explosion du réservoir qui a imprimé à l'appareil ce mouvement de rotation... il est situé bien en retrait du centre de gravité, voyez-vous...

Il suffisait d'aborder des questions d'ordre technique pour que les rampants changent aussitôt de sujet.

– Vous expliquerez tout ça à la commission d'enquête, l'interrompit Wills. Nous allons devoir fouiller vos bagages. Laissez-les-nous et nous vous les renverrons dès que nous aurons terminé. Quels sont vos matricules ?

– Sur la plaque, là, répondit Ben en désignant sa

mallette. Moi, c'est le 1347-283-689. L'autre est celui de Bird, le 688-687-257. Le vaisseau est ouvert. Faites comme chez vous.

– C'est bon, vous pouvez disposer.

Il ne fallait pas non plus espérer entendre la moindre formule de politesse dans la bouche d'un des chiens de garde de la compagnie. Bird se renfrogna et lorgna Ben, puis ils s'aidèrent des filins pour atteindre le tire-personnes. Un avertisseur sonore les informa qu'une grue se déplaçait. Un éclat rougeâtre nimba les parois. Mais le signal d'alarme résonnait à l'autre extrémité du large tunnel centré sur le toboggan du mât de chargement. Ici, il suffisait de regarder le moyeu et de vouloir déterminer où étaient le bas et le haut pour avoir des étourdissements. Bird concentra son attention sur la poignée du tire-personnes et fit abstraction de l'arrière-plan pour la saisir lorsqu'elle arriva à portée de sa main. Il fut emporté le long du câble et sentit son corps s'étirer... pour la première fois depuis des mois. Ben avait attrapé la poignée suivante... il tourna la tête pour s'en assurer.

– Les douaniers, murmura-t-il dans le fracas des toboggans. J'espère que les flics les ont informés de leurs intentions.

– Ne t'en fais pas. Lorsqu'ils ont confisqué nos affaires, ils m'ont remis un reçu.

Il utilisa sa main libre pour tapoter sa poche.

– Bon sang, nous ne les intéressons pas. Ils vont nous faire passer...

– Un sale quart d'heure.

– Inutile de leur préciser que nous sommes sortis de notre secteur. Nous n'avons enfreint aucun règlement. Et nous avons des droits. Nous revenons de la zone de prospection qui nous a été assignée et ils n'ont aucune raison de procéder à une fouille corporelle, pas vrai ?

– Des droits, marmonna Bird. Ceux que Maman

voudra bien nous accorder, c'est tout... Qu'as-tu dit aux policiers, au sujet de Dekker ? Qu'il est fou ?

– Ils n'ont pas eu besoin que je le précise pour s'en rendre compte. Les meds ont dû le sangler sur la civière, pour l'emmener.

– Que leur as-tu dit ?

– Qu'il ne savait pas où il était. Ils m'ont interrogé sur l'origine de ses ecchymoses et j'ai expliqué qu'il s'était détaché, qu'il avait perdu la tête et voulu atteindre les pupitres. Et aussi qu'il s'est débattu quand nous devions le conduire aux toilettes.

– Ben, pour l'amour de Dieu...

– Aurais-tu oublié que nous avons dû l'attacher aux canalisations et qu'il a un tas de bleus, tant anciens *que* récents ? Qu'aurais-je dû leur répondre ? Qu'on a fait la fête pendant un mois, là-bas ?

– Ouais ! grommela-t-il.

Il n'ajouta rien, car une autre charge glissait le long du toboggan dans un vacarme de mécanismes hydrauliques. Bird souffrait de maux d'estomac depuis qu'il était évident que Dekker ne pourrait confirmer leurs déclarations, qu'il dirait sans doute n'importe quoi ou prétendrait avoir rencontré des extraterrestres ou le bon Dieu. « Ça y est ! » s'était exclamé Ben quand leur passager avait tenté d'atteindre les commandes de mise à feu des propulseurs. Ils l'avaient couché après avoir immobilisé ses membres avec la bande adhésive, et Dekker avait hurlé pendant une heure... sous l'objectif du caméscope de Ben.

Bird voulait effacer l'enregistrement. Dekker aurait de sérieux ennuis même si cette vid ne figurait pas dans son dossier. Il risquait de perdre sa licence de pilotage, son vaisseau, tout ce qu'il possédait, et Bird ne tenait pas à faciliter la tâche de la G.M. en lui remettant un document aussi accablant... mais Ben avait rétorqué que Dekker était fou, qu'il leur devait la vie, et qu'en dépit de tout ce qu'ils avaient fait pour le remettre sur pied il devrait retourner vers le puits mère et effectuer un long, très long séjour dans un service de reconditionnement.

– Le pauvre bougre, dit-il.

– Bon débarras, fit Ben avant d'ajouter, devant le froncement de sourcils de son partenaire : Bon Dieu ! Bird, j'ai eu mon compte de schizos, tu sais ?

Des propos teintés d'amertume. Bird ignorait de quoi Ben voulait parler mais il savait que son compagnon n'entrerait pas dans les détails. Sans doute se référait-il à l'Institut, ou aux dortoirs où il avait passé ce que d'autres gens appelaient l'enfance et l'adolescence. C'était désormais secondaire car ils étaient arrivés à destination, Dekker venait d'être confié aux meds et n'était plus placé sous leur responsabilité, et Ben avait appris que Shakespeare n'était pas un physicien. Ils recolleraient les morceaux de leur amitié et tireraient au mieux parti de ce temps fort pendant que d'autres prospecteurs partiraient à bord du *Trinidad...* et leur verseraient les 15 + 20 prévus dans le contrat plus le coût des réparations, des opérations de maintenance et du plein. Ils auraient pu se contenter de louer leur appareil, s'ils l'avaient voulu, mais on ne devenait pas riche avec 15 + 20... surtout lorsqu'on était soumis à toutes les tentations du temps fort.

Il aurait fallu renoncer à manger et à dormir, plaisantait-il souvent.

Et Ben rétorquait, sérieux comme toujours dès qu'on parlait d'argent : Il faut bien se détendre un peu.

Ils lâchèrent le tire-personnes à la hauteur du poste de contrôle et ils expliquèrent aux douaniers qu'ils n'avaient pas leurs bagages car la Sécurité souhaitait les examiner. Non, ils n'avaient dissimulé ni échantillons de minerai ni magmedias et tous les enregistrements étaient restés à bord, oui, ils avaient établi un contact avec un autre appareil et ramené son occupant, mais ils n'avaient rien pris, non, monsieur, oui, madame, ils informeraient les services médicaux s'ils avaient des boutons, de la fièvre ou s'ils se mettaient à tousser. Les meds venaient de le leur dire, oui, monsieur.

Bon Dieu ! ils avaient omis de préciser que l'autre vaisseau se trouvait à l'extérieur de leur secteur, mais ils s'étaient contentés d'exécuter les instructions reçues. Les douaniers posaient des questions de pure routine et les détecteurs de mensonges n'émirent aucun bip.

Les fonctionnaires validèrent leurs Idcartes, les enregistrèrent en tant que résidents temporaires de R 2 et les autorisèrent à reprendre le tire-personnes pour se diriger vers les ascenseurs.

Dès qu'ils furent repartis, Ben tourna la tête pour lui déclarer sur un ton désinvolte :

– Tu n'as plus à te ronger les sangs au sujet de la carte de données. Je l'ai dans ma poche.

Son cœur rata un battement.

– Bordel...

– Détends-toi, on n'a pas eu d'ennuis.

– Je t'avais dit de la planquer !

– Là où les flics n'auraient pas manqué de la trouver ?

– Tu aurais pu m'en parler !

– Tu ne sais pas mentir. Et devais-je te faire partager un tel fardeau ? Tu as passé haut la main l'épreuve des détecteurs... et moi aussi, non ?

Ce qui n'avait rien de bien surprenant. Il fallait en effet posséder une conscience pour qu'elle modifie la tension nerveuse !

– Tu es trop tendu, Bird.

– Tu aurais pu écouter mes conseils et la cacher sous cette plaque, bordel !

– C'est le meilleur moyen pour se retrouver dans la merde... dissimuler quelque chose aux flics. Je n'ai rien caché. La carte était dans ma poche. Bon Dieu, Bird, *tout le monde* le fait. Si la compagnie voulait vraiment mettre un terme à ces pratiques, elle ne nous autoriserait pas à emporter des jeux et des vids. Les douaniers se donneraient au moins la peine de vérifier. Je pourrais tout encoder sur une bande vidéo.

– Quand trop de gens font les malins, on se contente de les surveiller. Mais il suffit de tomber sur un fouineur plus tatillon que les autres pour se retrouver dans la merde jusqu'au cou. On ne peut pas se tirer de toutes les situations avec de belles paroles, tu sais ?

– J'y suis toujours arrivé, jusqu'à présent.

– Bon Dieu ! marmonna-t-il.

Ils atteignaient l'extrémité du tire-personnes. Trois possibilités leur étaient offertes de saisir une barre et de descendre avec dignité plutôt que de percuter (ce qui était embarrassant) les sacs amortisseurs qui obligeaient les passagers à lâcher prise avant que le câble ne reparte dans l'autre sens.

Ben saisit la barre et en fit le tour. Il avait déjà appuyé sur le bouton d'appel de l'ascenseur quand Bird le rejoignit.

– Je t'accompagne jusqu'au 8.

– Et après, où comptes-tu aller ?

– Devine ?

– Ben.

– Si nous ne le faisons pas, quelqu'un d'autre s'en chargera. Il est probable que la liste des créanciers est interminable, mais nous obtiendrons au moins 50/50. C'est le strict minimum.

– Tu vas t'attirer des ennuis, et pour rien. Ils trouveront un moyen, une loi...

– Mes os sont encore en bon état et je n'en aurai pas pour longtemps. En outre, nous n'avons pas le choix. Il faut déposer la demande le jour même de son arrivée. *Voilà* ce que précisent les lois.

– Tu n'as qu'à faire ces démarches à l'agence du moyeu.

– Confier la défense de nos intérêts à ces salopards ? Jamais. C'est le pont des rats de la comp.

– Tu as perdu l'esprit, maugréa Bird.

L'ascenseur arriva. Ils se propulsèrent à l'intérieur et saisirent une poignée. La porte se referma en claquant et la cabine effectua une transition bruyante et cahotante vers la partie rotative du moyeu, puis s'éloigna dans le tunnel de liaison. Bird n'insista pas. Si son associé se sentait le courage de descendre encore plus bas que le pont de détente juste après l'appontage puis d'attendre son tour pour déposer une demande d'attribution du vaisseau de ce pauvre bougre, il était impuissant. Il se contenta de soupirer et resta les yeux fixés sur les portes. Une barre rouge lumineuse était chargée de leur indiquer qu'ils approchaient d'un autre point où il était recommandé de s'agripper à une poignée.

– Tu dois penser à ton avenir, Ben. Qu'as-tu pour assurer tes vieux jours ?

– Je les ai entamés et je compte bien travailler jusqu'à la fin.

La cabine fit une embardée en pénétrant dans le rayon, qu'ils suivirent avec l'illusion de s'élever jusqu'au point où – pendant deux secondes de malaise – leur distance de l'axe de rotation de R 2 annula l'inertie imprimée par leur déplacement. L'oreille interne détermina où était le bas une fraction de seconde avant le plancher. Leurs os et leurs muscles eurent alors la preuve que le port du collant stim, les séjours en cocon rotatif et les cachets sucés comme des bonbons n'annulaient pas totalement les effets de plusieurs semaines passées en apesanteur. Les genoux fléchissaient, tout comme la colonne vertébrale. La barre rouge lumineuse qui indiquait à quelle distance ils étaient du moyeu filait vers le pont 8.

Meg et Sal s'étaient installées au 6. Il s'était renseigné dès leur arrivée et leur avait adressé un message, dans l'espoir de bénéficier de leur compagnie. Il voulait les voir, boire un verre et prendre un bon bain. Peut-être avec Meg, si elle acceptait le rendez-vous.

Si elle n'avait pas d'autres projets.

La cabine stoppa. Il en descendit, avec les jambes en coton bien qu'ici la gravité artificielle soit des plus réduites. Ses muscles étaient las de lutter contre la résistance du collant stim et cette fraction de *g* rendait leur tâche encore plus pénible. Ben sortit également et lui dit :

– On se retrouve au *Bow*.

Avant d'appuyer sur le bouton du niveau le plus bas desservi par l'ascenseur du moyeu, le 3.

Bird secoua la tête et s'éloigna sur le pont 8. Il ne prendrait pas connaissance de son courrier avant d'avoir atteint le bar du *Starbow*. Il savait qu'il trouverait un relevé de comptes et des messages d'amis l'informant des dates prévues pour leur départ et leur retour. Son frère lui écrivait régulièrement du Colorado, mais tous les six mois car la somme consacrée à l'affranchissement lui permettait de vivre pendant une semaine et il n'était pas riche. La lettre semestrielle de Sam n'arriverait que plus tard et le reste manquait pour le moins d'intérêt. Le courrier pouvait attendre. Bird voulait simplement soulager ses jambes du poids qui pesait sur elles, boire quelques verres, voir deux visages féminins familiers si la chance acceptait de lui sourire, et oublier un instant les rêves de richesse de Ben. Tous les vaisseaux étaient grevés de dettes et le *Way Out* avait sans aucun doute plusieurs propriétaires, sans parler de la banque... ni de la compagnie qui trouverait un moyen de rafler la majeure partie de ce que rapporterait peut-être la vente de l'épave. Ils n'encaisseraient pas une somme supérieure à celle attribuée pour un rocher valable. Ben aurait un jour une crise cardiaque, s'il n'était pas auparavant terrassé par un ulcère.

Les meds affirmaient et l'Institut enseignait que certains effets de l'apesanteur s'accentuaient à chaque sortie. Les os se fragilisaient, les reins conservaient le calcium pour le transformer en calculs et le corps apprenait à réagir... de plus en plus vite avec de l'entraînement, disait-on. Ben partageait cette conviction. La science mettait au point des moyens de duper des systèmes naturels qui avaient évolué dans un milieu planétaire et il fallait prendre des hormones, dormir dans un cocon rotatif et porter un foutu collant stim comme un uniforme de parade. Il ne restait ensuite qu'à espérer qu'on avait hérité de gènes résistants. Il circulait bon nombre de récits macabres sur un vieux prospecteur dont le squelette s'était effrité et sur le tenancier d'un bar du pont de détente qui avait tant de prothèses qu'il déclenchait les détecteurs d'armes des flics chaque fois qu'il passait devant eux. Ben n'avait pas l'intention de finir ses jours comme ça, non, monsieur, il espérait rester assis dans le bureau d'une agence de location et collecter 15 + 20 sur *deux* vaisseaux libérés de toutes dettes, en laissant à d'autres la corvée de faire remplacer des parties de leur corps. Il serait naturellement ravi d'avoir Morris Bird à ses côtés, en tant que P.-D.G. adjoint responsable des locations. Bird avait le sens des contacts humains indispensable à une telle activité et il ne pourrait pas faire de la prospection jusqu'à la fin de sa vie. Il avait déjà des hanches artificielles.

Bird était resté sur le pont 8 – un milieu auquel il était facile de s'adapter –, apparemment convaincu que Maman agirait au mieux de leurs intérêts, titrerait le minerai rapporté dans leur trémie et enregistrerait toutes les données qu'ils avaient communiquées au cours de leur approche... mais Ben avait travaillé pour elle pendant deux ans et connaissait ses méthodes. C'était pour cela qu'il préférait descendre sans plus attendre jusqu'au pont 3 et aux baraquements où il avait vécu autrefois.

Se singulariser était de mise, à ce niveau. Il suffisait de regarder autour de soi pour voir quelqu'un habillé en pourpre des pieds à la tête, sans que ce soit nécessairement un cinglé... tout au moins ne devait-il pas lancer des accusations contre un draveur de la compagnie ou demander l'heure toutes les cinq minutes.

Bon Dieu ! tant de souvenirs pénibles étaient associés à ce lieu ! Mais il y conservait, dans un gym, un vestiaire où il rangeait des vêtements de rechange...

Parce qu'il fallait soigner son apparence avant de procéder à la moindre démarche, rien de rad ou de rac, une tenue classique : sweater, pantalon, veste sport et vraies chaussures. Il était indispensable de faire bonne impression pour parvenir à ses fins. Pour l'instant, ses jambes ne donnaient aucun signe de faiblesse. Il avait pris ses pilules et fait de l'exercice tout au long du voyage de retour en prévision de ce qui l'attendait. En le voyant consacrer tant d'heures à pédaler ou à faire des bonds, Bird avait dû croire qu'il dépensait ainsi son énergie pour oublier son désir d'étrangler leur passager.

Mais cela lui avait permis de se déplacer dans la station dès son arrivée. Arrivé au gym, il retira sa combinaison et son collant stim, prit une douche et s'habilla en stationneur. Ensuite, il descendit au pont de détente puis au niveau 1 où son poids était identique à celui qu'il aurait eu sur Terre. Il avait certes une démarche de vieillard, mais un antalgique avalé avant l'appontage estompait les douleurs et il lui suffisait de prendre son temps... pour aller là où Maman savait qu'un prospecteur de retour de l'espace hésitait à se rendre. Telle était la raison des petites clauses du règlement de la compagnie qui imposaient de signer tous les formulaires le jour même de l'arrivée, au bureau du moyeu pour une procédure normale et donc interminable, ou au siège central du pont 1 pour un traitement accéléré. Les conseillers juridiques brillaient par leur absence, ici, et la plupart des spatiaux n'étaient pas informés de cette possibilité.

Un individu qui souhaitait, par exemple, réclamer une prime de sauvetage pouvait s'adresser au bureau du moyeu et laisser à des représentants de la compagnie le soin de défendre ses intérêts, mais c'était se lancer dans des démarches administratives interminables, et le service des Affaires légales de l'ASTEX découvrait presque toujours qu'il manquait une barre à un t ou un point sur un i. Toujours sans quitter le moyeu, il était possible de réclamer le remboursement de ses frais, mais on passait alors après les créanciers prioritaires... à moins de démontrer qu'on avait subi un préjudice grave, et il fallait pour toutes ces démarches choisir ses mots avec soin et avoir la certitude que l'employé auquel on s'adressait en connaissait le sens. La moitié des subalternes du moyeu étaient des illettrés qui ignoraient les subtilités du jargon des hommes de loi.

La méthode la plus sûre consistait à aller voir une ancienne camarade d'études de l'Institut, sans perdre de temps dans la file d'attente, et de lui demander ce qu'il convenait de répondre aux questions posées dans tel ou tel formulaire.

Le pont 8 était celui des gens de passage, un lieu de grisaille et de solitude. On y rencontrait des prospecteurs en début de temps fort, des guideurs de rayon des équipes de travaux publics et tous ceux qui effectuaient de longs séjours dans le néant. Il y avait aussi les bergers et les membres de l'équipage d'un draveur qui traversaient ce secteur pour gagner leurs quartiers luxueux, et un grand nombre de manœuvres venus de la raffinerie, des ravitailleurs, des entrepôts et de l'usine, ainsi que des singes des docks au repos.

Ces derniers temps, il arrivait aussi qu'on croise quelques militaires en permission. Mais on ne trouvait pas ici de boutiques clinquantes et de bureaux de prestataires de services. Pour se déplacer à ce niveau, il fallait trouver un compromis entre des pas de danse et la propulsion en apesanteur, en surveillant sa vitesse et les parois – les os cassants, les muscles fondus et un crâne fragile devaient redécouvrir des concepts tels que celui du haut et du bas – le plus lentement possible si on avait un tant soit peu de bon sens.

Les automates se chargeaient de tout, dans le secteur public du 8, même dans les dormeries. Ici, on ne voyait aucun vendeur entreprenant derrière les comptoirs. C'était le territoire des robots, qui aspiraient votre Idcarte avant de vous donner une chambre, un sandwich ou la lavasse qui faisait office de bourbon : mais c'était parfait pour un début et tout coûtait bien moins cher que sur le pont de détente. En outre, il fallait redécouvrir le sens du goût en même temps que l'atmosphère de la raffinerie.

Tout ce qu'il était possible de se procurer provenait de distributeurs automatiques, sauf pour les employés de la compagnie qui bénéficiaient d'un niveau de vie bien supérieur... à en croire les offres de recrutement. Le luxe était censé se dissimuler au-delà des portes de leur secteur, mais Bird n'avait jamais pu s'en assurer. Les membres de l'équipage des draveurs et les bergers n'avaient pas besoin d'effectuer des haltes à divers niveaux et ceux qu'on voyait ici devaient consacrer une heure de pause à visiter les quartiers pauvres. La plupart descendaient directement au pont de détente où les officiers et les techs de la compagnie avaient leurs clubs privés où l'alcool était gratuit, et où ils bénéficiaient d'un accès privilégié aux ords.

Toujours d'après les offres de recrutement, même un prospecteur pouvait goûter à une petite partie de ces avantages... s'il mettait son appareil à la disposition de la compagnie qui s'engageait alors à subvenir à ses besoins essentiels. Mais le jour où l'ASTEX le trouvait trop âgé ou estimait qu'il ne correspondait plus à un certain profil, elle lui disait adieu et bonne chance, puis nommait un jeune blanc-bec inexpérimenté commandant de son vaisseau. Le prospecteur en question devait alors prier pour que Maman ne le juge pas indigne d'être un membre d'équipage de première classe, car cela entraînait une rétrogradation suivie d'une affectation sur un ravitailleur de draveur... un parcours qui s'achevait le plus souvent à la raffinerie où il occupait un poste à temps partiel dans une usine de fabrication de matières plastiques. Un salarié de la compagnie risquait de laver les cuves de la section de chimie jusqu'à l'âge de la retraite, avec comme unique avantage la possibilité de balayer des locaux de l'ASTEX pour arrondir ses fins de mois.

Non, merci ! Très peu pour lui.

Mais il revenait au 8 depuis de nombreuses années et bien des choses étaient désormais différentes... si ce n'était pas lui qui avait changé. A présent, les bruits de pas avaient remplacé les voix et la musique. Les affiches aux couleurs vives avaient disparu bien des années plus tôt, lorsque Maman avait cessé d'utiliser du papier. Elle adorait le gris et le vert administration, hormis pour les canalisations, exclusivement jaunes et noires.

On voyait autrefois sur les murs ces tracts qui apparaissaient en l'espace d'une nuit... pour proclamer TOWNEY MENT ou LIBÉREZ PRATT & MARKS. Maman n'appréciait pas davantage le slogan ÉGALITÉ D'ACCÈS et les bulletins d'informations clandestins où étaient divulguées les nouvelles qu'elle souhaitait passer sous silence, et tout cela avait disparu en même temps que le papier.

Restaient les graffitis – des cercles barrés, des PAIX

et des ÉMIGRATION LIBRE – des toilettes publiques, à côté de dessins semblables à ceux que les hommes de Néanderthal avaient dû graver sur les parois de leurs latrines à l'âge de la pierre. On pouvait lire MINIM, RACRAD, LA COMP AUX CHIOTTES et autres suggestions pleines d'intérêt... bien plus nombreuses ici qu'en bas, sur le pont de détente, sans doute parce que le sablage des panneaux en quasi-apesanteur entraînait la formation d'importants nuages de poussière, et l'utilisation d'un pistolet à peinture aurait eu des conséquences aussi catastrophiques. Ou encore parce que les équipes de la Sécurité montaient rarement à ce niveau et que celles des services de maintenance exprimaient leurs doléances de cette manière. Toujours est-il qu'insanités et slogans idéologiques foisonnaient, que le pont 8 était à l'abandon et que son grand âge apparaissait aussi nettement que celui de certains prospecteurs dont il aurait pu citer les noms.

Il était amer... à cause de ces policiers, des risques stupides que Ben leur avait fait courir en emportant cette carte de données, ou tout simplement parce qu'il en avait assez de mener une pareille existence et d'enrichir une compagnie qui semblait s'être fixé pour but l'autodestruction. Et, ce jour-là, parce que des flics avaient confisqué leurs effets et qu'il devrait garder son collant stim et sa combinaison de la veille tant que les autorités ne décideraient pas de leur rendre leurs bagages. Il refusait de racheter des protège-genoux et des protège-coudes aux prix prohibitifs des distributeurs automatiques.

Mais il fit l'emplette d'un tube d'aspirine, d'un nécessaire de rasage bon marché et d'une bouteille d'eau de toilette bien trop chère. Ses hanches fondaient, ses chevilles s'amenuisaient, ses cheveux grisonnaient et se clairsemaient, mais il lui restait l'essentiel et des espoirs. Il entra dans le bar de l'hôtel *Starbow*, glissa son Idcarte dans la fente du comptoir et tapa *Chambre double avec visites autorisées*.

La transaction n'était pas enregistrée qu'on le fit tourner sur les talons et décoller du sol.

– Hé ! s'exclama-t-il en se retrouvant nez à nez avec Sal Aboujib.

Une fille au teint sombre qui le prit dans ses bras, imitée par quelqu'un qui était venu se placer derrière lui...

Certainement Meg Kady.

Il étreignit Sal et ils esquissèrent les pas de danse sautillants propres à la quasi-apesanteur.

– Bon sang, qu'est-ce que vous fichez là ? demanda-t-il.

Il espérait de tout cœur qu'elles étaient venues au *Starbow* parce qu'elles avaient reçu son message.

– Je suis un ami de Marcie Hager, déclara Ben. Est-elle dans son bureau ?

L'employé des services de l'enregistrement regarda par-dessus son épaule, le fixa un instant puis répondit, en hésitant :

– Ça se pourrait.

– Merci.

Il sourit et, stimulé par un afflux d'adrénaline et la ferme détermination de ne pas laisser voir sa souffrance, s'engagea d'un pas décidé dans le territoire des fonctionnaires. Les individus bien habillés ne faisaient pas la queue. Pas Ben Pollard, en tout cas. Il alla jusqu'à une porte où une plaque annonçait *M. Hager, superviseur technique*, essuya la sueur de son front, frappa au battant et le poussa pour se pencher dans la pièce.

– Salut, beauté !

Marcie Hager leva les yeux de son bureau, parut surprise, puis s'exclama :

– Ben Pollard ! Je te croyais parti pour Mars ou un autre coin perdu !

– Je peux m'asseoir ?

– Bien sûr, répondit-elle après une seconde d'hésitation. Entre. Du café ?... Ça va ? Tu n'as pas bonne mine.

– Je suis rentré aujourd'hui. Je descends du 8... Mais toi, tu as l'air en pleine forme.

– La dernière fois qu'on s'est vus, tu travaillais au Bureau des garanties.

Elle se leva et servit deux cafés instantanés.

– Lait ? Sucre ?... Qu'as-tu fait, depuis ?

– Un nuage de lait. Nature... Je suis resté à ce poste quelque temps, puis je me suis offert une part de vaisseau.

Elle haussa les sourcils, sans doute après avoir procédé à une estimation rapide de sa situation financière. Son intérêt augmenta en même temps qu'elle écarquillait les yeux.

– Est-ce une simple visite de courtoisie ?

Il sourit et s'assit pour boire lentement une gorgée de café, avant de déclarer :

– J'ai eu de la chance et j'ai pensé que tu pourrais peut-être m'aider à consolider ma position.

A l'école de la compagnie on apprenait qui pouvait proposer quoi, et à quel prix. Des gens savaient se montrer raisonnables alors que d'autres étaient bien trop gourmands pour qu'un indépendant pût faire appel à eux, mais tous s'intéressaient à l'évolution de la carrière de leurs ex-camarades et se rendaient à l'occasion des petits services tels que celui qu'il comptait demander à Marcie Hager... pour la simple raison qu'une faveur en entraînerait une autre et que ces rapports privilégiés permettaient par exemple d'éviter les files d'attente.

– Tiens donc ? fit Marcie qui s'assit pour boire à son tour. Voilà qui est intéressant.

Elle devait se dire qu'un camarade détenant des parts de vaisseau trois ans après sa sortie de l'Institut irait sans doute assez loin pour lui être un jour utile. Investir dans la prospection était certes un placement à haut risque, mais on avait des liquidités et le rapport à court terme était élevé. Il pensa qu'une supertech de l'Enregistrement pouvait utiliser ses accès privilégiés pour s'informer de sa situation financière...

Cependant, Marcie ne s'intéressait pas à l'argent. Dans sa position, surveillée de près par Maman, il aurait été risqué de laisser des traces d'intervention dans les fichiers.

– Je voudrais simplement que tu fasses accélérer une procédure. Une demande de prime de sauvetage. Je ne tiens pas à me retrouver au bas de la liste des créanciers. On nous doit une somme... coquette.

Il vit s'incurver le sourcil gauche de la jeune femme.

– Un sauvetage... important ?

– Un vaisseau de prospection.

Il se pencha en arrière pour étirer les muscles de son dos et but une autre gorgée de café.

– Son immatriculation est : Un Quatre-vingt-quatre Zebra.

– Hum ! S'il n'est pas de ce secteur les formalités seront très longues, Benjie. Où *diable* es-tu allé ?

– Ouais, eh bien...

Il lui adressa le plus doux de ses sourires. Règle numéro un : ne faire des propositions qu'à mots couverts. Règle numéro deux : ne pas prendre des engagements impossibles à tenir. Règle numéro trois : s'abstenir de s'adresser à des poseurs... mais Marcie n'appartenait pas à cette catégorie d'individus.

– Simple curiosité, dit-elle avant de se tourner vers son terminal.

Non, les femmes comme elle ne s'intéressaient pas à l'argent. Elle saisit un code d'accès et demanda :

– Sais-tu ce qu'est devenue Angie Windham ?

– Non. Mais j'ai appris que Théo Pangoulis se retrouve sans le sou. Il n'aurait jamais dû investir tout ce qu'il avait dans cette boutique... j'aurais pu lui dire que cet emplacement ne valait rien.

Marcie se renfrogna. Une telle information n'avait aucune valeur alors que le moment était venu de passer aux choses sérieuses. Ses doigts se figèrent.

– J'ai également eu des nouvelles de Harmon Phillips, ajouta-t-il.

– Vraiment ?

– Il vient d'entrer dans l'équipe d'Aby Torrey. Là-haut, aux services du personnel.

– Voilà qui est plein d'intérêt, fit-elle. Quelles sont les références ?

C'était de la lavasse, mais ici, un semblant de pesanteur permettait de la boire dans un verre, il ne risquait pas de s'envoler de son siège s'il s'abstenait de faire des gestes brusques, et il n'aurait pu espérer être en meilleure compagnie. Il avait en effet près de lui les deux plus belles filles de la Ceinture... à son avis. Un sourire éclatant fendait le visage basané de Soheila Aboujib dont les oreilles et les doigts brillaient des mille feux de tout son pécule converti en bijoux. Elle riait et donnait des coups de coude à Meg, en lui disant :

– Il est resté là-bas trop longtemps.

– Je vais vous expliquer, déclara-t-il.

Et il le fit, au milieu des clients de l'autobar du *Starbow* : une foule de dockers, de ravitailleurs et de pilotes de pousseurs. Le volume de la musique s'ajustait automatiquement pour préserver l'intimité de leur petit groupe installé à une table d'angle.

– Ouah ! laissa échapper Meg lorsqu'elle sut l'essentiel. Ben est donc à l'Admin ?

– S'il ne s'est pas cassé une jambe en cours de route. Vous savez, il m'inquiète. Il a beaucoup changé, depuis que nous avons abordé ce vaisseau.

– Je ne sais pas quoi dire.

Meg était ce que les représentants de la dernière génération appelaient une rac, à cause de sa coiffure. Ses cheveux étaient rasés sur les côtés, abondants et d'un roux soutenu au sommet du crâne, longs et frisottés sur sa nuque... le tout étant complété par une multitude d'anneaux suspendus à ses oreilles. A chacun de ses retours à Base, Bird était surpris par sa coupe ou ses couleurs. Meg se disait mi-Hongroise, mi-Irlandaise de Station Sol... lorsqu'elle ne s'attribuait pas des parents écossais ou – comme un jour, dans un bar – portugais, de Mars. Dieu seul connaissait les véritables origines de Sal Aboujib, qui avait un teint café-au-lait et des yeux café noir. Aujourd'hui ses cheveux étaient tressés en une centaine de petites nattes aux extrémités glissées dans des gaines métalliques. Ils changeaient eux aussi de style et de nuances en fonction de ses humeurs.

Ces deux filles étaient bien trop jolies pour une vieille épave aux os fragiles et aux cheveux grisonnants dans son genre. C'était sans doute ce qu'il savait qui les intéressait. Elles avaient souvent essayé de l'enivrer pour l'inciter à répondre à leurs questions, invité Ben à dîner pour obtenir ensuite des confidences sur l'oreiller... sans grand succès. Déterminer les raisons d'une amitié était impossible. On rencontrait des gens par hasard puis on découvrait lesquels étaient dignes de confiance et on consolidait les liens avec les plus valables, tout simplement. Il ne se souvenait plus exactement des circonstances de leur rencontre... bien avant Ben, à l'époque où il engageait des calculateurs différents à chaque voyage. Il réfléchit et crut se rappeler que le serveur avait interverti leurs commandes (il avait beaucoup bu et elles également), puis qu'ils avaient fait une partie de jeu de puce sous un quart de *g*, devant une foule de pilotes de ravitailleurs aussi éméchés qu'eux.

Il ne savait plus qui avait réglé les consommations.

– D'au-delà de la Ligne ? demanda Meg qui devait se référer à l'épave.

– C'est un appareil de série un, et son pilote est un môme qui surveille son langage, très jeune, entre vingt et vingt-deux ans. Sa partenaire est morte. Un réservoir a explosé. Elle était à l'extérieur.

Sal grimaça et secoua la tête. Ses nattes dansèrent.

– Sacrée déveine ! Vous avez vraiment des droits sur ce vaisseau ?

– Ben en est convaincu. A tel point qu'il n'a pas hésité à risquer de se casser une jambe pour aller déposer sa demande. Il étudie tous les aspects de la question depuis des semaines. Je pensais qu'il ferait les démarches, mais pas sitôt après notre appontage.

– Tu veux qu'on aille le chercher ? s'enquit Meg. On s'est attardées sur le pont 6 en se disant que des amis finiraient par arriver... alors qu'on aurait pu descendre au 3 il y a deux jours. Si tu...

– Il va venir nous rejoindre. S'il tarde trop, je contacterai l'hôpital.

– Vous avez eu une prise de bec ?

– Disons que Ben est un peu sur les nerfs.

– Ouais ! Eh bien, c'est tout lui... Mais si ça marchait, si Maman reconnaissait vos droits... est-ce que vous deviendriez propriétaires de cette épave ?

– C'est impossible. La compagnie trouvera un moyen de se l'approprier. Vous verrez.

– *Que sab ?* fit Meg. Mais si...

– Ben se comporte comme un cinglé, depuis que nous avons découvert cet appareil. Tu veux que je te dise une chose, Meg ? J'avais peur...

Il parlait trop, à cause de l'alcool. Il n'en avait plus l'habitude. Il n'avait pas osé se servir un seul verre lors du voyage de retour, et ce bourbon lui faisait oublier la prudence. Il manqua préciser : Peur de lui... mais il savait que Ben finirait par l'apprendre et comme il ne tenait pas à se fâcher avec son partenaire il se contenta de dire :

– Ben travaille si dur qu'il lui arrive de ne plus voir que son but, pas le chemin qui y mène.

Meg se pencha pour toucher son bras.

– Ouais ! Eh bien... tu veux qu'on lui en parle ?

– Non, non ! C'est entre lui et moi. Il faut le laisser agir à sa guise. La seule chose qu'il trouvera, c'est une pile de factures. Ce vaisseau va sans doute être saisi pour un plein de carburant impayé et je m'estimerai heureux si nous rentrons dans nos frais.

– Tu ne peux tout de même pas lui reprocher d'essayer, intervint Sal. Bon sang ! Je crois que je n'hésiterais pas à commettre un meurtre pour être à votre place.

Il était parfois impossible de savoir si elle voulait plaisanter.

Les doigts de Meg se refermèrent sur son poignet.

– Ecoute... vous devriez envoyer paître les regs sanitaires, décommander votre chambre et descendre vous installer avec nous au 6.

– Pense à mes vieilles articulations, Meg...

– Tu as toujours bon pied, bon œil ! Nous avons un nid douillet, là-bas au *Liberty Bell*. Tu restes ici pour récupérer Ben, d'accord ? Ce soir, nous ferons une petite fête et nous oublierons tous nos soucis.

– Ouais, fit Sal. Laissez-nous seulement le temps de faire un peu de ménage.

– Du ménage ? Bon Dieu !... nous ne sommes pas des inconnus.

Meg lui donna un coup de coude en se levant.

– Disons que nous voulons ranger deux ou trois trucs... Simple vanité féminine.

Il secoua la tête et but une gorgée de bourbon. Vanité féminine et deux ou trois trucs sans doute masculins. Mais il garda pour lui cette pensée.

Il n'aurait pas été surpris d'apprendre qu'elles voulaient mettre à la porte un ou deux amants de passage pour leur faire de la place. Elles étaient aux petits soins pour eux, pour une raison que Dieu seul connaissait. Mais il était exact qu'elles figuraient sur la liste des prospecteurs qui souhaitaient louer le *Trinidad*, même si elles avaient regagné Base peu auparavant et ne pourraient pas repartir dans l'espace avant un ou plusieurs mois.

– On se revoit en bas, dirent-elles.

Et elles s'éloignèrent. Il se serait laissé convaincre de descendre jusqu'au pont de détente sans plus attendre, si des femmes aussi séduisantes avaient un tant soi peu insisté. Des femmes aussi séduisantes...

Et aussi menteuses que des avocats de la compagnie.

Meg, une ex-pilote de navette originaire de Station Sol (ou Mars), avait eu des ennuis avec la justice et été condamnée pour agitation politique ou contrebande... il ne savait pas exactement. Ces deux crimes étaient passibles de déportation dans les profondeurs du puits mère, dès l'instant où des preuves existaient. Quelle qu'en fût la cause, la compagnie l'avait (pour la citer) priée de partir et de ne jamais revenir. Elle s'était liée d'amitié avec Sal dès son arrivée à R 2.

Sal, qui avait appris à piloter à l'Institut, avant d'en être renvoyée pour des raisons qu'elle n'avait jamais précisées. C'était secondaire. Il existait de nombreux motifs pouvant entraîner une telle sanction et toutes les hypothèses étaient envisageables. Sal possédait l'intelligence développée des bonnes calculatrices et elle pouvait *visualiser* la Ceinture dans son esprit à partir de simples nombres. Ce qui lui manquait, c'était une formation plus complète et de l'expérience. Et, pour reprendre ses propres termes, à l'Ecole de la dernière Chance il ne restait qu'à espérer survivre assez longtemps pour apprendre.

Bird les soupçonnait de se servir parfois dans des concessions d'autres prospecteurs, d'effectuer à l'occasion de petits prélèvements sur les rochers de leurs collègues... si elles ne les connaissaient pas.

Mais pas sur ceux de leurs amis. Et s'il leur arrivait malgré tout de voler ces derniers, elles devaient leur offrir des compensations quand l'occasion se présentait. Elles étaient comme ça, même Sal qui n'avait pourtant guère de scrupules, et il assimilait cela à de l'honnêteté. Le désespoir pouvait pousser quiconque à de telles extrémités. Il s'était lui-même permis de tels écarts à deux ou trois reprises, mais il avait dédommagé ses victimes sitôt qu'il l'avait pu. Il comprenait de tels principes de moralité.

Il leur louait à l'occasion le *Trinidad*... un vaisseau bien mieux équipé que ceux qu'elles se procuraient habituellement. Elles apprenaient ce métier. Elles écoutaient ses conseils. Il leur aurait confié son appareil sans la moindre hésitation, si elles avaient été prêtes à appareiller. Il les *aimait bien* et c'était une raison suffisante.

Ils venaient de ramener un second appareil et il avait vu briller leurs yeux : si, par un coup de chance extraordinaire, lui et Ben en devenaient les propriétaires, ils décideraient certainement de le proposer à la location. Ils ne le vendraient pas à la compagnie. Dieu seul aurait pu dire jusqu'où leur imagination les avait emportées.

Bon sang ! Une malédiction semblait peser sur ce vaisseau, un maléfice qui avait fait sombrer Ben dans la folie et qui implantait de telles pensées dans l'esprit de Meg et de Sal.

Alors que tous se désintéressaient du sort d'un pauvre bougre qui se retrouvait à l'hôpital, dépouillé de tout ce qui donnait un sens à son existence, sans parler des propriétaires et des prospecteurs qui devaient attendre à R 1 de louer cet appareil.

Bird avait parfois l'impression d'être très vieux, et trop éloigné de son point d'origine. Dans ses rêves, il lui arrivait de voir des pins, des buissons d'armoise et des couchers de soleil.

Il faisait aussi des songes moins agréables. Il savait ce que voulait dire se priver pour économiser de quoi aller dans l'espace puis, par désespoir et en usant de tout son pouvoir de persuasion, réussir à faire accepter sa candidature à l'Asteroid Exploration Inc., qui proposait à l'époque des vaisseaux en location-vente. Ils cherchaient désespérément des prospecteurs, autrefois.

La plupart de ceux qui avaient débuté dans ce métier en même temps que lui devaient être morts. De tous ceux de R 2, il était le dernier. Sur la main-d'œuvre de la station qui travaillait à la raffinerie ou dans les aciéries, les survivants étaient rares, eux aussi. Il n'avait pas oublié leurs visages aux traits juvéniles, leurs projets d'avenir, leurs espoirs de s'enrichir grâce aux salaires versés par la comp.

Mais maintenant que tous les rochers ou presque avaient été répertoriés et que la compagnie avait affecté un draveur aux plus importants, Maman n'avait plus besoin des indépendants et souhaitait s'en débarrasser. E-co-no-mies, qu'elle disait. Les individus dans son genre n'avaient plus leur place dans un système où l'ASTEX attribuait les secteurs à sa guise. Il était interdit de se plaindre, et impossible de renoncer... nul prospecteur n'en avait les moyens. Après avoir réglé le prix du billet de retour, celui qui avait vendu son vaisseau à la compagnie se retrouvait à Station Sol, à son point de départ, âgé de cinquante ans ou plus, avec un corps en piteux état et seulement cinquante ou soixante k en poche pour finir ses jours et payer les honoraires des meds.

Et la lecture des lettres de son frère lui faisait prendre conscience du caractère irrémédiable d'une coupure de trente ans. La Terre avait changé, comme la mentalité de ses habitants. Leurs préoccupations laissaient perplexe un Ceinturier, et c'était réciproque. La planète mère était en guerre contre ses colonies et les Terriens se perdaient en discussions absurdes pour tenter de déterminer si les extraterrestres de Pell avaient une âme, reprochaient à leur gouvernement les dégringolades de la Bourse chaque fois que les transporteurs se mettaient en grève pour s'insurger contre l'instauration des visas. L'humanité se divisait en racs au crâne rasé et couvert de paillettes qui griffonnaient sur les murs des slogans pour dénoncer la désagrégation de leur société et de leur espèce ; en Isolationnistes qui réclamaient la fermeture des stations de l'Espace-profond pour confiner leur univers à la Terre, à Mars et à la Ceinture ; en Fédéralistes, Séparationnistes, Pacifistes, Néo-nationalistes et Nouveaux Evangélistes qui affirmaient avoir trouvé la recette miracle qui rendrait l'humanité vertueuse. Il y avait encore les Euconomistes, les Antigénétistes et ceux qui affirmaient que le gouvernement avait mis l'embargo sur un élixir de jouvence fabriqué sur un monde lointain – un produit que seuls quelques privilégiés pouvaient malgré tout se procurer – sans parler des ministères de la Défense des nations et des multinationales unies qui mettaient en chantier d'énormes forteresses spatiales pour faire appliquer le blocus décrété contre les rebelles, pendant que le Parti du Libre Echange vainqueur des élections en Union panasiatique exigeait la suppression des contrôles et des visas, ainsi qu'une liberté de circulation totale. Mais la situation évoluait également dans l'autre camp, bien trop vite pour qu'il fût possible de s'en tenir informé. Peu avant sa naissance un scientifique de Cyteen avait découvert la technologie F.T.L. et fait envoyer tous les manuels de physique au pilon. Le principe des déplacements ultra-luminiques laissait Bird aussi perplexe que la politique de la compagnie, mais il savait que cette dernière utilisait le métal découvert par les prospecteurs pour fabriquer des vaisseaux. Elle avait armé les négociants du Grand Cercle et construisait à présent ces nouveaux transporteurs pour mater les colonies rebelles. La situation propre apparue près d'un siècle plus tôt avait évolué à une vitesse grand V, elle aussi. En 2315 la police avait ouvert le feu sur les racs regroupés devant les portes du siège de la compagnie puis, après l'instauration du système des visas, la Compagnie Terre avait réparti ses activités entre une cinquantaine d'entreprises telles que l'ASTEX afin de se dégager de toute responsabilité et d'embrouiller à tel point les comptes que nul gouvernement ne pourrait s'y retrouver. Un an plus tôt, à Station Sol, la conscription avait été à l'origine de nouvelles émeutes au cours desquelles des gosses avaient été tués... selon les rumeurs, deux officiers avaient falsifié les listes de recrutement. Et dans la Ceinture des ouvriers assemblaient ces structures d'acier démesurées dont il ne fallait surtout pas parler, ces monstres qui recevraient bientôt leurs propulseurs et iraient à Station Sol pour y être achevés. La situation continuait de se dégrader et lorsqu'on regardait la vid pour se tenir informé, les services Infoludiques de la compagnie diffusaient un reportage sur la culture hydroponique.

Une vie de dingue, coupée par les périodes qu'on passait au cœur du néant avec son partenaire, confinés dans la cabine exiguë d'un vaisseau minuscule, en se demandant ce qu'on deviendrait si l'humanité devenait encore plus folle et s'autodétruisait. Ces derniers temps, lorsqu'on écoutait les nouvelles que Maman daignait diffuser, on essayait de deviner qui détenait véritablement le pouvoir dans le puits mère car il ne fallait pas espérer l'apprendre par la voie officielle. L'ASTEX, l'Asteroid Exploration, appartenait à la Compagnie Terre qui imposait ses volontés au Commandement de défense unie. Tout n'était plus qu'un embrouillamini de sigles : ASTEX, C.T., S.S., U.I., MEX et N.F. Et tous mangeaient à plusieurs râteliers, si on se référait à eux sur un plan gouvernemental...

Ce dont Bird préférait s'abstenir. Ces mômes aux cheveux pulvérisés de peinture fluo et au nez lesté d'anneaux disaient peut-être vrai. Il n'était pas à exclure que l'humanité courait à sa perte. Seuls les Ceinturiers auraient alors une chance de survie, loin des planètes, et ils pourraient fonder une autre civilisation...

Dont les membres croiraient que Shakespeare avait été un physicien.

Il se leva et se servit de son Idcarte pour commander un verre. Il en profita pour annuler leur réservation au *Starbow*, ce qui était possible tant qu'il n'avait pas utilisé la clé tombée de la fente. Puis il se demanda si son dos supporterait ce qui l'attendait au pont 6... dans divers domaines.

– Bird ?

Ben avait donc survécu. Il était de retour et sa voix vibrait, surexcitée. Bird se tourna vers son partenaire qui s'arrêtait et rétablissait son équilibre, prenant appui sur le distributeur de boissons.

– Bird, nous avons nos chances. Des chances sérieuses, fit-il avant de reprendre sa respiration. J'ai failli me rompre le cou tant j'étais pressé de venir te l'annoncer. Ce vaisseau est enregistré sous deux noms, là-bas à Raffinerie Un. Paul Dekker et Corazon Salazar, Cory, sa partenaire. Et je précise qu'il n'est pas hypothéqué.

– Tu plaisantes ? Dekker n'est qu'un môme.

– J'ignore quel âge avait Cory, mais je sais que le *Way Out* appartient désormais à Dekker. En toute propriété, sans gages, sans dettes, rien ! Nous avons tiré le gros lot, Bird ! Nous sommes les seuls à le réclamer. Il n'y a que nous sur la liste des créanciers !

Il prit sa consommation dans le distributeur et leva le gobelet à ses lèvres d'une main tremblante. Il refusait d'y penser, il ne fallait pas désirer ce qui risquait de ne jamais se produire. Mais il savait qu'ils avaient des factures à régler et que la compagnie prenait son temps pour virer les sommes qu'elle devait...

Il commença à se demander : Si Dekker était vraiment fou... Si la loi leur donnait vraiment des *droits* sur l'épave...

– Vous vous appelez Dekker ? lui demandèrent-ils.

Des meds. Il se souvenait les avoir déjà vus, mais pas comment il était arrivé en ce lieu. Il ignorait depuis combien de temps il s'y trouvait. Il posait lui aussi des questions, mais leurs réponses ne l'aidaient guère.

Parfois, il se croyait à bord d'un vaisseau semblable au sien. Parfois, il se disait que tout ceci n'était qu'une hallucination.

– Bird ? appelait-il.

Parfois, il redoutait de voir Ben s'élever jusqu'à lui, pour le frapper.

Parfois, il avait la conviction que Bird et Ben n'étaient que des personnages d'un de ses rêves et se demandait par quel miracle il avait regagné Base. Cory avait dû rentrer dans le vaisseau et les ramener. Il pensait être sous tranks et se disait : C'est un hôpital. C'est Base. Nous voilà de retour à la maison. Nous sommes en sécurité...

– Où est votre partenaire ?

Il entrouvrit les yeux et souleva sa tête, dans la mesure où ses forces le lui permettaient. Il vit une blouse blanche, un homme qui écrivait sur une transplaque.

– Où est votre partenaire ? Vous en souvenez-vous ?

Les ténèbres. Le hurlement d'une sirène. Une secousse ébranla le vaisseau et lui imprima un mouvement de rotation... Il fit un effort pour soulever son bras malgré son poids inimaginable, en direction des commandes, tout en se demandant si le pilote automatique rétablirait leur assiette ou s'il s'était déjà déclenché... sans résultat. Il ne savait pas. Il abaissa l'interrupteur. Un autre impact fit vibrer l'appareil et le projeta contre le pupitre...

– Monsieur Dekker, vous rappelez-vous ce qui s'est passé ?

Une douche aux parois vertes. Il lisait 12 mars sur sa montre.

– Quel jour sommes-nous ?

Ils ne lui répondirent pas. Il voulut regarder son poignet et découvrit qu'il ne pouvait déplacer son bras.

– Bird, quel jour sommes-nous ? Pour l'amour de Dieu, *quel jour sommes-nous* ?

Le med écrivit quelque chose sur sa transplaque, puis :

– Quelle est la date, selon vous ?

– Rendez-moi ma montre. Où est ma montre ?

Pas à son poignet, en tout cas. Ses indications étaient fausses. Mais ne l'avait-il pas regardée longtemps auparavant ?

– Où est ma montre, bon sang ! J'exige qu'on me rende ma montre !

L'homme se leva et sortit. D'autres entrèrent et lui firent une injection. Ensuite, son cœur se mit à battre de plus en plus fort et il se sentit glisser dans les ténèbres.

– Bird ? appela-t-il, convaincu que Ben portait la responsabilité de tout ceci. Réveille-toi, Bird ! Aide-moi, Bird ! *Bird, réveille-toi et viens à mon secours !*

6

Leurs verres s'entrechoquèrent dans le bar du *Liberty Bell*, sur le pont 6.

– A notre amitié, proposa Sal.

Bird estimait qu'il était bien trop tôt pour échafauder des projets et parler du *Way Out* en présence des deux femmes mais il avait dû s'y résigner lorsqu'elles avaient vu l'expression joyeuse et satisfaite de Ben.

– Vous l'avez eu ! s'était exclamée Meg avant même qu'ils n'aient commandé leurs consommations.

– Disons que nous sommes sur la bonne voie, avait répondu Ben. Nous nous rapprochons du but. Notre demande sera traitée selon la procédure rapide.

Et Bird s'était demandé comment il procédait pour obtenir gain de cause auprès des services administratifs.

Mais il y avait ses entrées.

Et ils étaient là, sur le point d'oublier toutes leurs préoccupations sous ces foutus sept dixièmes de *g*.

Bird et Ben n'avaient pas à craindre d'être plaqués si l'affaire tombait à l'eau. Meg et Sal n'étaient pas comme ça. Tout indiquait qu'elles étaient heureuses de célébrer l'événement avec eux.

Et elles continuèrent d'être d'humeur joyeuse lorsqu'ils s'entassèrent dans deux petites chambres contiguës du *Bell* pour prolonger les réjouissances et qu'elles durent à deux reprises expulser des pilotes de ravitailleurs qui affirmaient avoir été invités.

– Non, certainement pas ! leur rétorqua Sal Aboujib.

Sur ces mots, elle leur referma la porte au nez et tomba à la renverse. Meg riait trop pour lui être du moindre secours, et ce furent Bird et Ben qui la soulevèrent alors qu'elle leur hurlait de ne pas la lâcher.

Ils churent sur le lit, tous les quatre, et dans ce milieu sous gravité réduite, ils rebondirent lentement, haut et bas confondus un instant sous l'effet de l'alcool.

– Bon Dieu ! Je suis complètement soûl, commenta Bird en reprenant contact avec ce qu'il pensait être le matelas.

Meg tomba sur lui et l'embrassa. Il cessa de se demander de quel côté était le sol.

A leur réveil, ils découvrirent qu'ils avaient passé la nuit dans le lit de Ben et de Sal, mais c'était sans importance car l'autre couple s'était installé dans leur chambre. Il leur restait à expier leurs excès de la veille et, sous un *g* réduit, les tours joués par les sinus et les tympans donnaient un avant-goût des tourments de l'enfer.

– Cory ? demanda Dekker. Cory ?

Il n'était pas à bord d'un vaisseau spatial mais dans une pièce aux murs blancs, en compagnie de meds en blouses également blanches qui lui posaient constamment la même question :

– Qu'est-il arrivé à Cory ?

Il ne se souvenait pas de leur version des faits et de la réponse qu'il était censé leur fournir. Il réclama Bird et ils voulurent savoir de qui il s'agissait. Quelqu'un expliqua que c'était le prospecteur qui l'avait ramené à R 2.

D'où ? Il essaya de se remémorer où ils s'étaient

séparés, ce qui s'était passé, mais il se rappelait seulement une cabine de douche et une date... le 12 mars. Et que ce qui se produirait ce jour-là dépendait de lui...

Il dormit. Il se sentait mieux à son réveil. Il avait les mains libres et ils l'autorisèrent à s'asseoir avant de lui donner une boisson au goût de fruit. Un inconnu muni d'une transplaque s'assit près du lit et lui posa d'autres questions : Quel est votre âge ? Avez-vous des parents ? Sur un rythme rapide. On réclamait de tels renseignements aux victimes d'un accident, des informations sur leurs proches, et cela l'effraya. La cabine de douche de cette chambre était différente de celle dont il conservait le souvenir. Il y avait des parois blanches, derrière la porte transparente. Il se pencha. Cory n'était pas auprès de lui. Il se trouvait dans un hôpital, soumis à un interrogatoire comme dans une vid. Ce qu'il voyait ne pouvait correspondre à la réalité. Il ne fallait pas qu'ils avertissent sa mère ! Surtout pas ! Elle n'aurait pas la possibilité de venir lui rendre visite et la situation était déjà trop compliquée. Il se contenta de répondre qu'il était originaire de Station Sol, sans entrer dans les détails.

– Pourriez-vous nous préciser la nature de vos rapports avec Mlle Salazar ? lui demanda une voix froide et impersonnelle.

– C'est ma partenaire, déclara-t-il.

Mais ils enregistreraient tous ses propos, qu'ils pourraient retenir contre lui, et il n'aurait pas la possibilité de se réfugier dans la cabine de douche. Il resterait bloqué hors du circuit, impuissant. Cory finirait par mourir. Dans l'incapacité de revenir à bord.

– Aviez-vous des relations intimes ?

Il se sentit bouillir de colère.

– Ça ne vous regarde pas !

– Vous êtes-vous disputés ?

– Non.

Une case fut cochée sur la transplaque.

– Quelle a été votre contribution à cette association ?

Il ne comprit pas le sens de la question et secoua la tête.

– Avez-vous participé financièrement à l'achat de cet appareil ?

– Non, c'était Cory qui se chargeait de ces choses-là.

Et de prendre les décisions, ce qu'il aurait refusé d'admettre devant des inconnus. Elle arrivait toujours à obtenir ce qu'elle voulait. Sans insister, l'homme demanda :

– Que s'est-il passé ?

L'accès au refuge représenté par la douche lui était interdit. Pas de parois vertes. Des blanches. Il s'interrogeait sur ce qu'il devait déclarer quand il entendit ajouter :

– Le simple fait d'y penser semble vous bouleverser. Vous avez dit que Mlle Salazar était sortie du vaisseau. Pourquoi ?

– Pour procéder à une intervention sur un identificateur, dit-il en craignant de s'écarter de ses explications précédentes.

– Etait-ce habituellement Mlle Salazar qui se chargeait de ces travaux ?

– Je suis le pilote.

Deux bonnes réponses. Il en avait la quasi-certitude, à présent.

– Je vois. Elle vous a donc engagé comme pilote et vous a cédé la moitié de tout ce qu'elle possédait sans rien vous demander en contrepartie ?

Une confirmation, de la tête.

– Quand l'avez-vous connue ?

– Nous échangions de la correspondance depuis très longtemps. L'enfance.

Une autre note sur la transplaque.

– Il ne s'agissait donc pas de simples relations d'affaires.

– Nous étions amis.

– Vous ne vous êtes pas disputés ?

Il regarda sa montre. Mais il ne l'avait plus. On la lui avait prise.

– Vous aviez bien des petits accrochages ? insista l'homme.

– Jamais.

– Vous cédait-elle toujours ? N'a-t-elle pas refusé de se plier à vos volontés, pour une fois ?

Il ne comprenait pas. Il pensa à la douche, mais l'image de la porte se brouillait. Même les couleurs s'estompaient.

– Pourquoi avez-vous franchi la Ligne ? Pour dissimuler la nature de vos activités ?

Il se demandait ce que cet individu espérait démontrer. Il jeta un coup d'œil furtif à son poignet avant de se rappeler qu'il devait s'en abstenir. Cette habitude exaspérait son entourage. Surtout Ben, qui était alors dans tous ses états...

– Dites-moi la vérité. Que faisiez-vous, là-bas ?

– Nous venions de placer un identificateur. Il ne fonctionnait pas correctement.

Il cessa de voir la chambre et se retrouva dans les ténèbres. Les pupitres s'illuminèrent et les voyants se mirent à clignoter. Il tenta de regagner le havre de sécurité de la pièce aux parois blanches.

– L'avez-vous abandonnée ?

Il ne se rappelait pas ce qu'il venait de dire et ne voyait plus que les consoles du *Way Out*. On l'immobilisa. Il dégagea un bras. Il entendait hurler et avait de brèves visions de la chambre blanche. Des visages surplombaient le sien, des mains le tenaient.

– Lâchez-moi !

Il se produisit une petite explosion au niveau de son épaule, mais ils ne le lâchèrent pas. Ils lui disaient d'être calme.

– Je le serai, promit-il, le souffle court. Je resterai tranquille, mais ne m'administrez plus de sédatifs...

Il oubliait en quel lieu il était sitôt qu'ils le droguaient, combien de temps s'était écoulé et où il allait dans le noir...

Il rouvrit les yeux et eut l'impression d'être trop lourd pour pouvoir émerger du sommeil... mais il savait où il était, dans cet hôpital. Deux individus corpulents l'immobilisaient sur son lit et lui demandaient comment il se sentait.

Il sortit des ténèbres, inspira à fond et déclara :

– Je vais bien. Très bien. Mais ne me faites plus d'injections, d'accord ?

– Etes-vous disposé à répondre ? Allez-vous coopérer ?

– Oui.

L'homme en blanc se pencha vers lui et souleva son poignet.

– Votre montre vous manque toujours ?

Son cœur rata un battement et il eut un étourdissement. Il savait qu'ils le mettaient à l'épreuve. Ils ne supportaient pas de l'entendre demander la date ou l'heure. Ils le brutalisaient, chaque fois qu'il se permettait de poser une telle question. Ou ils le droguaient. Il secoua la tête, il voulait rester éveillé.

– Nous allons enregistrer vos réactions pendant cet entretien, si ça ne vous ennuie pas.

Un autre test. Il prit une décision. S'il ne fournissait pas les bonnes réponses, et peu importait qu'elles soient ou non conformes à la vérité, ils le placeraient à nouveau sous tranks. Il avait déjà eu des ennuis au cours de sa brève existence... mais jamais aussi graves. Ils l'avaient hospitalisé parce qu'ils le croyaient fou.

– Pourquoi accordez-vous tant d'importance à votre montre ? demanda le med.

Les ténèbres. La sirène beuglait. Un appareil émettait des bips et s'emballait. Une minuterie qu'il ne se rappelait pas avoir armée se déclencha. Le médecin fronça les sourcils et Dekker concentra son attention sur son visage. C'était important, il le savait. Les couinements électroniques s'espacèrent.

– Voilà qui est mieux. Est-ce que ça va ? Voulez-vous m'expliquer ce qui vous est arrivé ?

Il inspira à fond, essaya de faire abstraction du chapelet de signaux sonores et déclara d'une voix posée :

– Cory est sortie pour intervenir sur cet identificateur...

– De quel côté de la Ligne ?

– Le nôtre.

Une question stupide. Le moniteur s'affola en même temps que son cœur. Il réussit à se détendre.

– Il fallait le rendre opérationnel. Il s'agissait d'un gros rocher. Plus d'un kilomètre de diamètre...

– En êtes-vous certain, monsieur Dekker ?

– Il était énorme. Nous avions tiré notre émetteur mais il ne s'était pas planté correctement et Cory désirait...

L'électrocardiographe s'emballa. Il respira plus lentement pour ralentir son rythme cardiaque et fixa la paroi de la pièce. Il entendait de nouveau Cory déclarer : « Nous n'allons tout de même pas abandonner un si beau morceau à ces salopards... »

– Elle voulait y remédier. Elle est descendue...

– Une opération risquée, sur un bloc de cette taille.

– Il était stable. Nous aurions réussi...

Il perdit le contrôle de son cœur et s'empressa d'ajouter, avant d'oublier :

– ... sans ce maudit draveur... Il n'était pas signalé sur les cartes et il ne décélérait pas. Je lui criais... je lui criais... : « Cory ! Reviens, Cory ! Il ne répond pas ! Rentre, Cory... »

– Tranks, ordonna le médecin.

Les bips sonores se fondaient en une plainte ininterrompue, identique à celle du radar qui les avertissait d'une collision imminente. Les voyants clignotaient.

– Je leur disais : « Espèces de salauds, ma partenaire est à l'extérieur et je ne peux pas manœuvrer... »

Ils lui firent une injection. Deux hommes le tenaient. Mais il continuait de hurler :

– « Je ne peux pas m'écarter, bande d'ordures ! »

– Aucun effet, commenta quelqu'un.

Le med souleva sa paupière, se pencha et dit en regardant ailleurs :

– Avertissez le patron.

Il avait le souffle court et le moniteur s'emballait.

– Ils n'écoutaient pas. Ils ne répondaient pas...

– 50 cc supplémentaires.

– Il n'était pas signalé sur ces saloperies de cartes...

– Calmez-vous. Nous comprenons. Et vous, faites cesser ce vacarme !

Le silence revint. Respirer devint plus facile.

– Bien, bien.

Puis tout fut de nouveau envahi par les ténèbres.

Un accident était survenu à un vaisseau de prospection de R 1 qui se retrouvait dans leur secteur... et son pilote mettait en cause un draveur. Les affaires de ce genre relevaient de la compétence de la G.M. mais les services de Crayton, à l'Administration générale, lui avaient adressé le dossier.

La note jointe précisait : *Chargez-vous de l'affaire. Nous ne voulons pas de publicité.*

William Payne fit défiler le contenu du fichier. Un indépendant avait été admis à l'hôpital et portait des accusations contre un capitaine de la compagnie qui avait selon lui enfreint les règlements...

Merde ! Juste au moment où l'Association des bergers cherchait un prétexte pour déclencher une grève et être en position de force lors de la négociation des nouveaux contrats. Payne secoua la tête. Ce n'était pas dans ses attributions mais il était évident qu'il fallait contrôler la diffusion de cette nouvelle, et c'était le travail du responsable des Informations publiques. Un paranoïaque eût pensé à un coup monté... si le pilote en question n'avait pas été si mal en point et si sa coéquipière n'était pas morte.

A un mauvais moment... un très mauvais moment pour la compagnie.

Il devait apprendre dans quelle mesure des rumeurs s'étaient répandues, et quelle était leur importance. Des indépendants avaient procédé au sauvetage de l'épave, ce qui posait un autre problème. Les Infoludiques pourraient diffuser un documentaire sur les règles élémentaires de sécurité, indiquer quelles étaient les probabilités de percuter un rocher à vitesse grand V et rappeler que de tels accidents survenaient parfois... mais peut-être était-il plus sage de ne pas aborder le sujet. L'Association des bergers voulait un affrontement. Elle réclamait un débat public. D'autre part, les policiers examinaient l'épave et procédaient à une enquête. Même les Informations publiques ne pouvaient leur imposer toutes leurs volontés et il valait mieux ne pas les informer de tout ce qui était en jeu.

Obtenir une rétractation de ce pilote aurait encore constitué la meilleure solution. La G.M. avait dû envoyer une équipe de cracks inspecter ce vaisseau, et il avait tout lieu de s'en féliciter. Il suffirait de trouver une petite défaillance mécanique pour faire classer le dossier. Il ne resterait ensuite qu'à obtenir une déposition du pilote et à déterminer les responsabilités...

Hormis si un capitaine de la compagnie était mis en cause, bien sûr, et en évitant tout procès où l'Association des bergers serait peut-être citée à comparaître. Crayton lui demandait de régler cette affaire sans faire de vagues.

Une main effleura son visage et il frissonna. Il ne pouvait se défendre, pas même ouvrir les yeux.

– Monsieur Dekker, je voudrais vous poser une question. Il y a quelque chose qui m'échappe.

Il prit une inspiration. Deux. Il souleva les paupières, imperceptiblement.

– Oui ?

– Pourquoi réclamez-vous constamment votre montre ?

– Je veux savoir combien de temps s'est écoulé.

– Monsieur Dekker ?

Ce qu'il voyait acquérait de la netteté. Il était de nouveau avec ce médecin. Il essaya de s'asseoir et de remonter de quelques centimètres sur ses oreillers.

– Comment nous sentons-nous, monsieur Dekker ?

– Très mal, merci.

– Nous parlions de votre montre.

Bip.

– Pourriez-vous m'expliquer pourquoi le simple fait d'y penser vous bouleverse, monsieur Dekker ?

S'il le savait... L'homme attendait. Finalement, il pensa : Peut-être va-t-il m'écouter, cette fois ?

– Nous avions un problème, nous ne pouvions actionner le bras extérieur que depuis le pupitre principal. Le *Way Out* est un vieil appareil et les vaisseaux de sa série ont été conçus pour un équipage de trois membres. C'était courant, à l'époque...

– Poursuivez, monsieur Dekker.

– Il était donc impossible de manœuvrer le bras et de surveiller simultanément le chrono de l'autre console. On ne voit pas passer le temps, quand on travaille, et les jauges du scaphandre de Cory n'étaient pas d'une fiabilité absolue. Alors nous avons décidé d'utiliser ma montre.

Sa voix chevrotait. Il redoutait d'entendre le med donner l'ordre de lui administrer un sédatif, s'il interrompait son récit, et il n'était pas certain de s'exprimer avec suffisamment de clarté.

– Mais elle ne pouvait pas chronométrer plus d'une heure, et programmer l'alarme était un vrai casse-tête... Nous avons décidé de tout remettre à zéro, sur le 1er janvier. Quel jour sommes-nous ?

– Le 15 juillet, monsieur Dekker.

Pleurer était humiliant. Il retint ses larmes, pour préserver sa dignité. Le med devait s'impatienter. Il respira à pleins poumons, afin de se détendre.

– Ne me faites pas de piqûre. Je dois calculer... combien de jours se sont écoulés.

– Prenez votre temps, monsieur Dekker.

Janvier avait trente et un jours. Février vingt-huit. Mars douze.

Soixante et onze.

Là-bas, seule dans l'espace. Pendant soixante et onze jours. Alors qu'elle avait une réserve d'air de quatre heures. Ô mon Dieu !...

– Monsieur Dekker.

– Mars a trente jours, ou trente et un ?

– Trente et un.

Douze ôté de trente et un reste dix-neuf. Dix-neuf jours en mars. Avril...

Les mois de trente jours scnt septembre... avril, *juin* et novembre...

Le med caressa son épaule. Un infirmier revint.

– Non ! hurla-t-il. Je vais y arriver, bordel !

Ils lui firent malgré tout une injection.

– Calmez-vous. Ne bougez pas. Ne dites rien, murmuraient-ils.

– Quarante-neuf. On m'a retrouvé le 21. Quarante-neuf et vingt et un. N'ai-je pas déjà compté ces douze jours ?

J'ai perdu le fil... il faut recommencer.

Mais puis-je me baser sur mes souvenirs ?

Ils étaient toujours sur le pont 6, condamnés à attendre. Chaque jour, Ben descendait consulter les listes. Chaque jour, il lisait les mots EN ATTENTE en face du nom de leur vaisseau. Le *Trinidad* était sous scellés pour les besoins de l'enquête et ils ne pouvaient pas le louer, bien qu'il y eût une douzaine d'équipages inscrits sur la liste. Ils n'avaient même pas la possibilité de faire procéder à son ravitaillement, et chaque instant passé à l'appontage leur coûtait de l'argent au lieu de leur en rapporter. Bird visitait les magasins d'accastillage et se renseignait sur le prix des pièces détachées qui leur seraient nécessaires, mais monter à bord pour remettre en état ce foutu sèche-linge leur était interdit.

– On ne peut tout de même pas dire aux flics de se grouiller, déclara Ben qui essayait de se montrer raisonnable. Mais ils ne devraient plus en avoir pour longtemps.

Et Sal, entre deux mouvements d'assouplissement, car ils étaient dans le gym :

– Je croyais que tu avais des relations ?

– Pas dans la police, répondit-il avec irritation.

Et une intervention auprès des services de sécurité n'eût fait qu'éveiller les soupçons.

Bird s'essuya le visage, s'allongea sur un banc d'haltérophilie et grommela :

– Bon Dieu ! J'espère qu'ils prendront rapidement une décision. Mon cœur ne résistera pas longtemps, à ce rythme.

Meg se contenta de lui dire :

– Détends-toi, Bird.

– Non, bon sang, ne répondez pas ! déclara Payne. Dites à Salvatore que... Non, attendez. Je m'en charge...

Sale journée. Il y avait eu une rixe dans un bar, entre des bergers et des ravitailleurs, et un simple client se retrouvait à l'hôpital. Et à présent il apprenait *ceci*...

Un subalterne de R 1 avait retourné à l'envoyeur le courrier de Mlle Salazar avec la mention « décédée ». L'expéditeur, Mme Salazar mère, avait décroché le vidéophone pour réclamer des explications. L'opérateur de l'ASCOM, qui ignorait la nature délicate de cette affaire, avait transmis l'appel aux services du personnel. Après avoir effectué en vain des recherches dans les fichiers, une employée avait répondu à la mère éplorée qu'elle ne trouvait aucune trace de sa fille. Pendant ce temps, sa supérieure se renseignait auprès des services administratifs, comprenait que cette affaire la dépassait et s'adressait à un niveau encore plus élevé. Renvoyée d'un service à l'autre, Mme Salazar allait raccrocher quand un secrétaire des Affaires légales l'avait priée de bien vouloir patienter.

Alyce Salazar faisait partie du conseil d'administration de la MarsCorp, bon Dieu ! Et nul ne s'était donné la peine de l'en informer. Ou d'en parler à Towney. Il n'était précisé nulle part qu'il risquait d'y avoir de sérieuses complications...

Mme Salazar avait ensuite contacté le bureau du président. Pas Towney, à l'ASTEX, mais *Hansford*, au siège de Station Sol de la Compagnie Terre. Towney avait dû transmettre le dossier et le bureau de Hansford avait fourni des détails à la MarsCorp.

En apprenant que Dekker avait survécu, Alyce Salazar s'était exclamée qu'il ne s'agissait pas d'un accident, que ce bon à rien avait séduit, kidnappé et emmené sa fille dans la Ceinture dans le but de l'assassiner et de s'approprier son argent.

Autrement dit, une petite fortune. Il existait en effet dans leur contrat d'association une clause en faveur du dernier vivant...

Mais Alyce Salazar bouillait de rage et des armées d'avocats tenaient d'interminables discours à leurs collègues malgré le coût prohibitif des communications à longue distance.

– M. Crayton est en ligne, lui annonça sa secrétaire.

Bon Dieu !...

– Monsieur Crayton, je...

– Avez-vous reçu cette lettre ?

– A l'instant, monsieur.

– Une copie a été adressée aux services de sécurité.

Oh ! Non...

– Je suis désolé, monsieur. Je n'ai pas...

– Vous n'êtes pas en cause. Tous nos problèmes viennent de Mme Salazar. Elle réclame la tête de ce garçon. Dois-je préciser quelles seraient les conséquences ? Nous devons l'empêcher à tout prix. La compagnie ne veut pas d'un procès. Il est impératif que vous redressiez la situation. Découvrez ce qui s'est passé et trouvez une parade.

Toujours aucun feu vert de la police. Un après-midi, alors que Ben lisait des fichiers techniques dans le bar, Meg se glissa dans le fauteuil opposé au sien, posa ses avant-bras sur la table et déclara :

– Benjie chéri, j'ai des choses à te dire.

Ben la délaissait depuis deux jours et il pensa qu'elle souhaitait simplement tuer le temps. Il ne fut pas véritablement surpris de se retrouver avec elle dans sa chambre, puis dans son lit. Ils avaient déjà couché ensemble, à l'occasion, et il savait que son partenaire ne s'en formaliserait pas. Ses tempes rasées étaient excitantes et si au sommet de son crâne et sur sa nuque sa toison était d'une couleur plus vive que partout ailleurs, il ne faisait aucun doute que c'était sa teinte naturelle. Le tatouage d'une étrange créature se lovait autour d'une cheville... un serpent, avait-elle expliqué autrefois, peu après qu'ils avaient fait connaissance. Bird avait précisé que la morsure de cet animal entraînait la mort en trois minutes. Ben pensait que ce devait également s'appliquer à Meg, si on la prenait à rebrousse-poil.

Ce qui n'était apparemment pas son cas. Il la suspectait d'avoir des arrière-pensées... et il aurait juré qu'il ne pourrait s'abandonner au plaisir tant qu'elle n'aurait pas mis cartes sur table. Elle lui démontra le contraire et ce fut seulement lorsqu'ils eurent terminé leurs ébats qu'elle l'interrogea sur l'épave. Et sur Dekker. Et sur la nervosité et l'irritation de Bird.

– Il est perturbé, dit-elle. Tu crois vraiment que vous avez une chance d'obtenir ce vaisseau ? Parce que autrement tu dois lui parler.

– Dekker a disjoncté. C'est indéniable. Ouais ! Nous avons une chance, une chance valable.

– D'après Bird, vous devrez porter cette affaire devant les tribunaux. Il est persuadé que vous serez déboutés et que vous perdez votre temps. Mais il ne fait rien. Il se contente d'attendre. La compagnie ne risque-t-elle pas d'utiliser quelque chose contre vous ? Ce que je veux te demander, c'est... Eh bien, vous n'avez transgressé aucun règlement, quand vous étiez là-bas...

C'était donc ce qui la tracassait ! Si le *Way Out* leur passait sous le nez ou s'ils décidaient de le vendre à la compagnie, Meg et Sal devraient chercher un autre appareil à louer. Il comprit qu'elles n'avaient pour l'instant misé que sur eux et que le moment était venu pour elles de prendre une décision.

– Nous éviterons le procès. Tu peux me croire. Sais-tu quel est le problème de Bird ? L'argent lui fait peur. Chaque fois qu'on aborde ce sujet... eh bien, il parle d'autre chose. Si je n'avais pas effectué ces démarches, tu crois qu'il s'en serait chargé ? Bien sûr que non ! Il aurait tout d'abord attendu d'avoir reconstitué ses forces, puis il aurait déclaré qu'il était trop tard et qu'il devait de toute façon y avoir des créanciers prioritaires. J'aimerais que tu me dises ce qui se passe dans sa tête, Meg, car c'est pour moi un mystère.

– Tu oublies qu'il est un Terreux.

– Et après ?

Parfois, Meg prétendait être elle aussi originaire de la planète mère. Mais elle n'en avait apparemment pas l'intention, ce jour-là.

– Sont-ils tous comme lui, là-bas ? Quelque chose qu'on trouve dans l'eau, peut-être ?

– Bird a passé son enfance dans la pauvreté.

– Et j'ai été élevé dans un orphelinat. Quel est le rapport ?

– Il a appris à se contenter de peu. Le minimum lui suffit. Il ne désire rien d'autre. La richesse ne le tente pas. Il souhaite avoir à sa disposition de quoi vivre, et c'est tout.

C'était absurde... la raison, tout au moins. Il l'analysa, la disséqua et conclut qu'il ne pourrait jamais comprendre un tel état d'esprit.

– Eh bien, pas moi.

Meg soupira.

– Comme je n'ai même pas bénéficié du strict minimum, je ne peux pas en discuter.

– Des rations réduites à la portion congrue, voilà ce qu'il considère comme « suffisant ». Et être condamné à crever quand les jambes et le dos finissent par céder, parce qu'on n'a pas eu de quoi cotiser pour ses vieux jours.

– Cotiser pour ses vieux jours ? répéta Meg en gloussant. Ah, ah ! *Muchacho*...

– C'est indispensable, bon sang ! Qu'est-ce que je serais devenu si ma mère n'avait pas été prévoyante ?

– Ouais ! Mais... elle était pilote de la compagnie, je crois ?

– Tech.

Il se détourna. Il n'aimait pas parler du passé et des gens qu'il ne reverrait jamais. Ils étaient sans importance, désormais, contrairement à l'exemple qu'ils lui avaient donné.

– On ne va nulle part sans atouts. Une bonne assurance, mes études auprès de la compagnie, le flair de Bird pour jauger ceux qui veulent louer son appareil...

– Nous, par exemple ?

Oh ! Elle avait lancé son appât. Elle le regardait fixement, le menton posé sur ses mains jointes, et elle l'interrogeait sans détour alors que Bird n'était pas là pour l'épauler. Ben ne voulait pas dresser contre lui ces deux femmes... surtout pas Sal. Elles manquaient de métier mais possédaient de nombreuses qualités... et pas uniquement au lit. Il se demandait s'il faisait preuve de bon sens, mais la réponse était toujours la même : il y avait des prospecteurs plus expérimentés mais pour trouver des partenaires plus dignes de confiance et plus réguliers en affaires, il aurait dû chercher longtemps.

Il plaignait sincèrement certains amis de Bird qui avaient perdu tous leurs biens, et même la vie.

– Tu pourrais peut-être lui en toucher deux mots et lui dire que nous serions très raisonnables en ce qui concerne les parts de chacun.

Il était rare qu'une femme aussi tenace et rusée que Meg eût besoin de lui... sérieusement besoin. Il fit une rapide estimation du passif et de l'actif. Quiconque souhaitait faire une carrière durable en proposant des vaisseaux à la location devait sélectionner des gens honnêtes et bons calculateurs. Sal, surtout, avait des possibilités... si elle réussissait à maîtriser ses sautes d'humeur et à se débarrasser de son attitude je-m'en-foutiste. Elle avait aussi des relations utiles, alors que Meg...

Et il répondit, à la fin d'une pause qu'il espérait assez brève :

– Entendu, je lui en parlerai. Il faut bien s'entraider, entre amis.

– Réveillez-vous, disait quelqu'un en le secouant par l'épaule. Allons, allons. Revenez parmi nous.

Dekker n'y tenait pas. Les blouses blanches étaient encore plus nombreuses que de coutume. Il les voyait entre ses paupières mi-closes. Et il y avait aussi des hommes en tenue vert foncé, avec des reflets argentés. C'était étrange.

Une tape sur la joue, en douceur.

– Allons, Dekker. Voilà qui est mieux... Vous voulez un jus d'orange ?

Mensonge ! Ce n'était pas du jus d'orange mais un produit chimique proche de cette saloperie de Citrisal. Cependant, Dekker avait la bouche pâteuse et il aspira la boisson dès qu'ils eurent glissé une paille entre ses lèvres et redressé le lit. La sensation d'écrasement s'était accentuée, et il pensa : Ce n'est pas le même endroit. Nous avons changé de pont.

– Comment vous sentez-vous ? voulut savoir le med.

Il regardait à présent les policiers de la compagnie dont il avait reconnu l'uniforme.

– Paul Dekker ? demanda l'un d'eux. Nous aurions quelques questions à vous poser.

Il entendit des bips. Ceux de son cœur. Et les policiers pouvaient entendre ses pulsations cardiaques, accélérées par l'appréhension.

– L'avez-vous retrouvée ?

Les flics de la compagnie n'étaient porteurs que de mauvaises nouvelles et il ne désirait pas apprendre ce qu'ils avaient à lui annoncer.

Un de ces hommes approcha et s'assit au bord du lit.

– Qu'avez-vous fait du corps ?

– Quel corps ?

Dekker ne comprit pas immédiatement de quoi on voulait parler. Les signaux du moniteur gardèrent un instant la même cadence, puis son pouls s'emballa.

– Quel corps ?

– Celui de votre partenaire.

Les mouchards biologiques devinrent hystériques. Il inspira à fond pour se détendre et déclara posément :

– Je n'ai pas pu la retrouver. Ils nous ont éperonnés et ensuite je ne l'ai pas revue.

– Vous avez tort de nous prendre pour des imbéciles, monsieur Dekker. Je vais être franc avec vous. Ne pensez-vous pas qu'il serait temps de nous dire la vérité ?

– Cet appareil nous a percutés...

– ... alors qu'il n'était pas signalé sur les cartes ? Allons, monsieur Dekker, nous savons que vous aviez un mobile. Une adolescente débarque dans une station spatiale avec toutes ses économies et vous êtes là à l'attendre... vous qui n'avez jamais eu ni emploi régulier, ni éducation, ni argent. Comment avez-vous pu quitter Station Sol ? Par quel moyen avez-vous embarqué pour R 1 ?

– Cory et moi étions amis. De longue date.

– Et ce serait une raison suffisante pour qu'elle décide de partager avec vous tout ce qu'elle possède, y compris un vaisseau spatial, par un contrat comportant une clause en votre faveur si elle devait disparaître...

– Non.

– L'idée est donc de vous ?

– Je ne sais pas de quoi vous voulez parler.

– Vous avez pourtant dû prendre connaissance de cet acte, puisque vous l'avez signé.

– Je ne l'ai pas lu. Cory m'a demandé d'y apposer ma signature. Je l'ai fait. C'est tout !

Le flic avait tendu la main vers la transplaque d'un de ses collègues. Il pressa des boutons.

– Les services de sécurité de R 1 ont recueilli la déposition d'une certaine Mlle Natalie R. Frye. Selon elle, vous et Mlle Salazar auriez eu une violente altercation juste avant votre départ...

– C'est faux !

– Je cite : « Cory était en colère parce qu'elle avait reçu une facture. Pour une veste, je crois... »

– Il est exact que j'avais acheté une veste et que Cory la trouvait trop chère. Elle gardait les mêmes vêtements jusqu'au jour où ils tombaient en lambeaux...

– Vous vous êtes donc disputés pour une question d'argent.

– Pour une veste. Une saloperie de veste à trente-huit dollars. Nous avons eu un petit accrochage. D'accord... mais ça arrive à tout le monde, non ?

– Mlle Frye ajoute : « Cory couchait avec des tas de types et Dek ne le supportait pas. »

– Cette salope de Natalie ! Elle nous connaissait à peine. Cory ne pouvait pas la sentir.

– Est-il vrai que Mlle Salazar « couchait avec des tas de types » ?

– Elle couchait avec qui elle voulait. Et moi aussi. Ce n'est pas interdit, que je sache ?

– Eh bien, disons que ce serait sans importance si elle était revenue avec vous, monsieur Dekker.

L'électrocardiographe s'emballa. Le dernier des imbéciles aurait compris les intentions du flic. La colère le faisait trembler, mais il savait que s'il sautait à la gorge de ce salopard, on lui administrerait une autre dose de tranks et l'incident serait consigné dans le rapport.

– Cory est toujours là-bas. Un vaisseau nous a éperonnés...

– Vous étiez seuls dans ce secteur, monsieur Dekker.

– C'est faux ! C'est un mensonge !

Il cherchait frénétiquement des faits qu'ils ne pourraient réfuter.

– Bird le sait. Ben également. Nous en avons parlé. Ils ont vu ce draveur dont la présence n'était signalée nulle part.

– Bird ? Ben ?

– Les prospecteurs qui sont venus me chercher !

Il redoutait d'entendre rétorquer qu'ils étaient eux aussi le fruit de son imagination. Mais il fallait bien que des gens l'aient ramené de là-bas, bon sang !

– J'ai appelé le draveur, pour lui communiquer notre position et pour préciser que je ne pouvais pas manœuvrer parce que ma partenaire était à l'extérieur...

– Ne pensez-vous pas que le rocher a pu arrêter les ondes radio ?

– Si ! Enfin, non... je suis même certain du contraire. L'autre appareil était visible sur mon écran radar. Ils auraient dû voir le nôtre, eux aussi. Pourquoi n'ont-ils rien fait ?

– Je ne pourrais pas vous le dire, monsieur Dekker. Nous nous contentons de poser des questions. Vous l'avez donc vu approcher. En avez-vous immédiatement informé votre partenaire ?

Ils essayaient de le rendre fou en changeant constamment les règles du jeu. Ils portaient des accusations contre lui puis feignaient de le croire. Sans doute n'entendait-il pas tout ce qu'ils disaient.

– N'avez-vous pas déclaré que vous aviez percuté un astéroïde ? N'est-ce pas votre première version des faits ?

Il se sentait perdu, malade, abruti par les drogues. Le tempo des bips s'emballa. Il aurait aimé savoir si c'était son cœur ou un signal transmis par le com.

– Admettons que vous ayez croisé cet appareil, monsieur Dekker. Où se sont passés les faits ?

– Là-bas.

– C'est évident, mais ce vaisseau devait être porté sur vos cartes. Comment pourrions-nous en douter ?

Il perdait pied. Il couvrit ses oreilles avec ses paumes et tenta de déterminer si le moniteur signalait un dérèglement cardiaque ou cérébral.

– Contactez ce draveur, bon Dieu ! Demandez à ces salopards s'ils ont retrouvé Cory.

– Vous n'avez donc pas essayé de les joindre ?

– Bien sûr que si, bordel ! Je les ai appelés. Je les appelais et ils ne répondaient pas. Je ne sais pas, il est possible que l'antenne de mon émetteur ait été endommagée. Je réclamais de l'aide et ils gardaient un silence radio complet.

– Le *Trinidad* a capté vos signaux de détresse. Son équipage est allé vous récupérer.

– C'est pas la même chose.

Il était bien trop las pour essayer d'expliquer à un flic la différence entre un com et un émetteur de détresse.

– Contactez ce draveur.

– Nous n'y manquerons pas, s'il existe. Mais si ces hommes avaient récupéré votre partenaire, ne pensez-vous pas qu'ils l'auraient signalé à Base ?

Il chercha une réponse. Ces salopards lui avaient opposé une fin de non-recevoir. Ils n'avaient pas répondu à ses appels. Il pensa : Ce ne sont pas quelques heures qui se sont écoulées, mais des mois. Il y a des mois qu'elle est là-bas...

Les bips l'assourdissaient. Il devait reprendre immédiatement le contrôle de son système nerveux, car lorsqu'il tardait à le faire les meds lui administraient des tranks. En outre, il devait convaincre ces policiers qu'il n'avait pas perdu l'esprit.

– Je ne peux pas affirmer qu'ils m'ont entendu, seulement que j'ai essayé de les joindre.

– Nous nous renseignerons, monsieur Dekker, répondit l'homme en se levant. Nous ferons tout notre possible pour tirer cette affaire au clair.

Ils se dirigèrent vers la porte. Le med leur emboîta le pas. Dekker resta allongé, avec pour seul souci de ralentir les bips. Il était à la fois au bord de l'hystérie et bien plus lucide qu'il ne l'eût souhaité. Il se souvenait de Bird, il se souvenait de Ben. Il avait désormais la quasi-certitude d'être venu jusqu'ici à bord de leur appareil. Mais, parfois, il lui arrivait de croire que Cory n'était que le fruit de son imagination et qu'il vivait entre ces quatre murs depuis toujours, qu'il était dément et incurable.

7

Si le pont 8 était gris et automatisé, le 6 était vert et on y trouvait quelques restaurants et boutiques, mais le temps s'y écoulait tout aussi lentement. Ses résidents fréquentaient les gymnases afin de rendre un peu de vigueur à leurs muscles, faisaient le tour des magasins en sachant à l'avance quelles marchandises ils trouveraient sur quels comptoirs et s'autorisaient quelques escapades sur le pont 3, ou même sur le 2, jusqu'au moment où leurs genoux ployaient et leur cœur protestait. Les premières semaines de temps fort étaient caractérisées par l'oisiveté. Nul ne se sentait d'attaque pour entreprendre quoi que ce soit d'important. Ceux qui prenaient malgré tout des décisions énergiques avaient tôt fait de se raviser et de se rasseoir pour discuter entre amis, regarder la vid ou jouer aux cartes. Et même lorsqu'ils avaient retrouvé une forme physique relative, leurs activités se limitaient à quelques échanges de balles sur un court, à moins qu'ils n'aillent assister à une rencontre des équipes de la compagnie sur le pont 3. Mais tous faisaient de la gymnastique à outrance, même s'ils devaient pour cela entourer leurs articulations de bandages et se bourrer d'antalgiques sans penser au lendemain. Telles étaient les occupations de Bird, car ses jeunes compagnons brûlaient du désir de profiter pleinement de ce temps fort et d'aller retrouver les néons et la vie trépidante du pont de détente – et ses 0,9 *g*, la gravité la plus écrasante pour des spatiaux – et plus particulièrement le *Trou noir*, leur dormerie préférée. Et dès que Mike Arezzo les contacta pour leur annoncer qu'il avait deux chambres communicantes libres, ils firent leurs bagages et déménagèrent aussitôt.

Le *Trou* était en quelque sorte leur foyer. Ils y retrouvaient de vieilles connaissances, des visages familiers. Mike, le propriétaire, ne tolérait ni tapage ni rixes, ni armes blanches ni stupéfiants illicites. C'était, en fait, un des établissements les plus paisibles de ce niveau. Le pont de détente avait bien changé : baraquements des travailleurs et installations de la compagnie avaient empiété sur sa surface et il n'occupait plus qu'un secteur d'environ un k et demi de long. En comptant les lieux à la mode fréquentés par les rats de la comp, on ne dénombrait plus qu'une dizaine ou une quinzaine d'endroits où il était possible de se distraire... Mais on ne voyait pas au *Trou* des employés venus dîner ou des ouvriers qui voulaient une bière. C'était un lieu de rencontre pour les habitués de l'apesanteur : singes des docks, chargeurs, ravitailleurs, pousseurs, prospecteurs, assembleurs des chantiers de construction spatiale et, à l'occasion, un berger. Les autres entraient, mais ne s'attardaient pas. La tension devenait aussitôt perceptible, les têtes se tournaient et le niveau sonore décroissait.

L'ambiance était bien différente, quand des brebis égarées revenaient au bercail.

– Hé ! Bird, lança Alvarez.

La plupart des clients se tournèrent vers eux dès qu'ils franchirent le seuil de la salle, et lorsque Meg se dirigea vers le comptoir, commentaires paillards et sifflements jaillirent.

– Salut, Mike, dit-elle au barman qui annonça, sans se tromper :

– Vodka, bourbon, vodka citron, gin et bulles...

Avant de les servir sans attendre une confirmation. Ils étaient de retour chez eux... ce qui se rapprochait le plus de leur foyer.

– Quoi de neuf ? voulut savoir Mike. Persky raconte que vous avez capté un appel de détresse, là-bas. On dit même que vous auriez ramené un naufragé.

– Exact. Un gosse. Sa partenaire est morte. Une bien triste histoire.

– Le *Trinidad* ne figure pas sur la liste, dit Alvarez. Les flics l'ont mis sous scellés ?

Bordel ! S'il y avait une chose qui allait bon train à ce niveau, c'étaient bien les rumeurs !

– Nous n'avons rien fait de contraire aux règlements, s'empressa de préciser Ben. Mais Maman respecte les procédures prévues. Quiconque établit un contact au-delà de la Ligne...

– Au-delà de la *Ligne* ?

Il convenait d'éveiller la curiosité de son auditoire puis d'effectuer une pause au bon moment, pour se faire offrir des bières... et parfois même un repas.

– Minute, minute ! réclama Alvarez. Mamud et Lal sont au *Pacific*. Je vais les avertir. Attendez qu'ils nous aient rejoints.

Bird se comparait parfois à un oiseau sans ailes, lorsqu'il devait marcher sous 0,9 *g*. L'apesanteur était pénible, mais bien moins que cette frustration... car le moindre déplacement était interminable et le Trans était constamment bondé. Heureusement qu'on trouvait toujours des débits de boissons et des restaurants à proximité. Et il y avait cette impression gênante d'être tout nu, les premiers temps. Après avoir porté pendant trois mois d'affilée un collant stim destiné à faire travailler les muscles en contrant leurs mouvements, on baissait sans cesse les yeux pour s'assurer qu'on n'avait pas oublié son pantalon. Ici, l'air caressait la peau. A quoi reconnaissait-on un spatial en début de temps fort dans un restaurant ? Facile. C'était le nigaud qui secouait sa cuiller pour s'assurer que son contenu ne s'envolerait pas ou qui lançait un objet en l'air et ouvrait de grands yeux en le voyant retomber.

C'était aussi le pauvre idiot qui allait régulièrement faire la queue à la banque pour demander le solde de son compte – en espérant que le Bureau des garanties ou le service d'exploitation avait effectué un virement – ou qui descendait – comme lui – au siège des services de sécurité pour voir si, par miracle, les formalités étaient terminées et si un employé borné n'accepterait pas de signer une autorisation d'appareillage.

Non.

Et non.

On était le 28 *juillet*, bon Dieu ! Et les flics n'avaient toujours pas terminé leur perquisition du *Trinidad* !

Et quand il passa à la banque pour apprendre si leurs dépenses du pont 6 avaient été débitées, il eut la désagréable surprise de constater que leur compte venait de subir une ponction importante.

En pareil cas, le spatial précité effectuait alors une marche lente et interminable jusqu'au Bureau des concessions où il devait de nouveau faire la queue avant de pouvoir demander si ses dernières trouvailles avaient été enregistrées et quel était le statut de ses identificateurs. Pendant que Ben mettait son beau costume et allait saluer ses connaissances du Bureau des garanties, pour essayer de faire hâter les analyses du minerai qu'ils avaient rapporté... et Bird espérait sincèrement que sa démarche ne produirait pas un effet contraire à celui escompté.

– Deux Vingt-neuf Tango, dit Bird à l'employé.

– Le *Trinidad* ? Bird et Pollard, c'est ça ?

– Tout juste.

L'homme utilisa son terminal et secoua la tête.

– Je suis désolé, mais...

– Ne me dites pas que nous avons une P.D.S. ?

– Si... Vous avez de quoi noter ? Je vais vous fournir le numéro.

– J'ai ma liste.

Il sortit de sa poche une carte à puce qu'il inséra dans le lecteur du comptoir.

– Le T-29890.

– Merde !

Il se mordit la lèvre. Il avait pour principe de ne jamais laisser voir sa mauvaise humeur aux employés au demeurant bien disposés à son égard, mais c'était une de leurs trouvailles les plus intéressantes, un bloc de belle taille pour l'époque actuelle. Ferreux. Ils étaient pourtant très méticuleux. Il passa la main dans sa chevelure et ajouta :

– Désolé. Mais c'est toujours un choc.

– Revenez demain. J'aurai peut-être de meilleures nouvelles à vous annoncer. Ils le retrouveront peut-être, entre-temps.

– Ouais ! Merci.

Ils avaient perdu la trace d'un de leurs identificateurs. Ça arrivait, parfois. Les prospecteurs prélevaient des échantillons et les analysaient. Si les résultats étaient encourageants et si le rocher était assez gros pour intéresser Maman, ils la contactaient pour lui annoncer qu'ils avaient du travail à confier à un draveur. Ils encaissaient une prime importante quand le Bureau des garanties confirmait les analyses et ils touchaient ensuite une rente mensuelle pour avoir fait porter cet astéroïde sur les cartes. Mais ils n'étaient pas crédités de leur pourcentage sur le minerai. Il fallait attendre pour cela qu'un draveur arrive sur place, débite le caillou en morceaux et propulse ces derniers en direction de la zone de récupération, puis que les bergers les récupèrent et que la raffinerie accuse réception de ce qui lui était *effectivement* parvenu. Autant de choses qui se produisaient en fonction de priorités établies par la compagnie et non par les prospecteurs.

Lors d'une perte de signal, Maman devait refaire ses comptes, envoyer un appareil installer un nouvel identificateur et décider entre l'exploitation immédiate du rocher ou l'attente de son prochain passage... autant de corvées dont elle se serait volontiers passée. Elle leur versait une prime pour qu'ils mettent en place des identificateurs fiables, et ils devaient en pareil cas rembourser la somme perçue... ou retrouver la trace dudit rocher. Si sa trajectoire s'était modifiée, il ne leur restait d'autre choix que de tout perdre ou d'intenter une action en justice.

L'astéroïde en P.D.S. était trop important pour que Bird y renonce ou laisse au hasard le soin de se charger du reste. De simples calculs permettraient peut-être de le situer. Un corps céleste non répertorié pouvait l'occulter temporairement. Des P.D.S. avaient permis au service de récupération d'effectuer des trouvailles, attribuées à ceux qui avaient financé les recherches. Quelques prospecteurs avaient eu cette chance, mais la plupart du temps les rochers se contentaient de basculer – avec perversité – pour orienter l'émetteur vers les trois pour cent de l'univers que les oreilles de Maman ne pouvaient entendre... si l'appareil ne se contentait pas de griller. Les identificateurs n'étaient pas éternels, surtout la camelote qu'on trouvait à présent sur le marché.

Il dut aller jusqu'au service de récupération et faire débiter deux *c* supplémentaires sur leur compte pour que les techs chargent un fichier, calculent une position probable et écoutent ce point de l'espace avec un peu plus d'attention, dans l'espoir de rétablir un contact, avant de passer à d'autres méthodes. Entre-temps, la banque avait cessé de verser des intérêts sur la prime. Maman l'avait fait débiter immédiatement, elle était près de ses sous.

– *Un bloc de forme irrégulière*, tapa-t-il sur le clavier.

Il consulta les données enregistrées dans les fichiers et fournit des photos, une estimation de la masse ainsi que le rapport du Bureau des garanties sur leurs échantillons.

L'homme lut sa description du rocher et haussa un sourcil.

– Rien ne manque. Voilà qui devrait nous faciliter la tâche. Nous avons des chances de repérer votre bébé et d'envoyer un draveur sur place avant qu'il ne soit hors d'atteinte. C'est un beau morceau.

Il se sentit soulagé. Lorsqu'on leur mâchait le travail, les employés du service de récupération mettaient un peu plus de zèle à rechercher votre bien et un peu plus d'empressement à lui attribuer un draveur... ce que n'auraient pu espérer ceux qui se contentaient de prélever un seul échantillon, la plupart du temps à l'unique emplacement valable du caillou.

De nombreux débutants avaient pris de tels risques. Ils persuadaient Maman d'enregistrer de la camelote pour encaisser les primes qui leur permettaient d'acheter des analyseurs plus perfectionnés. Certains avaient même trafiqué leurs échantillons. Ces pratiques étaient parfois payantes... mais il en résultait presque toujours des blâmes et des amendes, et à leur retour à Base, ces imbéciles découvraient que leur compte en banque avait été ponctionné pendant leur absence. Il n'était plus nécessaire de tirer des chèques à l'ordre de Maman depuis que les nouveaux règlements l'autorisaient à se servir, et ceux qui s'estimaient lésés devaient ensuite lui intenter un procès... s'il leur restait de quoi régler les honoraires des avocats.

Il fallait en outre prendre garde à ne pas insinuer

que les draveurs pouvaient tricher dans l'estimation des masses qu'ils propulsaient et qu'une raffinerie avait la possibilité de ne pas accuser réception de la totalité du minerai qu'elle recevait. Il allait de soi que des capitaines et des directeurs de la compagnie n'auraient *jamais* commis de telles indélicatesses.

Mais il était payant de se bâtir une réputation de prospecteur consciencieux. Il suffisait de prélever plusieurs échantillons et d'avoir des fichiers très complets pour que Maman *sache* que vos concessions étaient valables et que leur exploitation se justifiait. Il fallait pour cela indiquer la masse, fournir des photographies prises sous tous les angles – avant et après la mise en place de l'identificateur – et surtout préciser la teneur en minerai. On ne trouvait pas deux rochers identiques et il était aisé de les identifier.

Les chapardeurs s'abstenaient d'empiéter sur leurs concessions... parce que Morris Bird était un type jovial, à tu et à toi avec la plupart de ses collègues, et qu'après avoir bu quelques verres il ne se privait pas de préciser par quels moyens il protégeait ses biens et de dire qu'il aurait été très risqué d'y toucher.

Seuls un ou deux individus peu charitables s'étaient permis de lui faire remarquer que coucher avec les deux femmes les plus enclines à commettre de tels actes devait effectivement réduire les risques. Mais il avait pris la défense de Meg et de Sal, et la discussion en était restée là.

Le simple fait d'y penser le rendait tout joyeux...

Il eut même envie de rire, lorsqu'il lui vint à l'esprit qu'il avait sans doute plus contribué au salut de l'âme de Meg Kady que les tracts distribués par les Evangélistes et les Islamistes réformés dans les coursives du pont de détente.

Sal, se dit-il ensuite... Assurer sa rédemption était une autre paire de manches.

On rencontrait des individus de tout acabit sur le pont de détente... mais nul n'aurait pu entrer au *Trou* en costume sans déclencher l'hilarité générale. Pour cette raison, Ben fit un détour jusqu'à son vestiaire du pont 3 et enfila des vêtements plus appropriés et des bottes avant de regagner la dormerie.

Changement de tenue, changement de style... Ben Pollard pouvait aller partout où il le souhaitait, ou presque, sans que sa présence fût déplacée.

Il aimait surtout l'ambiance du pont de détente, avec sa musique et ses néons. Ce lieu l'avait intimidé lorsqu'il s'y était rendu pour la première fois, à sa sortie de l'Institut, même s'il savait que sa mère y avait passé la majeure partie de ses temps forts. Il avait pris conscience à quatorze ans qu'il n'aurait aucun avenir au sein de la compagnie. Il connaissait les dures réalités de l'existence. Tous les humains étaient censés naître libres et égaux, mais ces beaux principes ne se traduisaient pas dans les faits... Les enfants issus de familles pauvres ou modestes accédaient dans le meilleur des cas à des postes comme celui de Marcie Hager. Ils pouvaient espérer faire un jour partie de la classe moyenne et bénéficier de quelques avantages, mais sans aucune possibilité de progression... et les capacités et les diplômes n'y changeaient rien. Le fils du président Towney – le plus mauvais élève de l'Institut – avait été nommé directeur adjoint de la méthanerie... alors que Ben Pollard, fils de berger, qui avait étudié le pilotage (sans grand intérêt à ses yeux) et la géologie (sa matière préférée) avec une spécialisation en mathématiques (grâce à Dieu !) n'avait pu entrer dans l'administration... pas à un poste intéressant, tout au moins. Les meilleurs emplois étaient réservés aux proches des directeurs, aux carriéristes qui avaient payé leur écot à la compagnie, à titre personnel ou par parents interposés, ou encore – disait-on – à ceux qui correspondaient parfaitement à un profil bien particulier.

Il avait envoyé tout ça au diable. Il esquissa un pas de danse en revenant du Bureau des garanties. Sur le pont de détente nul ne se formalisait de telles excentricités... si quelqu'un extériorisait sa joie ce n'était certainement pas sans raison et, dans une société où la réussite était liée au hasard, on essayait de se rapprocher de ceux à qui la chance semblait sourire, au cas où ce serait contagieux.

Il avait dans sa poche une carte où était précisé qu'ils avaient trouvé deux rochers prometteurs et que des sommes importantes seraient en conséquence créditées sur leur compte. De l'argent sûr. Celui qui installait un identificateur sur un bloc de minerai ne pouvait savoir dans combien de temps un draveur irait l'exploiter, mais ce qu'il rapportait dans sa trémie représentait un capital... et en l'occurrence un capital important.

Ouais !

Il se dirigea vers le comptoir dès son entrée au *Trou*.

– Meg ou Sal sont-elles dans leur chambre ? demanda-t-il à Mike.

Il savait où Bird allait chaque jour à cette heure depuis une semaine.

– Pas elles, les flics, répondit Mike.

Il le fixa, sous le choc.

– Les flics ?

– Pas en uniforme. Mais ils m'ont montré leurs plaques. Tu n'aurais rien à me dire ?

Il soupira et pensa qu'il fallait avoir les témoins de son côté en cas de complications.

– D'accord, Mike. L'imbécile que nous avons secouru... là-bas dans la Ceinture. Nous avons réclamé son vaisseau, comme prime de sauvetage. Il appartenait à l'équipage, dont ce type est l'unique survivant. La mort de sa partenaire l'a fait disjoncter. Dieu sait ce qu'il a pu raconter. La police doit se renseigner pour s'assurer que nous sommes honnêtes.

Mike se montra aussitôt plus amical. Et intéressé.

– Vous avez revendiqué son appareil ?

Il tapota le comptoir avec sa clé.

– C'est une longue, très longue histoire. On ne devrait pas en parler, mais je sais qu'on peut te faire confiance, Mike. Excuse-moi, je vais aller voir.

Il ressortit et suivit le couloir en direction des chambres. Il entra dans celle qu'il partageait (officiellement) avec Bird.

– Merde !

Leurs biens étaient peu nombreux, mais des cambrioleurs auraient sans doute laissé moins de désordre. Après avoir conservé leurs affaires pendant quatre jours pour les examiner, les policiers étaient revenus les éparpiller sur le lavabo et le lit, ouvrir les placards et placer sur le miroir un autocollant rouge de taille, annonçant : *Ce lieu a été perquisitionné par des membres des services de sécurité de l'ASTEX munis d'un mandat les autorisant à rechercher des objets de contrebande. Veuillez dresser un inventaire de vos biens personnels et signaler tout article manquant ou endommagé aux services de sécurité de l'ASTEX, subdivision des relations publiques...*

Il arracha l'autocollant. Du papier plus épais que du tissu valait son pesant d'or. Littéralement. Il était possible de le plier et d'*écrire* des mots sur son pourtour, à condition de disposer d'un crayon... également introuvable.

Merde, merde, *merde* !

Il ouvrit la porte de communication. Dans la chambre de Meg et de Sal le désordre était tout aussi impressionnant, sinon plus. Elles avaient une garde-robe plus fournie que la leur.

Elles les tueraient. C'était une des deux pensées qui lui revenaient constamment à l'esprit. L'autre était dominée par la colère engendrée par ce viol de leur intimité qui lui coupait le souffle et lui donnait envie de tout casser.

Que diable cherchaient-ils ?

Des choses en provenance de l'autre vaisseau ?

Des données dont la détention était prohibée ?

Il pensa à la carte. Mais il l'avait dans sa poche. Il la gardait sur lui en permanence. Il tâta sa combinaison, pour en obtenir la confirmation.

Merde !

Il se dirigea vers la porte, la verrouilla derrière lui et suivit le corridor en tentant de se reprendre avant de passer devant Mike, qui lui demanda :

– Des ennuis ?

– Pas que je sache. Je reviens.

Il continua sur sa lancée, jusqu'à l'arrêt de Trans le plus proche.

Il souffrit du froid pendant la montée vers le pont 3 puis le parcours vers le gym et les vestiaires. Ce fut avec des mains tremblantes qu'il prit son Idcarte et ouvrit le placard. Et il pensa : Chaque fois que je l'utilise, ils peuvent le savoir. Comme à l'Institut. Rien ne leur est inaccessible...

Il tâta la poche de son costume...

La carte de données s'y trouvait toujours. L'enthousiasme suscité par les conclusions du Bureau des garanties lui avait fait oublier de la récupérer.

Mais où serait-elle en sécurité, désormais ?

Dans les chambres que les flics venaient de perquisitionner ?

Peut-être attendaient-ils qu'il commette cette erreur. Ils cherchaient à le prendre en défaut... et s'ils trouvaient quoi que ce soit d'illégal...

Merde !

Dekker entrouvrit les paupières, à peine. Quelqu'un se déplaçait dans la pièce... le med, qui se penchait vers lui. L'effet des tranks s'estompait et la brume qui nimbait toute chose se dissipait.

– Il serait presque temps, grommela-t-il.

On souleva sa paupière et une lumière l'éblouit. L'homme se renfrogna.

– Hum !

Il s'appelait Pranh. Dekker lut son nom sur son badge.

– Docteur Pranh, ne me donnez plus de sédatifs. Je veux sortir d'ici. Qu'a trouvé la police ?

Pranh recula et glissa sa lampe-stylo dans sa poche.

– Je l'ignore. Je présume qu'elle poursuit ses investigations.

– Combien de temps ?

– Je vous demande pardon ?

– Depuis combien de temps dure leur enquête ?

– L'écoulement des jours vous obsède toujours autant ?

Bien qu'ébranlé par cette attaque, il put secouer la tête et répondre, en ayant l'impression de commettre une trahison :

– Je sais que Cory est probablement morte. Ce que je veux savoir, c'est pourquoi.

Pranh gardait un visage inexpressif et baissait la tête pour ne pas soutenir son regard. Il écrivit sur sa transplaque.

– Vous ne savez pas ce que fait la police, déclara Dekker.

S'exprimer à haute voix lui était difficile. Les tranks saturaient toujours son organisme et il savait qu'il s'endormirait sitôt après avoir fermé les paupières. Il lutta pour rester éveillé. Le med ne lui répondait pas et il répéta :

– Combien de temps ?

– Votre partenaire est décédée. C'est une certitude, pas une probabilité. Cette phase de refus est normale, rassurez-vous, et dès que vous aurez admis...

– Rien ne prouve qu'elle est morte ! Vous n'en savez rien, vous non plus. Ces salopards ont pu la prendre à bord de leur vaisseau. Je veux parler aux policiers. Passez-moi un com...

– Calmez-vous.

– *Je veux un com, bordel !*

– Les faits ont été reconstitués. Un rocher vous a percutés, un réservoir a explosé.

– Ce n'était pas un rocher...

– C'est pourtant ce que vous nous avez déclaré. Vous revenez sur votre première déposition ?

– Je ne reviens sur rien du tout ! Il y avait un draveur, là-bas. Ces salopards n'ont pas répondu à mes appels, ils ont continué sur leur lancée, droit sur nous...

– Négation de faits pénibles à accepter, murmura Pranh. Colère. Transfert de responsabilités. J'ai discuté avec les enquêteurs. Le draveur le plus proche était dans le secteur voisin et ne se déplaçait pas. Il débitait un rocher. Vous avez dû être atteints de plein fouet par un caillou qui filait à la vitesse grand V.

– Un caillou, mon œil ! J'exige de parler à la police. Je veux savoir ce qu'a déclaré le capitaine de ce draveur ! Passez-moi un vidéophone !

Le med se dirigea vers la porte, sortit dans le couloir, s'adressa à quelqu'un et s'éloigna.

– Je veux rencontrer un responsable de la Gestion ! hurla Dekker au seuil désert. Je veux voir des gens qui savent ce qui s'est passé !

Mais ce furent deux infirmiers qui entrèrent, avec un pistolet hypodermique.

Il jura lorsqu'ils l'immobilisèrent et lui firent une injection. Et il continua de protester, alors qu'il sombrait de nouveau dans l'inconscience. Des larmes coulaient sur ses joues et sa gorge était irritée tant il hurlait. Il pensa à Cory. Cory qui secouait la tête, avec cette expression qu'elle arborait toujours, quand quelque chose était irrémédiable.

Impossible, Dek.

Et il lui rétorqua : Ça reste à voir, bon Dieu !

Ben avait deux nouvelles à lui annoncer quand Bird arriva au *Trou*, et ce fut naturellement la plus mauvaise qui l'emporta. Haut la main.

– Et nous avons une P.D.S. sur un beau morceau, grommela Bird en s'asseyant sur le lit.

Mais cette information était d'une importance secondaire par rapport au reste.

– Tu es certain que c'étaient des flics ?

– Ils ont laissé un avis de passage. Un autocollant, précisa Ben en le sortant de sa poche, pour le lui montrer. Et ce que tu vois n'est rien. J'ai remis un peu d'ordre... ici et à côté.

– Chez elles aussi ?

– Chez elles aussi.

– Merde !

Il secoua la tête. Il ne trouvait rien à ajouter.

– La police a pu procéder à une simple vérification de routine. Ce que je veux dire, c'est qu'elle a le droit de perquisitionner chez n'importe qui et comme nous avons réclamé ce vaisseau...

– Je doute que ce soit légal, grommela Bird, sans desserrer les dents. Mais le Bureau des réclamations est sacrément loin d'ici.

Puis il pensa à d'éventuels micros espions et fit signe à Ben de se taire. Il se leva et le précéda dans le couloir. Ils entrèrent dans le bar. Ben avait dû comprendre. Il avait l'air inquiet lorsqu'il s'assit.

– Deux bières, commanda Bird à Mike Arezzo.

Il rapporta les consommations à la table où l'attendait son compagnon.

– Ils ont pu placer notre chambre sur écoute. Mais

si nous demandons à déménager, ils trouveront ça suspect et nous surveilleront d'encore plus près.

– Ce que je me demande, c'est pourquoi ils s'intéressent à nous, marmonna Ben. Je suis prêt à parier que c'est à cause de ce connard de Dekker. Qu'a-t-il bien pu leur raconter ?

– Je l'ignore.

– Eh bien, j'aimerais le savoir. Je pourrais en toucher deux mots à quelqu'un qui...

Bird posa la main sur son avant-bras.

– Ne fais pas ça ! Même si tu as des amis haut placés. C'est trop dangereux.

– Dangereux ! Nous n'avons rien fait, à part sauver la peau de cet imbécile !

Ben avait encore foi en certaines choses, comme le Système et les Règlements dont il se moquait pourtant constamment.

– Tu te souviens des questions que tu m'as posées sur l'affaire Nouri ? J'ai vécu tous ces événements et eu la preuve que les policiers sont au-dessus des lois. Ils ont fait tout ce qu'ils ont voulu, à l'époque, et ils sont toujours tout-puissants. On ne vous apprend pas ça, à l'Institut ?

– Même les flics doivent respecter les règlements...

– Mais ils ne le font pas toujours. Rappelle-toi la chasse aux naufrageurs. Les docks ont été fouillés de fond en comble, et nul n'a osé protester. Selon la situation, la compagnie autorise un peu de laisser-aller ou prend des mesures énergiques, et tu dois te rappeler comme moi l'époque où nous avions encore du papier à notre disposition. Les mécontents pouvaient s'en servir pour diffuser leurs idées et Maman l'a fait disparaître, et nous devons à présent utiliser des cartes qu'on insère dans des saloperies de lecteurs reliés à Dieu sait quoi. Autrefois, les vaisseaux changeaient librement de secteur, les prospecteurs utilisaient la radio pour discuter et il leur arrivait de passer d'un vaisseau à l'autre pour boire une bonne bouteille à l'occasion. De nos jours, c'est passible d'une très forte amende. Je me souviens du temps où la compagnie se fichait complètement de cette guerre ridicule que la Terre livre à ses lointaines colonies, et maintenant elle nous affirme que l'ennemi peut nous envoyer tous en enfer d'un instant à l'autre. Par le passé, les P.D.S. n'étaient pas débitées aux prospecteurs qui finançaient des recherches... pas avant que le service de récupération n'ait fourni une réponse négative, tout au moins. J'ai assisté à bien des changements, l'ami. J'ai entendu dire qu'il suffisait de nous organiser et de nous tenir les coudes pour contraindre Maman à modifier ses méthodes. Des conneries ! Nous ne sommes pas des bergers et la compagnie n'a aucune concession à nous faire. Elle peut se passer de nous, elle meurt d'envie de nous remplacer, et sans la charte qui l'oblige à nous traiter sur des bases « justes et équitables », il y a longtemps que nous aurions disparu. On ne vous l'apprend pas non plus à l'Institut ?

– Il existe des règles. Même Maman a des comptes à rendre à des instances supérieures.

– Des comptes à rendre ? Les seuls comptes qui l'intéressent sont les bilans de fin d'année. Nous avons commis une erreur en réclamant ce vaisseau, Ben. Nous n'aurions jamais dû faire une chose pareille.

– Tu dis des conneries. C'est la compagnie qui a mis en place le système des primes de sauvetage. Tu prétends qu'elle ne respectera pas ses propres décisions ?

– Ben, elle n'a jamais pris de pareilles dispositions en pensant qu'elles pourraient un jour lui faire perdre de l'argent. *Voilà* le principe de base de toutes les règles établies. J'ai eu, dès le début, un mauvais pressentiment. Les prospecteurs ne peuvent pas devenir riches. Ils n'ont aucune chance de remporter le gros lot.

– C'est certain, s'ils refusent de saisir les occasions qui se présentent !

– Tu te berces d'illusions. Je peux te le dire car j'étais comme toi, autrefois.

Il but une gorgée.

– Je me souviens du jour où ils ont installé leur première brasserie. Tu ne boirais plus de bière, si tu voyais les cuves dans lesquelles ils la préparent.

– Tu t'écartes du sujet. D'accord, tout était bien mieux par le passé, et à présent il n'y a plus que de la merde. A moins que rien n'ait changé.

– Nous n'avions pas la compagnie sur le dos à tout bout de champ. Elle ne nous tondait pas à ce point. Il n'y avait pas cette saloperie de chantier de construction spatiale qui fait de notre station une cible idéale... et les Infoludiques ne nous passaient pas que des vids écœurantes d'optimisme mielleux alors que tout le monde sait que la situation n'est guère réjouissante, à la maison.

Il en disait trop, même dans un bar où leur conversation ne risquait pas d'être enregistrée. Ben était déconcerté.

– La maison, c'est ici. Ici ! Bird...

– Ouais ! Je sais. Mais j'ai parfois envie de botter le cul aux responsables de tout ça.

Meg et Sal apparurent sur le seuil. Ils avaient des choses à leur expliquer.

– Bande de fils de pute, grommela Sal.

Il espéra qu'elle se référait aux flics. Ces deux femmes étaient bien plus malignes que Ben dans de nombreux domaines. Elles ne firent pas d'autres commentaires et déclarèrent qu'un dîner les aiderait à se détendre...

Et il fut surpris de ne pas avoir pensé plus tôt que la police pouvait en fait s'intéresser à *elles*, étant donné qu'elles ne devaient pas hésiter à commettre des chapardages et étaient revenues peu avant eux de l'espace. Cependant, la compagnie n'accordait pas plus d'importance à ces entorses aux règlements qu'à la façon dont Sal arrondissait ses revenus. Elle ne faisait aucune faveur à titre gratuit, sauf à sa partenaire. Elle profitait même de Ben, en se faisant par exemple payer à dîner. Les mauvais élèves de la compagnie étaient faits pour s'entendre.

Les filles ne semblaient pas étonnées outre mesure. Elles haussaient les épaules et secouaient la tête comme s'il était normal que des individus ayant sauvé la vie à un inconnu reçoivent la visite d'une escouade de policiers. Mais peut-être essayaient-elles simplement de détendre l'atmosphère. On ne savait jamais, avec les femmes. Elles devaient bouillir de rage, désirer leur tordre le cou... et vouloir obtenir bien plus que deux bières en compensation de leurs désagréments.

Elles déclarèrent vouloir faire un peu de rangement et les laissèrent. Ben s'attarda une minute pour terminer son verre, puis annonça qu'il désirait faire un saut à la banque afin de vérifier leur solde. Ce n'était qu'une excuse. A part lui, Dieu seul savait où il irait.

– Ne fais rien, lui dit Bird.

Ben hocha la tête et s'esquiva.

Peut-être aurait-il dû parler des micros aux filles, qui ne les ménageraient sans doute pas. Cependant, si elles s'exprimaient librement, ceux qui les écoutaient peut-être comprendraient qu'elles n'étaient au courant de rien. Elles savaient, pour le vaisseau, mais ignoraient qu'ils avaient d'autres sujets de préoccupation.

La présence d'un draveur dans le secteur d'où provenait l'épave, par exemple.

Un draveur chargé d'exploiter les rochers découverts par les prospecteurs, un appareil qui procédait à l'extraction, au tri et à l'expédition du minerai vers Jupiter, où les blocs étaient ralentis pour que les bergers puissent les récupérer et les rapporter à la raffinerie où ils étaient traités, laminés, etc. Maman assignait les zones de prospection en tenant compte de l'emplacement occupé par les draveurs. Il y en avait toujours un dans les parages, mais *du côté* du Puits, orienté de façon que le canon fût dirigé dans la direction opposée. Chaque fois qu'on passait à proximité d'une drave, on pensait que ce rayon propulseur était démesuré et que les charges qui y circulaient arrivaient si rapidement qu'il était impossible de les voir approcher. Le tracé des draves était la seule information que Maman fournissait pour les secteurs voisins, avec la Ligne de séparation des zones de R 1 et de R 2. Les draveurs étaient tenus d'informer Maman de chaque tir, en précisant la date et l'heure. Ils devaient obtenir son feu vert pour se déplacer et n'étaient naturellement pas censés se dissimuler.

Devait-on en déduire que Maman avait oublié de signaler la présence d'un tel appareil sur les cartes transmises à Dekker ? Il figurait sur celles qu'elle avait adressées au *Trinidad*... aux coordonnées que le naufragé avait fournies pour désigner le point où s'était produit l'accident.

Merde ! De telles pensées étaient dangereuses.

Maman exerçait des pressions, depuis quelque temps – une conduite absurde des dirigeants de l'ASTEX –, comme cette obligation d'effectuer des heures supplémentaires pour les ouvriers des usines, la tentative de modification des conventions passées avec les bergers dans le but d'imposer la présence de représentants de la compagnie à bord de leurs appareils... et le dernier des imbéciles aurait immédiatement compris quel était le but recherché. Ces chambardements n'avaient un sens que s'ils étaient inspirés par la Compagnie Terre. La C.T. pouvait modifier les règles du jeu et faire abroger les lois qui la gênaient. Elle avait de nombreux sénateurs dans sa poche et distribuait d'innombrables tickets-repas depuis le nouvel essor de la construction spatiale. Sans oublier que la plupart des Terreux ignoraient tout de l'espace et de la politique...

Ils vivaient au fond du puits mère, comme son frère qui lui écrivait deux fois l'an – malgré le coût prohibitif d'affranchissement postal entre la Terre et la Ceinture – pour lui parler de sa femme, de ses gosses, et des haricots verts qu'il plantait dans son potager. Mon Dieu ! Comment pouvait-on encore s'intéresser à des choses pareilles ?

– Vous n'avez qu'à signer ici, dirent-ils à Dekker.

Ils avaient glissé une transplaque sous sa main, redressé son lit et calé des oreillers dans son dos, mais l'effet des tranks ne s'était pas totalement dissipé et sa vision se troublait. L'impression d'écrasement s'était accentuée, révélatrice d'une fraction de *g* encore plus importante, et il avait de sérieuses difficultés à respirer.

– Qu'est-ce que c'est ? demanda-t-il.

Parce qu'il savait qu'on ne lui signalerait pas les pièges et qu'il ne devait avoir confiance en personne. Par ce document, peut-être les autoriserait-il à procéder à une intervention chirurgicale ou à lui administrer Dieu sait quelle drogue. Il refusait de donner son aval à quelque chose qu'il n'avait même pas lu.

Ceux qui l'entouraient (flics, meds, infirmiers... ses pensées étaient trop confuses pour lui permettre de les reconnaître) lui dirent alors :

– C'est une formalité indispensable pour vous permettre de sortir d'ici. C'est bien ce que vous voulez, n'est-ce pas ?

– Laissez-moi, marmonna-t-il, pris de nausées.

– Vous préférez rester dans cet hôpital ?

Il avait lâché le stylo. On le remit entre ses doigts.

Il se concentra sur le texte. Discerner les lettres dans cette nappe de brouillard était difficile, mais il lut le mot DÉPOSITION. Un acte légal. Il se concentra et finit par comprendre qu'il s'agissait d'un constat d'accident.

Accident ? Bon Dieu !

Il jeta la transplaque. Peut-être se cassa-t-elle. Elle heurta la paroi et tomba sur le sol avec un bruit de plastique brisé. Il pensa : Elle serait restée intacte, à un autre niveau.

– Je ne signerai rien avant d'avoir consulté un avocat, dit-il sur un ton catégorique.

Le désordre était indescriptible. Meg bouillait de rage. Elle s'assit pour compter ses boucles d'oreilles en jurant.

– Je devrais déclarer qu'il m'en manque. Ça leur ferait les pieds.

Et Sal, qui triait ses crayons à cils :

– Toutes les pointes sont cassées. Quelle bande de salauds !

– Nous n'avons pourtant rien fait !

La confirmation de cette affirmation réclamait un temps de réflexion, mais c'était la stricte vérité. Meg entreprit de démêler des chaînettes, angoissée.

– Ces fils de pute semblent avoir pris un malin plaisir à semer un pareil merdier...

Sal approcha et s'appuya du poing sur le matelas pour se pencher vers elle et lui adresser un signe discret mais péremptoire. Prudence ? Ce qui ne fit qu'accentuer le malaise de Meg. Si les policiers les avaient placées sous surveillance, ce que tout laissait supposer, il y avait gros à parier qu'ils n'avaient pas utilisé que des systèmes audio mais aussi vidéo.

Elles se seraient volontiers passées de ces complications. Elles avaient voulu saisir leur chance, non pas s'attirer des ennuis, et tout indiquait que leurs amis en auraient des tas.

Déménager était une possibilité. Il y avait une autre dormerie, juste à côté du *Trou*. Rien ne les empêchait de donner un baiser d'adieu aux deux hommes et d'aller tenter leur chance ailleurs, mais si les espoirs de Ben étaient fondés...

Elle ne se le pardonnerait jamais, car une telle occasion ne se représenterait pas. Elle n'avait rien à espérer de Maman, et Sal non plus. Une fille avec un casier pouvait travailler à son compte mais pas obtenir des faveurs, ni être engagée par la compagnie, et au moindre larcin elle se retrouvait sur la sellette, en bonne position sur la liste des suspects.

Il était presque temps que la chance accepte de leur sourire. Elles avaient subi trop de coups du sort.

Leur dernier secteur, par exemple, ne comportait que des blocs de glace et de roche sans intérêt pour Maman. Ils ne l'intéressaient pas, non, merci ! Les prospecteurs qui devaient louer un appareil n'avaient plus droit qu'à des zones de ce genre, depuis quelque temps. Les propriétaires de vaisseau gardaient les autres pour eux, même s'ils devaient, pour les exploiter, enfreindre les regs sanitaires et les consignes de sécurité, et ils ne leur refilaient que des étendues de néant.

Elles refusaient de baisser les bras et tentaient de s'accrocher, même s'il leur fallait pour cela chaparder quelque peu. Meg Kady se promit de ne pas mourir sans le sou. Ce n'était pas parce que des policiers s'étaient permis de mettre ses affaires sens dessus dessous qu'elle renoncerait à tous ses espoirs.

Ses doigts se figèrent sur les chaînettes et une esquisse de sourire incurva ses lèvres. Elle était en territoire familier. Amen !

– Les flics de Sol ont tout de même plus de classe, dit-elle gaiement à Sal. Les connards qu'on trouve ici ne savent rien faire proprement, pas vrai ?

– J'irais même jusqu'à dire qu'ils sont nuls, approuva Sal. Vraiment merdiques !

Salvatore s'affala dans son fauteuil, poussa une pile de problèmes sur le côté de son bureau et sortit l'inhalateur d'un tiroir. Il inspira les vapeurs, recommença. Le produit pharmaceutique atteignit ses poumons et son système circulatoire, pour imposer à ses nerfs de se détendre. Il avait horreur des incidents, des jeunes crétins qui se déchargeaient de leurs responsabilités sur les services de sécurité, des médecins qui se prévalaient de leurs privilèges...

Et, surtout, la découverte que l'Administration n'avait pas daigné lui dire qu'une affaire était bien plus délicate que prévu.

Le téléphone sonna. Il prit une dernière inspiration puis exhala les vapeurs bienfaisantes. Son secrétaire répondrait et il espérait...

– Monsieur Salvatore, ici M. Payne.

Son troisième coup de fil de la journée. Salvatore avait espéré bénéficier d'un répit. Il savait ce qu'avait dû apprendre cet homme mais ne savait pas quoi lui répondre.

Il enfonça la touche.

– Monsieur Payne ?

– On m'a informé que nous avions un problème, fit une voix juvénile.

Le bureau de Salvatore n'était pas équipé d'un vidéophone... et il s'en félicitait. Payne était son cadet, un jeune membre de la direction plein d'avenir, un sous-directeur chargé de l'information et des relations publiques, un individu qui dépendait directement de Crayton, lui-même placé juste au-dessous de Towney. Sans doute venait-il de subir des pressions, et il transmettait les récriminations vers le bas de l'échelle hiérarchique, autrement dit les services de sécurité.

– Ce Dekker va nous tenir tête jusqu'à ce que la responsabilité de la compagnie soit engagée. Ce qui ne servira les intérêts de personne, Salvatore.

– J’en suis conscient, monsieur.

– Ce que je vous dis vient de plus haut, vous comprenez ?

– Parfaitement, monsieur.

– Nous allons nous retrouver dans une situation très délicate. La mère Salazar veut la peau de ce jeune idiot et l’Administration se plie à tous ses caprices. Nous avons des contrats et des délais à respecter. Il faut absolument que Dekker signe cette déposition pour nous permettre de classer l’affaire.

– Je lui ai vivement conseillé de le faire, monsieur Payne.

Salvatore respira à pleins poumons... l’air de son bureau. Mon Dieu ! A qui s’adressait son interlocuteur ?

– Nous ne ménageons pas nos efforts. Il existe à mes yeux une possibilité...

Il prit une autre inspiration et courut sa chance :

– Je pense que ces gosses n’occupaient pas la position mentionnée dans leur journal de bord. Je ne saurais dire si c’était délibéré ou en raison d’une erreur de navigation. Je les soupçonne de s’être livrés à des vols de minerai.

Le silence s’éternisait, à l’autre bout du fil, et Salvatore espérait ne pas avoir commis un impair.

Mais quand Payne lui répondit finalement, ce fut d’une voix posée.

– Il convient de ne pas oublier qu’il s’agit d’un incident mineur qui n’a déjà fait perdre que trop de temps à la compagnie.

– Certainement, monsieur.

– Je ne peux être plus explicite. Il serait malvenu qu’un indépendant passe en jugement, surtout un gosse qui risque de se pourvoir en appel. On m’a communiqué toutes les données, et je vous les adresse. Il n’y avait *aucun* draveur dans ce secteur. Ce que confirme le journal de bord. Une telle information n’y est pas mentionnée. Je vais vous dire ce qui s'est passé, capitaine. Dekker et Salazar ont voulu voler du minerai sur un rocher bien trop gros pour eux. Ils étaient morts de peur et Dekker a cédé à la panique. Soit il a fait une fausse manœuvre qui a été fatale à sa partenaire, soit il s'est produit une défaillance mécanique... à vous de choisir. La compagnie pourrait engager à son encontre des poursuites pour négligence et fortes présomptions de chapardage, mais les Affaires légales le déconseillent. Ce jeune homme a été trop gravement traumatisé par le drame pour que son témoignage soit recevable. Il pourrait en outre aborder des questions sans rapport direct avec cette affaire, et ses divagations ne doivent à aucun prix être rendues publiques. Cela s'applique également aux accusations lancées par Mme Salazar. Il n'y a que trop de gens qui seraient ravis d'avoir un tel prétexte pour attaquer la compagnie, comprenez-vous ?

– Oui, monsieur.

– Alors, faites le nécessaire. Vous m'entendez ? Débrouillez-vous pour que Dekker signe le constat d'accident. Vous avez bien compris ? Des individus sans scrupules n'hésiteraient pas à se servir de lui et je ne veux pas que tout ceci prenne de l'ampleur. Il faut arrêter tout ça.

Il tendit la main vers le bouton de l'enregistreur, interrompit son mouvement, se ravisa. Mais il voulait obliger Payne à être plus explicite.

– Mon enquête ?

– Ce début d'incendie, avant qu'il ne se propage. La situation est explosive. Prenez toutes les mesures nécessaires, vous saisissez ?

– Parfaitement, monsieur, confirma Salvatore.

En pure perte car son interlocuteur avait déjà raccroché. Il composa un numéro, celui du bureau extérieur.

– Passez-moi Wills, dit-il à son assistant. *Immédiatement !*

Bon sang ! Si ces mômes avaient enfreint la loi, il fallait mettre le survivant à la disposition de la justice. Les voleurs devaient aller en prison. Point. Mais Mme Salazar s'y opposait. Elle affirmait que sa fille n'aurait jamais commis un acte délictueux et que Dekker l'avait assassinée pour s'approprier tous ses biens.

Une telle hypothèse était plausible, mais seul un homme vraiment prêt à tout aurait pu mener à bien un projet qui incluait de saboter son vaisseau, de s'envoyer dériver dans l'espace et de sombrer dans la démence pour se forger un alibi. Des prospecteurs devenaient fous furieux et il avait enquêté sur un meurtre qui alimentait encore ses cauchemars, mais rien ne démontrait en l'occurrence que Dekker s'était intéressé à la fortune de Corazon Salazar. Ses investigations lui avaient appris qu'après avoir abandonné ses études Cory avait retiré les fonds placés à son nom, payé à son ami un billet jusqu'à R1 et dépensé la majeure partie du reste pour aller le rejoindre, acquérir un appareil démodé et le remettre en état...

Que ces gosses soient revenus sains et saufs de leur première sortie relevait du miracle, et si on tenait à parler d'enlèvement, c'était plutôt Dekker qui en avait été victime... Un gamin qui pouvait s'estimer heureux d'être encore en vie. Les lois de la physique l'avaient remplacé aux commandes quand les réservoirs s'étaient vidés et, pour une raison connue de Dieu seul et des ordinateurs, l'épave n'avait pas quitté le plan de l'écliptique... ce qui ne constituait pas un atout.

Dek se fichait complètement du fric ! avait déclaré un témoin interrogé dans le cadre de l'enquête menée à R 1. *Dans leur association, son rôle se bornait à piloter le vaisseau. Et à le rafistoler...*

Leurs rapports ? Eh bien, ouais, il vivait avec Cory. Mais elle l'intéressait bien moins que les jeux vid et ce genre de trucs... Ça lui permettait de gagner des jetons de bar. Il prenait plutôt la vie du bon côté, figurez-vous. Oh ! il lui arrivait de faire son malin, si vous voyez ce que je veux dire, mais dans le fond c'était un timide. Il ne pensait qu'à jouer. Dans un bar, on le trouvait toujours devant les machines pendant que Cory parlait de physique et de minéralogie à une table. Ils formaient un drôle de couple. Ils étaient différents mais complémentaires, comme si Cory était la tête et lui les jambes...

Oh ! ouais... Dek n'avait pas très bon caractère. Mais Cory aussi était parfois une teigne. Il ne fallait pas lui marcher sur les pieds.

C'est vrai, ils couchaient ensemble... en se laissant une liberté totale. Ils ne se mêlaient pas des affaires des autres et avaient très peu d'amis. Comme ils manquaient d'expérience, des gens essayaient d'abuser d'eux. Mais ils n'étaient pas du genre à se faire avoir... Surtout Cory. C'était elle qui prenait toutes les décisions, Dek se contentait de suivre. Il semblait plus vulnérable et subissait les pressions, mais il ne se laissait pas influencer pour autant.

S'ils étaient honnêtes ? Je ne sais pas quoi vous répondre. Je n'ai jamais entendu dire qu'ils aient fait quoi que ce soit de douteux...

Et il y avait effectivement un draveur dans ce secteur. Il le savait depuis que la G.M. avait mis des cartes à sa disposition. Officiellement, cet appareil était arrivé sur place le 24 mars alors que l'accident s'était produit le 12, mais la police n'avait pu consulter le journal de bord, et les mémoires des fichiers cartographiques avait été vidées. La fouille méticuleuse du *Trinidad* et du *Way Out* s'était soldée par un échec, et Wills n'avait rien trouvé dans les chambres des prospecteurs.

Il eût été prématuré d'en conclure qu'ils n'avaient pas sorti des cartes de données de leur vaisseau. Une affaire *sacrément* embarrassante pour les douaniers, s'il devait s'avérer qu'ils l'avaient fait. L'Administration prendrait des sanctions.

Mais comme nul ne s'était donné la peine d'attirer son attention sur ce point, il n'en avait pas parlé à Wills. Et si de telles preuves existaient, elles resteraient probablement introuvables. Quelqu'un qui exerçait son métier se fixait pour but de servir la justice. Il y avait à l'hôpital un môme qui n'était même pas conscient de la gravité de sa situation face à une femme assez riche pour obtenir son retour à Sol... et l'envoyer devant un tribunal où des puissances financières, des militaires, des fournisseurs mécontents et diverses organisations de travailleurs et d'antimilitaristes se chargeraient de faire de son procès une affaire avec un grand A.

Salvatore savait ce qu'on attendait de lui. Il se demanda pourquoi ses supérieurs ne le limogeaient pas, pourquoi ils ne se débarrassaient pas de lui en l'aiguillant sur une voie de garage... par exemple les services consultatifs auxquels nul ne s'adressait jamais.

Il avait une femme et une fille... une enfant brillante et d'une intelligence rare, qui poursuivait des études de sciences administratives et avait hérité de ses capacités à établir des contacts utiles. Comment aurait-il pu annoncer à Jilly – ou à Mariko – qu'il allait sacrifier son avenir pour un inconnu sorti de nulle part ?

Il utilisa de nouveau l'inhalateur et se dit : Bon Dieu ! tu oublies que ce Dekker n'est pas un ange. Des histoires de délinquance juvénile lui ont valu d'être fiché, à Sol. C'est sa mère qui a payé la caution.

Mais on fait des bêtises, à son âge. Si les jeunes manquent de bon sens, il faut que les vieux en aient pour eux.

Il avait des étourdissements. « N'abusez pas de votre inhalateur », lui disait toujours son med. Mais cet homme n'avait pas un William Payne sur le dos, ni une femme et une fille dont toute l'existence risquait d'être gâchée à cause de l'obstination d'un petit imbécile.

Si Dekker avait eu deux sous de malice, il ne se serait jamais fourré dans un pareil guêpier. Salvatore connaissait la mentalité des gens de son âge : ils ne pouvaient pas commettre d'erreurs, ils étaient bien trop malins pour ça... mais celui-ci en avait fait une de taille et son sort était désormais peu enviable. La mort de sa partenaire avait entraîné un sentiment de culpabilité propre à tout survivant d'un accident... Il devait lui laisser une porte de sortie. Sans doute ne comprenait-il rien à la politique, aux syndicats et au budget de la Défense. Maintenir sa version des faits ne lui vaudrait que des ennuis. Il fallait lui fournir une échappatoire, un moyen de ne pas être tenu pour responsable de ses erreurs.

Avant que sa grande gueule ne lui attire des problèmes bien plus sérieux encore.

Le Bureau des statistiques nous informe que l'augmentation du taux de natalité constaté cette année est dû au nombre grandissant de femmes au sein de la population, un nombre qui continuera de croître. Selon le porte-parole de l'hôpital James R. Reynolds, la compagnie devrait inscrire les contraceptifs dans la rubrique profits. Le nombre moyen d'heures de travail a en effet chuté de dix pour cent au cours des cinq dernières années alors que le niveau de vie a continué à s'élever...

– On va encore se faire baiser, dit Meg.

– Tu n'as rien compris. Ils voudraient au contraire qu'on s'en abstienne, rétorqua Sal.

... augmentation de la population de quinze pour cent au cours de la dernière décennie...

– Alors, pourquoi imposent-ils aux ouvriers de se taper des heures supplémentaires ?

... Le président Towney a mis l'accent sur la gravité du problème et exhorte toutes les femmes à songer à leur situation économique. Il est en effet démontré que celles qui attendent, pour procréer, d'avoir plus de trente ans bénéficient en moyenne d'un niveau de vie supérieur de vingt-cinq pour cent par rapport à celui des jeunes mères. Le président Towney a rappelé aux travailleurs des deux sexes que pour pouvoir s'élever au sein de la compagnie il est indispensable de savoir peser les conséquences de ses actes...

– Tu crois que notre situation s'améliorerait si nous suivions leurs conseils ? demanda Meg.

– Nous devrions peut-être solliciter une promotion.

La vid beuglait à l'intérieur du gym. Elles ne pouvaient en faire abstraction. Elles s'étaient assises, en sueur, et attendaient d'avoir repris haleine pour se diriger vers les machines. Towney avait fait d'autres déclarations.

Meg regarda ses ongles. C'était une marotte, les laisser pousser pendant les périodes de temps fort tout en sachant qu'elle devrait les couper avant de repartir dans l'espace, si elle ne voulait pas qu'ils se brisent dans l'atmosphère froide et sèche d'un vaisseau.

Mais si elle gardait les yeux baissés, c'était pour ne pas attirer l'attention du chelovek qui venait d'entrer. Sal insistait pour venir dans ce gym. Mais Meg aurait préféré changer de décor.

– Sal !

– Ouais ! Je l'ai vu.

Meg le regardait mine de rien et essayait de passer inaperçue, le cœur battant.

Un type très grand au crâne rasé, sans doute d'origine nordique. Il s'appelait Mitch, un berger, un chef tech, un ami de Sal. Pas d'elle... certainement pas. Il les avait vues et fixées pendant une fraction de seconde, avant de se diriger vers les bancs d'haltérophilie.

– Je préfère m'éclipser, dit-elle à Sal.

– Non ! Reste assise.

Ce gym situé à l'extrémité du pont de détente était un fief des bergers. Sal y était toujours la bienvenue, mais pas elle. Et ce Mitch... dire qu'il n'approuvait pas le choix de Sal en ce qui concernait sa partenaire était un euphémisme.

Sal se leva et alla lui parler. Lire sur leurs lèvres aurait été de l'insolence, mais Meg ne pouvait s'empêcher d'observer son amie et il était évident que ce qu'elle entendait ne l'emplissait pas de joie.

Sal prit Mitch par la taille et le guida vers elle.

– Meg, dit le berger.

C'était sa suffisance qu'elle ne pouvait pas supporter. Elle tordit sa serviette-éponge et inclina la tête pour le regarder à contre-jour en arborant un sourire glacial.

– *Guten Tag*, Mitch, *que pasa ?*

Il était rac comme tous les bergers, avec insolence. Son attitude avait la même signification. Il ne s'abaisserait pas à lui dire ce qu'il attendait d'elle, c'était certain. Il utiliserait pour cela une intermédiaire.

– Ça va, Kady ?

– Oh ! très bien.

– C'est parfait. Parfait, Kady. Pas de bruit, pas de vagues. Tu es l'amie d'une amie d'un ami, tu comprends ? C'est ce qui t'a permis de t'en tirer jusqu'à présent. J'avoue que ça m'impressionne.

– Tu n'es qu'un salopard, Mitchell. J'avoue, quant à moi, que j'ai été ravie de ne pas avoir à subir ta présence avant cet instant.

Mitch sourit. Un chelovek pas mal de sa personne qui pouvait la faire expulser de ce gym, et même de l'existence de Sal.

– Ne gâche pas tout, Kady. Si tu es ici, c'est parce

qu'on te tolère. Tu t'en es bien tirée, je l'ai expliqué à Sal, et une vraie chance s'offre à toi.

– Tu peux te la fourrer où je pense. Je n'ai pas besoin de toi et de tes amis.

Le front de Mitch se plissa. Il la toisa de bas en haut, haussa les épaules et s'éloigna.

Meg massait l'arête de son nez et évitait de regarder Sal. Elle ne savait pas pourquoi elle avait réagi de cette manière. Elle était incapable d'analyser ses motivations mais consciente d'avoir commis une erreur.

– Désolée, Aboujib.

– Eh bien... je dois reconnaître qu'il l'a cherché.

Sal s'accroupit sur ses talons et fit reposer ses avant-bras sur ses genoux.

– Il le sait. Et c'est un type correct.

– Ouais ! Bien sûr. Un de ces fils de pute. Un demi-dieu de l'apesanteur. Tout ce qu'il a fait pour toi, c'est de la merde.

Un silence. Elle était allée trop loin. Finalement, Sal lui dit :

– Les bergers ont appris que les flics ont perquisitionné chez nous et Mitch nous ordonne de repartir. Il m'a dit, louez et filez, le plus loin possible. Ils s'inquiètent.

– Rien à faire ! Pas quand nous sommes *sur le point* de réussir. Cette affaire ne les concerne pas, bordel !

Une grimace plissa le visage basané de Sal.

– Il nous a adressé un avertissement.

– Tiens donc ?

– Un avertissement sérieux.

– Dis-moi franchement qu'il ne veut plus me voir ici. *Tu* te trouves un vaisseau et *moi* je reste pour nous conserver une option sur le *Way Out*.

– Ne dis pas de conneries !

– Je ne parle pas de mettre un terme à notre association mais de faire le nécessaire pour sauvegarder nos intérêts, pendant que tu fais plaisir à tes amis.

– Cette mise en garde te concernait aussi.

Elle prit sa serviette pour essuyer son front et s'accorder le temps de se reprendre.

– Nous sommes trop près du but pour renoncer à ce stade. Merde, Sal, les occasions pareilles sont rares. Il ne s'en présentera pas d'autre.

Sal ne fit aucun commentaire. Meg restait assise et se disait : Avec eux, Sal aurait un avenir, de vraies chances, si elle rentrait dans le rang. Mais ce sont des salauds. Pas d'aide. Pas de retour en arrière. Mettre une gosse à la porte comme ça et la laisser se dépêtrer toute seule jusqu'à ce qu'elle ait fait ses preuves... Bon Dieu ! Non, Mitchell !

– Viens, Sal. Ne restons pas ici.

Sal attendit de se retrouver au sein d'une foule bruyante pour lui dire :

– Je ne crois pas qu'il y avait des micros, là-bas... autrement il ne m'aurait rien dit. Mais ils savent quelque chose, Meg. Je crains d'avoir été un peu trop bavarde.

– A quel sujet ?

– Ben a conservé les fichiers enregistrés pendant qu'ils recherchaient cette épave. Il les étudie et ne veut les communiquer à personne. Ce sont ses cartes et il les garde pour lui.

Meg inspira à pleins poumons.

– *Mierda !* Et tu en as parlé à Mitch ?

– Il le savait déjà. Les bergers en voulaient une copie.

– Ben te tuera.

– Ouais ! Je sais. Mais ils ne s'y intéressent pas pour les mêmes raisons que lui... ils cherchent d'autres informations, des coordonnées. Au fait, il va falloir que tu me finances, Kady. J'ai dû remettre mon Idcarte à Mitch, pour qu'il ait accès à notre placard.

– Aboujib !

– D'autre part...
– Tu ne trouves pas que tout est déjà bien assez compliqué ?
– D'autre part, les bergers s'intéressent vraiment à nous. J'ignore ce qu'ils veulent faire de ces données... mais ils trouvent toute cette histoire *ni-kulturny* : la mise sous scellés du vaisseau de Bird, cette môme qui meurt dans l'espace, les flics qui font une perquisition...
– C'est toi qui lui en as parlé. Tu es allée voir ce saligaud.
Sal baissa la tête.
– J'étais inquiète. Je me disais qu'il valait mieux tout laisser tomber et ne plus être mêlées à ces salades, puisque tu tiens à le savoir. Si tu te demandes pourquoi la police a tout chamboulé dans notre chambre, demande-toi ce que nous avons fait en plus de revoir deux amis qui revendiquent une épave.
– Aboujib...
– Ouais ! Je sais. Je posais simplement une question. Ce que je veux dire, c'est que les flics peuvent eux aussi s'intéresser à cette carte de données...
– Puis-je te demander d'avoir l'amabilité de me tenir informée de tes intentions, la prochaine fois que tu envisageras de faire un coup tordu de ce genre ?
– Je ne voulais pas t'inquiéter inutilement.
– Je t'aurais étranglée. Ben est au courant ?
– Non.
– Dans combien de temps va-t-il l'apprendre ? Bon Dieu, Aboujib, il n'est pas idiot ! Il a pu trafiquer sa foutue carte.
Sal grimaça.
– Il l'a fait.
– Alors, il sait ?
– Négatif ! Bien sûr que non. Je sors de l'Institut, moi aussi.

8

Des tests : il devait enfiler une rondelle sur une tige, emboîter des chevilles dans les trous correspondant à leur forme, compléter des séries de symboles. Dekker savait pourquoi ils lui avaient remis ces jouets.

– Mettez-les-vous où je pense ! s'exclama-t-il.

Il bouscula la boîte et son contenu s'éparpilla sur le sol avec fracas, ce qui l'emplit de satisfaction.

– Allez vous faire foutre ! Je refuse de faire quoi que ce soit avant d'avoir vu un avocat.

Il se leva et les infirmiers s'apprêtèrent à bondir. La petite psychologue se figea et leva sa transplaque tel un bouclier.

Il avait gardé une rondelle et la lança comme s'il voulait jouer à pile ou face, la rattrapa au vol et la jeta dans l'angle de la pièce sans quitter les infirmiers des yeux.

– Vous voulez retourner dans votre chambre ? lui demanda Tommy.

Le plus humain des deux, celui qui lui adressait la parole.

– Ouais, grogna-t-il.

Il haussa les épaules et se dirigea vers la porte. Tommy et Alvie le saisirent par les bras. Ils étaient parvenus à un accord : il avançait sans faire d'histoires et ils ne le brutalisaient pas.

Et s'il restait calme, une fois dans son lit, ils ne serraient pas trop les sangles et lui laissaient les mains libres. C'était insupportable quand on ne pouvait même pas se gratter.

– Vid, dit-il lorsqu'ils l'eurent couché.

Il y avait un récepteur, dans sa chambre. Tommy l'alluma. Dekker ne se demandait même pas où ils l'avaient emmené, ce qu'ils voulaient. Ce n'était qu'un essai de plus, pas différent des autres.

Un homme entra et coupa la vid. Il le voyait pour la première fois mais savait qu'il appartenait au corps médical car il s'était muni des accessoires propres aux membres de cette profession : transplaque, style, lampe et sondes diverses qui dépassaient de la poche de poitrine de sa blouse blanche. Sur son badge était écrit : *Driscoll.*

Driscoll s'avança et s'assit au bord du lit.

– Pas de paternalisme, l'avertit Dekker. Je ne suis pas d'humeur à le supporter.

C'était amusant, quand ces salopards imbus d'eux-mêmes avaient un mouvement de recul, blessés dans leur amour-propre. Il n'avait plus que des petits plaisirs de ce genre, depuis qu'il vivait en ce lieu. Le med consulta sa transplaque. Peut-être avait-il une mémoire défaillante.

– Je comprends votre impatience, dit-il.

– Je réclame un avocat.

– Nous avons reçu les résultats de vos tests.

– Quels tests ? J'ai refusé de les passer.

Driscoll lut :

– Fonctions motrices réduites, amnésie...

– Des conneries !

– Traumatismes bénins, isolement prolongé, carence en oxygène, inhalation de substances toxiques, risques de troubles permanents...

– Des conneries ! répéta-t-il.

– Comportement illogique. Agressivité.

– Sortez immédiatement de ma chambre ! Où est Pranh ?

– Le Dr Pranh est en congé. Je m'occupe de ses patients.

Il écrivit quelque chose.

– Je présume que vous aimeriez partir d'ici.

– Excellente déduction.

– Je vais me procurer les formulaires.

– Je refuse de signer quoi que ce soit.

Driscoll se leva, gagna la porte et hésita.

– Essayez de placer vos réactions sous contrôle, monsieur Dekker. Le personnel est conscient de vos problèmes, mais notre vie à tous serait facilitée si vous faisiez un petit effort... dans votre intérêt. Avez-vous toujours des hallucinations ?

Dekker le fixa.

– Bien sûr que non !

Et il pensa : Il ne peut pas savoir que je mens.

Mais il sentait renaître ses frayeurs. Son pouls s'emballait. Ils avaient coupé le signal sonore de l'électrocardiographe mais pouvaient surveiller le moniteur ou enregistrer ces informations quelque part.

Finalement, il vit entrer un autre homme, plus jeune que le précédent, mais lui aussi muni d'une transplaque. Il vint vers le lit et demanda :

– Comment vous sentez-vous ?

Dekker lut *Hewett* sur son badge. Il ne devait pas avoir plus d'une vingtaine d'années. Un type tendu, au teint terreux. Peut-être lui avait-on raconté qu'il était fou.

Il se contenta de le fixer, sans répondre. Hewett lui présenta la plaque et ajouta :

– J'ai apporté la décharge. Vous n'avez qu'à signer...

– Je refuse.

– Vous le devez.

– Pas avant d'avoir consulté un avocat.

Hewett perdit toute son assurance.
– C'est indispensable, monsieur Dekker.
– Inutile d'insister.
– Vous voulez pourtant sortir d'ici ?
– Ce sont eux qui souhaitent se débarrasser de moi.
Il avait froid. Le climatiseur s'était sans doute déréglé. Il pensa que s'ils enregistraient son pouls, les crêtes devaient bondir hors du graphique.
– Je ne signerai rien. Allez le leur dire. Ils n'ont pas cessé de me mentir.
Hewett hésita puis l'implora, à voix basse :
– Signez. C'est tout ce qu'on vous demande.
– Non.
Il ferma les yeux. Lorsqu'il les rouvrit, le med sortait.
Il voulait quitter cet endroit. Il ne s'y sentait plus en sécurité. Mais nul moyen d'évasion ne lui venait à l'esprit.
Se ruer vers la porte ? S'il arrivait à l'extérieur, et s'il lui fallait pour cela utiliser la violence, les flics auraient tôt fait de le rattraper et de le boucler sous Dieu sait combien de chefs d'inculpation. Signer le formulaire puis s'adresser à un homme de loi ? Ces gens tenaient bien trop à obtenir sa signature, il ne leur manquait sans doute que cela pour faire de lui ce qu'ils voulaient. Et de quelle assistance légale pourrait-il bénéficier, ici ? Celle des conseillers juridiques à la solde de la compagnie ?
Il avait enfreint la loi, à Station Sol... une erreur de jeunesse. Cela lui avait permis de découvrir les avocats, les rouages de la justice. Quand ils arrivaient au tribunal, les juges avaient déjà rendu leur verdict.
Une autre blouse blanche. Une femme, qui s'avança et lui présenta une transplaque en disant :
– C'est la prise en charge par votre assurance médicale. Signez.

Il regarda le document puis leva les yeux, avec suspicion.

– Vous devez donner votre accord au règlement de vos journées d'hospitalisation. Vous avez de la chance, tous nos patients ne bénéficient pas d'une couverture à cent pour cent.

Il prit la plaque et lut le texte, sans y déceler le moindre piège. Il apposa sa signature et se rappela une dispute avec Cory à ce sujet : « Nous n'en aurons jamais besoin, Cory ! S'il nous arrive quoi que ce soit dans l'espace, nous mourrons... il est inutile de dépenser de l'argent. »

Et Cory, qui avait fait des études et vécu autrement que lui, de rétorquer : « J'ai toujours bénéficié d'une protection médicale. Au moins serons-nous remboursés de nos frais. Je me fiche du prix. Si nous sommes un jour malades, nous nous féliciterons de notre prévoyance... »

Un raisonnement absurde... Cory lui reprochait d'avoir dépensé trente-huit dollars pour acheter une veste et elle n'hésitait pas à en débourser mille chaque année pour une assurance sans objet. Il pleurait, sans savoir pourquoi, et la femme l'observait. Il leva son avant-bras devant son visage et se détourna, dans la mesure où ses liens le lui permettaient.

Elle sortit. Les larmes ne tarissaient pas.

Tommy entra et lui demanda :

– Vous voulez qu'on vous fasse une injection, monsieur Dekker ?

Il agrippa son oreiller et y enfouit son visage. Tommy n'insista pas.

– J'ai du nouveau à t'annoncer, lui dit Marcie Hager.

Ils étaient dans son bureau des services de l'enregistrement et elle s'adressait à lui avec une suffisance dont il avait gardé le souvenir. Elle venait de le convoquer en lui adressant un « Passe me voir » énigmatique, après qu'une bouteille de vin lui avait été livrée. Les services rendus par Marcie ne se réglaient pas en espèces, mais il était parfois utile de se rappeler à son souvenir.

Elle précisa dans un murmure :

– J'ai reçu une information au sujet de l'appareil que vous revendiquez. Dekker s'est vu retirer sa licence de pilotage.

Ben fit la moue.

– Motifs ?

– Ils ne sont pas précisés.

– Hum !

Il lui adressa un clin d'œil et ajouta, en haussant les sourcils :

– Merci, mille fois merci.

Ce qui parut l'emplir d'autosatisfaction.

– J'ai beaucoup apprécié.

Il pensa qu'elle devait se référer à la bouteille, mais il savait qu'il n'était pas quitte pour autant. Marcie voulait monter en grade... et sa promotion dépendait des services du personnel. Il n'avait pas oublié.

Dekker n'était donc plus autorisé à piloter un vaisseau.

Il quitta l'Enregistrement, les mains dans les poches, dressa la liste de ce qu'il savait et de ses connaissances, puis dirigea ses pas vers un bureau de l'Admin... rien de très important, le service des fichiers.

Mais c'est là que travaillait Fergie Tucker.

Un homme très sensible aux pots-de-vin.

– Salut, Fergie, dit-il en se penchant sur le comptoir. Serais-tu libre pour le déjeuner ?

– Ils lui ont retiré sa licence, expliqua Ben en mâchonnant une bouchée de sandwich sous l'éclairage clignotant des néons de l'*Io*.

On ne pouvait savoir ce qu'on mangeait, ici – tout était teint en rouge, orange et vert – et la musique faisait trembler le vin dans les verres, mais Tucker adorait cette ambiance.

– Ils le gardent là-bas, à l'hôpital. La section psy, plus exactement. C'est un dingue, il n'a pas eu pendant un seul instant un comportement sensé, lors de notre retour... il n'était pas en état de piloter son appareil.

Tucker but. L'éclairage stroboscopique donnait au vin la couleur de l'ébène et ensanglantait son visage. Il posa son verre, un mouvement saccadé synchronisé sur le rythme de la basse. Les boissons frémissaient. L'air vibrait. D'une voix plus forte que Ben ne l'aurait souhaité, Tucker demanda :

– Que voudrais-tu que je fasse, plus exactement ?

– Accélérer un peu la procédure, répondit-il en se penchant vers son interlocuteur.

– Quoi ?

Tucker devenait dur de la feuille.

– Expédier cette affaire ! Dekker n'était plus maître de son appareil. La loi est formelle sur ce point. Soit un naufragé peut s'en tirer tout seul, soit son vaisseau revient à ses sauveteurs.

– Je connais la loi.

– Alors ?

Tucker haussa les épaules et mordit dans son sandwich, une énorme bouchée. A l'Institut, tout le monde le comparait à un porc. Il n'avait pas changé mais était désormais un porc influent. Et il pouvait hâter le traitement de certaines affaires.

Il déglutit puis demanda :

– Tout a été fait dans les règles ?

– Il ne manque rien au dossier. Nous avons aussi des vids. Avant, pendant et après. Même les flics n'ont rien trouvé.

– Ils ont fait une enquête ?

– Nous sommes irréprochables. Il n'y a rien contre

nous. Contre Dekker, c'est possible, mais je sais que ses titres de propriété sont en règle. Le *Way Out* lui est revenu à la mort de son associée. Pas de nantissement, à part le nôtre.

Le visage de Tucker était à présent orangé et traversé d'ombres mouvantes. Une cithare jouait. Un coup de cymbales. Les notes syncopées d'une basse.

– Alors, où est le problème ?

– Nous voudrions en finir rapidement, c'est tout.

Tucker avala une bouchée de sandwich et déclara, en prenant son temps :

– On ne peut pas faire accélérer le mouvement sans raison valable. Cite-m'en une.

– Quel genre ?

Il se pencha sur la table, assourdi par la musique.

– Où est actuellement cet appareil ? Quel est son statut ?

– Il se trouve à l'appontage. Les systèmes de maintien de la vie sont en sale état et il faut remplacer les réservoirs. L'intérieur est une vraie porcherie et les flics le gardent sous scellés.

– Est-il possible de dire que cette atteinte vous complique l'existence ?

– Plutôt, oui. Quel est l'argument qui a le plus de poids ?

– Préjudices matériels.

– Pour qui ?

– Les ayants droit. En avez-vous subi ?

Bon Dieu ! il était si près du but qu'il savourait déjà sa victoire !

– Financiers ?

– Et autres. Pouvez-vous le prouver ?

– Oui !

Il tressaillit. La table entra en résonance avec la musique. Il réfléchit un instant, puis cria :

– Nous avons dépensé tout ce que nous avions mis de côté pour ramener cette épave. Il ne nous reste plus rien, nous n'avons pas pu louer notre appareil parce que les flics l'ont mis lui aussi sous scellés, et à présent nous ne savons plus à quel saint nous vouer. Le *Trinidad* aurait dû appareiller il y a longtemps. Nous avons sérieusement entamé notre temps fort, mais il est toujours là. Des équipages s'adressent à nous pour le louer et nous avons besoin d'argent, mais nous ne toucherons notre pourcentage que s'il peut partir.

– Alors ? Quel est le préjudice ?

– Si nous sommes bloqués à R 2, c'est à cause des formalités entraînées par le remorquage de cet autre appareil. Nous avons tout fait dans les règles, mais nous commençons à désespérer. Notre capital a été sérieusement entamé et même s'ils nous autorisaient à présent à appareiller, nous n'oserions pas nous éloigner de crainte de tout perdre, tu comprends ? Et nous attendons déjà depuis des mois.

– Ouais ! Un tiers pourrait même en profiter pour lancer une offre de rachat de l'épave, s'il apprenait qu'elle fait l'objet d'un litige et si vous n'étiez pas là pour, en quelque sorte, huiler les rouages de la justice.

Tucker était décidément une vraie ordure. Il le fixa en se disant : N'envisage pas de nous faire une vacherie de ce genre, salaud... pendant que la musique passait de vert à rouge et qu'il sentait grimper sa tension nerveuse.

– Ouais ! Mais on *doit* nous dédommager pour les préjudices subis.

– L'ennui, c'est que de telles demandes sont sacrément difficiles à rédiger. Il faut utiliser les mots justes, dire ce que les employés des Revendications veulent entendre... et connaître le type qui pourra diriger la réclamation vers le bon bureau.

– Avec un résultat garanti ?

– A cent pour cent.

Tucker le toisa de haut en bas en plissant ses yeux porcins, avant d'ajouter :

– L'actuel propriétaire du vaisseau n'a pas les moyens de faire quoi que ce soit. Il n'a jamais rien eu dans ses poches. Et vous, jusqu'où pourriez-vous aller ?

– Cinq cents.

– Cinq mille.

– Merde !

Tucker haussa les épaules et se détourna pour fourrer le reste du sandwich dans sa bouche. La basse monta puis redescendit la gamme.

– Entendu ! hurla Ben.

On venait de leur rendre le *Trinidad*. La nouvelle était arrivée dans la matinée. Merci, mon Dieu ! pensa Bird qui vida sa bière, avec la mousse... il en aurait volontiers bu une autre si leur ardoise n'avait pas été si importante. On était déjà le 15 août et leur vaisseau était encore à quai.

Meg lui tapota l'épaule et alla vers le comptoir. Il comprit ses intentions et se tourna pour protester, mais Mike servait déjà les consommations et Sal Aboujib venait de poser sa main sur la sienne.

– Ce n'est pas ce qui va la ruiner, fit-elle. Laisse-lui te payer un verre. Nous t'en devons des tas.

Leur situation financière était catastrophique et Ben insistait pour rester alors que Dez Green, Alvarez et bien d'autres indépendants présents à leur retour avaient appareillé depuis longtemps. Il lui fallait décider s'il pouvait écourter son séjour à R 2 sans que ses vieux os en pâtissent ou s'il valait mieux rester à Base et louer le *Trinidad* à Brower et à son partenaire pour couvrir leurs frais de dormerie et de nourriture... ou à Mag et à Sal. Et leur *promettre* l'appareil de Dekker, s'il leur était un jour attribué. Pour tout compliquer, ils devaient procéder à un ravitaillement complet, la banque se faisait tirer l'oreille et ce foutu caillou en P.D.S. manquait toujours à l'appel. Il leur restait une dernière chose à tenter dans l'espoir de le retrouver, mais les heures d'ordinateur coûtaient cher... et le résultat n'était pas garanti. Ils avaient été informés d'une seconde P.D.S., la veille, un rocher peu important sur lequel ils avaient un 15 + 20, une trouvaille effectuée pendant une location à Peterson. Bird aurait bien aimé savoir s'il fallait accuser la malchance, la négligence de Peterson, ou la présence dans ce secteur de prospecteurs malhonnêtes quand l'identificateur avait cessé d'émettre. Mais la compagnie ne communiquait pas de telles informations. Il y avait ici des têtes brûlées qui n'auraient pas hésité à passer à tabac tout individu qu'ils suspectaient, à tort ou à raison, de les avoir volés. On ne pouvait reprocher à Maman sa discrétion. Les forces de l'ordre n'aimaient pas séparer des gens qui s'affrontaient à coups de chaînes et de bouteilles.

Ils se résignèrent à cette deuxième P.D.S. et s'apprêtèrent à devoir se serrer encore plus la ceinture. Et il savait pourquoi Meg et Sal restaient avec eux au lieu de leur demander le *Trinidad* ou de se chercher un autre appareil de location comme l'aurait voulu le bon sens.

Il était un peu tard pour leur déclarer qu'elles manquaient d'expérience, qu'elles ne pourraient trouver assez de minerai pour rattraper le temps perdu et qu'elles auraient mieux fait d'aller courtiser d'autres propriétaires de vaisseaux. Car elles les comblaient de leurs largesses, qu'ils acceptaient sans se faire prier alors qu'ils auraient dû leur ouvrir les yeux, bon sang !

Il leur avait dit : Je vais être sincère avec vous. Je ne crois pas qu'on nous attribuera cette épave.

Avaient-elles été découragées par ces propos ? Pas le moins du monde.

Il regrettait de ne pas avoir eu le courage de préciser : Tu es une pilote valable, Meg, et tu jongles assez bien avec les nombres, Sal, mais il vous manque de l'expérience ainsi qu'une bonne connaissance des maths, vous ne savez pas comment tout fonctionne...

Il aurait dû leur déclarer, il y a longtemps : Vous avez eu tort de vous associer, toutes les deux. Deux débutantes qui naviguent à bord du même appareil ne peuvent pas progresser assez vite pour atteindre les buts qu'elles se sont fixés.

Mais il savait avec qui elles avaient été associées avant de faire leurs preuves à bord du *Trinidad* et d'obtenir la confiance des loueurs.

Meg n'avait pas ménagé ses efforts pour le séduire, jusqu'au jour où Ben était arrivé avec ses capitaux et ses connaissances acquises à l'Institut. Il frissonnait encore, lorsqu'il se rappelait l'instant où il l'avait annoncé à Meg. Elle s'était comportée dignement, même si elle semblait avoir reçu un crochet au bas-ventre. Sal avait dû deviner les intentions de sa co-équipière, mais elles ne s'étaient pas séparées pour autant.

Elles assuraient un entretien mécanique irréprochable du vaisseau, qu'elles ramenaient toujours en parfait état de marche et de propreté. Contrairement à Hall et à Brower, par exemple. Et il était certain qu'elles auraient obtenu de meilleurs résultats dans des secteurs plus valables... et en bénéficiant des conseils de Ben.

Sal et Ben formaient un couple uni, ces derniers temps. Ceux qui connaissaient bien Ben devaient ricaner, et ceux qui connaissaient bien Sal n'auraient pu deviner dans quel but ils s'enfermaient pendant des heures dans leur chambre : Ben récitait des suites de nombres que Soheila Aboujib tapait sur le clavier d'un ord de location en mordillant sa lèvre inférieure et en fronçant les sourcils... ce qui lui donnait un aspect plus menaçant que tout autre Ceinturier, Bob Crawford le Dingue excepté. Il s'avérait difficile de raisonner Ben, lorsqu'il avait une idée fixe, mais quand la détermination était indispensable pour réussir, c'était à lui que s'adressaient Aboujib et Meg Kady.

Nous aurions pu tomber plus mal, lui disait parfois Ben... même s'il se contentait d'étudier les secteurs affectés et de déterminer ceux qu'ils devaient exploiter eux-mêmes et ceux qu'ils avaient intérêt à refiler à des locataires, alors que Bird sélectionnait ces derniers. Mais ils venaient de récupérer le *Trinidad* après avoir passé près de deux mois à Base. Ils auraient pu repartir sans attendre...

Et ils restaient là, en laissant leur karma fusionner avec celui des filles. Il se demandait comment ils s'étaient fourrés dans une pareille situation, à partir de quand il avait été trop tard pour y mettre le holà... Il aurait été délicat de leur dire de décamper et de renoncer à leurs espoirs après la perquisition de leur chambre par les flics...

Et il était impensable de le faire à présent, pas quand il en était réduit à se faire offrir à boire parce qu'il n'avait plus les moyens de se payer une bière. Il savait qu'il aurait dû leur déclarer, posément : Meg, Sal, ne vous mettez pas en frais pour moi. Vous n'obtiendrez jamais ce que vous espérez avoir et vous gaspillez votre argent pour rien...

Mais Meg posa la chope sur la table, caressa son épaule et s'assit près de lui.

– Nous venons d'avoir une idée, Bird. Toi et Sal, vous pourriez partir à bord du *Trinidad* pendant que Ben et moi resterions ici pour relancer les services administratifs et régler les problèmes. Nous avons quelques économies, Sal et moi. Nous pourrions les mettre en commun... Qu'en penses-tu ?

– Je dois dire que...

Il allait ajouter : *Je ne trouve pas cette idée excellente et je ne peux pas accepter votre argent...* quand il entendit approcher derrière lui et qu'il vit une feuille de *papier* descendre devant ses yeux.

Son acuité visuelle avait dû baisser, car il ne put

déterminer immédiatement la nature du document. Il devina seulement qu'il s'agissait d'un texte officiel rédigé sur du papier authentique.

Ben se laissa choir dans le siège opposé et se pencha vers lui pour le saisir par le bras et le secouer.

– Nous l'avons ! Il est à nous, Bird ! s'exclama-t-il.

– Tu parles du vaisseau de Dekker ?

Et il reconnut un titre de propriété. Il avait longuement regardé celui du *Trinidad*, bien des années plus tôt, avant de le ranger dans le coffre de la banque.

– Je lis Deux-deux-dix Charlie. Ce n'est pas son numéro...

– Mais le même appareil. L'épave aux réservoirs détruits. Le *Way Out* a reçu une nouvelle immatriculation. C'est pour lui un nouveau départ. Il ne nous reste qu'à décider s'il faut le vendre ou le réparer. Il est à *nous*, Bird !

Il avait des étourdissements. Il but une gorgée de bière. Meg saisit son autre bras. Sal s'était levée pour étreindre Ben, qui commandait à boire.

– Une minute, une minute ! fit-il. Libre de toute hypothèque ?

– Libre de toute hypothèque, confirma Ben. Nous aurons naturellement quelques frais à régler mais, bon sang, nous avons du répondant !

– Des frais qui s'élèvent à combien ?

– Huit ou neuf k... plus les droits d'appontage.

– Neuf *mille* ?

– Administratif. Une vétille, Bird... ce n'est *rien*, comparé à la valeur de cet appareil. Imagine-toi ! Il nous appartient !

– Je n'arrive pas à le croire.

Ben lui désigna la feuille où il lut : *propriété indivise* et leurs deux noms. Ils n'avaient pas des parts égales dans leur association mais, bon sang, Ben s'était chargé de déposer la demande et d'effectuer toutes les démarches, et il ne s'était pas laissé abattre alors que Bird était certain qu'ils couraient à l'échec.

Mike s'approcha. Il avait entendu la nouvelle et voulait leur offrir une tournée. C'était bien la première fois que le patron du *Trou* se montrait à ce point généreux.

Ils célébrèrent l'événement, plus que de raison.

Ben avait entendu dire que Dekker ne sortirait pas de l'hôpital avant longtemps, très longtemps. Il ajouta qu'il s'était fait retirer sa licence.

Lésion cérébrale, précisa-t-il.

– Merde, grommela Bird.

Il avait brusquement mal au ventre.

– Je te l'avais bien dit. C'est un malade mental.

– Un retrait définitif ?

Ben haussa les épaules.

– Je n'en sais rien, mais ça revient au même. S'ils l'autorisent un jour à piloter de nouveau, ce ne sera pas avec une licence de première catégorie. Une D 3, dans le meilleur des cas. On nous a attribué son vaisseau parce que nous avons démontré qu'il n'en était plus maître. Il dérivait, et le fait que le pilote était encore à bord est secondaire. Il avait un statut de simple bagage. Il ne pouvait pas en reprendre le contrôle et encore moins se tirer d'affaire tout seul.

Pauvre type, pensa-t-il.

– Le fait est qu'il nous doit encore de nombreuses factures, ajouta Ben. En outre, il n'a pas besoin d'argent tant qu'il reste à l'hôpital. On raconte qu'ils ont l'intention de le renvoyer dans le puits mère. J'ai fait procéder à une saisie sur son compte bancaire.

Ben était allé trop loin.

– Attends une minute ! Le déposséder de son vaisseau ne te suffit pas ?

– Tu oublies le coût des réparations et du ravitaillement, sans parler des droits d'appontage... les nôtres *et* les siens. On va nous réclamer un tas d'argent.

C'était une pensée désagréable.

– Nous devrons nettoyer l'habitacle, dit Bird. Bon Dieu ! Tu as une idée de la somme que ça va nous coûter ?

– Non, mais je sais que nous rentrerons dans nos frais.

L'apprendre le soulagea, à sa grande honte. La gêne devait être générale, car Meg et Sal restaient muettes.

Ben sortit sa transplaque de poche et fit des calculs.

– Si nous effectuons les petites réparations en puisant dans notre pécule...

– Hé ! Attends une minute ! Nous avons mis cet argent de côté pour nos vieux jours.

– Tu n'as plus à te soucier de ton avenir, Bird. Le *Way Out* est la meilleure des assurances. C'est un capital qui va rapporter gros et il est urgent de remettre cette épave en état. Pendant qu'elle est à l'appontage. Nous ne louons pas le *Trinidad* et si nous mettons les bouchées doubles nous aurons terminé le travail dans un mois. Nous reconstituerons ensuite notre réserve. Ça va marcher.

– Bon Dieu ! Je ne sais pas. Ce pauvre type...

– Ce n'est pas notre problème.

– Ben...

Son associé le fixa sans comprendre.

– Nous ne prendrons plus rien à ce malheureux. Je refuse d'en discuter. Je t'interdis de le ponctionner en plus de ses économies.

Irrité ou déconcerté par cette objection, Ben réfléchit un moment avant de répondre :

– Ouais ! Bon, d'accord. Mais il est probable que Dekker restera dans la section psy jusqu'à la fin de ses jours.

– On ne sait jamais.

– Je l'admets, on ne sait jamais. Entendu. Alors, on va être réguliers avec lui. On fait débiter tous nos frais sur son compte et s'il réapparaît un jour, on le dédommage. Sinon, quelle importance ?

Emporté par l'enthousiasme, il arbora un large sourire et donna une tape sur l'épaule de son partenaire.

– Le *Way Out* est à nous, Bird ! Il est à nous ! Nous avons réussi !

Les hommes les laissèrent. Ils voulaient aller se renseigner sur le prix des réservoirs et étaient contents. Ils avaient d'excellentes raisons d'être euphoriques, tout s'arrangeait pour le mieux.

Mais Meg restait assise à côté de Sal. Elle faisait tourner son verre, angoissée. Elle n'était pas superstitieuse, par principe. Sans doute était-il normal de se méfier quand le destin distribuait de bonnes cartes. C'étaient toujours les plus belles occasions qui réservaient les plus mauvaises surprises, car on perdait alors le sens des réalités et on commettait des erreurs catastrophiques... comme la fois où elle avait accordé sa confiance à ce rat de la comp, là-bas, à Sol.

– Dekker n'avait pas une seule chance, dit-elle. Ce pauvre con s'est bien fait baiser par Maman Garce.

– Ouais. C'est ce qu'a dit Mitch.

– Tu le crois fou ?

– Ben affirme qu'il l'est.

– Une sacrée malchance.

– La compagnie se serait approprié son appareil de toute façon. C'est elle qui s'est fait avoir.

– Tu as raison.

– Je parie qu'elle ne va pas tarder à modifier les regs pour que ça ne risque pas de se reproduire. Elle n'a jamais dû croire que quelqu'un irait jusqu'au bout de ce parcours d'obstacles et effectuerait toutes ces formalités. Elle devait s'imaginer qu'aucun prospecteur ne connaissait la marche à suivre.

– Mais Ben a réussi à faire valoir leurs droits, ce

qui prouve que Maman Garce n'est pas aussi pourrie qu'on le dit, non ? Elle ne change les règles du jeu que pour les parties suivantes.

Sal mordilla sa lèvre inférieure et inclina la tête. Les gaines métalliques des extrémités de ses nattes s'entrechoquèrent.

– Ça démontre surtout que Maman a de la jugeote, ce qui n'était pas évident.

– C'est la vérité. Ici et partout.

Un tintement de leurs verres.

– A la santé de ce pauvre connard, dit Sal. Et de la comp.

– A la santé des règlements.

– De la bêtise.

– De l'inefficacité.

– De la vénalité.

– C'est un service de la compagnie ?

– Il dépend directement du président.

Clink !

– A la santé des responsables.

– S'il y a encore des gens qui ont le sens des responsabilités, ils ont dû émigrer vers Mars.

– Ils ne sont pas ici, c'est certain.

Un reniflement silencieux. Et de la gravité dans l'expression de Sal.

– A celui qui s'est fait avoir en beauté.

– Ouais ! Mais ce n'est pas une nouveauté pour lui. Il est possible que la chance tourne et qu'ils le renvoient là d'où il vient, qu'ils l'autorisent à suivre une nouvelle formation de pilote.

– Tu veux parier ? Il pourrait avoir des *amis*, là-bas.

– Pas de preneurs, fit Meg en étalant du doigt le cercle d'humidité laissé par son verre.

– Il mériterait pourtant de bénéficier d'un petit coup de pouce.

Meg la regarda. Elle haussa les épaules puis les sourcils, avec un éclat de suffisance dans les yeux.

– Fichez-lui la paix, toi et tes amis.
– Ne t'inquiète pas, Kady.
– Ouais !
Sal donnait parfois l'impression d'être prête à risquer sa vie pour quelque chose, ce qui avait sur elle un effet comparable à celui d'une atmosphère trop riche en oxygène. Sal était fille de berger. Et orpheline... depuis que ses parents avaient fait un plongeon dans le Puits.
C'était un détail qu'il ne fallait pas oublier.

9

Ils lui avaient demandé sa pointure pendant qu'il prenait son petit déjeuner. Il en découvrait à présent la raison. Ils l'aidèrent à se lever et lui remirent des chaussettes et des sous-vêtements neufs, un nécessaire de toilette bon marché, une paire de bottes (noires) et une combinaison (bleue) avec des plis partout. Puis ils le laissèrent se raser tout seul et il remarqua que ses cheveux tombaient sur ses oreilles et par-dessus son col. Il ne se rappelait plus quand Cory les avait coupés pour la dernière fois. Il resta un long moment devant le miroir, en face d'un inconnu aux joues creuses et aux yeux fous, sans comprendre quel rapport pouvait exister entre cet individu et Paul Dekker. Il fut surpris par une petite cicatrice blanche à la tempe. Il n'avait pas remarqué qu'il s'était blessé et la plaie s'était déjà cicatrisée...

Tommy le prit par le bras en douceur... il préférait Tommy à Alvie. Alvie se contentait de faire son travail alors que Tommy avait des attentions à son égard. Il lui laissait le temps de se reprendre, de se souvenir qu'il devait obéir. Il exécutait les ordres reçus mais évitait les brutalités et, à présent, il le guidait en se préoccupant de son confort.

– Où allons-nous ? demanda-t-il.

– Au bout du couloir. Ne vous inquiétez pas, monsieur Dekker.

– On ne va pas me faire passer d'autres tests, j'espère ?

– Non, monsieur. On vous attend au bureau des entrées.

Les mots résonnaient à l'intérieur de son crâne.

– M'a-t-on administré quelque chose ?

– Lors des derniers tests. Toujours un peu sonné ?

– Sonné ? Oui, sonné...

– Nous allons prendre notre temps, d'accord ? Il y a de fortes chances pour qu'on vous autorise à partir cet après-midi.

Il en fut effrayé et se demanda : Pour où ? Où sommes-nous ? Ils ne voulaient plus de lui. Il serait livré à lui-même en un lieu qu'il ne connaissait pas, sans Tommy pour l'aider, cerné par des inconnus.

Tommy ouvrit une porte et l'accompagna dans un bureau. Dekker ne voulait pas rester dans cette pièce. Il était terrifié à la pensée de se retrouver seul avec des meds. Il s'agrippa au bras de Tommy, quand ce dernier le fit asseoir.

– Ne me laissez pas !

L'infirmier lui tapota l'épaule.

– Tout se passera bien, vous verrez.

Le med entra, semblable à tous ses confrères. Tommy venait de préciser le nom de cet individu, mais il n'y avait pas prêté attention. Il ne voulait pas rester. Et Tommy demeurait près de lui, la main sur son épaule. Il ne sortit que quand le med le lui ordonna.

– Comment allons-nous, monsieur Dekker ?

– Allez vous faire foutre, lança-t-il.

Mais sans conviction. Il avait l'impression de flotter dans l'espace.

– Vous n'appréciez guère notre hospitalité, pas vrai ?

Répondre à une pareille question était superflu. Il désirait retourner dans son lit, pour regarder la vid ou dormir.

– Avez-vous encore des trous de mémoire, monsieur Dekker ?

Il l'ignorait mais secoua la tête.

– Je suis le Dr Visconti et je m'occupe des patients en régime externe. Le Dr Driscoll m'a informé que vous alliez bien mieux.

Peut-être était-il censé faire un commentaire. Il s'en abstint.

– Vous avez demandé des éclaircissements sur ce qui s'est passé et nous avons reçu une réponse de la Gestion. Voulez-vous que je vous la lise ?

– Donnez !

Visconti sortit une carte de sa poche et la glissa dans une transplaque qu'il tendit à Dekker.

Mary Finn, juge-expert
Affaires légales service technique
Contre-enquête : Gestion des Mouvements, div. 2
Exploitation et récupération du minerai
ASTEX
MÉMO ADRESSÉ À :
M. Paul F. Dekker
Hôpital James R. Reynolds
R 2/ASTEX SIDÉRURGIE

1.08.23

Monsieur,

Vos réclamations concernant l'accident mortel qui a eu lieu le 12 mars de cette année, ou à une date approchante, ont retenu toute notre attention et nous vous transmettons ci-joint les documents suivants :

1) Rapport du service de récupération chargé de reconstituer la trajectoire suivie par 1-84-Z et de déterminer les coordonnées du point de collision.

2) Témoignages de Mohammed Fahdi, officier de télémétrie, et de Lyle Xavier Manning, capitaine du draveur Industry, *seul vaisseau de ce type en activité à proximité de ce secteur lors des faits.*

3) Déposition de Frances E. Rodrigues, chef d'opérations de B.C.O.M./R 1.

*4) Rapport de Gianpaulo Belloporto, inspecteur en chef de l'*ASTEX R 2 DIV C.T.S.A.A.

Il en découle qu'une défaillance grave du système d'admission principal a été à l'origine de l'explosion du réservoir primaire numéro deux de 1-84-Z, déflagration qui a imprimé à l'appareil une poussée brutale en direction de l'astéroïde 2961...

– C'est faux ! C'est un tissu de mensonges...

– Monsieur Dekker.

– Ce n'était pas une panne !

– Monsieur Dekker. Il n'y avait *aucun* draveur à proximité immédiate du lieu de l'accident, lorsqu'il a eu lieu. C'est d'ailleurs sans importance dès l'instant où ce rapport vous dégage de toute responsabilité. Il s'est produit un enchaînement de défaillances malencontreuses. La pression s'est élevée dans ce réservoir alors que vous manœuvriez et que votre partenaire était en sortie extra-véhiculaire. Le clapet d'une valve s'est coincé. Tout laisse supposer que l'alarme ne s'est pas déclenchée et que la soupape de sécurité n'a pas fonctionné. Comme cette partie du réservoir a été détruite, il est impossible de vérifier...

– Qu'est-ce que vous êtes ? Un psy ou un mécano ?

– Déterminer en quelles circonstances un patient a subi un traumatisme fait partie de notre travail, monsieur Dekker. Les enquêteurs n'ont relevé aucune preuve de négligence de votre part et votre responsabilité n'est pas mise en cause.

Il se contentait de fixer le mur, sans rien dire. Inutile de discuter. Absolument superflu.

– Ce n'était pas votre faute, vous comprenez ? Nul n'est responsable de ce drame. Il va de soi qu'une enquête sera menée auprès des services de maintenance de R 1... mais j'ai cru comprendre que la plupart des accidents graves sont dus à une triple défaillance, humaine ou matérielle. L'alarme de surpression n'a pas fonctionné – les informations enregistrées dans le journal de bord le confirment – et la valve de sécurité s'est bloquée. Les experts pensent à une inversion dans le branchement d'un des circuits du module de contrôle... qui aurait augmenté la pression au lieu de la réduire. Il est un peu tard pour le faire, mais sachez que des spécialistes vont étudier cet élément et revoir sa conception. Quelles que soient les causes techniques – selon les experts, l'accident devait inévitablement se produire lors de mises à feu brèves et répétées, comme lorsque vous vous déplaciez afin d'aller récupérer votre partenaire –, vous n'êtes aucunement responsable de ce qui s'est passé, monsieur Dekker. Rien ne vous aurait permis de déceler une panne de ce genre. Elle était imprévisible. Vous n'êtes pas en cause. Et vous vous êtes pourtant adressé des reproches, n'est-ce pas ?

– Si vous le dites, docteur.

– C'est ce qu'on appelle un transfert. Une expérience épouvantable, une longue période d'incrédulité et de repli hors de la réalité. Vous vous sentiez coupable d'une négligence que vous n'aviez pas commise. Tous les prospecteurs redoutent une collision avec une drave... un danger contre lequel ils ne peuvent se protéger, un tir de draveur qui propulse vers eux une charge qui se matérialise brusquement hors du néant, si vite que rien n'annonce son arrivée. Il est alors impossible de changer le cours de son destin. Un impact aussi soudain que cette explosion. Cory qui n'est plus...

– Je vous interdis !

– Quoi ?

– Est-ce parce qu'elle est morte que vous vous

permettez de l'appeler par son diminutif ? Allez au diable, docteur !

– Vous vouliez la protéger. N'est-ce pas ce que vous continuez de faire ? Mais vous n'êtes pas à blâmer et il vous reste à vous en convaincre. Certains systèmes n'ont pas fonctionné. Si quelqu'un en porte la responsabilité, ce n'est pas vous. Quant au draveur dont vous avez parlé, le plus proche était à l'arrêt dans le secteur voisin et il n'a tiré aucune charge au moment des faits. Tous ces événements sont le fruit de votre imagination, et vous n'avez désormais plus besoin de telles excuses pour démontrer votre innocence. Ce sont des illusions dont il faut vous débarrasser. Votre partenaire est morte. C'est malheureusement une certitude. Abandonnez cet espoir. Il est devenu illusoire quelques heures après l'accident. Vous devez vous résigner... et penser à votre avenir, monsieur Dekker.

– C'est faux ! Vous n'étiez pas présent, que je sache ? La compagnie a donc cessé de prétendre qu'il n'y avait aucun draveur dans les parages ?

– Ce sont deux choses différentes, monsieur Dekker, car les registres sont tenus par zone et par secteur. Vous aviez presque raison, mais il s'est produit dans votre esprit une confusion avec ce que vous aviez pu voir à une position précédente. Le cerveau joue parfois de tels tours. Il n'y avait pas de draveur à proximité. Les B.M.O. de R 1 et de R 2 ont comparé leurs enregistrements et reconstitué votre trajectoire, qu'ils ne connaissaient pas au début. Ils ont désormais la preuve qu'aucun draveur n'était présent à proximité des lieux de l'accident.

Il ne pouvait rien répondre. Sa prise sur ses souvenirs était trop précaire. Il préférait se taire, par crainte d'entendre contester l'authenticité d'autres faits qu'il gardait en mémoire.

Le med prit la transplaque et y glissa une nouvelle carte.

– Souhaitez-vous sortir d'ici, monsieur Dekker ?
– La question ne se pose pas.
– Vous conserverez quelque temps un statut de patient en régime externe.
Le med lui tendit la plaque.
– J'ai cru comprendre que vous faisiez encore des cauchemars, ce qui est tout à fait normal, et je vous ai prescrit des somnifères pour vous aider à avoir un sommeil paisible. Vous serez obsédé par ces pénibles souvenirs tant que vous n'aurez pas accepté et surmonté cette tragédie. C'est une nécessité dont vous êtes certainement conscient. Mais vous aurez ce produit sous la main, en cas de besoin.
Il se pencha pour lui présenter un style.
– Veuillez dater et signer ce document.
Dekker pressa un bouton pour revenir en arrière... *approuve les conclusions précitées...*
Il tendit la transplaque.
– Non, je ne les approuve pas.
– Vous préférez rester dans cet hôpital ?
Le med ne prenait pas la plaque qu'il tenait d'une main tremblante. Il pensa : Si je donne mon aval à cette version des faits, ceux qui ont tué Cory resteront impunis. Je l'aurai abandonnée, même moi je l'aurai trahie...
Mais si je ne sors pas d'ici, je finirai par devenir dingue pour de bon. Et ensuite il n'y aura plus personne pour proclamer la vérité.
Quelle est cette parodie de justice ? Peut-on seulement parler de justice lorsqu'il est impossible de mettre en cause les puissants ?
Il posa sa transplaque sur ses cuisses. Il signa le document d'une main tremblante. Sa vision se troublait.
– Admettez-vous qu'une explosion a *pu* se produire, qu'il s'agit *peut-être* d'un accident ? Etes-vous capable d'envisager cette possibilité, monsieur Dekker ? Le pouvez-vous ?

Il hocha la tête.
– Monsieur Dekker ?
– Oui.
– Parfait.
Visconti retira la carte de la transplaque et la glissa dans sa poche. Il se leva de l'angle du bureau.
– Suivez-moi, monsieur Dekker. Je vais vous accompagner à la réception.
Il se redressa. Toutes ses articulations le faisaient souffrir. Ils empruntèrent la porte latérale et s'engagèrent dans un couloir dont il avait jusqu'alors ignoré l'existence. Il regrettait que Tommy soit reparti. Il aurait tant aimé l'avoir près de lui.
– Vos membres sont certainement ankylosés, mais ne vous inquiétez pas, disait Visconti. Vous devrez marcher, faire de l'exercice... modérément, car je ne tiens pas à vous voir revenir à cause d'une fracture. Pas de saut. Pas d'efforts violents. Si vous sentez des douleurs dorsales, arrêtez-vous immédiatement. L'Idcarte que nous allons vous remettre contient l'enregistrement de votre ordonnance, avec la posologie et les précautions d'emploi. Je présume qu'il est superflu de vous mettre en garde contre les risques de décalcification, les calculs et autres ennuis du même genre. Il n'existe pas, en principe, de contre-indications aux produits que je vous ai prescrits, mais ne prenez aucun symptôme à la légère. Au gym, ne faites pas de zèle. Si dormir est trop difficile, n'hésitez pas à revenir me voir. Si vous avez du sang dans les urines, des migraines, des troubles de la vision, des hallucinations ou des douleurs dans la poitrine, glissez votre Idcarte dans le lecteur le plus proche, composez le 888 et attendez l'arrivée d'une de nos équipes.
– 888.
– C'est bien cela. Je suis votre médecin traitant, n'hésitez pas à revenir me voir.
Ils atteignirent un comptoir, dans un couloir qui s'ouvrait sur la lumière.

– Voici Dekker, Paul F. Dekker. Remettez-lui sa carte et ses affaires personnelles, dit Visconti à l'employé avant de se tourner vers son patient pour lui tendre la main. Je vous souhaite bonne chance, monsieur Dekker.

Il aurait dû envoyer promener cet homme, mais il redoutait d'être ramené dans sa chambre où on lui ferait de nouvelles injections de tranks, et où des meds lui demanderaient : Avez-vous toujours des trous de mémoire ?

Pour cette raison, il accepta de serrer la main de Visconti puis resta à côté du comptoir quand le med le laissa. Ses jambes vacillaient. Ses oreilles bourdonnaient. Il craignait de s'effondrer et d'être reconduit dans son lit, et il alla s'asseoir sur un banc en plastique moulé au dossier bien trop dur pour sa colonne vertébrale. Finalement, il s'entendit appeler par son nom.

On lui remit une Idcarte et deux sacs en plastique : un qui contenait des médicaments et l'autre sa montre, sa vieille combinaison et son collant stim. Il signa un reçu et fut prié de glisser sa carte dans le lecteur du comptoir.

Il pressa la touche de validation puis celle de lecture, pour voir ce qui apparaîtrait sur l'écran : son numéro de compte à l'ASBANK, celui de son assurance, la date : 15 août, et TOUS LES COMPTES ACTIFS SONT EN COURS DE TRANSFERT À L'AGENCE R 2 DE L'ASBANK.

Avec, au-dessous : LICENCE DE PILOTAGE INVALIDÉE.

Ce qui le paralysa un instant.

– Monsieur Dekker ? fit l'employé.

Avant de lui demander s'il se sentait bien.

Il ne pouvait avoir des pensées cohérentes. Une porte donnait sur l'extérieur. Il récupéra sa carte, s'écarta du comptoir et se dirigea d'un pas rapide vers la sortie.

Il ignorait à quel niveau il était et il s'éloigna dans de larges couloirs peints en beige, sans but. Il n'arrivait pas à croire qu'il avait pu franchir les portes de l'établissement hospitalier sans qu'un garde vînt lui barrer le passage.

Ce que fit un flic qui se plaça sur son chemin et lui demanda son Idcarte. Terrifié à la pensée qu'ils allaient le ramener dans sa chambre, il se figea au sein d'une foule d'employés qui passaient près d'eux sans prêter attention à l'incident.

Le policier glissa la carte dans une transplaque de poche. Son expression indiquait qu'il pensait avoir affaire, dans le meilleur des cas, à un voleur qu'il tiendrait pour principal suspect si un acte répréhensible avait été commis dans les parages. Finalement, l'homme regarda vers l'extrémité du passage pour s'adresser à un interlocuteur invisible :

– Ouais, ouais ! Bien reçu. Merci.

Il rendit la carte et rempocha la transplaque, toujours glacial.

– Vous sortez de l'hôpital, c'est bien ça ?

– Oui, monsieur.

– Avez-vous besoin d'assistance, monsieur Dekker ?

– Non, merci. Je vais très bien.

– Où comptez-vous vous installer ?

– Je ne sais pas. Au pont de détente, sans doute.

– Le Trans est un peu plus loin, à une centaine de mètres. C'est le quatrième ou le cinquième arrêt.

– Merci.

Il partit dans la direction indiquée. L'ASTEX ne voulait pas voir des spatiaux se promener à ces niveaux où ils risquaient de laisser des marques de doigts sur les parois beiges immaculées. Il connaissait les règles établies et ne se serait même pas permis de cracher par terre. Il atteignit la station du Trans et s'adossa à la paroi pour attendre l'arrivée d'une rame et l'ouverture des portes. Des individus en costume descendirent. Il monta dans une voiture vide et s'assit. Une femme en fit autant et s'installa de l'autre côté de l'allée centrale, sans le regarder, comme s'il n'existait pas. Le Trans redémarra et fila vers l'arrêt suivant. Un homme vint les rejoindre. Finalement, tous les employés furent remplacés par des spatiaux et des ouvriers. Il lut sur l'écran PROCHAIN ARRÊT 2 et la rame changea de niveau.

Il aurait aimé demander son chemin mais il ne voulait pas attirer l'attention. Nul n'ouvrait la bouche, dans un Trans, pas plus ici qu'à R 1. Des clips publicitaires apparurent sur l'info-écran pour leur annoncer ce qu'ils trouveraient à l'arrêt suivant. De la musique beugla. La première station desservait les bureaux de la G.M., la deuxième un secteur commercial et la troisième des dormeries, des gyms et des bars. Il descendit dans le vacarme du pont de détente.

Il titubait un peu mais sa démarche n'étonnait personne, pour diverses raisons. Sans doute le prenait-on pour un demeuré, avec ses sacs en plastique qui contenaient la totalité de ses biens, mais il n'était pas non plus le seul à avoir de tels bagages dans la foule qui allait et venait à ce niveau. Un prédicateur l'aborda pour lui parler de Dieu, du Jugement dernier et des extraterrestres. L'homme tenta de le convaincre d'aller écouter une bande en sa compagnie et quand Dekker l'envoya au diable, il lui rétorqua que c'était lui qui irait griller en enfer.

Pendant un bon moment, il se sentit perdu... il ne pouvait croire qu'il venait d'effectuer un séjour à l'hôpital, qu'il s'était produit un horrible drame. Ce pont était identique à celui de sa base... les noms des divers établissements exceptés.

Cory n'avait jamais suivi ces couloirs. Ses yeux et ses oreilles lui affirmaient qu'il était revenu à son point de départ, mais la foule était différente et elle entrait ou sortait de magasins différents.

Il marchait, emporté par les remous qui se formaient au sein de la masse des badauds. Il ne savait pas ce qu'il espérait trouver. Ses genoux, ses pieds et ses épaules étaient mis à rude épreuve par cette marche, un exercice dont ils avaient perdu l'habitude, et il se rappela que dans un cauchemar interminable fait à bord de leur vaisseau, il avait fortement désiré une bière. Pour bénéficier d'une pause dans ce lent processus de retour à la vie, il entra dans un bar accueillant : le *Pacific*, lut-il sur l'enseigne. Il y avait ici des poissons et des coraux en plastique, ainsi qu'une batterie de spots bleus à l'aplomb du comptoir. La clientèle – une dizaine d'individus – se composait principalement de ravitailleurs et de singes des docks. Les silhouettes et les ombres de créatures qu'il n'avait jamais vues lui rappelaient Station Sol, ce lieu où vivait toujours sa mère qui se serait vraiment fait du souci si elle avait été informée de sa situation actuelle.

Paul, à quoi ont servi toutes mes mises en garde ? Ne t'ai-je pas cent fois répété que tu n'es qu'un imbécile ? Voilà ce qu'elle lui aurait dit.

Et aussi, les larmes aux yeux et exaspérée : Paul, comment diable vais-je pouvoir te tirer d'affaire, cette fois ? Tu me coûtes tout ce que j'ai pu obtenir dans la vie. Tu t'évertues à foutre en l'air mon existence. Qu'est-ce que tu attends encore de moi ?

Mais l'armée l'aurait recruté s'il était resté là-bas. Agé de dix-huit ans, sans travail régulier ni raison médicale valable pour se faire réformer, il n'aurait pas pu échapper aux militaires. Sa mère ne voulait pas qu'il soit enrôlé dans la flotte, elle non plus... ils en avaient parlé. Et le jour de son départ il avait disparu comme un voleur... humilié par le baiser d'adieu qu'elle venait de lui donner en public. Il était désormais conscient d'avoir été pour elle un lourd fardeau, et Ingrid Dekker avait bien trop souffert à cause de lui pour qu'il retourne auprès d'elle... à Station Sol, où les recruteurs s'empresseraient de lui donner un bel uniforme, si toutefois l'armée voulait d'un schizo...

En quoi leurs retrouvailles auraient-elles eu un effet positif ? Il ne voulait pas lui coûter encore de l'argent. Ni lui faire perdre sa tranquillité d'esprit. En outre, elle ne pouvait rien pour lui.

Il commanda une bière, tendit son Idcarte au barman et espéra que les meds ne lui avaient pas interdit les boissons alcoolisées. Elles étaient déconseillées, lorsqu'on était sous tranks, mais c'était bien le dernier de ses soucis. L'homme glissa la carte dans le lecteur pour apprendre tout ce qu'un individu exerçant sa profession avait besoin de savoir sur un client : s'il pourrait régler sa consommation et s'il n'était pas fiché par la police.

Son dossier médical apparut. Il voyait l'écran du coin de comptoir où il restait accoudé. Mais le barman lui servit sa bière, qu'il emporta vers un box libre où il s'assit pour boire à petites gorgées et fermer les yeux. Il voulait juste vider son esprit avant que son cerveau ne commence à évoquer des images qu'il tenait à oublier. Il ouvrit le sac contenant ses biens personnels et récupéra sa montre, qu'il mit à son poignet.

Il lut 06.06.23 15:48:10, 15:48:11. Alors qu'il regardait s'égrener les secondes, il pensa : Non, ce n'est pas la bonne date. Nous sommes en août. Le 15 août.

Cory est là-bas. Au cœur des ténèbres. Dans le néant.

Elle avait dû voir l'explosion et – peut-être – le vaisseau qui se ruait droit sur elle...

Non, bordel ! C'était faux ! Il s'agissait simplement de la version officielle. Ce n'était pas une valve défectueuse qui était en cause mais un draveur... ce capitaine auquel il avait hurlé : « C'est notre concession, vous m'entendez ? »

Les instruments de bord s'affolaient, la sonnerie

annonciatrice d'une collision imminente résonnait... il criait sans s'accorder le temps de reprendre son souffle : *A-20, Mayday, Mayday, ma partenaire est sortie...*

Espèce de salopard ! Qu'est-ce que tu espères obtenir, à la fin ?

Il couvrit ses yeux avec ses paumes et se demanda si toutes les indications fournies par les systèmes de navigation avaient été enregistrées dans le journal de bord. La version des meds était différente, mais ce n'étaient pas des techniciens et ils avaient pu inventer cette histoire de toutes pièces pour l'inciter à fermer sa grande gueule... ils faisaient leur boulot et n'admettaient pas qu'un patient vienne leur casser les pieds. D'après ce qu'il savait sur le fonctionnement de la compagnie, les flics ne s'étaient peut-être même pas donné la peine d'aller jusqu'au *Way Out*. Le juge s'était sans doute contenté de lire la déposition d'un capitaine de draveur qui voulait dissimuler la nature de ses agissements et celui d'un opérateur de la G.M. qui refusait d'admettre...

... que Maman avait pu leur voler une concession.

Le désir de vengeance lui donnait mal au crâne. Il voulait se soustraire à de telles pensées. Il se souvint des pilules et tria les flacons en lisant leurs étiquettes.

Et cependant...

Il regarda une fois de plus sa montre. Nous ne sommes pas en juin, mais en août. Le 15 août. Et il se dit : L'accident...

(Non, ce n'est pas un accident, bordel !) La collision a eu lieu le 12 mars.

Du 12 au 31 mars il y a vingt jours, vingt plus trente en avril font cinquante. Cinquante plus vingt et un en mai, soixante et onze.

Du 1er janvier au 12 mars. Trente et un jours en janvier plus vingt-huit en février, puisque Bird et Ben ont dit que cette année n'est pas bissextile.

Douze en mars. Trente et un plus vingt-huit plus douze égale soixante et onze. Soixante et onze jours se sont écoulés depuis qu'ils m'ont trouvé. Soixante et onze jours entre le 1er janvier et la collision. Non. Depuis... c'est pour cela que ma montre indiquait le 12. Une coïncidence, voilà tout. Mais est-ce une simple coïncidence ? Les mois ne sont-ils pas symétriques ? Que pourrait-on trouver qui ait un sens, lorsqu'on additionne des périodes de trente et de trente et un jours ?

Ses pensées s'embrouillaient. Son esprit dérapait sur toutes les pistes qu'il tentait d'emprunter. Il souffrait d'une violente migraine. Il prit sa carte et utilisa un coin du rectangle de plastique pour régler sa montre. Août. Le 15. Une bonne chose de faite. C'était le 15 août et Cory se trouvait toujours là-bas, alors qu'il s'attardait dans un bar de R 2. Il avait vécu les six derniers mois dans les ténèbres, à bord de cet autre vaisseau et dans une chambre d'hôpital. Le 15 août. Et il pouvait se servir de son Idcarte, ici à R 2. Maman ne semblait pas vouloir le renvoyer chez lui, elle ne tenait pas à engager des frais supplémentaires...

Et à lui permettre de raconter ce qu'il savait à ses amis.

Bordel !... si seulement il avait connu des gens à qui révéler la vérité...

S'ils avaient ramené son vaisseau, si... s'il avait eu des moyens d'existence...

Sa licence lui avait été retirée. Les meds parlaient de carence en oxygène et de lésions parce qu'il avait renversé une boîte et eu à leur égard une attitude qui leur déplaisait. Ils avaient inscrit tout cela dans son dossier. Une telle sanction aurait pu être prise à cause de l'accident... mais ne venait-on pas de le dégager de toute responsabilité ? Il devait régler cette question, se détendre, prendre un peu de repos et aller retrouver sa forme dans un gym...

Il lui suffisait de déposer une nouvelle demande de licence de pilotage puis de se présenter à l'épreuve pratique. Aucun problème.

Celui posé par les heures de vol excepté...

La compagnie se montrerait-elle conciliante ? Y penser lui donnait envie de vomir.

Il devrait subir un nouvel examen médical et enfiler bien sagement des rondelles sur un piquet. Il démontrerait qu'on n'aurait jamais dû lui retirer sa licence. Remettre le *Way Out* en état coûterait sans doute tout ce qu'il y avait sur leur compte – avec ses réservoirs détruits et cette merde qui avait envahi l'habitacle lorsque les systèmes de recyclage avaient cessé de fonctionner –, mais il pourrait réduire le coût des travaux en effectuant lui-même une grande partie du nettoyage. Restaient les droits d'appontage... Quand étaient-ils arrivés ? Le 26 juillet ? Le 26 *juin* ?

Mon Dieu ! Il n'avait aucun désir d'additionner des jours ou des nombres, de procéder à une estimation de sa situation financière ou des sommes perdues. Quand de telles pensées s'insinuaient dans votre esprit, il s'avérait difficile de les chasser, mais il n'était pas en état de faire des calculs et ne connaissait pas le prix des réservoirs. De vingt à trente mille dollars pièce, peut-être, avec les valves, les jauges et les connexions. Revendre les anciens à la ferraille rapporterait un peu d'argent mais un financement bancaire serait indispensable... Peut-être aurait-il intérêt à revendre l'épave et à utiliser les fonds comme apport sur un autre appareil...

Un lecteur était mis à la disposition des clients de ce bar. Il prit son verre et ses deux sacs en plastique et se leva pour aller y insérer sa carte. Cette fois, il demanda des informations détaillées.

47, 289, 08 EN COURS DE TRANSFERT DE L'AGENCE AS-BANK DE R 1 À L'AGENCE DE R 2. DÉLAI DE MISE À DISPOSITION DES FONDS : 60 JOURS. ORDRE DE VIREMENT EN-

REGISTRÉ LE 15.08.23. SOLDE ACTUELLEMENT DISPONIBLE : 494, 50.

Soixante jours ! Merde ! Pourquoi leur fallait-il deux mois pour procéder à une opération aussi simple ? Il voulait savoir où était son vaisseau, à quel berceau, quels frais lui seraient débités. Il tapa : 1-84-Z. STATUT.

L'ordinateur de R 2 lui répondit : INFORMATIONS INACCESSIBLES.

Des complications. Il n'y avait décidément rien que ces foutus fonctionnaires ne fassent de travers.

Il récupéra son Idcarte et regagna le comptoir pour demander :

– Je peux utiliser votre téléphone ?

Le barman tendit la main. Dekker lui remit sa carte afin d'y faire débiter la communication et l'homme désigna un poste.

Il tapa INFORMATIONS, précisa CAPITAINERIE, pressa la touche APPEL et attendit la fin des explications enregistrées par les autorités portuaires pour enfoncer le bouton correspondant à l'Option 2. Ensuite, il but patiemment sa bière à petites gorgées pendant que des employés répondaient à d'autres appels. Il entendit finalement une voix humaine et déclara :

– Je suis Paul Dekker, le propriétaire de Un Quatre-vingt-quatre Zebra qui devrait être à l'appontage. Or l'ordinateur me répond INFORMATIONS INACCESSIBLES. Pourriez-vous me...

– *Vous avez bien dit : série Un ?*

– Oui. Arrivé en remorque. Il pourrait avoir été dirigé sur une cale de radoub.

– *Votre nom est Dekker, n'est-ce pas ?*

– Paul Dekker.

– *Une minute, monsieur Dekker.*

Il but et s'accouda au comptoir. Il respirait avec difficulté. Il commençait à en avoir par-dessus la tête de l'incompétence générale et des gens qui refusaient de le croire. Ils n'avaient tout de même pas pu égarer un vaisseau de la taille du *Way Out* !

– *Monsieur Dekker, nous avons effectivement enregistré l'arrivée de cet appareil mais il ne figure plus sur nos registres. Veuillez patienter un instant.*

Une longue attente, passée à boire pendant que son cœur s'emballait.

– *Monsieur Dekker ?*

– Oui.

– *Etes-vous certain qu'il n'a pas appareillé ?*

Il était désormais à deux doigts d'exploser.

– Je suis son unique opérateur propriétaire. Il n'est pas reparti. Il n'*aurait* pas dû repartir, en tout cas. Essayez en cale de radoub.

– *Je vais vérifier.*

Son interlocuteur paraissait s'intéresser à son cas. Finalement.

Des militaires entrèrent et retinrent son attention. Il n'y en avait pas à R 1. Mais ceux-ci étaient en permission. Il fut heureux de les voir car cette diversion lui permettrait d'échapper aux questions que le barman n'aurait pas manqué de lui poser.

Ce dernier servit les nouveaux clients. L'attente se prolongeait. Les soldats allèrent s'installer à une table. Le barman lui adressa un signe : une autre ?

Il fit glisser la chope vide sur le comptoir. Il gardait le combiné collé à son oreille et n'entendait qu'une musique exaspérante.

– *Monsieur Dekker ?*

– Oui.

– *Je vais vous passer mon supérieur. Veuillez patienter.*

Il eut une prémonition angoissante. La chope revint vers lui, pleine, et il la saisit au passage pour boire une bonne gorgée.

– *Monsieur Dekker ?*

Une voix différente, un homme plus âgé.

– Oui.

– *Monsieur Dekker, ce vaisseau a changé d'immatriculation. J'ai le fichier sous les yeux. Vous êtes bien monsieur Paul F. Dekker ? Pourriez-vous me communiquer votre numéro d'Idcarte pour me confirmer votre identité ?*

– 12-9078-79.

– *C'est bien ça. Le titre de propriété a été transféré par décision de justice. Votre appareil a été réclamé en tant que prime de sauvetage.*

Continuer de respirer s'avérait impossible. Il but, pour dégager sa gorge.

– *Monsieur Dekker ?*

– Celui qui l'a revendiqué... il ne s'appellerait pas Bird, par hasard ? Ou bien Benjamin quelque chose ?

– *Je ne suis pas autorisé à vous fournir cette information, monsieur Dekker, seulement le numéro de référence de l'affaire et le nom du magistrat. Si vous avez des questions à poser, je vous conseille de vous adresser au Bureau des affaires légales. Nous ne prenons aucune décision, ici. Notre rôle se borne à enregistrer les documents qu'on nous transmet. Je regrette.*

– Ouais !

Il avait l'impression d'étouffer. Il n'avait pas sa carte pour enregistrer les références communiquées par la Capitainerie et il ne voulait pas demander au barman de s'en charger à sa place. Il ne tenait pas à lui fournir son code pour lui permettre de valider la saisie.

– Merci.

– *Bonne chance, monsieur Dekker.*

L'homme raccrocha. Il pressa le commutateur puis tapa INFORMATIONS et ANNUAIRE. Cette fois, il choisit l'Option 1 et demanda M. Bird au robot.

– *Bird, Morris L. : 2-29-T berceau 29 et 2-210-C en radoub.*

Il coupa la liaison et appela les renseignements. On lui communiqua un numéro où il était possible de joindre M. Bird.

Il le composa et entendit annoncer :

– *Le* Trou noir, *j'écoute.*

– C'est une dormerie ?

– *Une dormerie et un bar. Que puis-je faire pour vous ?*

Il raccrocha, finit sa bière et alla récupérer ses sacs sur le comptoir.

– Où est le *Trou noir* ? demanda-t-il au barman.

– Trois portes plus loin. Des ennuis ?

– Tout juste, répondit-il.

Avant de sortir sans perdre plus de temps.

10

Les prospecteurs mettaient les temps forts à profit pour voir toutes les vids qu'ils avaient ratées, goûter à de la nourriture qui n'avait pas reçu l'aval des services d'approvisionnement, rencontrer d'autres amis que le partenaire avec qui ils venaient de vivre trois mois d'affilée et écouter d'autres informations que celles approuvées par Maman, et celles du genre : A R 2 la production de méthane a augmenté de 0,3 %... ou encore : Il s'est produit aujourd'hui une alerte dans la section 12 du noyau où dix mille litres d'eau se sont répandus suite au débranchement accidentel d'un tuyau...

L'esprit évoquait des images... trop lointaines pour susciter un réel intérêt. Un spatial ne vivait véritablement que pendant les temps forts. Les bandes-annonces des dernières vids que Maman diffusait dans les profondeurs de la Ceinture permettaient simplement de savoir ce qu'il fallait voir dès son retour, les résultats des matches de handball n'étaient pas aussi passionnants que les rencontres elles-mêmes, et jouer aux échecs électroniques avec son partenaire ne remplaçait pas les ébats sexuels.

Tous essayaient de profiter au maximum des temps forts en dehors des heures passées dans les gyms, les dormeries, les bars et les magasins... où, à l'exception des produits de première nécessité, on limitait ses achats, car à bord d'un vaisseau la place manquait pour les objets superflus, et toute masse supplémentaire coûtait très cher en carburant. Mais mener la grande vie n'augmentait pas la masse, hormis autour de la taille, et les prospecteurs installés au pont de détente allaient fréquemment là où se réunissaient tous ceux qui venaient de subir de dures privations culturelles, sexuelles et culinaires.

Et quand deux amis qui disposaient soudain d'un solde créditeur à la banque ne réapparaissaient pas à l'heure du dîner, il y avait gros à parier que c'était pour une des raisons précitées.

Bird devait se charger seul de régler les problèmes posés par le ravitaillement et de prendre les appels des collègues désireux de louer un vaisseau, mais il ne leur en faisait pas le reproche. Il en tenait d'autant moins rigueur à Ben que ce dernier n'était pas coutumier du fait, et qu'il n'avait pas ménagé ses efforts pour hâter les démarches administratives et convaincre une équipe d'ouvriers de la compagnie d'installer les nouveaux réservoirs.

Cependant, il commençait à en avoir assez de répondre au téléphone...

Il arrivait à faire entendre raison à leurs locataires habituels qui s'intéressaient au *Trinidad* et au *Way Out*. Ils râlaient un peu mais finissaient par comprendre. Les difficultés venaient de ceux qui n'avaient pas de partenaire attitré, ces incapables qui n'auraient pas retrouvé leur chemin s'ils avaient dû aller jusqu'au mât et en revenir, ces casse-pieds qui tentaient leur chance sitôt qu'un vaisseau apparaissait sur la liste et qui faisaient des tas d'histoires en apprenant que le *Trinidad* n'était pas à louer et, chose bien plus inconcevable encore, que le *Way Out* était réservé à Kady et à Aboujib... Deux femmes sans ancienneté et à la réputation plus que douteuse.

Eh bien, voilà qui démontrait qu'ils avaient eu raison de ne jamais traiter avec de pareils excités. Il le précisa à son interlocuteur :

– Vous pouvez vous aussi aller vous faire foutre, monsieur. Et n'espérez pas obtenir un jour un de nos appareils, dit-il avant de raccrocher.

Suivi par les regards des autres clients, il regagna la table où Meg jonglait avec des chiffres... les montants des factures qui s'amoncelaient, presque toutes pour des pièces et des éléments destinés au *Way Out*. Il s'assit et secoua la tête.

– Un imbécile de plus, commenta-t-il.

Puis il pressa la touche de réinitialisation de la transplaque posée à côté de son assiette, essaya de se rappeler où il en était resté et regretta les bonnes vieilles factures en papier d'antan que remplaçaient désormais de simples fenêtres sur un écran où les lumières du plafond venaient se refléter.

– Wayland Fleming. J'ai toujours refusé de confier le *Trinidad* à ce connard, et je m'en félicite. Où diable ont bien pu passer Ben et Sal, au fait ?

– Vid, je pense.

Il secoua la tête.

– Des distractions coûteuses. Je me demande ce qui arrive à Ben.

Meg leva les yeux sur lui et haussa les sourcils.

– Allons, Bird ! Tu le sais aussi bien que moi.

Non, il ne s'était douté de rien, jusqu'à cet instant... Ben et Sal ?

Ben, l'indifférent ?

Avec Sal Aboujib ?

– Tu n'avais rien remarqué ? Allons, Bird...

Nul n'ignorait qu'ils couchaient ensemble très souvent... mais il avait attribué cela à la vigueur de la jeunesse. Meg insinuait autre chose. Et il était exact que Ben l'économe dilapidait son argent pour une femme.

Ben, le meilleur calculateur avec qui il avait navigué... courtisé par son homologue de l'équipe de

Kady ? Ne lui avait-il pas conseillé de leur louer le *Way Out*, en dépit du bon sens ?

Meg avait additionné les factures pendant qu'il répondait au téléphone. Elle était plus douée que lui pour tirer un solde et mignonne à croquer. Parfois, lorsqu'il la contemplait, et même si un Ciel-bleu était parfois choqué par ses cheveux couleur flammes rasés sur les côtés, et par le fouillis d'anneaux suspendus à ses oreilles, il estimait que seules des femmes pareilles pouvaient inciter un homme à se raccrocher à la vie.

Mais pourquoi une beauté comme Meg Kady couchait-elle exclusivement avec lui alors qu'il avait passé un grand nombre de temps forts sans qu'une seule représentante du sexe opposé daignât seulement remarquer sa présence ? Et pourquoi Ben dépensait-il son argent sans compter pour Sal ?

Il craignait de connaître la réponse. Peut-être aurait-il dû se mettre en colère, envoyer Meg Kady au diable et essayer d'ouvrir les yeux à son partenaire.

Le problème, c'était que...

Une main se posa sur son épaule et le fit tourner en le soulevant de son siège.

Un poing l'envoya s'étaler sur le plateau de la table. Il levait le pied pour stopper une nouvelle attaque quand il reconnut le fou aux yeux exorbités qui se dressait devant lui, vacillant. Tous les clients présents dans la salle étaient debout. Meg empoignait déjà le dossier de sa chaise. Mike devait être en train de décrocher le téléphone pour avertir la police. Son agresseur n'était autre que Dekker, et tout indiquait qu'il avait de sérieuses difficultés à tenir sur ses jambes.

– Où est mon vaisseau ?

Meg avait soulevé le siège pour l'abattre sur le crâne du jeune homme, quand Bird leva la main.

– Inutile, lui dit-il avant de se tourner vers le

comptoir et Mike Arezzo. Ne t'inquiète pas, Mike. Je connais cet excité.

– Ça, tu peux le dire ! gronda Dekker. Dès ma sortie de l'hôpital, j'ai contacté la Capitainerie pour savoir combien je devais de droits d'appontage, et devine ce qu'on m'a répondu ?

La mâchoire de Bird était intacte mais quelques dents branlaient. Il roula de côté pour s'asseoir sur la table et poser ses pieds par terre. Il se redressa, titubant, soutenu par Meg qui avait glissé une main sous son aisselle.

– Dekker ? demanda-t-elle.

– En chair et en os... Assieds-toi, fiston, tu as l'air de sortir de l'enfer.

– J'en *reviens*, grommela le jeune homme avant de s'appuyer sur le dossier d'un siège, le souffle court. Espèce de voleur !

– Du calme. Détends-toi.

– Me *détendre* ? Tu t'es approprié mon vaisseau, sale hypocrite !

Ce n'était pas un sujet dont Bird souhaitait débattre devant témoins. Du comptoir, Mike Arezzo demanda :

– J'appelle les flics, Bird ? (Aux tables, tous les clients tendaient l'oreille.) Je ne tiens pas à vous voir détruire mon établissement.

– Pourquoi hésiter ? s'enquit Dekker. Démontre que je suis dingue, et tu seras débarrassé de moi. Ces salopards seront ravis de terminer ce qu'ils ont entrepris... et c'est bien ce que tu désires, non ? Ce que tu avais prévu. Tu m'as pris tout ce que je possédais, alors achève le travail.

– Mike, sers-lui un verre. J'ai deux ou trois choses à lui dire. Tout va s'arranger.

– *Je ne discute pas avec un voleur !*

– Une bière, Mike. Il en a déjà bu. Assis, fiston. Assis !

Dekker haletait, toujours appuyé au dossier du siège.

– Il me faut les enregistrements du journal de bord. Donne-les-moi, c'est tout ce que je réclame...

– Désolé, mais je ne les ai pas. (Puis, comme Dekker le fixait sans rien dire :) Ils ont effacé toutes les mémoires, avant de nous remettre le *Way Out*. C'est la stricte vérité, fiston. Ils ne laissent jamais à quelqu'un la possibilité de consulter des données récoltées par un tiers. Il est possible qu'ils en conservent une copie quelque part, mais tout était vierge quand nous sommes montés à bord. Zéro. *Nada*. Plus rien.

Dekker était livide.

– Un draveur tue ma partenaire, la compagnie soutient que cet appareil n'existe pas, et pour couronner le tout elle fait disparaître les preuves...

– Ferme-la et assieds-toi.

– Tu sais qu'il y avait un draveur, là-bas ! Tu connais la vérité...

Meg le prit par le bras.

– Bird...

– Ne t'en mêle pas, Meg... Et toi, fiston, assieds-toi.

Des consommateurs se dirigeaient vers la porte. Ils préféraient quitter les lieux.

Dekker baissa la tête. En passant près de lui, Abe Persky déclara :

– C'est pas très malin, petit. Tu saisis ?

Abe sortit. Mike était en rogne à cause du départ de ses clients *et* du remue-ménage... Il apporta la consommation et grommela :

– Débrouille-toi pour le faire taire, Bird. Je ne veux pas d'histoires, ici.

– On s'en charge, promit Meg.

Elle prit Dekker par l'épaule et le guida vers une chaise.

– Tu vas te calmer, compris ? Bird n'est pas un voleur.

– Je sais... les voleurs, c'est ces salopards de la compagnie. Vous n'avez...

– Ferme-la ! Ferme-la, pour l'amour du ciel, *ragazzo* ! lui intima Meg. On le sait déjà, alors contente-toi de t'asseoir.

Il se laissa choir sur le siège et prit sa tête entre ses mains. Le silence était si pesant que même la musique ne pouvait le couvrir.

– Je me demande si vous avez raison de lui payer à boire, déclara Mike. Je fais tout mon possible pour vous rendre service, les gars, et voilà que vous m'imposez la présence d'un dingue.

Dekker releva brusquement la tête.

– Je ne suis pas fou !

– Ce n'est pas la folie qui me fait peur, déclara Mike en posant la bière.

Dekker regrettait d'avoir frappé Bird. C'était Ben qu'il aurait aimé trouver avant l'arrivée des policiers... pour lui donner une bonne leçon. Pour le tuer. Etrangler ce salopard, voilà ce qu'il aurait voulu.

Mais Bird avait demandé au barman de ne pas avertir les flics, sa compagne l'avait fait asseoir à leur table et ils lui offraient une bière dont il aurait d'ailleurs pu se passer...

Bon Dieu ! qu'il avait mal au crâne et que ses yeux le faisaient souffrir !

Ils – Bird et cette femme rousse aux allures de bergère – s'assirent à leur tour, un de chaque côté, pour lui expliquer que la compagnie aurait de toute façon confisqué tout ce qu'il possédait, qu'il devrait à l'avenir se montrer plus malin, et que s'il ne fermait pas sa grande gueule il attirerait de sérieux ennuis à des gens qui n'étaient pas responsables de ses malheurs...

– Que me reste-t-il ? voulut-il savoir.

– Chut !

Bird saisit son poignet et le serra, avec force, comme à bord du vaisseau... lorsqu'il lui intimait de se taire parce que Ben voulait le tuer. Il *croyait* au bien-fondé de ses mises en garde et lui obéissait, comme il avait parfois obéi aux meds. Il se savait dépassé par les événements et avait besoin d'aide.

– Ils mentent.

– Chut ! murmura Bird. D'accord, ils ne disent pas la vérité, mais évite de faire des vagues si tu veux récupérer un jour ta licence.

Il ne leur avait pourtant rien dit ! Il ne savait pas depuis combien de temps il se trouvait dans ce bar mais sa main endolorie se chargeait de lui rappeler qu'il avait frappé Bird. Trous de mémoire, déclaraient les meds. Lésions cérébrales.

Sans lâcher son bras, Bird se pencha vers lui pour ajouter à mi-voix :

– Quoi qu'il ait pu se passer, fiston, tu ne dois pas voir en nous des ennemis. Nous voulons t'aider. D'accord ?

Il était coupé de tout, ici. Il ne connaissait à R 2 que Bird, Ben, quelques médecins et Tommy. Il resta assis à côté du prospecteur qui lui tenait le poignet pour l'ancrer dans la réalité. Il savait que si cet homme le lâchait, il se mettrait à dériver. Bird disait vouloir l'aider. C'était bien le seul. Les autres se désintéressaient complètement de son sort et, même si l'occasion de le faire s'était présentée, il aurait été dans l'impossibilité de retourner à R 1. C'était impossible, sans Cory. Leurs amis se seraient empressés de lui demander : Pourquoi l'as-tu laissée mourir ? Pourquoi n'as-tu rien fait ? Sans compter les lettres de sa mère...

– Il ne nous entend plus, fit une voix féminine.

– Il n'est pas dans son état normal, rétorqua celle, plus grave, de Bird. Dekker, tu as pris des drogues ?

– Hôpital.

Il fixait un point indistinct sans savoir pourquoi il

lui accordait son attention, ou comment il devait procéder pour vaincre sa paralysie et bouger de nouveau. Il ne lui restait qu'un seul espoir : que Bird comprenne ce qui lui arrivait et le ramène vers lui...

– Dekker ?

– Ouais ?

– Ecoute-moi ! Où habites-tu ?

Trouver une réponse réclamait réflexion. La salle reprit un peu de sa netteté.

– Je ne sais pas.

Il se demanda si c'était important. Bird secoua son bras.

– Tu es dans le brouillard, fiston. Quelle est ta situation ? As-tu de l'argent ?

Il réfléchit et se souvint du délai de deux mois... alors qu'il séjournait à R 2 depuis un laps de temps plus long encore. Il se demanda pourquoi on avait attendu sa sortie de l'hôpital pour demander le transfert de son compte. Et il s'étonna alors d'avoir pu se payer deux bières, un peu plus tôt. Il ne savait pas d'où provenait son crédit de près de cinq cents dollars... si cette somme lui appartenait, s'il n'avait pas simplement oublié ce qu'elle représentait...

– Nous allons t'héberger quelques jours... Nous ne te devons rien, il faut que ce soit bien entendu. Mais je ne te reproche pas de t'être emporté. Nous pourrons peut-être trouver une solution, intervenir auprès de quelques responsables susceptibles de faire quelque chose pour toi. Tu comprends ce que je te dis ?

Ces propositions étaient bien plus intéressantes que celles de Pranh, des autres, et surtout des flics. Bird était un type bien... N'avait-il pas reconnu avoir vu le draveur ?

Il voulut le regarder dans les yeux mais ne put tourner la tête.

– Là-bas, murmura-t-il. Là-bas... Tu l'as vu, toi aussi. Tu sais ce qui s'est passé.

Bird comprima son poignet. Ses doigts s'engourdissaient et il souffrait. Il se rappela que ce type avait une double personnalité.

– Tu dois penser à ton avenir et oublier le reste, fiston. Tu ne peux rien faire pour ta partenaire. Elle est morte. L'unique possibilité qui s'offre à toi, c'est de tout tenter pour t'en tirer. Réfléchis. Ta Cory te dirait de mettre tes méninges à contribution, non ? Elle ne voudrait pas que tu t'attires d'autres ennuis. N'est-ce pas ce qu'elle te conseillerait ?

Il fut aussitôt en colère. Nul n'avait le droit d'attribuer à Cory des propos qu'elle n'avait pas tenus. Elle n'aurait jamais supporté ça. Mais il ne pouvait regagner le monde réel et il se contenta de marmonner, en s'adressant au néant :

– Va te faire foutre.

– Je vois... Soyez donc aimable avec quelqu'un...

Une main se posa sur son bras et le fit tourner, vers des yeux marron, un crâne rasé, une crête rouge foncé... rac, radrac, bergère ou autre, il n'aurait pu se prononcer. Il était fasciné... et méfiant. Il avait été rac, autrefois, mais pas Cory... elle était trop économe, trop martienne, pour gaspiller du temps et de l'argent à cause du système, même pour exprimer le mépris qu'il inspirait.

Lorsque la police avait reçu l'ordre de tirer sur les manifestants, ce sénateur – Broden – avait proclamé : « Nous refusons tout compromis avec cette racaille... »

Il revoyait les flashes d'informations diffusés quand il avait... combien ? Dix ? Douze ans ? Et sa première prise de conscience politique avait été déclenchée par la scène de carnage, le sang qui maculait les portes en verre du siège de la compagnie...

Style rac et mode rac étaient deux choses différentes. Les bergers portaient des tenues de ce genre, sans doute pour affirmer leur indépendance. Mais cette femme, avec son accoutrement outrancier et ses pattes-d'oie au coin des yeux...

– Tu viens de Station Sol, pas vrai ? demanda-t-elle.

– Ouais !

Elle le fixa. Longtemps, crut-il. Peut-être pensait-elle aux ennuis qu'il risquait de lui attirer. Il sursauta en se rendant compte que sa main avait remplacé celle de Bird, sur son poignet.

– Tu es jeune et tu ignores les réalités de l'existence, *ragazzo.* La compagnie ne fera de toi qu'une bouchée. Bird a raison. Quand il te donne un conseil, suis-le sans discuter. Et si tu crois que Maman Garce fera quelque chose pour toi, permets-moi de te dire que tu te fiches le doigt dans l'œil. C'est le comble de la stupidité, *lieber Freund.*

Des expressions rac, passées de mode. Elles dataient d'avant Cory, d'une autre vie. Le style rac avait depuis acquis de la respectabilité... pour ceux qui servaient de clientèle aux boutiques de mode et n'étaient pas de véritables rads, bien sûr.

Dans la Ceinture, une telle tenue proclamait un message, mais il ne savait plus déchiffrer ses codes. Il avait oublié la signification des couleurs, les précisions apportées par les boucles d'oreilles et les tempes rasées... de cette femme qui le fixait dans les yeux et s'adressait à lui comme s'il était encore le Paul Dekker d'avant Cory : un pauvre idiot qui portait l'uniforme d'un mouvement politique auquel il ne comprenait rien.

Un môme stupide qui errait sans but dans Station Sol, l'esprit vide, rongé par la colère et la frustration... Il voulait foutre en l'air ce système pourri, semer la merde et se donner des frissons en pensant au risque improbable de se faire prendre...

Il croyait tout savoir, à l'époque. Mais il était si malin que les flics l'avaient arrêté, accusé de délinquance juvénile sans contrôle parental... un crime passible de déportation dans le Puits pour lui et sa mère, qui avait dû dépenser toutes ses économies pour payer leur caution.

(Bon Dieu, Paul, tu ne m'attires que des emmerdements ! Tu me coûtes de l'argent depuis que j'ai appris que j'étais enceinte...)

Il avait dû participer à ce programme de rééducation où ils faisaient des études spéciales et écrivaient des lettres à d'autres mômes...

Je m'appelle Cory et j'habite Base Mars...

– Tu m'écoutes, *young* rac ? Tu me reçois ?

– Ouais ! Cinq sur cinq.

– Parfait.

Meg lui tapota la joue puis tourna la tête vers quelqu'un d'autre.

– Il est reparti. Lui offrir une bière n'était pas une excellente idée.

On approchait. Il entendait des pas.

– Il n'a pas l'air en forme.

Il ne connaissait pas cette voix.

– Il est un peu sonné.

Bird. Une main cingla son visage, ébranla son cerveau.

– Dek, mon garçon, écoute-moi bien. Je te présente Mike Arezzo, le propriétaire du *Trou*... Ce gosse n'a pas eu de chance et il sort de l'hôpital.

– C'est donc lui ?

Mike recula derrière Meg. Dekker le vit mais ne put le reconnaître. Il n'était certain que de l'identité de Bird.

Puis une autre voix familière s'éleva :

– Qu'est-ce qui se passe ici, bordel ?

Son cœur cessa de battre. Il ne pouvait plus bouger, ni avoir des pensées cohérentes. Ben se ruait sur lui en hurlant :

– Mais qu'est-ce que vous attendez pour appeler les flics et vous débarrasser de cet emmerdeur...

– Calme-toi, Ben, calme-toi ! l'interrompit Bird.

Ben allait le tuer, cela ne faisait aucun doute. Et il était dans l'incapacité de se défendre.

– Voilà donc ce Dekker ?

Une nouvelle voix, féminine.

Une fille au visage basané qui refermait ses mains sur sa mâchoire pour tourner sa tête et l'obliger à la regarder dans les yeux.

– Complètement défoncé, dit-elle.

Il remarqua ses tresses, une multitude de petites nattes aux extrémités gainées de métal. Elle avait raison. Il perdait pied. Il dit, pour démontrer qu'il était sain d'esprit :

– Tranks. Hôpital. Bière.

– Le con, commenta l'inconnue.

Il revenait avec Sal de faire quelques achats quand ils avaient croisé Jack Malinski qui avait saisi son bras au passage pour lui dire :

– Ben, un drôle de type vient d'étendre ton partenaire, là-bas au *Trou*, et il débite des tas de conneries sur le vaisseau qui vous a été attribué...

Il s'était mis à courir, et Sal en avait fait autant. A leur arrivée au *Trou*, ils étaient hors d'haleine. Ben s'attendait à voir un prospecteur sorti de ses gonds parce qu'ils refusaient de lui louer leur second appareil, pas Dekker qu'il reconnut en franchissant le seuil de la salle... Dekker, qui restait assis à leur table pendant que Bird se levait pour le retenir par le bras et l'empêcher d'assommer ce connard !

– J'ai à te parler, lui dit Bird.

Et son intonation annonçait la teneur des propos qu'il lui tiendrait, un discours dicté par un sentiment de culpabilité ridicule.

– Il est un peu retourné. Il sort de l'hôpital.

– Alors, il suffit d'avertir les flics pour qu'il y retourne.

– Il va bien. Disons qu'il a un peu trop tiré sur sa laisse.

– Et qu'elle a fini par se rompre, Bird. Bon Dieu ! Il y a longtemps qu'il a disjoncté et nous ne pouvons rien pour lui...

– Laisse-lui une chance, Ben. C'est normal qu'il soit en colère. Révolté et bouleversé.

– Et qu'il ait des pensées homicides !

– Mais non. Absolument pas ! Allons, Ben...

– Tu parles ! Tu as vu ta bouche ?

Bird essuya le sang avec le dos de sa main.

– Je ne peux pas lui en vouloir. Il a perdu sa partenaire, son vaisseau, sa licence...

– Nous n'en sommes pas responsables !

– Possible, mais je veux pouvoir me regarder en face dans un miroir. Tu comprends ? Il est exact que nous n'avons rien à nous reprocher, mais nous tirons malgré tout profit de ses malheurs.

– C'est la vie !

– Ben...

L'attitude de Bird l'exaspérait. Son partenaire le tenait pour responsable des ennuis de ce taré ! Ils se dressaient de nouveau l'un contre l'autre, sans qu'il sache pourquoi. C'était exaspérant. Peu de gens l'avaient trouvé sympathique et soutenu au cours de son existence... alors que des types bénéficiaient d'un traitement de faveur simplement parce qu'ils possédaient un physique moins ingrat. Dekker entrait dans cette catégorie, celle des individus qu'il n'aimait pas voir rôder autour de ses proches. Bon sang ! Il avait lié son avenir à celui de Bird. Et de Sal. Il protégerait ses acquis, si c'était encore possible.

Devait-il baisser les bras ou aller tirer des ficelles à l'Admin, utiliser ses connaissances pour faire renvoyer ce malade là où était sa place, chez les dingues...

Bird lui tournait le dos, en colère. A la table, Meg et Sal étaient aux petits soins pour le pauvre petit. Il aurait dû le prévoir... l'instinct maternel de toutes les femmes. Mais il avait cru que Sal possédait un peu de bon sens. Il serra les dents et demanda à Bird :

– Alors, que proposes-tu ?

Son partenaire était toujours en rogne, mais il se tourna vers lui pour répondre :

– Eh bien... nous pourrions lui donner un petit coup de pouce. L'aider à se reprendre et à retrouver son statut ne devrait pas nous coûter très cher. Tu connais du monde. Tu sais comment t'y prendre.

Il y avait déjà pensé... mais dans un but diamétralement opposé.

– Regarde-le ! Il est fini, hors circuit ! Et tu voudrais le renflouer ? Tu déconnes, Bird.

– Je ne suggère pas de lui donner de l'argent mais de le soutenir pour lui permettre de prendre un nouveau départ. Nous pourrions le présenter à un partenaire valable...

– Nous ne savons même pas ce qu'il a fait de sa précédente associée. Lui seul pourrait le dire !

Bird le saisit par le bras et se pencha vers lui, pour murmurer :

– Ferme-la ! Tu sais aussi bien que moi qu'il n'est pas responsable de sa mort...

– Nous connaissons *sa* version des faits, c'est tout ! Et elle était d'ailleurs assez incohérente. C'est bien le problème, non ?

– Pour l'amour du ciel, accorde-lui une chance... Dois-je te rappeler tes propres paroles ? « Si nous empochons son fric, nous l'aiderons lorsqu'il sortira de l'hôpital... »

– Je ne vois pas pourquoi tu veux mettre tout ce que nous avons à la disposition de ce dingue en lui disant : « Sers-toi ! » Et moi ? Tu oublies que j'ai misé sur toi tout ce que je possédais. Ce Dekker est peut-être un tueur sadique et tu voudrais qu'on se porte garants pour lui ?

– Ferme-la ! Ben...

Il la ferma et Bird le lâcha pour aller au comptoir et s'entretenir avec Mike, qui se renfrogna aussitôt. Dekker restait assis, l'esprit ailleurs, le regard dans le vague.

Meg restait près de lui et lui parlait. *Sal* se penchait devant ce débile et lui permettait de reluquer ses seins par l'échancrure de son corsage. Il s'avança vers Dekker, posa la main sur son épaule – prêt à s'écarter d'un bond si cet excité lui décochait un coup de poing – et lui dit, comme si rien ne s'était passé :

– Salut, Dek. Tu te souviens de moi ? Ben Pollard. Alors, en forme ?

Il tressaillit. Il pouvait donc bouger. Il tourna la tête vers Ben, très lentement. Il se rappela qu'ils n'étaient plus à bord d'un vaisseau mais dans le bar d'une dormerie de R 2 et qu'il venait de frapper Bird. Il pensa que Ben devait mourir d'envie de l'assommer mais qu'il s'en abstiendrait sans doute devant témoins.

– Salut, Ben, répondit-il.

Il émergeait du brouillard. Il voyait cet homme un peu plus nettement qu'il n'avait vu les deux femmes. Et il fut même content quand Ben tira une chaise, s'assit, se pencha vers lui et le prit par le bras.

– Alors, ça s'est passé comment ?

– Plutôt mal, dit-il.

Il se concentrait pour ne pas repartir au diable et rester bien poli, dès l'instant où Ben en faisait autant. Peut-être avait-il *effectivement* perdu la tête. Ben pouvait vouloir tout reprendre de zéro.

– Et toi ?

– Ça va. Très bien. Désolé, pour le vaisseau, mais la loi est la loi.

Ben souhaitait faire une mise au point. Dekker ne pouvait accepter cette conclusion mais son engourdissement lui apportait une maîtrise de soi dont il était le premier surpris.

– Ouais, marmonna-t-il.

Ben exerça une légère pression sur son bras.

– Un peu dans les nuages, pas vrai ?

– Ils m'ont donné des médicaments.

Dekker leva ses sacs. Ben les prit et regarda un flacon visible à travers le plastique blanc.

– Je dois continuer mon traitement.

– N'avale pas tout à la fois, grommela Meg. Il a bu trop de bière pour faire glisser ces foutues pilules. Il devrait se lever et marcher un peu. C'est le meilleur remède.

Ben pensa : D'accord, je vais contenter tout le monde et offrir à ce taré la possibilité de démontrer qu'il est complètement à la masse... le pauvre petit toutou.

Il se leva et tira Dekker par le bras.

– Allez ! Debout. Un peu d'exercice te permettra d'éliminer ces tranks.

Dekker obtempéra sans discuter. Ben dut le soutenir car il tenait à peine sur ses jambes.

– Le propriétaire du *Pacific* a appelé, vint leur annoncer Bird. Notre ami a oublié son Idcarte chez lui.

– Ils lui en ont donné une ? dit Ben, soulagé à la pensée que le compte de Dekker pouvait être approvisionné. Est-ce qu'il n'aurait pas une chambre, là-bas ?

– Non, mais je me suis arrangé avec Mike.

Ben s'arrêta net, avec Dekker qu'il soutenait toujours.

Merde ! se dit-il.

11

Dekker s'éveilla dans l'obscurité, écrasé par une fraction de *g* importante. Il était couché dans un lit, mais pas celui de l'hôpital. Ici, les odeurs étaient différentes. Les bruits également. Il avait l'impression d'être de retour sur le pont de détente de R 1, avant leur appareillage. Son cœur s'emballa, il perdait le fil de la réalité. Les événements dont il gardait le souvenir ne s'étaient peut-être jamais produits.

– *Cory ?* hurla-t-il. Cory ?

Elle allait lui répondre dans les ténèbres : « Ouais ? Qu'est-ce qui t'arrive ? »

Mais il n'entendit pas sa voix, seulement des bruits, ceux de quelqu'un qui bougeait derrière la paroi.

Il se figea. Une main était posée en travers de sa poitrine, sur les couvertures. Il sentait le contact des draps sur son corps. Il ne portait pas son collant stim, il était nu. Immobile, il tenta de reconstituer un puzzle aux pièces trop nombreuses. R 1. Sol. Mars. L'épave. L'hôpital. Le *Trou*. Son existence s'était fragmentée et il ne savait pas de quelle manière assembler ses éléments. Il leur manquait un ordre logique, une structure. L'un d'eux était le présent, et le reste le passé... ou l'avenir. Il n'aurait pu se prononcer.

Une porte s'ouvrit, quelque part. On marchait dans

le couloir. Il entendit le cliquetis menaçant d'une clé, puis deux silhouettes se découpèrent dans un rectangle de clarté et la lumière du plafonnier l'aveugla.

– Ça va, fiston ? demanda Bird.

– Ouais !

Son cœur battait trop vite. Il leva le bras pour se protéger les yeux. Le temps inversait de nouveau son cours. Il eut la certitude qu'il était dans une dormerie, et se rappela le bar, Bird et Ben. C'était Bird et la rac rousse qui se dressaient sur le seuil : Bird qui avait pour tout vêtement une serviette de toilette et la femme – Meg – un drap. Ben apparut derrière eux, lui aussi couvert d'un drap. Il était en colère. Pour d'excellentes raisons, pensa Dekker qui déclara :

– Je regrette.

– Tu as les idées un peu plus claires ? demanda Bird.

– Ouais.

Le contenu de son esprit poursuivait sa ronde. Il se rappelait avoir fait des aller et retour dans un couloir en compagnie de Meg et d'une femme brune, mangé un sandwich parce que Ben menaçait de le frapper s'il s'abandonnait au sommeil... mais pas s'être déshabillé et couché. Il se souvenait avoir donné un coup de poing à Bird, un direct au menton. Ses jointures meurtries se chargeaient de le lui remémorer.

– Désolé. Je ne savais plus où j'étais.

– Tu le sais, à présent ? demanda Bird.

– Ouais.

Il se souleva sur ses coudes et la lumière du plafonnier le fit ciller.

– Aucun problème.

Il se sentait gêné. Et effrayé. Les meds parlaient de rechutes. Il s'interrogeait sur la gravité de celle-ci. Il ne savait pas depuis combien de jours il était dans cette pièce.

– Merci.

Bird approcha.

– Tu vas bien mieux, à ce qu'on dirait.

– C'est exact. Je regrette de vous avoir réveillés.

Ben entra derrière Bird et le foudroya du regard.

– L'alcool et les pilules ont souvent des effets de ce genre.

– Ouais, répondit-il.

Il ne voulait pas d'un accrochage avec Ben. Il souffrait des premiers symptômes d'une migraine.

– Je tiens à vous remercier d'être venus me secourir.

– Bon Dieu ! grommela Ben. Des excuses et un remerciement à la suite ? Cette fois, il doit avoir disjoncté pour de bon.

– J'ai perdu la tête, je le sais.

Il s'affaissa contre l'oreiller. Il lui faudrait du temps pour reconstituer tout ce qui s'était passé.

– N'éteignez pas en sortant, d'accord ?

– S'il n'y a que ça pour le faire tenir tranquille..., marmonna Ben.

Il sortit avec la femme, mais Bird se rapprocha. Sa silhouette grandissait entre le lit et la source de lumière, une forme sans visage.

– Tu as vécu des moments pénibles, mais si tu ne fais pas d'histoires, tu pourras compter sur nous. N'abuse pas de ces pilules et ne nous complique pas la vie. Le propriétaire est un chic type et il n'a pas averti la police, mais nous lui avons promis que tu te tiendrais tranquille. D'accord ?

Il se rappela ce qu'il avait fait. Peut-être pourrait-il bénéficier de l'appui de Bird, voire même de celui de son partenaire... s'il réussissait à ne pas le mettre en rogne.

– Dis à Ben... que je n'étais pas dans mon état normal. Je ne savais même pas où j'étais.

– Et maintenant ?

– J'espère le savoir.

Des pulsations ébranlaient son crâne. Il voulait désespérément convaincre Bird. Il n'aurait pu dire si cet homme était sincère, mais il devait s'en convaincre. Il leva les bras pour se protéger les yeux.

– Merci, Bird.

L'homme sortit sans éteindre. Il ne bougea pas. Peu après, il baissa les bras pour regarder la pièce et la graver dans son esprit. C'était lorsqu'il fermait les yeux puis les rouvrait, qu'il perdait pied. Quand il s'éveillait. Il obtint la confirmation qu'il n'était plus à l'hôpital mais à côté de ces prospecteurs qui savaient, contrairement aux meds, ce qui s'était passé là-bas.

Et de deux femmes... qui ressemblaient à des bergères mais employaient des expressions propres aux racs. Il ignorait d'où elles sortaient, ce qu'elles voulaient, pourquoi elles s'intéressaient à lui. Elles l'inquiétaient autant que Ben... pas à cause de leur aspect mais de leur état d'esprit, cette attitude qui proclamait : A bas les institutions ! Nous n'avons aucun avenir ! Tout n'est que conneries ! Jouissons de la vie dans la mesure du possible car la guerre approche, ce conflit qui mettra un terme à tous les conflits !

« C'est vrai, bon Dieu ! avait dit Cory. La Terre risque de disparaître, mais *pas* l'espèce humaine. C'est pour ça que nous devons partir, c'est pour ça que nous irons là-bas... »

Les membres d'un conseil d'administration avaient décidé de déclencher les hostilités pour des raisons incompréhensibles au commun des mortels. Les racs avaient rejeté cette décision et été faire du tapage dans les bars du pont de détente. La compagnie avait donné l'ordre d'ouvrir le feu sur la foule. Il n'avait pas compris pourquoi, à l'époque. Il n'était alors qu'un gosse qui refusait de se résigner au sort réservé à l'humanité. Il n'aimait pas plus l'école que les rats de la comp et leurs morveux, ces individus corrompus qui s'élevaient au sein de la société grâce à des trafics d'influence. Il écrivait des slogans sur les murs, faisait éclater des ampoules avec sa fronde, se soûlait et volait des babioles dans les boutiques... convaincu d'être rac sans seulement savoir ce que signifiait ce terme... et pourquoi la police avait tiré sur les manifestants. Il n'avait que treize ans et se croyait invulnérable. Il avait eu cet âge jusqu'au jour...

De sa rencontre avec Cory.

Cory... qui aurait été choquée de le voir en compagnie de ces deux femmes. Elle l'aurait pris à part pour lui dire, sur le ton qu'elle employait si souvent avec lui : Ne fréquente pas des gens de cet acabit, Dek. Mon Dieu ! Je me demande parfois à quoi tu penses... Nous devons éviter les ennuis, ne pas être fichés...

La plus âgée s'appelait Meg. Elle avait des cheveux roux et cet accent de Sol qu'il n'avait remarqué qu'après avoir quitté sa station natale, et entendu celui, fricatif, des Martiens tels que Cory et celui, chantant, des Ceinturiers. Il retrouvait des intonations propres à Sol dans la voix de Bird, mais pas dans celle de Ben ou de la brune... qu'on ne se serait pas attendu à voir fréquenter quelqu'un d'aussi simple que Bird. Les deux racs ne devaient pas être des bergères – qui pouvaient, à l'occasion, accepter de boire un verre avec des prospecteurs mais sûrement pas coucher avec eux –, pas quand les représentantes de la gent féminine étaient aussi rares que des diamants et que celles qui vivaient sans entraves et un tant soit peu séduisantes n'avaient que l'embarras du choix au sein de l'élite de la compagnie. Si elles le désiraient et n'étaient pas fichées par la police, rien ne les obligeait à vivre sur le pont de détente...

Bird devait ignorer quels buts s'étaient fixés les racs... détruire, voler, rouler la comp...

Autant pour les idéaux et les belles causes. Ici, tout était comme à Sol. Tant au sein du Mouvement que des conseils d'administration, il n'existait aucune différence.

Il ferma les yeux et sentit des larmes couler sur ses

joues. Il avait la gorge serrée, sans savoir pourquoi, et il se dit : Ils peuvent tous aller se faire foutre ! Les rats de la comp et les autres.

Mais il ne donnait pas à ces pensées le même sens qu'un gosse de Sol âgé de treize ans, stupide et exaspéré de se heurter sans cesse aux représentants de la compagnie, effrayé par les rumeurs. On déclarait que les jeunes de sa génération mourraient avant d'être devenus des adultes. L'estomac noué, il n'avait pu s'endormir que très tard dans la nuit, lorsqu'il avait entendu dire pour la première fois que les rebelles n'auraient même pas à livrer bataille, qu'il leur suffirait de projeter un gros rocher hors de l'espace-saut en direction de la Terre ou de Station Sol. L'arrivée d'un tel projectile ne pourrait être détectée à temps et la planète mère disparaîtrait... avec son Histoire, ses règlements et ses lois. Tout cela cesserait instantanément d'exister. Alors, pourquoi aurait-il dû perdre son temps à apprendre par cœur des choses qui appartiendraient bientôt au passé ? A quoi bon gaspiller son énergie ? Il ne restait aux jeunes de son âge qu'à profiter au mieux de l'existence, tant que c'était encore possible.

Mais la catastrophe n'avait pas eu lieu. Les rebelles ne s'étaient pas attaqués à la Terre, ils n'avaient pas pris pour cible des stations et leurs habitants. Bien sûr que non.

Cory lui avait dit : Emmène-moi loin d'ici, et vite. Elle lui parlait de lieux auxquels il ne s'était jamais intéressé avant d'envisager d'aller les visiter... grâce à l'argent de Cory, et à condition d'obtenir un visa et de ne pas être arrêté à la dernière minute par un flic qui lui dirait : Un instant, Dekker, je constate que tu es fiché...

La Compagnie Terre réglementait les départs. Elle ne délivrait pas d'autorisation de sortie à ceux qui avaient une dette fiscale. Le gouvernement attendait qu'ils aient remboursé tout ce qu'ils lui devaient pour les biffer de ses registres et les inscrire sur le manifeste des passagers d'un vaisseau en partance...

... pour un lieu où l'espoir subsistait encore, aurait dit Cory. Elle était fermement convaincue que la situation ne pouvait qu'être meilleure partout ailleurs.

Il se demandait si c'était ça, la vie. Il n'avait jamais songé à l'avenir... Il s'était contenté de conserver un équilibre précaire et de répondre oui en pensant non. Il voulait partir avec Cory mais ne croyait pas que les prospecteurs échapperaient à la conscription quand les nouveaux vaisseaux de guerre seraient achevés. Il savait qu'il se retrouverait alors dans les entrailles d'un de ces transporteurs de troupes et irait se faire tuer pour la compagnie, désintégrer pour la compagnie...

Un pas à la fois, lui disait Tommy lorsqu'il était trop sonné pour marcher normalement. Un pas à la fois, monsieur Dekker...

Merde, il ne désirait qu'une seule chose : pouvoir piloter de nouveau, avoir accès à un pupitre de commande...

Il n'avait pas cédé à la panique. Il avait cru jusqu'au tout dernier instant qu'ils pourraient s'en tirer...

Qu'il finirait par obliger ces salopards à tenir compte de ses messages...

Contraindre quelqu'un à réagir à bord de ce maudit draveur, en déclenchant son système d'alerte de collision si nécessaire...

Il regardait le plafond. Il partait de l'hypothèse que ces dalles devaient être réelles et qu'il n'était plus dans l'épave. Mais, malgré la distance, le temps se repliait sur lui-même pour former une boucle, et il se sentait aspiré vers cet instant du passé comme par un trou noir. Un épisode de son existence où rien ne s'était déroulé comme il l'avait prévu...

Ceux du draveur savaient où ils étaient, ils ne pouvaient ignorer que la collision était imminente.

Et même s'ils ne captaient pas ses appels – en admettant que son émetteur n'ait pas fonctionné pour une raison ou une autre –, l'explosion des réservoirs leur avait indiqué qu'ils ne venaient pas de percuter un simple rocher...

Et après n'importe quel choc, les règlements imposaient de passer sur la bande E : la fréquence du scaphcom de Cory.

Bien sûr que oui, bon sang !

Meg se pencha vers le miroir pour tracer une étroite ligne noire sous ses cils. Pleurer était inévitable lorsqu'on se maquillait. Elle tapota l'œil du bout du doigt et fit un nouvel essai. Elle entendit la porte de la chambre voisine s'ouvrir puis se refermer. Ben et Bird allaient prendre leur petit déjeuner. Tous regagnaient leurs logements officiels pour se changer. Ils y laissaient leurs affaires. L'image de Sal se reflétait dans le miroir, derrière son épaule. Sa partenaire enfilait ses bottes.

– La journée sera rude, dit Meg en dessinant une volute au coin de son œil. Mais nous pouvons opter pour la seconde équipe et mettre la matinée à profit pour faire plus ample connaissance avec le nouveau chelovek.

– Complètement à la masse.

– Mais pas mal de sa personne.

Crayon à sourcils. Auburn. Difficile à se procurer, ici. En cas de pénurie, il fallait employer un crayon gras, encore plus coûteux.

– Il a repris ses esprits la nuit dernière, après sa crise. Je l'ai trouvé bien mieux... Bird a pu s'entretenir avec lui.

– Il a débité trop de conneries au bar, Kady. Il manque sérieusement de retenue... *tous les clients* ne parlaient que de ça.

– Il était ivre. Défoncé. Ils ont pu s'en rendre compte.

– Il n'a donc aucun dispositif de sécurité ? Merde, Kady ! Ben s'inquiète.

– Tsss !

Elle maquilla l'autre œil en trois coups de crayon rapides, entendit Sal se lever et retint son attention en tapotant le miroir avec ses jointures.

– Nous verrons bien. Nous avons du temps devant nous. C'est Bird qui l'affirme.

– Bird ! Bird ! Je me demande à quoi il pensait, lorsqu'il a dit qu'il fallait trouver un partenaire à Dekker. Ben déclare que ça le dépasse. Et, pour être franche, je n'aime pas plus cette suggestion de Bird que son attendrissement pour un *muchacho* que nous allons héberger à l'œil alors qu'il dispose d'une carte de crédit en cours de validité.

– Tu crois peut-être que je le sais ?

Mais elle pensait comprendre, bien mieux que Sal. Elle fixa pendant un instant le reflet de ses yeux, puis fit volte-face et tourna sa langue dans sa bouche les sept fois prescrites par la sagesse populaire. Sal était dans tous ses états... elle voulait le *Way Out* et en avait parlé à Ben, la nuit dernière. C'était important et inquiétant... même s'il n'y avait que cela. Et Sal avait bien trop de facettes pour qu'il soit possible de le savoir.

– Il serait temps d'avoir une explication, Sal.

Sa partenaire la regarda fixement, toujours en colère, puis elle haussa les épaules et prit sa veste.

– Non ! C'est plutôt le moment d'aller se mettre quelque chose sous la dent.

Meg ne bougea pas. Sal n'aimait guère les mises au point, surtout quand elle avait porté un jugement catégorique sur un sujet. Mais elle supportait encore moins les mystères.

– Sal... veux-tu savoir *una cosa* ?

Elle attendit. Elle *savait* que sa partenaire allait se tourner vers elle pour demander, avec exaspération :

– Qu'est-ce que je devrais savoir ?

Comme si rien ne pouvait justifier qu'on l'importune. Elle abordait certaines choses avec l'esprit aussi fermé que ses poings.

Elle parcourut la pièce des yeux avec une expression lourde de sous-entendus puis fit vibrer une corde qu'elle savait sensible.

– Je te le dirai plus tard.

Sal semblait rongée par le besoin de lacérer quelque chose à coups de couteau, mais cela indiquait que son cerveau fonctionnait de nouveau. Elles tenaient compte du fait que les flics avaient pu installer des micros, au cours de leur perquisition de cette pièce. Meg décrocha sa veste et elles sortirent toutes les deux dans le couloir, qu'elles suivirent jusqu'à la salle du *Trou*. Les clients étaient nombreux, comme toujours lors de la relève des équipes, et Ben et Bird s'étaient assis à leur table habituelle pour prendre leur petit déjeuner. Ici, il fallait gagner le bout du comptoir pour passer commande à Price, le cuisinier, qui préparait les assiettes pendant qu'on se servait un café.

Elles rapportèrent les plats et les tasses vers leurs compagnons.

– Bonjour, dit Bird.

– Bonjour, lui répondit Meg.

Et elle prit conscience que les spatiaux originaires de la Ceinture n'employaient jamais cette expression.

Un détail presque angoissant, à la réflexion.

Elle fut encore plus mal à l'aise quand Dekker apparut sur le seuil de la salle. Il s'avança vers eux puis s'arrêta à mi-chemin et leur adressa un geste de la main discret, pour demander : Est-ce que je peux me joindre à vous ?

Bird le confirma de la même manière tout en avalant une bouchée de nourriture.

– Va te servir.

Dekker avait pris soin de se raser de près et de se peigner. Ses cheveux étaient encore humides. Il était calme, et poli. Il faisait des progrès. Mais il ressemblait à un squelette, dans cette combinaison trop grande pour lui. Une femme relevait naturellement ces détails.

– Il a grand besoin de reconstituer ses forces, déclara Bird.

Ben haussa les épaules avec irritation. Meg essaya de penser à autre chose. Elle préleva une bouchée de ce qu'on trouvait de mieux au *Trou* en guise d'œufs et de saucisses, puis but une gorgée de café passable pendant que tous attendaient d'être rejoints par un cinglé.

– Vous pariez qu'il va nous demander l'heure ? lança Ben.

– Ferme ta grande gueule, gronda Bird.

– Qu'est-ce que j'ai encore dit ?

– Joli cul, commenta Meg.

– Ça me laisse froid, grommela Ben.

– Il a l'air calme.

– Ouais ! Ça lui arrive parfois.

– Ben...

– D'accord, d'accord ! Je n'ai aucun reproche à lui faire. Il n'a pas même tapé sur Price.

– Ben !

Dekker revenait avec une assiette et une tasse de café. Tous se turent.

– Ça va ? lui demanda Bird lorsqu'il s'assit.

– Ouais, à part la gueule de bois.

Il goûta le café, grimaça et puisa dans ses poches des flacons d'où il fit tomber un assortiment de pilules. Les spatiaux connaissaient bien ces produits : calcium, minéraux, vitamines. Mais la quantité était impressionnante.

– Hé ! fit Ben. N'oublie pas de prendre tes œufs avec ces pilules.

Dekker releva la tête, sur la défensive, et Meg aurait instinctivement saisi un couteau si elle avait été armée.

– Ouais, grommela-t-il sans soutenir leurs regards. Au fait, je tiens à remercier celui ou celle qui a laissé un paquet de biscuits sur ma table de chevet. Sans eux, je ne sais pas comment j'aurais pu apaiser mes maux d'estomac.

– Ils t'ont donné l'indicatif d'un med que tu peux joindre en cas de besoin ? demanda Bird.

Dekker hocha la tête et fourra dans sa bouche une poignée de pilules, qu'il fit descendre avec des gorgées de café. Il ne fournit aucune précision et Bird haussa les épaules. Dekker mangea ses œufs et tous reportèrent leur attention sur leur petit déjeuner. Finalement, Dekker se leva et retourna dans sa chambre en leur déclarant qu'il avait besoin de repos.

– Ne te gêne surtout pas pour nous, lança Ben en le suivant du regard.

– Il a une sacrée gueule de bois, lui rappela Bird.

Ben s'abstint de commentaires et demanda :

– On va aux docks, ce matin ?

– Ouais. Le travail n'avance pas si nous ne sommes pas là pour les asticoter. Nous en profiterons pour démonter les pupitres, mais nous risquons de nous sentir un peu à l'étroit, tous les quatre.

Le *Way Out* pourrait bientôt appareiller. Ils avaient fait installer les nouveaux réservoirs et désinfecter l'habitacle. Ils venaient d'obtenir un certificat sanitaire et les travaux s'achèveraient sous peu, si les équipes chargées du réaménagement faisaient preuve d'un peu de bonne volonté... Mais il n'était pas facile de réunir des ouvriers qualifiés pendant leurs moments de loisirs. Il fallait leur promettre des primes et les surveiller sans relâche, si on voulait qu'ils fassent encore du bon travail après une rude journée de labeur.

– Nous serons de retour pour le dîner, déclara

Bird aux deux femmes. Vous pourriez peut-être rester ici...

Sal leva la main.

– Hé ! Nous refusons d'endosser une pareille responsabilité !

– Débrouillez-vous pour qu'il fiche la paix à Price et à Mike. D'accord ?

– Non !

– Je vous en suis infiniment reconnaissant.

Les deux hommes se levèrent et battirent rapidement en retraite.

– Merde ! grommela Sal.

– Ça pourrait être pire.

– Je crois que je préférerais passer l'habitacle à l'aspirateur.

– Evite de porter des jugements hâtifs. Dekker est encore bien charpenté.

Sal lui adressa un regard dégoûté.

– A toi de choisir, dit Meg. Soit tu me laisses surveiller toute seule notre petit protégé, soit nous allons faire une petite promenade et j'en profiterai pour te dire ce que je n'ai pas pu t'expliquer tout à l'heure.

– *Ouais*, déclara Wills par téléphone. *Ouais, nous l'avons retrouvé.*

Salvatore inspira à pleins poumons.

– Heureusement pour vous.

– *Oui, monsieur.*

– Alors, où diable était-il passé ?

– *Dans une dormerie, monsieur, mais il n'a encore rien réglé avec sa carte. Pas de problème.*

– Je l'espère. Ecoutez-moi bien. Si vous ne pouvez pas suivre sa trace autrement, chargez quelqu'un d'assurer sa filature. Il ne doit pas nous échapper de nouveau, compris ?

– Oui, monsieur. Je vous adresse immédiatement mon rapport.

Wills était dans tous ses états. Un contrôle de routine avait révélé que Dekker ne s'était pas servi de sa carte depuis la veille, pas même pour régler une dormerie. Il ne pouvait pas faire de reproches à Wills, qui s'occupait d'autres affaires – dont deux crimes – alors qu'ils avaient pour instructions de garder Dekker sous surveillance réduite. Mais les Relations humaines avaient crédité son compte d'environ cinq cents dollars pour leur permettre de suivre sa trace, et le fait qu'il s'était volatilisé moins de deux heures après sa sortie de l'hôpital était plutôt embarrassant pour ses services. D'autant plus que cet homme n'avait ici ni amis ni simples connaissances, et qu'il lui était impossible de surmonter un tel handicap.

– Voulez-vous que Browning aille se renseigner ? s'enquit Wills.

Salvatore parcourut des yeux le rapport. Le compte de Dekker avait été débité de 5,50 dollars en règlement de deux bières et de quelques communications téléphoniques...

Browning avait interrogé le barman du *Pacific*. L'homme se souvenait de Dekker. Il avait oublié son Idcarte et demandé à se la faire envoyer au *Trou noir*. Le policier avait eu la bonne idée de demander des instructions avant de poursuivre son enquête et Wills celle de lui répondre de ne pas se montrer. Dekker s'était installé au *Trou*, un établissement dont le propriétaire n'avait aucune raison de mentir à son collègue du *Pacific*. Si la situation s'était compliquée, c'était parce que Dekker n'avait effectué aucun règlement depuis son arrivée. Il en découlait qu'il avait là-bas des connaissances, ou un moyen de vivre sans utiliser sa carte... une tactique employée par ceux qui souhaitaient semer la police. Se prostituer constituait la méthode la plus rapide pour échapper au Système, et s'il n'avait pas eu recours à cette solution, quelqu'un avait dû le prendre en charge.

– *Bird et Pollard résident au* Trou, ajouta Wills. *Les prospecteurs chez qui nous avons perquisitionné.*

Bird et Pollard ? Salvatore chercha des renseignements dans sa mémoire.

– *Les deux types qui ont réclamé son vaisseau. Ceux qui l'ont ramené à R 2. La compagnie a estimé qu'ils avaient des droits sur son appareil et le leur a attribué. Dekker a dû vouloir les retrouver, pour une raison que j'ignore. Tout semble indiquer que ce n'était pas pour leur taper dessus, en tout cas, puisqu'il s'est installé avec eux et qu'il doit vivre à leurs crochets.*

La disparition de Dekker n'était pas inquiétante... s'adresser aux seuls individus qu'il connaissait à R 2 était une preuve de bon sens. Salvatore but une gorgée de café – désormais presque froid –, s'accorda un moment de réflexion et répondit :

– Entendu. Vous ne vous occupez pas de lui tant qu'il reste tranquille. Demandez simplement une liste des pensionnaires et vérifiez leurs antécédents. La routine habituelle.

– *Bien reçu. Nous pourrions procéder à un contrôle fiscal ?*

– Vous avez carte blanche.

Tout risque de procès était désormais écarté. Leur rapport avait convaincu le conseil d'administration de la C.T. et Dekker ignorait à quoi il venait d'échapper, de justesse. Il était sorti de l'hôpital après avoir signé le constat d'accident et, s'il se trouvait un travail et se faisait oublier, il serait hors de danger. Visconti avait déconseillé une cure de réadaptation. Le ressentiment de son patient était trop grand pour qu'elle soit efficace.

Il pourrait donc dépenser le pécule fourni par les Relations humaines pour prendre un nouveau départ. Il n'avait pas été reconnu coupable de négligence, aucune accusation n'avait été retenue contre lui et il ne passerait pas en jugement malgré les manœuvres d'Alyce Salazar. Cette harpie voulait à présent intenter un procès civil pour faire bloquer son compte bancaire et les règlements de l'assurance, mais les services de Crayton affirmaient qu'ils n'avaient pas à s'en préoccuper. Corazon Salazar avait attendu d'avoir plus de dix-huit ans pour signer le contrat d'association incluant une clause en faveur du dernier vivant, cet acte avait été enregistré en bonne et due forme, et ils avaient ouvert un compte joint. Dekker pouvait dormir tranquille, la mère de son ex-partenaire ne disposait contre lui d'aucune arme légale.

Et c'était une carte qui pourrait servir d'atout dans le cadre des transactions en cours.

Elles s'éloignèrent dans la galerie, en sens inverse du mouvement giratoire de la station. Sal souhaitait elle aussi faire une mise au point et, comme Meg restait muette, elle décida d'ouvrir le débat.

– Je vais te dire une chose, Kady. Nous devons absolument nous débarrasser de ce type. Merde ! Pourquoi a-t-il débarqué dans cette dormerie ?

– Quoi de plus naturel ?

– Naturel ? Il l'a dit... Ils lui ont tout pris. Que va-t-il faire, selon toi ? Tirer un trait sur tout ce qu'il possédait ?

Meg fit encore quelques pas, donna un coup de pied à une tache du revêtement de sol et répondit :

– Je ne sais pas. C'est difficile à dire. Mais quelles possibilités nous sont offertes ? Le mettre à la porte ? Il ne nous le pardonnerait pas.

– Pardonner !

Un autre silence.

– Tu sais, Sal, je vais être franche avec toi. Il existe une différence fondamentale entre Ben et Bird.

– Je croyais que nous devions parler de Dekker. C'est bien pour ça que nous sommes sorties, non ?

– C'est ce que je fais. *Calmati, calma*, d'accord ?

– Si on peut dire ! Tout ça n'a aucun sens.

– Je n'ai jamais accordé d'importance au puits mère. Et toi encore moins que moi.

– Exact !

– S'en fiche, c'est ça ? Tout peut aller au diable, tout ce merdier. Je n'ai pas de certitudes, mais je pense savoir pourquoi Bird paie une chambre à ce type.

– Tiens donc ?

– As-tu remarqué que tu ne dis jamais « bonjour » ?

– Bien sûr que si, tous les matins. Et je ne vois pas le rapport.

– Tu emploies cette expression pour faire comme moi, mais ce n'est pas dans tes habitudes. C'est pareil que « bonsoir ». C'est toute la différence entre nous, Sal.

– Et après ?

– C'est pareil entre Bird et nous. Je n'avais pas pris conscience de l'importance du puits mère avant de me pencher sur la question.

– Des conneries !

Sal avait horreur de la nostalgie, et comme ce genre de discours ne ressemblait guère à sa compagne, elle se sentait de plus en plus mal à l'aise.

– Possible, mais c'est pour ça que Bird ne peut pas laisser tomber Dekker.

– Parce que le puits mère rend fou ?

– Dekker en vient, lui aussi. De Station Sol, tout au moins... un endroit situé assez près de la Terre pour que les gens se disent « bonjour ».

– Son accent à lui seul indique ses origines.

– Ouais. Mais nos *pensées* ont aussi un accent, et c'est de ça que je veux te parler. Tu as le tien et moi j'ai le mien. J'ai tourné le dos à mes origines, conservé ce qui me paraissait valable et largué tout le reste. Bird n'est pas un rac. C'est un norm, mais je sais comment fonctionne son esprit... J'ai eu affaire aux Terreux, si tu n'as pas oublié.

– Sont-ils tous complètement tarés ?

– Possible, mais là n'est pas la question. Je voudrais te dire une chose, Sal, mais je crains que tu ne te vexes...

Cachotteries et mystères. Meg avait omis de dire que le comportement des individus originaires du puits mère était parfois exaspérant.

– D'accord. Nous sommes différentes. Accouche !

– Alors, j'y vais... Maman Garce nous baise.

– Serait-ce une nouveauté ?

– C'en est une pour ceux qui n'en sont pas conscients. Même les vids qui arrivent jusqu'ici sont de la merde, Aboujib. Maman les censure et ne laisse passer que des histoires d'éventreurs, de flics et de malfs, des comédies débiles... des trucs dont la morale se résume à « saluez bien bas le logo ». Tout ça est censé nous rappeler le credo de la compagnie et laisser de côté tout le reste. Maman Garce te prive d'un tas de choses, des touts et des riens. C'est la même chose pour moi. Les rats de la comp *aiment* la tendance rac. Elle ne leur pose aucun problème. Bordel ! Je pense même qu'ils l'encouragent... pour nous inciter à oublier la Terre, le passé-poubelle. Et ici la compagnie *récupère* le mouvement. *Capisce ?*

– *Neg.*

Elle fixa Meg en la soupçonnant de s'adresser à elle avec la condescendance propre aux femmes originaires du puits mère, et âgées de surcroît d'une trentaine d'années. Mais c'était trop imprécis pour l'irriter outre mesure.

– Un tel raisonnement débouche-t-il sur quelque chose de concret ?

– L'Institut. Tu vois où je veux en venir ? Tu échappes au merdier de la planète mère mais tu ne dis plus « bonjour »...

– C'est complètement ridicule, Kady !

– Les Ceinturiers n'ont pas cette habitude. C'est Bird qui me l'a fait un jour remarquer. Ils n'emploient jamais ce mot, mais à Station Sol tout le monde se salue ainsi. Ici, on ne te servira pas gratuitement une deuxième tasse de café, alors que c'est l'usage là-bas. Les gens originaires de la Ceinture n'accordent pas une deuxième chance. Celui qui a commis une erreur est fini, éliminé, liquidé...

– Les dures lois de l'évolution. Les faibles sont condamnés à disparaître.

– Une invention de Maman, Aboujib. C'était bien différent, autrefois. As-tu regardé les employés de la compagnie, ces deux dernières années ? As-tu remarqué leur tenue ? Ils portent des costumes rac.

– Et après ? Ces cons se mettraient n'importe quoi sur le dos.

– Non, non, pas n'importe quoi. Je ne dis pas qu'ils en sont conscients – je doute que ça passe au niveau des neurones – mais ils sont *séduits* par le rac. Ils veulent tirer un trait sur le passé et laissent à la compagnie le soin de déterminer ce qui est de bon ton, ce qui est rac, ce qui est passé de mode. Et il suffit que Maman en ait assez d'entendre des avocats terreux lui rappeler les lois-chartes pour que ces dernières soient abrogées. Elle doit impérativement nous faire oublier l'enjeu de tout ça. Pour elle, les techs et les pilotes n'ont besoin que de vids débiles pour se changer les idées. Nous n'avons pas d'autres sujets d'intérêt que notre boulot, pas vrai ? Bordel ! Les racs n'ont jamais dit de renoncer à élever son esprit. Nos slogans étaient : Réveillez-vous ! Ouvrez les yeux sur ce qui se passe autour de vous ! Mais les plastiques proclamaient : *Balayez le passé !* Nous réclamions un accès égal pour tous, et les plastiques disaient : *Servez-vous ! Jouissez de la vie pendant qu'il en est encore temps !* La voix de la comp, voilà ce que sont les plastiques, Aboujib. Ils vantent les mérites de *la société de consommation.* Ils ne posent pas de questions et ils sont encore plus stupides que leurs chefs. Non, les responsables de la compagnie ne veulent pas nous soumettre, simplement pouvoir continuer d'avancer à tâtons en suivant le chemin le plus facile, et je veux bien être pendue si nous ne le défrichons pas pour eux.

Il était évident que Maman se servait de l'Institut pour conditionner les pilotes, en faire des petits rats de la comp, des êtres qui lui seraient dévoués corps et âme... Sal en avait été témoin. C'était parce qu'elle avait refusé de saluer le logo que ces salopards s'étaient empressés de chercher un prétexte pour la renvoyer.

– J'ai trente-cinq ans, et je suis une vieille rac, ajouta Meg un instant plus tard. Il y a huit ou neuf ans, les flics tiraient sur nous pendant que les politicrates à la solde de la compagnie déclaraient que la C.T. était dans son droit, que c'était de l'autodéfense car le rac mettait en péril les institutions et des installations stratégiques. Tu peux imaginer ça, Sal ? Le siège de la comp, une installation stratégique ? A l'époque, les prospecteurs *et* les bergers avaient assez de cran pour dire à Maman d'aller au diable et pour défendre leur autonomie. Mais que sont-ils devenus ? Où sont-ils passés ? Les indépendants appartiennent à une espèce en voie de disparition. Il n'y a pas de jeunes pour prendre la relève. C'est la compagnie qui se charge de former ceux qui doivent leur succéder. Elle règle leurs factures et leur attribue les meilleurs secteurs afin de tout s'approprier. Les bergers lui laissent le soin de s'occuper de l'armement de leurs appareils et se contentent de protéger leurs petits privilèges. Le rac a disparu en 2315 et nous sommes entourés de synthés crâneurs qui portent sur eux l'estampille de la compagnie. Les plastiques ne savent pas ce que nous représentions. Pour eux, le rac n'est qu'une tenue vestimentaire, une mode. Ces jeunots fredonnent une mélodie dont ils ignorent les paroles. A Sol, le Mouvement a dû mourir. De vieillesse. Démodé. Et moi, où m'ont guidée mes pas ?

– Ici, où on se gèle...

Sal avait fourré ses mains dans ses poches. Elle restait à la hauteur de Meg qui avait terminé sa tirade. De tels propos étaient à première vue absurdes, mais elle commençait à se demander si l'Institut n'avait pas censuré tout ce que Maman ne souhaitait pas qu'ils apprennent, et il était indéniable qu'ils avaient perdu la plupart de leurs droits...

Maman avait aboli le système d'attribution de parts aux membres d'équipage, autrefois traditionnel sur les appareils des bergers. Et les banques avaient supprimé les jetons servant au règlement des primes, désormais créditées sur la carte des intéressés.

Elle pensait à la vie qu'elle aurait eue si elle avait accepté de faire des courbettes. Elle songea aux amis de ses parents, dont Mitch, qui lui avait dit un jour : « Tu es une idiote, petite. Tu aurais dû garder profil bas jusqu'à l'obtention de ton diplôme. Nous ne pouvons rien pour toi, tu comprends ? Pas pour une môme renvoyée de l'Institut pour imprudences dangereuses... »

Elle avait agi sans discernement et les instructeurs l'avaient sacquée. Ils lui avaient dit, comme à Ben : Aptitudes insuffisantes. Meg avait pris la relève pour lui apprendre ce métier... et elle lui avait enseigné bien plus de choses qu'elle ne l'avait laissé voir à la commission de qualification. Et quand Meg n'aurait plus rien à lui apporter, elle irait voir Mitch, avec un bagage bien plus important qu'il ne le supposait... une gosse virée de l'école de pilotage, avec des problèmes d'attitude et le reste.

Mais les amis de ses parents avaient désormais des cheveux gris, un corps décharné et fragile. Certains attendaient la mort, condamnés par le manque d'efficacité des blindages d'autrefois, tous ces vieux spatiaux qui conservaient leur emploi parce que la compagnie avait besoin d'équipages expérimentés...

Alors que Maman Garce assurait la formation accélérée de nouveaux techs. Le ponte qui était actuellement à sa tête voulait remplacer les années d'expérience des bergers par quelques heures d'entraînement intensif à l'Institut, et imposer tous les cinq ans le renouvellement des licences d'hommes et de femmes qui avaient quarante ans de métier.

Les bergers s'étaient empressés de dire à Maman Garce où ils enverraient leurs chargements en pareil cas, et la compagnie avait rétorqué qu'elle appliquerait ces mesures au premier incident. Mais elle ne pourrait pas les remplacer, car les pilotes qu'elle venait de former manquaient d'expérience et risquaient de partir dans le Puits avec leurs charges, ou de rôtir en même temps que leur appareil.

Les militaires harcelaient Maman pour qu'elle respecte les délais, et la compagnie avait affecté ses techs novices aux ravitailleurs, car les bergers refusaient de faire équipe avec des gens qui lui étaient dévoués corps et âme et dont les capacités avaient été acquises au rabais. Mais les ans et les conditions d'existence dans la Ceinture prélevaient leur tribut, et le jour approchait où – même une idiote virée pour cause de forte tête s'en rendait compte – les représentants de la vieille garde ne seraient plus assez nombreux pour faire pression sur la compagnie. Maman imposerait alors ses nouvelles règles du jeu et Sal était assez jeune pour faire partie de ceux qui devraient s'y soumettre. Elle n'appréciait guère les propos que Meg venait de lui tenir et ne voyait pas en quoi ils pouvaient s'appliquer à la situation actuelle... contrairement à ce qu'avait annoncé sa partenaire.

– Et après ? fit-elle. Où veux-tu en venir ? Quel est le rapport avec notre problème ?

– Pour comprendre Bird, il faut assimiler tout le

reste. Les Ciel-bleu ont connu l'abondance et ils ne passent pas leur temps à tout calculer. Sur Terre, l'air est gratuit et ils vivent constamment en temps fort. Voilà pourquoi ils sont gaspilleurs, quitte à se retrouver démunis de tout par la suite. C'est pour eux un sujet de fierté. Ils conservent cette attitude même si elle leur pose des problèmes parce que leurs semblables vivent ainsi et qu'ils refusent d'admettre qu'ils n'ont pas les moyens d'en faire autant.

– C'est la méthode idéale pour finir par crever de faim. Une façon radicale de se retrouver un jour aux ordres de la compagnie. C'est d'une stupidité sans bornes, Kady, et Bird n'est pas un imbécile.

– Sur Terre, l'air est gratuit et on peut se promener librement.

– A condition de ne pas être allergique à la poussière et de ne pas s'aventurer là où il est interdit d'aller. C'est Bird qui me l'a dit.

– Ouais, d'accord.

Meg fit quelques pas. Sal se rappela qu'abstraction faite d'un court séjour à Station Sol son associée était plus proche des Terreux qu'elle ne le serait jamais, et elle craignit de l'avoir vexée par sa réflexion sur la poussière de ce monde.

– On pourrait en dire autant des dirigeants de la comp, non ? lui dit Meg qui ne devait pas lui tenir rigueur de ses propos. Pour eux, l'air est gratuit où qu'ils soient. Ils ne parlent de pénurie que lorsqu'ils manquent de chardonnay 87... et je suis bien placée pour le dire. Bon Dieu ! Je transportais leurs caisses de vin, autrefois. Je sais ce que mangent ces salopards qui raffolent d'antiquités vénitiennes et de couvre-lits en vison.

– Vénitiennes ?

– *Italiane, cara.* Des vieilleries hors de prix. Très fragiles. Quant aux visons, ce sont des petites bestioles couvertes de poils. Ceux qui en ont les moyens s'habillent avec leurs peaux.

Sal la fixa. Meg racontait parfois n'importe quoi, quand l'envie lui en prenait. Il était impossible de savoir si c'était sérieux, avec elle.

– Je ne blague pas. J'ai également assuré le transport de ces marchandises. Perles, bois précieux, des trucs comme ça. On fourguait tout ce qu'on arrivait à chaparder à des capitaines de vaisseaux ou... devine à qui ?

Sal haussa un sourcil.

– Je suppose que ce rat de la comp avait fini de meubler son appartement, expliqua Meg. Ou qu'il avait trouvé un fournisseur encore moins cher que moi. La SolCorp ne voulait pas d'un procès et elle m'a donné à choisir entre venir m'installer ici à mon compte ou piloter un pousseur assurant la navette avec Mars pour cette bonne vieille C.T., si la prospection ne me tentait pas.

Meg lui avait parlé de son départ forcé... sans jamais entrer dans les détails. C'était la première fois qu'elle lui racontait cette histoire de vols et de revente à un resp qui l'avait ensuite dénoncée.

Après tant d'années.

Elle appréciait Meg. Plus que les premiers temps... car elle comprenait désormais sa façon de penser. En partie... et elle ne tenait pas outre mesure à apprendre où elle était allée. Plonger dans un puits planétaire ou en ressortir... il y avait de quoi donner des frissons à une fille de bergers.

– Eh bien, Bird a assuré son avenir aux dépens de Dekker. Si ce dernier a des ennuis, il se sent obligé de l'aider... sans seulement attendre d'être sollicité. Tu peux appeler ça du machisme, si tu veux. Mais tu dois savoir que je me suis retrouvée dans la même situation que ce pauvre bougre et que j'étais folle de rage.

– Je reconnais que la façon dont ce type s'est fait baiser me révolte. J'en ai parlé à Mitch, qui m'a promis que les bergers s'occuperaient de son cas. Il est certain qu'ils reviendront sur cette décision dès qu'ils apprendront ce qu'il a fait. Je vais prononcer un mot que je n'aime pas mais, selon Persky, Dekker aurait gueulé que Bird et Ben savaient qu'il y avait un *draveur* dans son secteur...

– Il avait bu.

– Qu'il ait été ivre ou à jeun ne change rien, Kady. Bordel ! Mitch ne me rendra plus beaucoup de services...

– Ton Mitch peut aller se faire voir.

– Ouais ! Excellente idée, qu'il aille donc au diable... Il va m'imposer de faire un choix. Il va m'ordonner de me tenir à l'écart de Bird, voilà ce qu'il va me dire.

– Es-tu disposée à lui obéir ?

– Tout le monde répète les propos de cet imbécile...

– Tsss ! Il était complètement défoncé, Aboujib.

– Ce mec est dangereux, Kady. Nous ne pouvons pas nous permettre de le garder avec nous. Ben et Bird non plus !

– Entendu, je vais te dire ce que m'a confié Bird. C'est un secret. Ne t'amuse pas à le répéter.

– Vas-y !

– Il est exact qu'il y avait un draveur, là où la collision s'est produite. Dekker leur a fourni les coordonnées. Lui et sa partenaire venaient de trouver un très gros rocher, un caillou de catégorie B. Et quand le *Trinidad* est arrivé sur place, l'appareil de la compagnie était là-bas, occupé à rogner le minerai et à le recracher vers le Puits, le plus vite possible. Dans quelques mois il n'en restera aucune trace.

– Pourquoi ne me l'as-tu pas dit plus tôt ?

– Parce que Bird ne m'en a parlé que cette nuit. Et je précise que cette information est portée sur la carte de Ben dont tu as fourni une copie aux bergers.

– Merde ! Mais c'est complètement absurde. Des gros rochers peuvent arriver de l'Au-delà, d'accord, mais ce ne sont jamais des prospecteurs qui les découvrent. Les cailloux de cette taille sont repérés de loin par les télescopes de Maman.

– Un employé a dû commettre une erreur en attribuant ce secteur à ces mômes. Et la compagnie ne peut pas se permettre de verser des droits aussi importants à des indépendants. Tu sais combien de gens rappliqueraient ici, combien d'imbéciles se paieraient la traversée pour venir tenter leur chance ? Si c'est bien du fer, comme le prétend Dekker, la prime équivaut au budget d'une nation !

Elle siffla, sans desserrer les dents.

– Bon Dieu !

– Tu sais que Maman Garce est entourée d'incapables. Un sous-fifre de la G.M. a fait une bourde et donné ce secteur à des débutants qui ont appareillé avant que ses supérieurs ne s'en soient rendu compte. Les indépendants signalent-ils leurs trouvailles avant de prélever un ou plusieurs échantillons et de mettre en place un identificateur ? Pas nous, en tout cas. On ne tient pas à ce que la Garce nous dise de laisser tomber puis refile la trouvaille à ses fidèles toutous... et même des mômes doivent savoir comment fonctionne le système. Ils n'avaient pas confiance et voulaient récupérer un morceau à des fins d'analyse...

– Une opération sacrément risquée, pour un appareil de cette taille. C'est peut-être le caillou qui les a eus. Ils ont pu le percuter...

– Possible, je ne sais pas. Mais ce n'est pas ce que déclare le *muchacho*, en tout cas.

– Et un rocher comme ça – sans identificateur –, d'où pouvait-il venir ? Ils suivent tous une orbite, bon sang ! Et ferreux, en plus ?

– Tout ce que nous savons, c'est qu'une gosse est morte et que Maman Garce a fait effacer le journal de bord. Mais les morceaux de cet astéroïde vont arriver sous peu dans le Puits. Voilà ce qu'il faut dire à Mitch.

– Je lui en toucherai deux mots, si tu crois que ça peut servir. Reste Dekker et sa grande gueule...

– Il est jeune et inexpérimenté, Aboujib. Nous devons l'aider à acquérir un peu de bon sens.

– Kady !

– Je sais ce que je dis. J'ajouterai même que nous avons intérêt à le faire tenir tranquille, car elle doit savoir où il a passé la nuit dernière.

– De qui parles-tu ?

– De *Maman Garce*, Aboujib, Maman Garce. Dekker est venu au *Trou*. Il s'y est installé. Il connaît Bird et Ben...

– Ô mon Dieu !

– Tu peux le dire. J'ai vécu ça. Les flics lui ont mis une laisse. Elle a du mou, mais ils la raccourciront dès que son comportement leur déplaira. Et que pourrions-nous dire à Bird ? Excuse-nous, mon vieux, mais tu devrais virer ce type parce que Maman Garce va nous chercher des histoires et Sal a dupliqué la carte de Ben pour en donner une copie aux bergers ?

– Bon Dieu ! Pourquoi ne m'as-tu pas mise au courant ?

– Comment aurais-je pu te dire ce que j'ignorais ? Je n'avais pas entendu parler de ce draveur, du contenu de cette carte et de ce foutu rocher avant cette nuit...

– Malédiction !

– Veux-tu que je te fournisse deux autres sujets de réflexion pour t'aider à t'endormir ? Nous allons appareiller dans moins de deux semaines, et que fera – et dira – Dekker dès que nous ne serons plus là pour le surveiller ? Existe-t-il un moyen de l'empêcher d'ouvrir sa grande gueule ?

– Merde !

– Comment réagira Mitch ?

– Je n'en sais rien !

– Je connais un moyen de réduire Dekker au silence pendant un trimestre.

– Tu n'envisages tout de même pas de l'emmener avec *nous* ?

Elles passaient devant un bar, un lieu bruyant.

– Voilà ce que je pense. Ce *muchacho* a besoin de récupérer sa licence. Si les ops l'autorisent à reprendre sa formation de zéro, il devra passer l'épreuve pratique puis faire un certain nombre d'heures de vol avant de pouvoir se présenter à l'écrit. Deux cents heures de vol, très exactement. Nous lui offrons la possibilité d'effectuer ce séjour obligatoire dans l'espace, et pendant qu'il est avec nous, il ne risque pas de débiter des conneries à qui que ce soit.

– Tu oublies Ben. Il le *tuera* !

– Qui le mettra au courant ?

– Tu es folle, ou quoi ?

– Ecoute... Bird s'imagine qu'il a une dette envers Dekker. Nous la rembourserons à sa place et Bird se sentira notre obligé. Le *muchacho* également... vu qu'il vient lui aussi du puits mère.

– C'est un malade mental. Et on nous collera la même étiquette.

– Parles-en à Mitch. Dis-lui que nous nous chargeons de ramener ce môme dans le droit chemin. Les bergers veulent-ils de lui ? J'en doute. Nous résoudrons les problèmes de Dekker, de Bird et de Mitch. Notre rep n'est pas assez reluisante pour en souffrir de toute façon. Voilà en quoi nous nous rendons utiles. Nous nous occupons de ce *muchacho* et il fiche la paix à tout le monde.

En même temps que le *Way Out*, elles devraient prendre de graves responsabilités...

Il est pas mal, d'accord, se dit Sal. Mais qu'avons-nous à gagner ?

Meg racontait de jolies histoires d'air gratis et de fraternité, comme une prédicatrice, mais en quoi Dekker pourrait-il leur apporter quelque chose ?

Elles regardaient les marchandises exposées derrière le spex des vitrines et marchaient au rythme de la musique que réverbéraient les poutrelles du plafond.

– Je vais te dire une chose, Meg. Je prie le ciel pour que ce chelovek ne soit pas un voleur. Notre rep est déjà bien assez douteuse sans ça. Et il vaudrait mieux qu'il ne remette jamais les pieds au *Trou* complètement camé. Il a intérêt à ne pas refaire son petit numéro.

– Il n'était pas déphasé, ce matin.

– Mais il n'était pas non plus sur la bonne longueur d'onde. Les types dans son genre me font peur. Je ne plaisante pas, Meg. S'il perd les pédales une fois dans l'espace et qu'il est impossible de le ramener à la raison... que ferons-nous ?

– Comme Ben et Bird. Nous le ligoterons aux conduites. J'avoue que ce ne serait pas pour me déplaire.

Elle inspira à fond.

– Tu es perverse, Kady !

– Eh bien, un homme... ça peut toujours servir, non ?

– Arrête !

– Et Mitch aura tout un trimestre pour se retourner. Tu voudrais que ce *young* rac aille répéter partout ce qu'il a raconté sur Bird, Ben et ce draveur ?

– Tu marques un point.

– Il nous reste à faire accepter ça à Maman Garce.

– Dans quelle rubrique pourrions-nous l'inscrire ? Lest ? (Un sourire lascif et :) Dispositif d'urgence ?

– Je te trouve bien grossière, Kady.

– Nécessité fait loi, dit Meg en lui faisant un clin d'œil.

– N'essaie pas de m'entortiller ! Admettons que tout se passe bien et que Maman lui rende sa licence. Nous l'aurons ensuite dans les pattes et Ben sera vraiment en rogne... Il risque de le prendre très mal, et il refusera de lui louer un appareil.

– Il n'aura pas intérêt à contrarier Bird. Il ne

pourra pas insister. Tout le monde doit parfois faire des concessions.

– De sacrées concessions, surtout pour lui.

– Il n'aura pas à travailler avec Dekker.

– A propos de travail, je te demande un peu qui voudra faire équipe avec lui. Un tas de types dans le besoin sont inscrits sur la liste d'attente et aucun calculateur à la recherche d'un pilote n'en choisira un qui voit des petits bonshommes verts, bon Dieu ! Hier, ce *muchacho* s'est fait une rep qui n'a pas fini de lui coller à la peau...

– Il y aurait Yoji Carpajias...

– Surtout pas !

Yoji était un as, mais il ne se lavait jamais.

– Nous devrons passer tout l'habitacle à la vapeur.

– D'accord, mais c'est une possibilité. Il en existe d'autres. Ben reste prioritaire pour le *Trinidad* et nous pour le *Way Out*. Si Maman Garce rend sa licence à Dekker, elle n'exigera qu'une seule chose en échange : qu'il ne fasse pas de vagues. Et s'il peut piloter de nouveau... il retrouvera sa crédibilité, non ?

– D'accord, mais quelle prise aurons-nous sur lui ? Il est insupportable, et nous ne le connaissons même pas. Nous ignorons de quoi il est capable.

– Il vient de Sol. Il a de nombreux points communs avec Bird. Il devrait réagir comme lui. Sa partenaire est morte et il lui reste fidèle, non ? Il nous sera redevable. Un karma majeur.

Elle assimila ce que sous-entendaient les paroles de Meg.

– Karma, mon œil ! Si Bird fait bénéficier ce connard d'heures de vol, il les fera payer en espèces ou en nature. Autrement dit, soit Dekker a de quoi financer sa formation, soit Bird aura un pilote à sa disposition.

– Ce ne serait pas son genre.

Sal la foudroya du regard. Elle réfléchissait aux

propos de Meg qui se répétaient en boucle dans son esprit, et se demandait si elle avait bien assimilé leur teneur.

– Ouais, mais nous ne sommes pas aussi stupides que lui. Bird a des droits sur le *Way Out*, mais nous en avons sur notre temps. Nous enregistrerons ce que Dekker nous devra pour les heures passées à bord et il restera à notre service jusqu'à apurement de sa dette... C'est la loi, une des rares choses utiles que j'aie apprises à l'Institut. En échange, il retrouvera son statut et ne sera pas contraint de travailler pour la compagnie... N'est-ce pas équitable ?

Elle s'arrêta brusquement et fourra ses mains dans ses poches. Une idée germait dans son esprit. Mitch, le *Way Out*, et une partie jouée à un niveau supérieur.

– C'est peut-être pour ça que Maman Garce exclut toutes ces belles histoires de charité humaine de l'enseignement dispensé à ses pilotes, ne crois-tu pas ?

Sale boulot. Travailler en apesanteur pendant des heures. Ils compromettaient tous les résultats bénéfiques du temps fort mais, bon sang, les meds qui établissaient les règlements sanitaires et les consignes de sécurité devaient ignorer le coût de la main-d'œuvre qualifiée ! Un taux de chômage nul, se vantait la compagnie, ou si bas qu'il était négligeable. On pouvait certes engager des nullités pour les travaux de nettoyage, mais ces bons à rien disparaissaient après avoir volé tout ce qui n'était pas boulonné aux parois ou au sol. Bird et Ben estimaient qu'il valait mieux rester un peu plus longtemps à l'appontage, louer un aspirateur et un nettoyeur à vapeur et tout faire eux-mêmes, en profitant de l'occasion pour voir si les systèmes endommagés ne pouvaient pas être réparés plutôt que remplacés. Ceux qui faisaient appel à une entreprise spécialisée comme celle des frères Towney devaient payer des factures astronomiques, pour la simple raison que les Towney touchaient un pourcentage d'une bonne demi-douzaine de fournisseurs.

Amen !

Ils décidèrent de ne pas remplacer la cabine de douche. Ils se contentèrent de déboulonner ses panneaux et de louer au pont 3 un atelier où ils les sablèrent. Une fois remontés, on aurait dit des éléments neufs. Ils démontèrent de nombreuses pièces qu'ils allèrent réviser au niveau 3, y compris des composants électroniques. Ils passèrent le nettoyeur à vapeur et l'aspirateur, enlevèrent des appareils et les remirent en place. Ben devait apprendre plus de choses sur le fonctionnement d'un vaisseau spatial qu'il ne l'aurait souhaité.

Il avait emporté un tel chargement à l'atelier ! Ils s'en occuperaient plus tard, après le déjeuner.

Peut-être se feraient-ils aider par Dekker, s'il savait se tenir tranquille et si sa forme physique le lui permettait. Tout pilote digne de ce nom devait également être un bon mécanicien. Entre-temps...

– Bird ?

C'était la voix de Meg, au sein du vacarme du moyeu.

Le tournevis électrique ripa dans l'entaille d'une vis et la lame entama un doigt. Il jura, ce qui n'était pas dans ses habitudes, puis il leva les yeux sur le sas tout en suçant son index. La porte était démontée et ils avaient tendu un plastique pour empêcher la chaleur de sortir et les bruits d'entrer.

– Désolée.

Meg se propulsa à l'intérieur sans rabattre le rideau derrière elle. Il la trouva très séduisante, avec son pull bleu ajouré. Elle bascula et ils se virent dans le bon sens.

– Je regrette, Bird. Tu as besoin d'un coup de main ?

– Je m'en tire très bien, fit-il.

Il se détourna, cala la lame dans la fente et bloqua la vis du panneau qu'il remettait en place. Il en détacha une autre du support adhésif.

– Tu n'as pas froid, Meg ? Et qui surveille Dekker ?

– Nous avons eu une idée, Sal et moi.

Tout semblait indiquer que c'était sérieux et il craignait de ne pas apprécier. Il tendit la main et rattrapa le support adhésif avant que les courants d'air ne l'emportent au loin.

– Nous avons pensé à... une sorte d'association.

Il l'écouta sans l'interrompre. Il couchait avec cette femme et savait que s'il ne lui accordait pas son attention tout de suite, il devrait le faire toute la nuit. Ce qu'il entendit ne l'inquiéta pas outre mesure.

– Ça ne peut que rapporter de l'argent, Bird, dit-elle.

– Ouais ! A condition que Dekker puisse repartir aussi vite et que Maman l'autorise à se représenter aux épreuves. Mais vous vous retrouverez seules avec ce type pendant trois mois. L'expérience a été pénible, pour Ben et moi. Vous les filles... isolées là-bas...

Meg cilla et dit posément :

– Tu sais, nous n'avons pas l'intention de l'exploiter.

– Sois sérieuse, Meg.

– Nous le sommes.

– Toute la chaleur s'échappe.

– Ecoute-moi. Nous établirons un document dans les règles. Sal affirme que c'est légal. Nous lui facturerons ses heures de formation et il nous remboursera en argent ou en travail...

– Contrat d'apprentissage.

– Hein ?

– On appelle ça un contrat d'apprentissage. Je l'ai lu quelque part, à l'époque où il y avait encore du papier, avant qu'ils ne modifient la texture du papier hygiénique. Nous lui avons pris son vaisseau. Ben a fait bloquer son compte en banque. Et maintenant, c'est *lui* que vous voulez vous approprier ? Ça pue, Meg.

Sans doute vexée, elle attendit un moment avant de lui demander :

– Quelles sont ses autres possibilités ? Qui, à part nous, se préoccupe de son avenir ?

Il bloqua encore une vis avant de regarder Meg, désormais soupçonneux. Il se méfiait toujours quand elle s'adressait à lui à la première personne du pluriel.

– Que veut dire ce « nous » ?

– Les Terreux.

C'était au moins la troisième fois qu'il l'entendait changer de planète d'origine. Mais il n'en fit pas la remarque, par politesse.

– Dekker vient également du puits mère, comme toi et moi.

– De Station Sol, d'après sa façon de parler.

– Imagine un peu, Bird... un novice dans son genre qui fait équipe avec une môme aussi inexpérimentée que lui. Cette Cory devait être très jeune. Ils n'ont pas eu le temps d'assimiler les règles du jeu. La pire association qu'on pourrait imaginer, sans personne pour leur donner l'exemple... Dekker n'était pas condamné à l'échec, il a simplement manqué de conseils.

Elle enverrait bientôt les violons. Pour l'instant, l'important c'était que le chauffage coûtait cher et qu'il fonctionnait en pure perte.

– Ça ne t'ennuierait pas trop de laisser redescendre le rideau, Meg ?

Elle recula et referma le passage. Il comprit que Meg et Sal faisaient cette proposition parce qu'elles y avaient trouvé un intérêt, mais il n'eut pas le temps d'approfondir la question.

– Bon ! fit-il. A présent que tu m'as débité ton baratin, qu'as-tu à me proposer ?

Elle hésita et leva les yeux au ciel pour lui faire comprendre : Je ne tiens pas à en parler ici.

Avant de demander à voix haute :

– Bird, serais-tu libre pour le déjeuner ?

12

Dekker somnolait sous 0,9 *g*, bercé par la musique assourdie qui provenait du bar. Il s'était convaincu que personne n'entrerait dans la chambre avec un pistolet hypodermique, des tests ou une liste d'accusations. Il n'avait qu'un seul désir : demeurer ici, en sécurité, et s'il restait bien tranquille, nul ne s'intéresserait peut-être à lui pendant un certain temps, y compris Bird, et surtout Ben.

Surtout pas Ben !

La faim le tenaillait de plus en plus... il n'avait presque rien mangé au petit déjeuner. Finalement, il regarda sa montre et scruta le cadran un moment... Bird lui avait dit qu'elle s'était arrêtée, mais elle indiquait le 16 août. Elle restait sur cette date. Il savait où il avait cessé d'avoir les idées claires, et à quel point son esprit s'était faussé... il était déçu, il se serait cru plus équilibré. Il s'était occupé en effectuant la plupart des tâches habituelles, après avoir ralenti le mouvement de rotation du vaisseau par des poussées des propulseurs auxiliaires d'appontage... des activités irrationnelles, se disait-il avec du recul. Des choses complètement absurdes qu'il se faisait un devoir d'accomplir parce que Cory y aurait attaché de l'importance. Il avait failli se tuer en procédant à un peu de rangement... pour la simple raison que Cory aurait refusé de vivre dans un pareil désordre.

Il se demandait combien de choses il avait pu oublier. Il existait des trous qui ne seraient sans doute jamais comblés. Ses souvenirs... Ils n'étaient pas classés dans un ordre logique et il n'osait essayer de les trier, par crainte d'en découvrir qui l'obséderaient, comme ce maudit flash-back sur l'intérieur de la cabine de douche et tout ce qui se rapportait à sa montre... il ne se rappelait même pas s'il avait pris une douche, le jour de l'accident. Non, se dit-il, il avait eu des choses bien plus pressantes à faire...

Un trou. Un puits sans fond. Effrayant. Son cœur s'emballait. La paroi verte, à bord du vaisseau de Bird, un appareil en tout point semblable au sien. C'était là qu'il avait perdu le fil de la réalité... mais il s'agissait seulement d'un lieu parmi bien d'autres. Le bar au bout du couloir, le pont, tous ces gens... La faim le tenaillait et il n'osait sortir de sa chambre. Il avait peur des questions, peur des inconnus. Il resta allongé et écouta la musique, avant de prendre finalement ses pilules.

Il ressentit des brûlures d'estomac et comprit qu'il devait manger pour tapisser les parois de son estomac de nourriture. Il s'aventura jusqu'au bar... où le seul individu qu'il connaissait était le propriétaire, un homme peu affable...

Non, ils ne servaient pas de déjeuner. Si, il y avait des pommes chips. Un dollar cinquante le sachet. En voulait-il un ?

Il le prit, avec un soda, et voulut faire débiter ses achats sur sa carte. Mais d'après le barman, Bird avait dit de tout mettre sur son compte, et précisé qu'il ne tolérerait aucune protestation.

Il ne désirait pas se disputer et retourna furtivement dans sa chambre, angoissé sans raison précise. Il était conscient qu'il ignorait les règles du jeu et honteux d'être trop timoré pour exiger que son repas lui soit débité. Il grignota les chips, qu'il eut des difficultés à avaler tant sa gorge était serrée, puis il resta assis sur le lit et envisagea de prendre un somnifère pour sauter quelques heures. Il n'était pas à sa place, ici. Et il ne pouvait laisser son esprit ressasser ces choses toute la journée. Il ne connaissait pas les techniques qui permettaient de conserver sa santé mentale. Il était là, à attendre Dieu sait quoi, sans pouvoir dégager ses pensées de ces boucles sans fin.

Il prit le sac des médicaments et fut surpris par la grosseur du flacon de somnifères. Qu'ont-ils fait ? se demanda-t-il. Combien y en a-t-il, là-dedans ?

Par curiosité, il versa les pilules sur la table de chevet et les compta.

Deux cent douze.

Ils ne souhaitaient pas le voir revenir demander le renouvellement de son ordonnance.

Il concentrait son attention sur des choses secondaires. Il en avait pris l'habitude, ces derniers temps. Une lésion cérébrale, peut-être ? Mais les distractions étaient peu nombreuses, à l'hôpital... On le harcelait, là-bas, constamment. On le faisait aller dans un sens, puis dans l'autre. On se déplaçait. Il en faisait autant. Il se méfiait. Les propos qu'on lui tenait manquaient de cohérence.

Il vida tous les flacons et dressa un inventaire des pilules qu'ils contenaient. Vitamines et potassium, une trentaine de chacun. Calcitropine, une quantité suffisante pour un mois. Un gros flacon étiqueté : *Maux d'estomac*, un comprimé en cas de crise. Des antalgiques : un toutes les quatre heures. Quarante pilules. Décongestionnant : quarante-cinq gélules, une toutes les quatre heures. Diurétique : quarante pilules, une par jour, boire abondamment. Anti-inflammatoire : quarante pilules, deux avant chaque repas. Antidépressifs : soixante pilules, alcool contre-indiqué.

Il restait assis devant ces petits tas et fixait le plus gros en pensant : Deux cent douze somnifères ?

Ils ont dû faire une erreur.
Non.
C'est délibéré.
Cory meurt et ils prétendent que je suis fou. Ils s'approprient mon vaisseau. Ils me retirent ma licence de pilotage et m'annoncent que je ne volerai plus jamais. Et pour finir, ils me fournissent soixante pilules d'amphétamines et deux cent douze de somnifères ?
Ils ne tiennent pas à ce que je puisse rater ma sortie.
Il n'avait pas compris avant d'avoir ce monticule de produits pharmaceutiques sous les yeux.
Et il pensa : Ils commencent par tuer Cory. Ensuite, ils me donnent de quoi me suicider...
Mais ils peuvent toujours courir !
Il fit glisser les pilules dans leurs flacons respectifs en se demandant s'il n'existait pas un moyen d'arriver jusqu'aux bureaux de la compagnie...
Non, c'était de la folie. Il fallait être fou furieux pour se défouler en massacrant des innocents. Une opératrice de saisie ou un rat de la comp... mais aucun responsable.
Il entendit marcher dans le couloir. On frappa à la porte et il fut pris de panique.
– Dekker ?
– Ouais ?
– Dekker ?
Une voix de femme... une des amies de Bird. Ses mains tremblaient, il ne savait pas pourquoi. Il avait oublié les actes ou les pensées qui venaient d'ébranler ses nerfs, mais son cœur battait à coups redoublés et la raison n'entrait pas en ligne de compte.
– C'est Meg Kady. Tu veux m'ouvrir ?
Il fourra les flacons dans le sac et le sac dans le tiroir. Il dépassait. Il le poussa au fond.
– Dekker ?

Complètement à la masse, avait décrété Sal, et à présent qu'elle se retrouvait seule en face de lui, Meg commençait à craindre que son amie n'ait dit vrai. Dekker avait entrebâillé le battant et la fixait sans laisser la moindre expression apparaître sur son visage, pendant qu'elle lui expliquait qu'elles voulaient lui offrir un verre.

– On s'est dit que tu devais en avoir assez de rester entre ces quatre murs. Viens. Allons prendre l'air. Et nous désaltérer.

Elle s'attendait à le voir lui claquer la porte au nez et la verrouiller... Non sans raison, se dit-elle. Dekker savait que Ben ne le portait pas dans son cœur et devait se méfier de tous les amis de Bird.

Elle lui adressa le plus désarmant de ses sourires.

– Hé ! Tu n'as tout de même pas peur de *nous* ?

Si cet argument et son pull ajouré ne l'incitaient pas à sortir de sa chambre, elle devrait renoncer.

Il marmonna des paroles incompréhensibles puis parut se décider et tâta ses poches.

– Je peux laisser des choses, ici ?

– Ouais. Si quelqu'un commettait un vol au *Trou*, Mike le hacherait menu et le mettrait dans ses saucisses... Comment te sens-tu ?

– Très bien.

Une voix dénuée d'intonation. D'accord. Dekker vint la rejoindre dans le couloir et attendit que la porte soit verrouillée pour lui emboîter le pas en direction du bar, comme si on avait remonté un mécanisme à ressort et qu'il se tenait prêt à sauter.

Complètement à la masse, oui. Ou méfiant... Il se méfiait d'elles et de leurs intentions.

Sal attendait. Il était facile de trouver une table isolée... à cette heure la clientèle était rare, la plupart des gens étaient allés régler leurs affaires. Ils procédèrent aux rituels propres à la vie en société : Salut ! Tu as l'air en forme. Comment te sens-tu ? Sal tira une chaise. Il s'assit et elle en fit autant. Meg les imita. Mike eut la présence d'esprit de ne pas attendre pour approcher.

– Avez-vous du rhum aux épices ? lui demanda Dekker.

– Qualité supérieure, répondit Mike.

Dekker hésita puis plongea la main dans sa poche. Meg interrompit son geste.

– C'est nous qui payons.

Ce qui parut l'irriter. Il posa sa carte sur la table.

– Débitez mon compte. La tournée. Le rhum et leurs consommations.

Meg adressa un regard à Sal puis se tourna vers Mike et haussa les épaules.

– Ce que homme veut..., dit-elle.

Et elle pensa : Ce *muchacho* a des goûts de luxe.

Mike emporta la carte. Dekker se renversa en arrière et passa un bras derrière le dossier de son siège... comme si c'était un bastion fortifié d'où nul ne pourrait le déloger. Mais son autre main tremblait et il la laissa posée sur la table.

– Comment doit-on t'appeler ? demanda Sal.

– C'est Dek... pour les amis.

Elle s'inclina.

– Moi, c'est Sal. Aboujib, si tu demandes à me voir.

Il hésita puis serra cérémonieusement la main tendue.

Meg lui présenta la sienne.

– Magritte Kady.

Des doigts glacés. Par la peur.

– Mais tout le monde m'appelle Meg. Je suis l'unique Meg de R 2. Tu es sorti de ta chambre, aujourd'hui ?

– Pour déjeuner.

– Ça t'a fait du bien ?

Il haussa les épaules.

Mike rapporta les boissons, rapidement par bonheur, et ils écoutèrent la musique pendant quelques mesures sans échanger un seul mot. Dekker prit son verre. Meg leva le sien, d'un geste plein de panache.

– Sois le bienvenu parmi nous, Dek.

– Merci, fit-il d'une voix à peine audible.

– C'est nous qui devons te remercier pour la tournée. Tu te souviens de nous ?

Un hochement de tête.

– Nous ferions mieux de préciser tout de suite que nous avons loué le *Way Out*, déclara Sal.

Il la regarda, sans réagir.

– C'est moi la pilote, expliqua Meg. Sal est ma calculatrice. Tu étais le pilote de votre équipe, je crois ?

Il inclina la tête, l'air sinistre. Il les surveillait. Il observait leurs moindres mouvements. Son verre de rhum dans une main et l'autre sur le dossier du siège.

– Ouais.

Elle mit les coudes sur la table, afin de réduire la distance qui les séparait.

– Excuse-moi, mais il serait temps de mettre deux ou trois choses au point, Dek. La compagnie t'a retiré ta licence et si Bird et Ben ont revendiqué ton appareil... c'était leur droit le plus strict. Ils ont risqué tout ce qu'ils possédaient pour aller à ton secours. Tu comprends ? Ils ont eu des frais importants.

– Ouais.

– Maintenant que tu sais que nous avons loué ton ex-vaisseau, je présume que nous te sommes moins sympathiques ?

– Eh bien, c'est pas votre faute. Je ne vous en veux pas.

– Nous avons pensé à une solution qui serait profitable à tout le monde, intervint Sal.

– Je suppose que tu souhaites récupérer ta licence, s'empressa de préciser Meg. Avant de pouvoir te présenter à l'examen final, tu devras faire de nombreuses heures de vol. Ce qui risque de te coûter très cher si tu t'adresses à la compagnie... sans oublier que tu auras besoin d'un coup de main pour franchir les obstacles dressés par les bureaucrates.

Dekker lui adressa un regard facile à interpréter : Qu'est-ce que vous mijotez ?

– Tu as de sérieux ennuis, chelovek, ajouta-t-elle.

Elle venait de parler à voix basse, car malgré la musique elles se méfiaient des micros espions depuis que les flics avaient perquisitionné leur chambre.

– Vous avez été broyés par les rouages de la machine, toi et ta partenaire. D'où veniez-vous ? Station Sol ?

Il hocha la tête.

– Vous étiez depuis longtemps dans la Ceinture ?

– Deux ans.

Il serrait les dents et ne prononcerait pas un mot de plus que nécessaire. Il y avait malgré tout un mieux par rapport à la veille, pensa-t-elle.

– Pour le dire crûment, Dek, tu t'es fourré dans un sacré merdier, et il y a ici un tas d'*hombres* qui n'attendent qu'une occasion de te faire les poches. Nous n'en faisons pas partie, et comme Bird est un Cielbleu, il connaît l'endroit d'où tu viens. Il ne te doit rien, note bien, mais il n'est pas du genre à profiter des malheurs d'autrui. Si nous n'avons pas la possibilité de t'aider dans certains domaines, nous devrions pouvoir te donner un petit coup de pouce dans d'autres... Quelle est ta préoccupation majeure ? Qu'est-ce qui te ferait vraiment plaisir ?

Il regarda ailleurs.

– Tu es en colère, *lieber Freund*, et je ne peux pas te le reprocher. Mais vas-tu laisser la bile te ronger ? Que pouvons-nous faire pour toi ? De quoi as-tu besoin ?

Un autre mouvement coléreux de la tête.

– Bon ! D'accord. Tu sais ce que souhaitent les rats de la comp, pas vrai ?

Une expression menaçante.

– Ils veulent te posséder corps et âme, *muchacho*.

Ils n'aiment pas les indépendants. Une charte les contraint à tolérer leur présence mais ils ne ménageront pas leurs efforts pour t'obliger à travailler pour eux.

– Aucun risque. Je n'ai plus le droit de piloter.

– Oh ! Ils te rendront ta licence, *lieber Freund*. Sitôt que tu leur appartiendras. D'un côté l'ASTEX te dépouille de tout et de l'autre l'ASBANK t'avance de l'argent. Peux-tu me dire d'où provient la somme créditée sur ta carte, si cette question ne t'ennuie pas ?

– Elle m'ennuie.

– D'accord ! Comme tu voudras. Ce que je veux savoir, c'est si tu veux redevenir un pilote sans rien devoir à ces salopards.

Une réaction à peine perceptible. Pas un mot.

– Nous avons une solution à te proposer. Tu fais ton temps de préparation avec nous. Tu acceptes notre aide à tous et nous nous serrons les coudes, toi, moi, Sal, Bird et Ben. Nous prenons des dispositions pour que tu puisses de nouveau travailler. Tu seras nourri et logé, ensuite tu pourras utiliser un des vaisseaux. Alors, qu'en dis-tu ?

De l'intérêt. De la méfiance.

– Pourquoi ? Par pure bonté d'âme, rac ?

– Tu nous paieras les heures que nous te consacrerons si tu en as les moyens, ou tu nous verseras une part en plus du montant de la location par la suite... Bird est d'accord, *si* nous te jugeons valable.

Il regarda ailleurs. Elle laissa le silence se prolonger puis déclara :

– Nous ne sommes pas difficiles à vivre, Dek. Je dirais même que notre compagnie est plutôt agréable.

– Ma partenaire est morte, bordel !

– Tu crois qu'elle aimerait que tu te laisses crever de faim ? Il faudrait pour ça que ce soit une belle salope, *young* rac.

Dekker la fixa. Elle lut un désir de meurtre dans ses yeux et s'empressa d'ajouter :

– Et comme je suppose qu'elle n'en était pas une, elle ne voudrait pas te voir dans cet état si elle était encore parmi nous. Mais elle est morte, et elle ne reviendra pas. Elle est partie, *hombre*, et nous en ferons tous autant un jour ou l'autre. La mort est inhérente à la vie, tu le sais, et c'est un cycle qui ne s'arrête jamais.

– Fichez-moi la paix !

Dekker se leva. Meg l'imita et voulut saisir son bras. Il repoussa sa main, violemment. Derrière le comptoir, Mike devait se pencher pour attraper la longueur de tube qui lui servait de matraque.

Elle leva les mains et dit, posément :

– On se calme. Tout doux. On ne tient pas à voir les flics rappliquer. Excuse-nous. On voulait seulement t'aider, c'est tout.

– Tu es une antiquité, tu sais ? Tu vis dans le passé. Le rac a disparu. Tu ne fais plus partie du Mouvement.

Il venait de susciter en elle une étincelle d'intérêt, bien que de tels propos soient plutôt pénibles à entendre. Ce *muchacho* avait quitté Sol bien après elle, et peut-être disait-il vrai.

– Tiens donc ? fit-elle.

Elle inclina la tête, comme pour lui dire : Tu peux aller au diable... avant d'ajouter :

– Aurais-tu mieux à proposer, petit synthé ?

Il devait avoir une vingtaine d'années, même si ses yeux étaient sans âge. Mais son corps, la facilité avec laquelle on pouvait le faire dévier du chemin qu'il s'était tracé, ses peurs... tout cela indiquait qu'il n'était qu'un jeune imbécile. Peut-être se fichait-il de ce qu'elle pensait et se contentait-il de lancer des attaques au hasard – le propre des idiots sans cervelle – et pendant un bref instant de malaise il avait dû comprendre qu'elle venait de riposter.

– Il faut vivre avec son temps. Nous sommes dans les années 20.

– Et après ? Qu'ont-elles à nous offrir qu'il n'y avait pas en 2315 ? Des rats de la comp en costume fantaisie ? A R 2 tout a dix ans de retard. Et il est possible que tes lendemains me déplaisent, petit plastique.

– A Sol, nous vivons en 2323, et la C.T. construit des vaisseaux de guerre pour anéantir l'humanité. Vous pouvez vous vanter d'avoir changé beaucoup de choses, vraiment !

– Alors quel est le nouveau mot d'ordre, synthé ?

– C'est de porter un costume d'homme d'affaires et de profiter de la vie avant qu'il ne soit trop tard. Voilà la philosophie actuelle, à Sol. Voilà ce que vous avez réalisé.

Des nouvelles pénibles, mais conformes à ce qu'elle savait déjà. Elle se balançait d'un pied sur l'autre, les pouces glissés dans sa ceinture, et elle haussa les épaules avant de répondre :

– Rien n'a changé, *young* rac. Ne t'a-t-on pas dit : Réveille-toi ! en 2315 ? Et tu choisis d'entrer au service de la compagnie.

– Je ne travaillerai ni pour elle ni pour vous.

– Tu vivras des sandwiches distribués par la comp jusqu'à la fin de ta vie, si tu ne fais pas le bon choix. Ils deviendront tes maîtres... et à l'âge de Bird tu seras toujours à bord d'une saloperie de pousseur de la raffinerie. A moins que tu n'acceptes de t'asseoir, que tu me prêtes une oreille attentive et que tu utilises ta matière grise autrement que pour lester ton crâne.

Il resta debout sans rien dire. Meg surveillait Sal à la limite de son champ de vision et l'implorait en pensée : Bon Dieu ! Pas un geste, Aboujib. N'ouvre pas la bouche. Ce môme va exploser si tu te permets seulement de respirer.

Dekker baissa les yeux et fit un pas vers sa chaise sur laquelle il s'affala.

Meg soupira et s'assit près de lui.

– On va trouver un compromis, *young* rac. On reporte les décisions à plus tard et on se contente d'aller se promener, faire le tour des solderies.

– Merci, mais ça ne me tente pas.

– Juste à côté. Détends-toi. Nous ne sommes pas sans reproches, mais nous n'avons jamais tiré profit de la faiblesse de notre prochain. Nous ne te forcerons pas la main, sois tranquille. Une simple promenade.

Il était livide et ne pouvait soutenir son regard.

– Viens, tu as passé trop de temps dans une chambre d'hôpital. Sal et moi, on veut faire quelques achats, pour que tu n'aies pas pour seuls bagages ces deux sacs en plastique. Tu as besoin d'affaires personnelles, tu saisis ? Même si tu refuses notre offre.

Elle pensait que Sal devait souffrir d'ulcères à l'estomac. Si sa partenaire avait pu lui parler librement, sans doute lui aurait-elle demandé : Tu n'as pas oublié tes tracts ?

La respiration de Dekker redevenait régulière.

– Laissez-moi, répéta-t-il.

– Tu t'es résigné à rejoindre les rangs des employés de la compagnie et nous devrions t'abandonner à ton sort, ne pas intervenir dans ton existence ?

Des inspirations profondes. Il prit son verre d'une main tremblante et but tout son contenu, à l'exception des glaçons. Il le reposa sur la table puis hocha la tête, en signe d'acceptation.

– Ouais ! D'accord, si vous y tenez.

Comme s'il leur disait qu'elles pouvaient le débiter en tranches, qu'il s'en fichait.

Elle s'appuya au dossier de son siège pour se lever. Il l'imita. Elle le guida vers la porte en disant :

– Mike ? Dis à Bird que nous sommes allées faire des courses.

Pendant que Sal, avec un culot de singe des docks, prenait Dekker par le bras et lui déclarait :

– Je connais une boutique super. Il faut absolument que tu voies ça.

– Taille moyenne, précisa-t-il au vendeur.

Il était gêné par son escorte, épuisé par la marche, angoissé à la pensée qu'il risquait de se faire avoir de diverses façons, dont certaines peut-être dangereuses... mais il n'avait aucune certitude. Il enfreignait ce que Cory appelait la Règle numéro Un, d'abord en accompagnant des Ceinturières qu'il connaissait à peine dans des magasins, ensuite en suivant leurs conseils : elles prétendaient carrément lui dire de qui il devait se méfier et à qui il pouvait accorder sa confiance. Il ne savait même pas si elles étaient des amies de Bird. Plutôt de Ben, à en juger par leur comportement. Mais cette sortie lui permettait de se changer les idées et d'oublier ses peurs...

Peut-être partait-il à la dérive. Un peu. Elles l'avaient mis en colère en lui imposant leurs volontés, mais l'effet était plus positif que celui des pilules de Visconti. Il revivait. Il avait d'autres pensées que celles se rapportant à Cory, au sein de cette débauche de musique, de couleurs, de tissus et de voix joyeuses et enthousiastes...

Il se sentit presque heureux, pendant un instant.

– Maintenant, arrête de déconner et fais comme si c'était pour nous, Pat, dit Sal au vendeur.

Dekker se demandait de quoi elle voulait parler quand Meg précisa :

– Pas du rac pour rats de la comp ! De l'authentique !

L'homme apporta un pull épais et un pantalon gris dont l'étiquette annonçait : *medium*. Mais il devait y avoir une erreur et le prix – 49,99 – était plutôt élevé pour une solderie.

– Trop cher, protesta Dekker.

Le vendeur lui en présenta un autre, à rayures diagonales rouges et noires : un vêtement issu d'un cauchemar de rac qu'il compléta avec un sweater bleu.

– Beurk ! fit Meg. Pas bleu. Plutôt rouge. Tu peux nous trouver ça ?

– Je préférerais une combinaison. Bleue ou grise, mais à ma taille.

– Une tenue de travail ? Trop terne. Trop triste. Essaie le gris, Dek. Tu as la silhouette rêvée pour porter ça.

– Régime forcé, marmonna-t-il.

Il se disait qu'il devait mettre un terme à cette comédie ridicule et échanger simplement sa combinaison trop grande contre une à sa taille. Mais les deux femmes étaient bien décidées à lui faire essayer le pantalon gris et le bombardaient de sweaters. Compte tenu de leur enthousiasme, mieux valait accepter, se ridiculiser et démontrer une bonne fois pour toutes que ce genre de vêtements n'était pas fait pour lui.

Le miroir lui renvoya l'image d'un squelette ambulant qui avait presque fière allure avec un pantalon collant et un pull deux fois trop grand mais qui lui donnait de la carrure.

Il avait cependant quelques réserves à émettre sur ses larges rayures. Il sortit de la cabine d'essayage pour prendre le bleu foncé. Il était gêné, mais elles poussèrent de petits gloussements admiratifs.

– Ce que c'est rac ! s'exclama Meg. Oh ! J'adore...

Il ne savait plus quoi penser. Il se regardait dans le miroir, indécis. Sans lui laisser le temps de remettre un peu d'ordre dans son esprit, Sal demanda à Meg :

– Tu ne crois pas que ces bottes gris métallisé lui iraient ? Il a de tout petits pieds.

Il ne voulait pas de ce sweater à larges rayures, de ces bottes de travesti et du bracelet que Sal lui enfilait au poignet.

– C'est moi qui rince, dit-elle. Tu dois le mettre, *hombre*. Remonte tes manches.

– C'est d'une tenue de travail, que j'ai besoin. Bleue. Débitée sur *ma* carte...

– On te laisse sa combinaison, dit Meg au vendeur. Tu n'aurais pas la taille au-dessous ?

– Ouais, fit l'homme en lui présentant un pantalon dont l'étiquette annonçait : *small.*

– Si ça ne va pas, vous pourrez toujours revenir l'échanger. En fait, vous seriez plutôt entre small et medium.

Ce n'était pas le genre de commentaire qu'un homme aimait entendre, surtout après s'être donné tant de mal pour développer sa musculature, mais ses muscles avaient fondu pendant son long séjour à l'hôpital. Il acheta des sous-vêtements bon marché, deux thermiques et un collant stim gris, car le sien n'avait pas résisté à tous ces passages en machine à laver. Il devait déjà une coquette somme lorsqu'il choisit le sweater bleu, un pantalon noir extensible comme le gris et des bottes noires de docker... d'occasion. Il en avait assez et ses étourdissements l'avaient repris. Ses genoux vacillaient et il n'avait plus qu'un désir : regagner sa chambre et s'effondrer sur son lit. L'homme additionnait ses achats et les chiffres le paniquaient. Il était sidéré par ce qu'il venait de faire. Oserait-il porter les vêtements que ces deux femmes l'avaient poussé à acheter ? Il s'était habillé en rac, à treize ans... mais à Station Sol, pas dans un lieu où une pareille tenue proclamait des idées dont il n'avait cure... si elles n'étaient pas complètement récupérées par la compagnie ou ne traduisaient pas une profession de foi qui dépassait sa compréhension...

Je suis le roi des imbéciles, se reprocha-t-il. Il pensa aux regards que lui adresseraient Bird et Ben... et les autres clients du *Trou.* Voir ce pilote sans licence faire de l'épate risquait d'en irriter certains. Il avait oublié ses problèmes, Meg et Sal avaient réussi à les chasser de son esprit pour quelques instants.

– Nous devrions rentrer, suggéra-t-il.

Il avait besoin de réfléchir. Il avait des vertiges. Mais Meg lui rétorqua :

– *Neg, neg*, tu ne peux pas garder cette tignasse. Tu dois aller chez le coiffeur.

– Raser de si beaux cheveux ? s'exclama Sal (comme il l'avait fait lui-même... à treize ans). Jamais !

– Pas tout ! Viens, Dek. On va te rendre un peu plus présentable. C'est sur notre chemin et ça ne devrait pas nous faire perdre plus d'un quart d'heure.

– Pas question, protesta-t-il.

Et il se retrouva dans le fauteuil d'un salon de coiffure, sans avoir pris ses pilules, encadré par deux femmes qui expliquaient au coiffeur qu'il ne voulait pas être trop dégarni...

– Sauf sur les côtés, naturellement, précisa Meg.

Il avait renoncé. C'était comme à l'hôpital. Il se sentait trop las pour résister et ne pouvait leur donner tort. Ces cheveux qui couvraient ses épaules et ses yeux cernés lui donnaient l'apparence d'un fou vraiment fou. Et si la coupe était trop voyante, il aurait toujours la possibilité de réduire lui-même la hauteur de la crête avec un rasoir ou des ciseaux. Pour le moment, c'était secondaire et au moins il était assis.

Cory et lui se coupaient réciproquement les cheveux, par souci d'économie : coupe martienne classique... pratique. Il suivait l'opération dans le miroir et ne pouvait s'empêcher de penser, sous les éclairs stroboscopiques des néons de la boutique, que Cory n'aurait sûrement pas apprécié. Il revoyait l'expression de dégoût propre aux représentants des classes supérieures qu'elle arborait. Il l'entendait déclarer avec mépris : « Ce n'est *vraiment* pas ton style, Dek ! »

Ses premières lettres lui avaient appris qu'elle n'aimait guère le rac. Puis elle avait envoyé son holo et il avait compris qu'il devrait lui adresser le sien... l'image d'un jeune homme aux cheveux longs, teints de couleurs vives et avec des boucles d'oreilles en or par-dessus le marché... un détail qu'il avait oublié.

Mais il était alors âgé de treize ans. Il avait sous les yeux l'holo d'une fille à l'expression sérieuse et aux yeux doux qui paraissait aussi posée et gentille dans la vie que dans ses lettres. Il s'était remis en cause, une fois de plus, et était allé chez un coiffeur avant d'emprunter un pull-over bleu uni, de chercher un emploi digne de ce nom – deuxième détail oublié – et de tenter d'éviter ses amis... qui avaient naturellement fini par lui tomber dessus. Il se souvenait encore de leurs rires.

Il ne les avait plus revus et s'était ensuite lié d'amitié avec très peu de gens. Il n'y avait que Cory, qu'il n'avait toujours pas vue autrement qu'en holo.

Il menait une existence stupide. Ce n'était pas sa faute. Rien ne l'intéressait, ni les études ni le travail, et son seul rêve était de piloter un vaisseau. Il avait trouvé un emploi aux chantiers de construction spatiale. Manutentionnaire affecté au chargement des pousseurs, car les règlements interdisaient d'envoyer des gosses à l'extérieur. Mais sitôt qu'il avait obtenu sa classification en troisième catégorie, son chef lui avait permis de faire quelques remplacements... jusqu'au jour où il avait pris la place d'un type qui venait d'envoyer son pousseur dans une pile de plaques d'acier...

– ... sur les côtés, disait Meg. C'est ça ! Parfait !

Sal se pencha pour mieux voir. Les gaines de métal des extrémités de ses nattes s'entrechoquèrent et un large sourire dessina un trait de blancheur dans son visage basané.

– C'est optimum !

Entendre deux femmes faire de tels compliments était plutôt flatteur, mais il ne reconnaissait pas l'individu reflété par le miroir. Il venait de remonter le temps jusqu'en 2315. Il avait vingt ans, pas onze ! C'était la preuve du bien-fondé des déclarations de ce spatial débarqué d'un vaisseau interstellaire qui était venu s'adresser à leur classe : Nous vivons sur des fronts d'ondes. Quand nous arrivons dans une station, nous nous conformons à l'onde locale... à la période à laquelle elle correspond. Ailleurs, l'onde n'est pas la même. Il peut s'agir d'un ensemble de courants en provenance de lieux différents, d'époques différentes. Le même phénomène s'applique aux informations, aux modes vestimentaires, aux produits et aux idées. Autant de choses qui ne se propagent pas à la même vitesse.

Un imbécile avait fait ce qu'il croyait être un bon mot au sujet d'une autre sorte de propagation.

Et le marchand avait répondu, avec le plus grand sérieux : « C'est aussi valable pour les stationneuses. Certaines d'entre elles devraient réfléchir à deux fois avant de commettre certaines imprudences. »

Ce qui avait provoqué un silence lourd d'hostilité et l'embarras de leur professeur, car nul n'ignorait que des stationneuses couchaient avec des spatiaux en escale... plus particulièrement des spatiaux venus de l'Espace-profond qui repartaient ensuite en se fichant du tiers comme du quart. La mère de Cory, par exemple... et elle avait eu une fille qui trouvait Mars sans intérêt, le rac sans intérêt. Cory disait : « Ce n'est pas ça qui changera quoi que ce soit. Les racs sont incapables de bâtir quelque chose. Ils se proposent d'assainir la politique de la Terre... mais c'est une entreprise irréalisable. Les mondes sont des cuvettes, des puits au fond desquels il n'est possible d'avoir que des projets sans envergure... Fonder Base Luna a été une erreur. Pareil pour Base Mars. Après avoir quitté la planète mère, les hommes n'auraient pas dû investir un seul centime dans un puits gravitique... »

N'avait-elle pas affirmé maintes fois : « Je préférerais rester jusqu'à la fin de mes jours à bord d'un vaisseau de prospection plutôt que de me retrouver bloquée sur une planète ? »

Il reporta son attention sur le miroir qui ne renvoyait pas l'image de la cabine du *Way Out* et le visage de Cory, mais les traits d'un inconnu émacié aux yeux cernés qui devait certainement dissimuler un couteau dans sa botte. Cory ne l'aurait pas reconnu, ni trouvé à son goût s'il avait eu cet aspect le jour de leur rencontre.

– Un vrai rac, commenta Meg en le prenant par l'épaule.

Elle le regardait dans le miroir : cheveux rouges, pailletés et tout. Sal s'était placée de l'autre côté.

Il fixa son reflet et se dit : Je me suis perdu. Je ne sais plus où je suis.

Je vois le survivant de ce naufrage. Quelqu'un que Cory ne voudrait pas fréquenter.

Mais c'est l'homme que je suis devenu. Et ses pensées suivent un chemin différent... Il ne va plus dans la même direction que toi, Cory. Il n'en a plus la possibilité.

J'ai déjà vu des déments. Aux traits figés comme ceux des statues. Ils ont le même regard et les passants font un détour pour les éviter.

Il n'a pas l'air effrayé, n'est-ce pas ? Et pourtant, il l'est, Cory.

Il est mort de peur !

13

Il venait de dépenser de l'argent contre son gré et d'entamer sérieusement le pécule dont il disposait pour vivre soixante jours. Il revenait vers le *Trou noir*, encadré par Meg et Sal qui lui disaient qu'il avait fière allure. Peut-être était-ce vrai, mais il redoutait d'être trahi par ses jambes. Il craignait de perdre connaissance et de s'effondrer, terrassé par le vacarme, tous ces bruits qui se réverbéraient à l'intérieur de son crâne et le contraignaient à avancer au jugé.

Sal lui tenait le bras gauche, Meg le droit. Au sein du fracas général, il entendit Sal déclarer qu'il avait l'air épuisé, et Meg se reprocha d'avoir tant insisté pour qu'il les accompagne.

– Nous pourrions faire une pause et aller manger un morceau quelque part, proposa-t-elle.

– Je veux rentrer, répondit-il. C'est tout.

Elles portaient ses paquets et le soutenaient. Il ne reconnaissait pas ce secteur. Un flic de la compagnie de faction devant une boutique lui rappela celui qui l'avait arrêté à sa sortie de l'hôpital, parce qu'il titubait. Surtout ne pas tomber, sous peine d'être renvoyé là-bas, où Pranh le bourrerait de tranks et le ferait passer pour fou.

Vite ! Sa chambre et son lit ! Il se reprochait d'avoir manqué de force de caractère et tant dépensé... et quand il se retrouva enfin en territoire familier et vit l'enseigne clignotante du *Trou*, il n'eut plus d'autre désir que d'entrer, de traverser la salle et de disparaître par la porte du fond.

Les lumières étaient moins vives, à l'intérieur, mais elles l'éblouirent. Il ne savait plus dans quelle poche il avait mis sa clé et priait le ciel de ne pas l'avoir oubliée dans sa vieille combinaison, celle échangée dans cette solderie...

Bird et Ben étaient assis à leur table habituelle. Meg et Sal le guidèrent vers les deux hommes, pour le soumettre à leur inspection. Ben le toisa de haut en bas, comme s'il voyait une substance répugnante suinter sur le sol.

– *Ça alors !*

– Assieds-toi, Dek, lui dit Bird.

– Je retourne dans ma chambre.

– C'est sa chambre, maintenant, grommela Ben.

– Fiche-lui la paix, tu veux ? ordonna Meg. Il est épuisé. Nous avons fait des courses...

Ben recula un siège.

– Ça se voit. Installe-toi, Dekker.

Ses genoux ne le soutenaient plus, mais tourner les talons quand Ben s'adressait pour la première fois à lui avec gentillesse aurait constitué une grave erreur. Il n'osait rejeter cette ouverture – même si sa valeur restait à démontrer – car elle ne serait sans doute pas renouvelée. Il s'affala sur la chaise et les deux femmes prirent place à la table. Il baissa sa garde... Si ces gens voulaient obtenir de lui quelque chose, il leur donnerait satisfaction. Il accepterait toutes leurs exigences. Ben désirait certainement le frapper mais il paraissait disposé à attendre... pour des raisons inconnues. Le propriétaire – Mike – vint prendre leurs commandes. Ben dînait, en compagnie de Bird qui lui conseilla de les imiter. Il entendit la suggestion malgré les tintements qui résonnaient dans ses oreilles, mais il était trop tard. Il n'eût pas été capable de se lever et d'aller faire la queue au comptoir. Il se méfiait en outre de l'effet que les graisses et les épices auraient sur son estomac. Il se rappela ce qu'il avait mangé dans la matinée.

– Bière et chips, commanda-t-il.

– Il ne reste que des bretzels.

– Oui, merci. Ça ira.

N'était-ce pas une nourriture plus saine ? Il n'aurait pu se prononcer. Il avait cependant une certitude, la bière était une boisson moins alcoolisée que le rhum.

– C'est tout ce que tu vas prendre ? demanda Bird.

Ben lui donna un coup de coude dans les côtes et déclara :

– Mais c'est l'abondance, aujourd'hui ! Qui va payer, Dekker ?

– Ferme-la, Ben, lança Meg. Il n'en peut plus.

– C'est pas une nouveauté.

– Ben, intervint Bird.

– Demander qui va régler l'addition n'est tout de même pas un crime ?

– Moi, déclara Dekker. Et si tu en veux, tu n'as qu'à le dire, sans oublier le « s'il te plaît ».

Ben siffla et leva un bras devant son visage, comme pour se protéger.

– Oh ! j'accepte bien volontiers ! Bon Dieu ! que tu es susceptible !

Dekker lui aurait sauté à la gorge en d'autres circonstances, mais il se contint. La colère fut cependant plus forte que la prudence et il gronda sans desserrer les dents :

– Je n'ai pas entendu « s'il te plaît ».

– *S'il te plaît*, Dek. Serait-ce ton jour de bonté ? Tu veux rembourser tes dettes ? Aurais-tu touché de l'argent ?

– Pas encore. Mais ça ne saurait tarder. Tu veux voir ma carte ?

Il la sortit de sa poche et la jeta sur la table.

– Va vérifier, Pollard, et n'hésite pas à débiter mon compte de ce que je peux te devoir.

Ben le dévisagea et Bird tourna la tête pour crier :

– Viens nous servir avant que Ben ne débite d'autres conneries, Mike. Et toi, fiston, ne fais pas attention. Tu paies les bretzels et moi les consommations.

– Je réglerai aussi les boissons, rétorqua-t-il.

Sur un ton bien trop agressif. Il avait des étourdissements. Il espérait que Mike apporterait rapidement les bières. Il aurait préféré être en sécurité dans sa chambre. Il regrettait de ne pas avoir pu s'y enfermer avant ce stupide accrochage avec Ben. Une erreur, se dit-il. Une grave erreur.

– Nous lui avons parlé des heures de vol, déclara Meg. Il réclame un délai de réflexion.

– A quoi veut-il réfléchir ? demanda Ben. Il n'a pas le choix.

– Ta gueule ! fit Sal, exaspérée.

Ben se renfrogna et grommela :

– On ne peut plus rien dire, ici ? Essayez donc d'aider votre prochain...

– Ben...

C'était Bird.

– Je constate simplement que c'est toujours les mêmes qui paient.

– Ben !

Meg fit claquer sa paume sur la table. *Bang !* Une main aux doigts lestés d'énormes bagues.

– Ce *muchacho* souhaite réfléchir avant de prendre un tel engagement et c'est son droit le plus strict. Je précise qu'il a *proposé* de régler ses dépenses jusqu'à ce qu'il se soit prononcé, alors fiche-lui la paix cinq minutes... Ne fais pas attention, Dek. Il est parfois nécessaire d'interpréter les propos de Ben. En fait, il voulait te dire : Je suis ravi de te voir de nouveau sur pied et merci pour les bretzels.

Des bretzels qui arrivèrent avec les bières. Dek prit sa carte, la lança à Mike et lui dit :

– Débitez-moi le tout.

En essayant de ne pas penser au solde de son compte.

– C'est inutile, fiston, dit Bird.

– J'y tiens.

Il levait son verre quand Ben posa la main sur son épaule, comme à bord du vaisseau, lorsqu'il voulait le tuer. Mais il se contenta d'exercer une légère pression et de se pencher pour trinquer avec lui.

– Sans rancune.

Dekker n'était tranquille que dans la mesure où il pouvait surveiller les mains de cet homme. Il avait des crampes d'estomac et tremblait, comme si le verre que Ben venait d'effleurer avec le sien contenait du poison. Mais il but stoïquement une gorgée de bière afin de respecter les usages.

– Tu serais donc intéressé par ces heures de vol ? demanda Ben.

Il regarda Bird pour savoir s'il approuvait cette idée. Le vieux prospecteur n'émit aucune objection.

– Ouais !

– Alors, il va falloir que je m'adresse à des gens qui peuvent t'aider, ajouta Ben. Nous n'avons pas beaucoup de temps devant nous et il sera nécessaire d'accélérer la procédure pour que tu puisses te présenter aux ops avant l'appareillage... sans oublier que si tu fais la moindre erreur en remplissant la demande elle n'arrivera jamais à destination. Heureusement que j'ai des amis qui pourront t'être utiles. Tu n'auras qu'à me remplacer à l'atelier...

– Pour y faire quoi ?

– Je croyais que vous lui aviez tout expliqué ? intervint Bird en s'adressant à Meg.

– J'ai dit que nous avions abordé le sujet, répondit-elle. Pas que nous étions entrés dans les détails.

– On va s'en charger tout de suite, dit Ben. Il n'y a pas d'autre solution, Dek. C'est la seule proposition qu'on puisse te faire. Comme tu es forcé de l'accepter, il ne reste qu'à déterminer comment tu nous dédommageras. En travail, en argent, ou en nous honorant de ta compagnie ?

Ils l'assaillaient de toutes parts. Peut-être avait-il raté des explications... ses oreilles tintaient et tous le scrutaient, Ben gardait une main posée sur le dossier de son siège. Comme les meds l'avaient annoncé, il avait des phases d'amnésie et si les gens qui le cernaient avaient eu un pistolet, ils l'auraient certainement pointé sur sa tempe. Ils lui donnaient une chance de s'en sortir... mais s'ils découvraient que sa mémoire était défaillante, il devrait renoncer à ses espoirs. Il ne retrouverait jamais son statut et finirait ses jours en tant que manœuvre à la raffinerie...

– Tu t'y connais en mécanique ? demanda Bird.

– J'assurais l'entretien du *Way Out*.

– En pilotage ?

– Je me débrouillais pas mal.

Il ne s'attendait pas à être cru et ajouta, gêné :

– Nous nous en tirions assez bien.

Bird était le plus humain des quatre. Il s'était opposé à son exécution et prenait sa défense face à ses compagnons. Dekker avait désespérément besoin de son appui, et même s'ils le dépouillaient de tout ce qu'il possédait, ce n'était pas ce qui aurait pu lui arriver de pire.

– Nous avions quarante-sept k, Cory et moi. Plus le vaisseau libre de dettes. La banque de R 1 a reçu un ordre de transfert des fonds, mais ils ne seront mis à ma disposition que dans deux mois.

– Quarante-sept k ? ricana Ben. Déconne pas, Dekker.

Il ne se tourna pas vers lui. Il continua de dévisager Bird et Sal en serrant le verre frais et humide entre ses paumes.

– La mère de Cory avait une bonne situation. Cory disposait d'un compte personnel... des fonds en dépôt. A dix-huit ans, elle a retiré cet argent et m'a contacté. C'est elle qui a payé nos billets pour R 1. Elle venait de Mars et moi de Sol... nous nous sommes retrouvés là-bas et elle a acheté cet appareil... cent cinquante-huit k, plus quarante de pièces détachées. Nous avons naturellement commis des erreurs. Le *Way Out* n'a pas effectué de nombreuses sorties... nous étions à R 1 depuis seulement deux ans. Mais Cory avait la tête sur les épaules. Elle aurait eu une licence en Dynamique de la Ceinture si elle avait poursuivi ses études. Sur ces quarante-sept k, nous en avons gagné vingt-huit. Nous nous en tirions pas trop mal.

– Sacrément bien ! dit Bird.

– Cette fille avait de l'instruction, fit remarquer Ben. Allons, Dekker, elle aurait pu obtenir un poste intéressant auprès de la compagnie.

– Elle ne le voulait pas. Elle refusait de perdre sa liberté.

– La paie aurait été bonne. Il faudrait être idiot pour laisser passer une occasion pareille.

– Ben, gronda Bird.

– On ne me fera pas changer d'avis.

Il serra les dents et puisa dans ses réserves de patience.

– Ça ne l'intéressait pas, voilà tout. Ce qu'elle voulait, c'était acquérir une part de vaisseau interstellaire.

– Bon Dieu ! s'exclama Ben.

– Elle souhaitait entrer dans la guilde des marchands mais n'en avait pas les moyens... pas pour financer notre adhésion à tous les deux, en tout cas. Elle a donc eu cette idée, elle ne pensait plus qu'à ça.

– Pourquoi ? demanda Sal.

Elle s'était penchée sur la table et laissait son menton reposer sur ses mains aux doigts lestés de bagues. Les gaines métalliques des extrémités de ses tresses reflétaient les néons.

– Pourquoi, si elle avait tant d'argent ?

– Parce que, trouva-t-il seulement à répondre.

Sa gorge se serra. Cory parlait peu. Elle n'avait pas pour habitude de confier ses états d'âme. Mais tous écoutaient, tous attendaient. Il haussa les épaules et dit :

– Elle avait horreur des planètes. Et son père était un spatial. Sa mère voulait un enfant, mais pas un mari ou un homme de Base Mars qui aurait pu faire valoir ses droits, par la suite. Cory était le fruit d'un projet en solo. Le seul fait de sa mère, du début...

... à la fin. Mais il ne put le dire. Il concentra son attention sur la condensation qui ruisselait sur la paroi de son verre.

– Elle ne connaissait pas le nom de son père. Elle s'imaginait des choses. Elle ne parlait que des étoiles. Sa mère n'avait pas voulu qu'elle suive une formation de tech et elle avait étudié l'astrophysique. Elle avait tout prévu... retirer son argent à sa majorité et partir pour la Ceinture pour gagner de quoi quitter le système.

– Bon sang ! Dès l'instant où elle avait les moyens de s'offrir un vaisseau, elle serait parvenue à ses fins bien plus vite en travaillant pour la compagnie, fit posément remarquer Ben. Combien ça coûte ? Quatre-vingt, quatre-vingt-dix mille, pour se mettre à jour sur le plan fiscal ?

Dekker pensa à la mère de Cory, cette femme très influente au sein du conseil d'administration de la MarsCorp, qui n'avait pas ménagé ses efforts pour ruiner sa fille et la contraindre à revenir près d'elle. Mais il s'abstint de le préciser.

– Ils m'auraient enrôlé dans l'armée si j'étais resté à Sol. C'était une de ses motivations. Nous devions partir ensemble. Elle l'avait décidé.

– Elle était donc folle de toi à ce point ?

– Ferme-la, Ben, ordonna Meg.

– Je me demande pourquoi tout le monde veut m'empêcher d'ouvrir la bouche. Vous n'allez pas me dire que c'était malin. Elle aurait pu se rendre à Station Sol et s'offrir une part de vaisseau interstellaire, avec ce qu'elle possédait. Elle s'attendait peut-être à faire fortune en se livrant à la prospection ?

– Sa mère voulait qu'elle reprenne ses études. Elle désirait... Dieu sait quoi.

Il avait des brûlures d'estomac. Il but une gorgée de bière pour humecter sa gorge.

– Cory n'était pas majeure. Elle n'aurait pu obtenir un visa sans le consentement de sa mère. Elle devait attendre d'avoir vingt et un ans pour quitter le système.

– Avec un vaisseau et quarante-sept k sur son compte en banque ? grommela Ben. Combien demandent ces salopards pour un rachat ?

– Dans les deux cents k par tête. La vente du *Way Out* nous aurait permis de verser le montant libératoire d'un seul d'entre nous. Il faut avoir réglé toutes ses dettes envers le gouvernement avant de pouvoir obtenir un visa pour les étoiles... et Cory lui devait une somme importante car elle avait fait des études. Revenir à Sol nous aurait encore coûté soixante-dix k chacun. Je lui ai conseillé de partir sans moi... J'ai compris dès notre première sortie que la prospection n'était pas une activité rentable. Nous ne nous étions pas doutés que ce serait si dur, sinon nous aurions agi différemment... mais nous avions investi des sommes importantes dans le *Way Out*, et elle aurait dû dépenser tout ce qu'elle avait uniquement pour payer notre retour...

Il s'était emporté, la veille de leur dernier appareillage. Cette maudite guerre les avait tous rendus fous. A présent qu'ils avaient établi ces taxes de sortie, il était probable qu'ils en augmenteraient encore le montant. Voilà ce qu'il lui avait dit. Et aussi : « Si tu ne pars pas tout de suite, tu risques de ne jamais pouvoir quitter le système...

« Vends tout. Tu me laisseras ce qui te restera et je

prendrai une part dans un autre appareil. Je travaillerai quelques années et j'irai te rejoindre, quand ton vaisseau interstellaire reviendra dans ce système... »

Il mentait. Elle le savait, elle se doutait qu'il ne souhaitait pas partir. Mais elle savait aussi que ses propos contenaient une part de vérité, qu'ils étaient condamnés à l'échec et qu'elle devrait un jour le quitter s'ils ne voulaient pas se retrouver aussi endettés que la majorité des indépendants. C'était la raison de leur altercation. Elle avait éclaté en sanglots...

– Qu'a-t-elle répondu ? demanda Meg.

Il venait de perdre le fil de la conversation. Il cilla, déconcerté. Il ne se souvenait plus de ce qu'il venait de dire. Il prit un bretzel et le grignota sans les regarder, ni ajouter quoi que ce soit.

– Il est mort de fatigue, fit remarquer Bird.

– Ouais !

Il se rappelait qu'il n'avait pas pris ses pilules, que les dirigeants de la compagnie étaient des ordures et que l'attribution d'une licence de pilotage devait recevoir leur aval. Ils avaient la mainmise même sur cela.

Bird se pencha et tapota sa chope avec un ongle taché de cambouis.

– Tu en veux une autre ? Une bière ? Sur notre compte ? Tu préfères aller te coucher ?

– Ouais, je suis crevé.

Il pensa à sa chambre, à son lit, à ses médicaments...

Tous ces somnifères...

Meg le prit par l'épaule.

– On va te mettre au lit.

Sans rien répondre, il repoussa la main de la femme, se leva et sortit.

– Il est vraiment mal en point, murmura Meg en le suivant du regard.

– Je l'ai trouvé très bien, la contredit Ben. Il devait être en forme, pour aller dépenser tout ce fric comme s'il se fichait du lendemain.

– Logique imparable ! marmonna-t-elle.

Assis en face d'elle, Bird paraissait de mauvaise humeur. Elle pensa qu'il avait quelque chose à leur dire et but quelques gorgées de bière pour lui laisser le temps de s'exprimer.

Il ne fit aucun commentaire. Ben posa ses coudes sur la table. Conscient d'avoir irrité son partenaire, il bouillait néanmoins de rage.

La situation évoluait très vite, trop vite.

– Excusez-nous, dit-elle.

Elle se leva et tirailla la manche de Sal. Celle-ci comprit que c'était sérieux et l'accompagna vers l'extrémité du comptoir, là où leurs compagnons ne pourraient pas suivre leur conversation sur leurs lèvres.

– Aboujib, nous avons un problème.

– Ouais. Ah ! les hommes...

– Ne généralise pas. C'est une question d'incompatibilité d'humeur entre partenaires.

– Ben est valable au lit, pas ailleurs.

– Je n'irais pas jusque-là.

– Moi, si. Je lui botterai le cul, si Bird ne s'en charge pas. Je lui ai d'ailleurs précisé ce que je lui couperais, s'il allait trop loin. Et Bird doit en avoir assez, lui aussi.

– Il l'obligera à rester tranquille.

– A condition de l'assommer avec une clé à molette. Je te le dis, Meg, je ne peux plus le supporter ! Mais comme je ne tiens pas à recevoir des balles perdues, je te propose d'aller voir une vid et de les laisser s'expliquer entre eux.

Il arrivait à Sal de tenir des propos pleins de bon sens.

– D'accord, répondit Meg. Je trouve ta suggestion excellente.

– Je m'inquiète vraiment, déclara Bird.

– Ouais ! grommela Ben sans lever les yeux de la table. Désolé, Bird.

– Pourquoi l'as-tu asticoté comme ça ?

– J'aimerais bien le savoir.

Il l'ignorait. Meg et Sal revinrent leur faire part de leurs intentions.

– Et profitez-en pour vider l'abcès, les gars, lança Sal en s'éloignant.

Ce qui vint encore alimenter la colère de Ben. Il les suivit des yeux sans savoir où elles allaient mais conscient d'être la cible de l'hostilité générale.

– Je ne sais pas, insista-t-il sans regarder Bird. Je ne pourrais pas te dire ce que ce type a de particulier, mais il vous fiche la tête à l'envers.

Il n'appréciait pas le projet de partenariat que Sal était venue lui annoncer à l'atelier du pont 3. Elle avait tenté de le convaincre que le fait de s'entendre avec Dekker servirait leurs intérêts, qu'ils auraient tout à gagner s'il récupérait sa licence... et il avait encore moins apprécié quand le chouchou de ces dames – et de Bird – avait fait son entrée au *Trou* attifé et pomponné comme il l'était.

Bird ne répondit pas tout de suite.

– Il est possible qu'on ne puisse pas comprendre pourquoi tu t'acharnes contre lui, lâcha-t-il enfin.

– Parce qu'il n'y a rien à comprendre, bordel ! Ce type est un cinglé et nous allons lui offrir la possibilité de récupérer son vaisseau... en tranchant la gorge aux filles et en ramenant l'appareil de l'autre côté de la Ligne...

– Tu as vu trop de vids. Comment justifierait-il leur disparition, une fois là-bas ? « Désolé, messieurs, elles m'ont simplement dit qu'elles sortaient faire une promenade » ?

– Ce n'est pas ce qui peut changer quoi que ce soit ! Dekker est fou, et les malades mentaux se fichent des conséquences de leurs actes. S'ils s'en souciaient, ils ne seraient pas dingues !

– Il aura des comptes à rendre à la Gestion des Mouvements.

– Ce n'est pas ce qui ressuscitera Meg et Sal.

– Je mise sur elles, à dix contre un.

– N'insiste pas, ce n'est pas drôle.

– Je ne suis pas de cet avis. La banque a placé une hypothèque de quatre-vingt-quinze k sur le *Way Out* et le *Trinidad* ne nous rapporte que des factures depuis des mois. Nous devrons encore obtenir un certificat de conformité pour l'appareil reconditionné et faire un plein avant de pouvoir envisager d'appareiller. Au cas où tu ne l'aurais pas remarqué, mon garçon, notre situation financière n'est pas brillante. Nos comptes subissent une véritable hémorragie, avec deux vaisseaux à l'appontage.

– Meg et Sal peuvent nous aider, alors que nous ignorons de quoi ce taré est capable. Je précise que les filles nous auraient donné un coup de main si elles n'étaient pas allées faire des courses avec lui. Il ne nous a attiré que des emmerdements, Bird. Il nous complique la vie depuis que nous l'avons sorti de l'épave.

– Nous pouvons nous débarrasser de lui, s'il pose des problèmes. Il nous reste assez de temps pour le juger. Mettons-le au travail, et voyons comment il se débrouille.

– Tu ne lui diras jamais d'aller se faire voir ailleurs, Bird. Tu en serais incapable. Tu te places dans une situation qui va te coûter très cher. Si je n'avais pas...

– Je sais dire non, Ben. Avant de te prendre avec moi, j'ai refusé de m'associer avec Meg et un tas de partenaires en puissance. Nous formons une équipe, tous les deux. Je t'ai donné bien plus qu'à tous les autres... mais il faut que ce soit réciproque. Et je voudrais que tu me laisses un peu de temps.

– Pour quoi faire ? L'entretenir jusqu'à ce que son compte soit crédité et qu'il puisse subvenir à ses besoins ? C'est parfait, Bird. Parfait ! Pour lui, tout au moins. Il ne dépensera pas un sou et pourra se tourner les pouces tranquillement.

– Ben...

– Je me demande pourquoi tu refuses de me croire alors que tu as une confiance aveugle en ce type, c'est tout !

– Ben... je ne sais pas si Meg et Sal ont eu tort ou raison de proposer cet arrangement. J'aimerais me faire une opinion personnelle sur Dekker et ton comportement agressif m'oblige à prendre constamment sa défense. Pour éviter qu'il ne pique une crise et fiche le camp.

– Bon débarras !

– Ouais ! Et si les filles disaient vrai quand elles affirment qu'il a de belles perspectives d'avenir ?

– De belles perspectives d'avenir ? Bordel ! Bird, *qui* accepterait de partir avec lui ? « Quelle heure est-il ? Quel jour sommes-nous ? » Qui pourrait supporter ça ?

– Il t'a vraiment tapé sur les nerfs, là-bas.

Il avait *horreur* de ces façons paternalistes.

– Non, il ne m'a pas *tapé sur les nerfs* !

– Alors, tout est parfait.

– Bon sang ! Ne...

– Quoi ?

Ne te fiche pas de ma gueule, pensa Ben. Mais il dit :

– D'accord, d'accord ! Nous verrons comment il va se comporter pendant une semaine.

Il prit un bretzel.

– Il ne les a pas emportés.

Un gaspilleur. Il se conduisait comme quelqu'un qui n'avait jamais eu de soucis d'argent, comme un type à l'aise financièrement. Et, se rappelant que Dekker prétendait avoir quarante-sept k, il déclara :

– S'il est crédité d'une somme pareille, il deviendra une vraie banque ambulante. A quoi doit-il une pareille fortune, sinon à cette fille riche et instruite ? Il avait tout à gagner si elle mourait.

– Ouais ! Et ça lui a permis de passer du bon temps, pas vrai ?

Bird était exaspérant quand il devenait caustique.

– L'affaire Nouri a changé bien des choses, ajouta Bird. Les flics ont été munis de mandats qui leur donnaient tous les pouvoirs, les amis dénonçaient les amis. Je suis convaincu qu'il y a eu deux fois moins de fraudes que ne l'a affirmé la compagnie. Elle voulait faire croire que nous provoquions une hémorragie dans ses comptes. C'est faux. On se débrouillait simplement pour joindre les deux bouts, tu comprends ? Les gens s'entraidaient à l'époque. Celui qui avait besoin d'argent ne s'adressait pas à la banque mais à ses connaissances. Il était possible d'emprunter à des taux bien plus avantageux, dès l'instant où on était de parole et qu'on remboursait sa dette à la première sortie rentable... et ça se savait. Nous avions moins de problèmes que la compagnie, crois-moi. Alors, dis-moi qui étaient les hommes d'affaires les plus avisés ?

Bird haussa les épaules et but une gorgée de bière désormais éventée.

– La nouvelle génération vient de la Terre avec des attitudes, ou de l'Institut où elle n'a jamais entendu parler de Shakespeare...

– Bon Dieu ! File-moi une bande et je te jure que j'écouterai tout ce qu'a pu dire ce type !

Bird lui adressa un regard étrange puis se pencha sur la table pour prendre sa main, curieusement, comme s'ils étaient un couple d'amants. Ça ne lui ressemblait pas.

– Ben, tu es un brave type. Je suis sincère. Ne change pas.

Ben retira sa main, ébranlé.

– Qu'est-ce que ça signifie ?

– Ben, mon garçon, je te passerai sans faute cette bande, répondit simplement Bird.

Dekker fixait le plafond et pensait aux somnifères, au contenu du flacon de pilules... mais il refusait d'accorder à la compagnie une pareille satisfaction.

Ben ne le laisserait pas tranquille. Il ne l'aimait pas, et avec les Ceinturiers, il n'y avait généralement rien à ajouter. Non content de lui prendre son vaisseau, il l'avait catalogué comme un type à problèmes... et il serait impossible de le faire changer d'avis.

Dekker ne comprenait pas pourquoi cet homme le trouvait antipathique. Il ne comprenait pas davantage les raisons pour lesquelles il leur avait fait toutes ces confidences sur Cory. N'allaient-ils pas revenir sur leur proposition, maintenant qu'il leur avait faussé compagnie de cette manière ? Que devait penser Bird de son comportement ?

Sans doute estimait-il que le lier à Ben serait une source constante d'accrochages... et Dekker savait ce qu'il déciderait si Ben lui imposait de faire un choix.

Ben, qui proposait de l'aider à récupérer sa licence, sans toutefois préciser le prix de ses services. La totalité de ce qu'il possédait, certainement... s'ils voulaient toujours de lui après son éclat. Ben le croyait fou. Il pensait qu'il finirait par craquer s'il retournait dans l'espace... D'ailleurs, Dekker avait lui-même des craintes à ce sujet. Les profondeurs de la Ceinture n'étaient pas le lieu idéal où découvrir qu'on avait peur du noir, et les trous de mémoire étaient déconseillés lorsqu'on manœuvrait pour installer un identificateur. Il ne s'agissait pas d'oublier ce qu'il convenait de faire ensuite. Il fallait se rappeler le stade où on en était resté dans une série d'opérations complexes. La Ceinture refusait le droit à l'erreur.

Il se demandait quelle serait sa réaction quand l'écoutille se refermerait derrière lui, s'il céderait à la panique ou garderait son calme. Peut-être se croirait-il remis de ce traumatisme puis, au fil des jours, se mettrait-il à dériver entre le passé et le présent, comme dans la cabine de douche... *cette* cabine de douche où seule la présence de ses nouveaux partenaires lui permettrait de rester ancré dans le temps.

Ses nouveaux compagnons voulaient le forcer à se ressaisir, à reprendre son existence comme si de rien n'était. Tout le monde devenait comme ça... On se rendait insensible, sourd et aveugle aux agissements de la compagnie. On gardait la bouche close, on se contentait du peu qu'on pouvait obtenir et on s'accoutumait à voir chaque matin le reflet d'un hypocrite dans le miroir du cabinet de toilette... parce qu'on savait que c'était la seule solution pour conserver des chances de survivre au sein de ce système pourri.

Il craignait de ne pas pouvoir changer à ce point ou de céder à la tentation d'ouvrir le tiroir contenant les pilules. Il ne savait pas si vivre avait encore pour lui un quelconque intérêt.

Lors de leur dernière dispute, il avait dit : « Cory, t'est-il venu à l'esprit que je ne souhaite peut-être pas partir ? Que pourrais-je faire, à bord d'un vaisseau interstellaire ? Je suis nul en maths et en physique. Je ne possède pas ton intelligence. Partir vers les étoiles est *ton* rêve. Je ne servirais à rien, je ne serais qu'un poids mort... jusqu'à la fin de mes jours... » Pouvait-on appeler cela vivre ?

Elle lui avait rétorqué qu'il n'aurait aucun avenir

s'il restait dans la Ceinture, que la compagnie était malhonnête et exploitait les indépendants, les pilotes et tous les imbéciles qui travaillaient pour elle. Cory jonglait avec des sommes importantes et connaissait les méthodes des banques. Elle lui avait expliqué pourquoi l'ASTEX avait imposé l'emploi des cartes de données électroniques et établi sa politique actuelle sur les filons. Elle avait tenté de lui faire comprendre l'incidence du débit immédiat des P.D.S. sur les intérêts que rapportaient leurs comptes, et comment Maman ne se servait pas que sur les rochers, mais aussi dans leurs poches.

Elle lui avait dit : « Ne sois pas stupide, Dek. Tu n'as pas d'avenir, ici. Ils feront disparaître les indépendants, puis les bergers... Non, il n'y a plus d'espoir, dans la Ceinture. »

« Et ne va pas t'imaginer que je pourrais t'abandonner à un pareil destin... », avait-elle ajouté.

Sal buvait sa consommation à petites gorgées sous les néons bleutés du *Scorpion*. La vid avait été acceptable, de taille et de toc, comme eût dit Meg, mais lorsqu'elles étaient sorties de la salle, il était bien trop tôt pour courir le risque de retourner au *Trou*, et elle avait suggéré de faire un saut jusqu'à son bar favori. C'était le territoire des bergers, juste à côté du club de l'Association... Un établissement hors de prix où on trouvait les rats de la comp qui fréquentaient les endroits à la mode et des bergers qui lui accordaient leur clientèle depuis longtemps. Ils avaient leurs tables dans un renfoncement situé au-delà des piliers de cristal, et leurs verres étaient remplis à ras bord, des doses complètes que le barman ne coupait pas avec de l'eau.

Elles n'auraient pu venir ici de façon régulière, bien sûr. Pas sans séduire des types aux bourses aussi bien garnies que celles des bergers. Mais ce n'était pas, ce jour-là, le but de leur visite.

Elles ne risquaient pas d'être importunées, de ce côté des colonnes... Dieu merci. Les bergers étaient convoités par bien des femmes et ils n'avaient que l'embarras du choix. Ici, celles qui ne faisaient pas d'avances n'attiraient pas ces casse-pieds qui rendaient toute conversation sensée impossible dans les bars plus populaires. On ne pouvait leur échapper dans les restaurants, sur le seuil des vidéosalles... des ouvriers des chantiers de construction spatiale venaient de débarquer dans le pont de détente et là-bas, à la vid, des soldats en perm avaient été insupportables. Elles avaient eu leur compte de mâles tarés au cours de ces dernières heures et le refuge offert par le *Scorpion* justifiait amplement – à ses yeux tout au moins – une addition aussi salée.

– Je te le dis, fit-elle devant une *margarita* préparée dans les règles de l'art. Mon instinct me dit d'essayer de découvrir ce que Dek a dans le ventre. Avant notre départ... tu sais, un contrôle personnel, quelque chose d'amical. Il faut le secouer un peu pour découvrir ce qui branle. C'est la plus élémentaire des prudences. Mais Ben nous pose un problème, bordel !

– Tu veux mon avis, Aboujib ?

– Possessif ?

– Puceau. Tu es probablement la première.

– Dis pas de conneries, il a la même attitude envers Bird !

– Tout juste !

Elle comprit le fond de la pensée de Meg.

– Et c'est pareil dans un tas de domaines, non ?

Meg brassa sa boisson avec une paille en plastique.

– Il a un sérieux problème. Ça ne nous a pas encore attiré d'ennuis, mais il faut s'en inquiéter. J'ai trouvé son petit numéro plutôt *ni-kulturny*.

– Tu peux le dire, approuva Sal.

Elle contracta ses épaules, mal à l'aise, et aspira un peu de *margarita*. Elle ne se comportait pas avec Ben comme avec les autres hommes. S'il n'avait pas été le meilleur calculateur de R 2, elle l'aurait refilé à Meg... échange et largage, une bonne vieille technique éprouvée. Mais, bordel ! Ben sortait de l'ordinaire. C'était un champion, et le fourguer à sa partenaire n'aurait eu aucun effet positif. Meg ne savait pas quelles questions il convenait de poser et était bien moins forte qu'elle en calcs.

En outre, Meg ne plaisait pas assez à Ben pour qu'il accepte de lui apprendre ce qu'on n'enseignait pas à l'Institut, ces choses qu'il avait découvertes par lui-même et qu'il n'aurait révélées qu'à Sal. Il était unique en son genre... on le trouvait *simpatico* puis, l'instant suivant, on voulait lui tordre le cou. Pourtant, nul ne lui avait jamais inspiré autant confiance que Ben... Meg et Bird exceptés. Il n'y avait qu'avec eux qu'elle aurait pu sortir dans l'espace en se sentant en sécurité... et lorsqu'elle pensait à sa conduite absurde, ça la dépassait.

Au moins n'était-il pas comme ce salopard qui l'avait menacée de ne pas rouvrir le sas et de la laisser crever à l'extérieur du vaisseau si elle refusait ses avances. La position des calculateurs était désavantageuse, et ils avaient constamment des problèmes. Sauf s'ils étaient aussi exceptionnels que Ben, et donc irremplaçables. Meg n'avait pas eu d'ennuis de ce genre... s'il avait un tant soit peu de bon sens, un calculateur ménageait son pilote et ne l'envoyait pas dehors. Mais un calc pouvait embarquer avec des détraqués et quand il trouvait des partenaires valables il tentait de les conserver. Il n'essayait pas d'intervenir dans leur existence, pas s'il tenait à sa peau. Au contraire, il faisait tout son possible pour ne pas les perdre.

Quitte à recourir au meurtre ? Pourquoi pas, s'il fallait en arriver là ? Il ne fallait pas hésiter si c'était la seule solution. Si deux hommes voulaient s'entre-tuer, par exemple...

– Qu'allons-nous faire, Kady ?

Meg grimaça.

– Ne pas changer de tactique. On laisse Bird s'en charger.

Quelqu'un s'approcha de leur table, toucha son épaule.

– Aboujib ?

Bon Dieu, une proposition ? Meg s'était déjà renfrognée quand Sal leva le regard d'une veste de prix au visage d'un berger – équipe de Sunderland, un ami de Mitch – qu'elle connaissait de vue mais pas de nom. Il lui dit rapidement, en glissant quelque chose dans sa poche :

– Ce que tu as demandé.

– Ouais ! fit-elle.

Un nouveau problème. Le *même* problème. Elle retint sa respiration et tâta sa poche. Il lui avait remis un petit disque en plastique. Son cœur s'emballa.

– Kady ?

– Ouais ! Tout juste.

– La situation s'est aggravée. Vous êtes compromises. Continue comme prévu, Sal. Nous avons besoin d'un délai. Mais quand arrivera la date d'appareillage... fais-le-nous savoir. Sans faute.

Il s'éloigna.

Dieu !

– Qu'est-ce qui se passe ? demanda Meg.

– Je l'ignore.

Elle pensait à un draveur en stationnement très loin de là, un appareil qui crachait des fragments de rocher en direction du Puits. Elle pensait à Maman Garce qui se chargerait d'établir leurs cartes *et* leur parcours, et de leur imprimer une accélération puis de les freiner.

– Je ne sais pas.

Elle avait l'impression d'avoir avalé un glaçon qui venait d'atteindre son estomac.

– A-t-il voulu dire ce que j'ai cru comprendre ? Ils pensent que nous sommes en danger ?

– Je ne sais pas.

– Oh ! parfait...

– Il ne faut pas céder à la panique.

– Je ne cède pas à la panique, rassure-toi ! Je viens seulement de prendre conscience que je n'aime pas du tout ce qui se prépare.

Elle se pencha sur la table et baissa la voix pour répondre :

– Meg. Ils ne nous laisseront pas nous précipiter au-devant des ennuis.

– D'accord, murmura à son tour Meg. Mais je préférerais que tu évites d'employer des termes tels que « se précipiter », merci. Ce que je viens d'entendre ne me plaît guère. Surtout ce « Continue comme prévu ». Pourrais-tu me fournir quelques précisions sur ce qui est prévu, au fait ?

– Il a simplement voulu dire que nous faisons ce qu'il faut...

– Pour devenir des martyres. C'est le but recherché ?

Elle crut que Meg allait la frapper et saisit son poignet.

– Ils nous offrent une occasion merveilleuse...

– Laquelle ? Celle de bénéficier de belles funérailles à leurs frais ? Celle d'attirer sur nous tout le mauvais karma pendant qu'ils ne prennent aucun risque ?

– Meg, je peux te faire entrer dans l'Association.

– Ils peuvent se carrer leur foutue Association où je pense, gronda Meg en dégageant sa main. Je ne veux pas de leur charité.

– Meg, pour l'amour du ciel, ne fiche pas tout par terre.

Meg serrait les dents. Elle inspira à fond, comme toujours lorsqu'elle bouillait de rage.

– Quelles garanties nous offrent-ils ? Merde ! On nous écoute peut-être...

Sal sortit le disque de plastique de sa poche. Un voyant vert brillait. Elle le dissimula dans sa paume, rapidement.

– Merde ! gémit Meg.

– La partie se poursuit désormais à un niveau supérieur. Ils ne nous laisseront pas tomber.

– Oh ! Je constate que tu as vraiment une confiance absolue en ces types ! La détention de ces machins est illégale, bordel !

– Ils ne sont pas stupides.

– Mais ils doivent croire que nous le sommes.

– Je leur ai fait une proposition, également en ton nom. Ils viennent d'accepter. Et de nous mettre en garde.

– Ouais, ils nous informent que nous sommes « compromises ». Je dois avouer que j'adore. Vraiment !

– Meg.

Elle ne pouvait en dire plus à Meg. Meg qui devait être rongée par des envies de meurtre mais qui déclara :

– On nous a donc mises dans le même panier que lui. C'est à cause de ce voyage ?

La réponse était oui. Meg le savait. Elle avait tout compris.

– Merde !

– Nous avons ce qu'ils veulent. C'est *Dek* qui les intéresse. Les bergers paient toujours leurs dettes. Voilà ce qu'ils proposent. Nous prenons un risque, et ensuite ils nous acceptent parmi eux. Ce sont les termes de leur offre. Si nous les doublons... ou si nous renonçons à ce stade...

Elle en était réduite à l'implorer. Les pressions seraient trop nombreuses, et dans tous les domaines, si

Meg se défilait. Bon Dieu ! C'était tout ce qu'elle désirait depuis toujours. *Tout !*

– Un statut de bergères, Meg. Un dernier voyage. Nous emmenons Dek pour qu'il reste inaccessible pendant trois mois et c'est tout. Ben et Bird auront un avenir assuré avec ces deux appareils. Nous serons quittes. Et nous partirons d'ici, Meg. C'est pour nous la possibilité d'avoir un vrai vaisseau. Toutes les deux.

Cet argument avait porté. C'était bien l'unique chose à même d'intéresser Meg, qui parut encore plus en colère et gronda :

– Tu te berces d'illusions ! Ouvre les yeux, Aboujib.

– Ça va marcher. C'est une affaire *importante*, Meg. Tu peux me croire, bon sang !

Meg secoua la tête. Mais c'était une acceptation. Elle disait : Entendu. Nous allons nous comporter en vraies imbéciles.

– J'espère que tu as raison, Aboujib. Et que ce *muchacho* qui a perdu le nord va bientôt le retrouver. Parce que si tes amis veulent prendre sa défense... il vaudrait mieux qu'il ne soit pas complètement dingue.

14

Ben n'avait pas projeté de passer la nuit en compagnie de Bird. Prendre son petit déjeuner avec son partenaire ne correspondait pas non plus à l'idée qu'il se faisait du bon temps, mais Bird avait insisté.

Et ils se retrouvaient là, assis à leur table habituelle, pendant que Dekker faisait la queue au comptoir. Meg et Sal étaient toujours dans leur chambre. Elles étaient rentrées très tard et Ben évitait de penser à ce qu'elles avaient pu faire. Même Dekker n'avait pas paru ravi de leur invitation à se joindre à eux. Il avait ouvert sa porte et dit qu'il arrivait tout de suite, puis il était arrivé en retard... avec ses tempes rasées et le reste.

– Il ne lui manque que des boucles d'oreilles, marmonna Ben.

– Sois gentil, lui reprocha Bird en mâchonnant un bout de saucisse et des œufs trop cuits.

Ben le lorgna et haussa une épaule.

– Qu'est-ce que j'ai encore fait ?

Mais il se rappela qu'il devait retenir sa langue et ne pas critiquer le mignon petit garçon de Bird. Comme la folie s'avérait contagieuse et avait gagné Meg et Sal, il avait décidé la veille de suivre le mouvement.

Le regard de Bird laissait supposer qu'il le suspectait d'attendre que ce pauvre débile aille se coucher pour le larder de coups de couteau. Ils en étaient arrivés là. C'était pour cela qu'il avait jugé préférable d'accepter cette situation.

Jusqu'au premier faux pas du cinglé. Ensuite, il s'efforcerait de ne pas casser les oreilles à son partenaire avec des « je te l'avais bien dit »... si Bird reconnaissait son erreur et recouvrait son bon sens, bien sûr.

Dekker revenait avec sa tasse de café et ses œufs, en prenant soin de ne pas les regarder. Il tira une chaise avec le pied et s'assit.

– Je dois vous présenter mes excuses, dit-il sans relever les yeux.

Ben réussit à ne pas ouvrir la bouche.

– J'ai un peu divagué, hier.

Bird haussa les épaules, mais Dekker ne pouvait pas le voir. Il fixait son assiette, tel un malade mental... ce qu'il était.

– Les pilules font parfois cet effet, commenta Bird.

– J'ai décidé de ne plus en prendre.

Il serrait sa fourchette et sa main tremblait. C'est formidable, se dit Ben. Merveilleux ! Et nous allons partir avec ce type. Il va certainement remettre ça lorsqu'il sera devant un pupitre de commande, au cœur du néant.

Dekker releva finalement la tête. Ses yeux cernés indiquaient qu'il avait mal dormi.

– Je ne vous ai pas laissés parler, hier. Mais si votre offre tient toujours... j'aimerais en discuter.

– Elle tient toujours, dit Bird.

Merde, pensa Ben.

Dekker n'ajouta rien pendant un bon moment. Il se contentait de faire tourner ses œufs sur le pourtour de son assiette. Finalement, il regarda de nouveau Bird.

– Je veux récupérer ma licence. Ça me coûtera combien ?

– Tout dépend du travail que tu pourras fournir, répondit Bird.

Pendant que Ben effectuait rapidement des calculs en tenant compte de la somme dont ce taré serait sous peu crédité et du fait qu'il devrait se sentir motivé pour pouvoir supporter sa présence.

– Dix k tout rond. Résultats garantis.

Dekker paraissait sidéré... peut-être trouvait-il ce prix trop élevé, sans comprendre la véritable nature de sa proposition. Ben se demandait d'ailleurs pourquoi il l'avait faite... il savait seulement qu'il avait réfléchi une fraction de seconde, été un peu gourmand, et qu'il avait déjà Bird sur le dos. Les mots étaient tout simplement sortis de sa bouche : Voilà, mon mignon, je peux tout arranger, j'en ai la possibilité, et tu aurais intérêt à me traiter avec un peu plus d'égards.

Bird restait muet. Dekker également. Il ajouta, non sans une certaine satisfaction :

– C'est correct, pas vrai ? Résultats garantis... licence de première catégorie.

Bird était visiblement ennuyé mais ne disait toujours rien.

– Quelle garantie ? voulut savoir Dekker.

Ben le foudroya du regard.

– La mienne. Mais je t'avertis que si tu demandes l'heure ou la date à qui que ce soit, si tu recommences à déconner quand nous serons là-bas, je t'enverrai faire un tour à l'extérieur... et sans scaphandre.

– Ben ! gronda Bird.

– Je ne plaisante pas.

Dekker avait peur.

– Ben est un type correct, lui affirma Bird. Vraiment !

– On ne m'a pas fait d'autres propositions.

– Ça ne m'étonne pas, commenta Ben avant de prendre conscience qu'il venait d'enfreindre ses bonnes résolutions.

Bird lui décocha un regard furieux. Dekker en fit autant et dit :

– Je ne serai pas un poids mort.

– J'y compte bien, répondit Ben. Tu feras tout ce qu'on te dira et tu accepteras les corvées sans rechigner ni rouspéter... quoi que tu puisses en penser.

– Ben..., fit Bird.

Dekker se pencha sur la table, l'air abattu. Ben ne comprit pas tout de suite qu'il lui présentait sa main, qu'il le prenait au mot.

Merde, se dit-il. Il aurait encore préféré fourrer ses doigts dans un moulin à café mais il devait se réhabiliter aux yeux de Bird. Il grimaça un sourire et accorda à Dekker une poignée de main apathique.

Qui ne convainquit personne, lui moins que les autres. Mais il déclara :

– Parfait, puisque tout est réglé il ne reste qu'à aller déposer la demande. Je présume que tu n'as encore rien fait ?

– Aucun cratère, commenta Meg à leur entrée dans le bar.

Elles étaient revenues très tard, la veille, et elles venaient de faire la grasse matinée. Elles arrivaient juste à temps pour pouvoir encore prendre leur petit déjeuner. Elles ne voyaient ni Dekker, ni Bird, ni Ben. Meg fourra ses mains dans ses poches et se tourna vers Mike. Sal en fit autant et haussa les sourcils.

– Ils se sont entre-tués ? demanda-t-elle.

Mike leur servit des restes d'œufs caoutchouteux et répondit :

– Ils sont partis tous les trois, comme de vieux copains. Ils m'ont chargé de vous dire qu'ils monteront aux docks et qu'ils vous ont laissé une pile de trucs à nettoyer et à réviser, à l'atelier.

– Très drôle, déclara Sal avec amertume.

– Ben avec Dekker ? dit Meg, inquiète. On n'avait pas prévu ça. On a encore un problème.

Sal se servit du café et prit le plat que lui tendait Mike.

– Kady, il nous faut une stratégie.

– Quelle stratégie ? Je propose de descendre Ben.

– *Neg, neg*, il s'est contenté d'entrer dans le jeu de Bird.

Sal apporta l'assiette et le café à une table et prit une chaise. Meg fit de même.

– Nous en aurons pour... combien ? Trois semaines, en mettant les bouchées doubles. Si Dek est capable de donner un coup de main. Les garçons vont avoir des problèmes. *Mucho macho.*

– *Mucho* ennuyeux, surtout. Quand Bird prend une position, il faut un levier pour l'en déloger.

– Nous ne pouvons pas laisser Ben et Dekker ensemble. Il faut absolument l'empêcher.

– Bird pourrait partir avec Dekker... et *nous* avec Ben.

Ce n'était pas une mauvaise idée, à la réflexion. Elles s'intéressaient aux fichiers de Ben depuis deux ans. Il s'agissait de quelque chose de solide, alors que les bergers ne leur avaient fait que des promesses.

Et Bird était bien le seul à pouvoir faire tenir Dekker tranquille...

Sal baissa la tête et regarda dans sa poche... Sois prudente ! pensa Meg dont l'estomac s'était noué.

– Je crois avoir trouvé une solution, Kady. Nous allons demander à partir de conserve, avec nos vaisseaux jumelés. *Tous* ensemble. Et Bird acceptera... tu sais pourquoi ?

Elle tapota le plateau de la table avec son index.

– Parce qu'il ne veut pas qu'il arrive malheur à Dekker et qu'il a déjà fait un voyage en compagnie de ces deux excités. Si nous lui offrons un moyen d'y échapper, il n'hésitera pas. Nous réclamerons la moitié de ce que Dekker devra payer pour ses heures de vol, afin qu'ils ne se méfient pas de nos motivations. Et si Maman Garce n'y met pas son veto, nous aurons Ben et ses coordonnées *ainsi* que Dekker.

– Bon sang ! Le *Way Out* vient d'être entièrement reconditionné. Ce sera sa première sortie.

– Tout juste, et c'est pour ça que la G.M. devrait autoriser cette sortie à deux.

– Pas très discret, non ? Est-ce bien le moment de rappeler notre existence à la compagnie ? Je ne trouve pas ton idée excellente.

– Kady, Maman Garce nous a déjà à l'œil. Je demanderai aux bergers ce qu'ils en pensent, mais je ne vois pas en quoi notre situation pourrait empirer. S'ils donnent leur feu vert et si Maman accepte... Bon Dieu ! Nous serons loin d'ici quand la merde volera de tous les côtés. La comp ne devrait rien tenter contre nous tant que nous ne serons pas arrivés dans notre secteur, pas à moins d'y être contrainte, et quand l'Association aura ouvert le débat, Maman Garce n'osera plus nous envoyer percuter un rocher. Il y a les coïncidences plausibles et les autres. La C.T. n'attend qu'un prétexte pour la rappeler à l'ordre.

Meg se demandait si lors de la brève rencontre au *Scorpion* ce berger n'avait pas communiqué à Sal bien plus d'informations qu'elle ne le prétendait. Et la simple pensée que la G.M. pourrait les projeter à la vitesse grand V vers un point de l'espace de son choix – alors qu'ils disposeraient de cartes où tous les obstacles placés sur leur chemin ne seraient peut-être pas indiqués suite à une erreur technique – avait de quoi troubler le sommeil. Dans ses derniers flashes d'informations Maman Garce déclarait être disposée à étudier les doléances des bergers, afin de régler les litiges en suspens et de calmer les esprits. Elle avait des délais de livraison à respecter et le haut commandement de la Flotte poussait à la roue.

Telle était la version officielle. Derrière les portes de la direction, des carrières étaient en jeu.

Ainsi que l'existence même des bergers.

– Sal, j'aimerais vraiment être tenue au courant, si tu sais autre chose... maintenant ou à l'avenir.

– Je te dirai tout. Juré.

– Merci.

Elle essaya de le croire.

Sal affirmait que les bergers les prendraient dans leurs rangs, mais ils appartenaient déjà à une espèce en voie d'extinction. Il aurait été stupide de le nier. On perdait l'habitude de faire des projets à long terme lorsque l'unique issue débouchait sur des activités vouées à disparaître à brève échéance. Les indépendants étaient condamnés. Elles avaient le choix entre l'option de la location ou celle dont parlait Sal... à condition que les bergers tiennent leurs engagements – si engagements il y avait – et qu'ils ne se retrouvent pas placés sous les ordres de Maman quand viendrait le moment de tenir leurs promesses.

Sal attendait pareille aubaine depuis longtemps. Des années ! D'après ce que Meg savait, sa partenaire avait laissé passer une occasion de devenir une bergère et ces fils de pute l'avaient ensuite tenue en laisse près de six ans. Elle devait leur servir d'yeux et d'oreilles sur le pont de détente, faire leurs courses en risquant de se faire arrêter, pour leur prouver qu'elle obéissait à tous leurs ordres...

L'Association lui avait adressé une sévère mise en garde sitôt après avoir appris qu'elle voulait faire équipe avec Meg... mais Aboujib n'était pas du genre à se laisser intimider ou à s'inquiéter des conséquences de ses actes. Ses puissants amis lui avaient ordonné : « Laisse tomber Kady ! » Et elle avait exigé de rencontrer des responsables. Dieu seul savait quels propos ou menaces avaient été échangés pendant cette entrevue, mais Sal était sortie en trombe du club de l'Association et n'avait plus parlé d'en faire partie pendant près d'un mois.

Elles avaient connu depuis des hauts et des bas, et

amélioré leur situation... jusqu'à la veille, jusqu'au moment où ces salauds avaient ravivé un vieux rêve...

Le soir précédent Meg avait donné son accord, et elle était à présent convaincue de s'être comportée comme une idiote. Elle aurait réfléchi à deux fois avant de prendre un tel engagement, si elle n'avait pas bu deux *margaritas* bien tassées. Elle n'aurait toutefois pas répondu un « non » catégorique le matin, alors qu'elles jouaient tout leur avenir sur la fiabilité d'un petit voyant vert.

Meg n'aurait pas pu dire à Sal : Rien à faire ! Je préfère conserver cette location.

Elle ignorait si c'était par amitié qu'elle oubliait son bon sens. Mais elle savait que la situation évoluait si vite que les indépendants disparaîtraient sous peu. Elle s'inquiétait pour Bird, même si leurs rapports n'auraient pu être qualifiés de romantiques. Ils prenaient simplement du bon temps ensemble. Mais c'était quelqu'un qu'elle ne souhaitait pas voir percuter un rocher, bon sang ! Si Dekker était la cause de cette situation... ils étaient en effet compromis, pour employer le terme utilisé par le berger, Bird, Ben, eux *tous*. L'Association voulait se servir d'eux pour sauvegarder ses intérêts, mais elle représentait leur unique protection. Elle seule avait suffisamment de poids pour exercer des pressions sur la compagnie.

Et c'était une raison suffisante pour ne pas opposer un refus.

Elle ne pouvait en parler à Bird. Il ne savait pas garder un secret. Et certainement pas à Ben.

Qu'avait dit ce berger, déjà ? La situation est grave ? La situation s'est aggravée ?

Un fait nouveau venait de se produire. Les cartes de Ben ? Une initiative de la comp ?

On ne communiquait pas des informations de ce genre aux pauvres imbéciles envoyés en première ligne.

Déposer une nouvelle demande de licence, avait dit Ben. Et sans perdre de temps. Le *Way Out* devait appareiller le plus tôt possible, à cause des droits d'appontage, et Ben affirmait avoir des amis qui pourraient le faire convoquer pour l'épreuve pratique dans moins d'une semaine. Bird n'avait fait aucun commentaire et Dekker en déduisait que son partenaire devait dire la vérité.

Il se retrouvait dans une voiture du Trans, assis entre ces deux hommes, nerveux comme un gosse qu'on emmène chez le dentiste. Il commençait seulement à accepter l'idée qu'il lui faudrait passer les tests des ops avant que ses genoux n'aient cessé de trembler. Dix jours suffisaient, disait Bird. Il fallait lui laisser un peu de temps pour se reprendre, lui accorder un répit avant qu'il n'ait à démontrer à la G.M. qu'il n'avait pas perdu ses capacités. Le délai serait suffisant pour la délivrance d'une licence de troisième catégorie, indispensable pour qu'ils puissent faire valider les heures passées à bord du *Way Out*, déclarait Ben.

Surtout, ne pas échouer à cette épreuve !

– Ensuite, nous irons dans les docks pour te montrer le vaisseau, d'accord ? proposa Bird.

– D'accord.

Il se sentait à la fois angoissé et indifférent. Il se demandait dans quel but ils voulaient lui... *montrer le vaisseau...*

Pour s'assurer qu'il ne craquerait pas, qu'il ne céderait pas à la panique...

Il se souvint de l'habitacle glacé et souillé, du scaphandre qui flottait en face de lui... et agitait un bras. Il avait ouvert les yeux dans la pénombre et cru qu'il s'agissait de Cory... qui lui faisait signe d'aller le rejoindre.

Bird lui parlait des dégâts subis par l'appareil, de ce qu'ils avaient fait...

Mais Dekker se le représentait tel qu'il s'était gravé dans sa mémoire. Un lieu de puanteur, de froid et de peur...

Le Trans stoppa et Ben annonça :

– Admin. Nous sommes arrivés.

Il se leva et les suivit dans ce secteur beige et gris où régnait l'odeur de circuits électroniques froids propre aux bureaux. Ils virent une porte où était écrit : *Licences C.T.S.A.A.*, entrèrent dans une pièce et allèrent jusqu'au comptoir.

– Je souhaite déposer une demande de licence de pilotage, commença-t-il.

– Une demande de réattribution de licence, précisa Ben en s'accoudant près de lui.

– Laisse-moi faire, bon sang !

Il perdait le fil de ses pensées quand Ben se permettait de l'interrompre. Il frissonnait – il avait dû prendre froid dans le Trans – et il ne voulait pas remplir les formulaires avec des mains tremblantes. Il devait absolument faire *bonne* impression sur les employés de ce bureau.

L'homme alla chercher une carte qu'il lui remit en désignant une table et un lecteur.

Il alla s'y asseoir, encadré par son escorte. Il glissa le rectangle de plastique dans la fente et fit trois fautes de frappe en écrivant son nom.

– Vous me rendez nerveux.

– Tu t'en tires très bien, mentit Ben.

Puis il se concentra sur la première question : les raisons de sa révocation.

– Non, non, fit Ben. *Neg*. Réponds : Hospitalisation.

– S'ils ont fait ça, c'est parce qu'un med complètement taré...

– Ils ne te demandent pas de détails.

Ben se pencha et fit descendre le curseur.

– Pas d'explications. Ce qu'il faut inscrire dans ces cases, c'est des réponses qui ont été prévues. N'apporte pas des précisions qu'on ne te demande pas, et quand tu ne sais pas quoi écrire tu laisses un blanc. N'oublie jamais que tu t'adresses à des employés de bureau, pas à des pilotes. Tape : hospitalisation.

C'était le bon sens. Il regrettait seulement que ce conseil vienne de Ben.

– Raisons de la demande, lut ce dernier avant de tendre le doigt. Modification de la situation médicale.

Il ne lui était pas venu à l'esprit qu'il devrait passer de nouveaux examens de santé. Penser aux meds lui donnait des nausées. Mais il saisit cette réponse.

– Signe et valide avec ton Idcarte, ajouta Ben. C'est tout ce qu'on te demande.

Il restait de nombreuses lignes vierges.

Autres circonstances. Est-ce qu'il devait remplir cette case ?

– C'est un 839-RC, fit Ben en tapotant l'angle supérieur de l'écran où apparaissait ce numéro. Simple dépôt de candidature. Pas de détails. Ce n'est pas un examen. Contente-toi de valider.

– Tu as déjà rempli un de ces formulaires ?

– Sans importance. J'ai travaillé au Bureau des garanties. Tu dois répondre par des phrases types et éviter de poser des problèmes d'interprétation aux employés, si tu ne veux pas que ta carte se retrouve sous la pile du travail à traiter. Ne leur complique jamais l'existence. Envoie ça.

– Fais-le, dit Bird.

Il tapa ENVOI. Un instant plus tard l'écran clignotait, l'informait que son compte venait d'être débité de deux cent cinquante de frais d'enregistrement et lui annonçait qu'il passerait l'épreuve pratique sous soixante jours, après quoi il devrait effectuer deux cents heures d'entraînement en simuls ou en navigation réelle sous le contrôle d'un pilote de première catégorie...

Avant de se présenter à l'examen écrit.

Il eut l'impression de recevoir un coup de poing au bas-ventre. Il resta figé sur place, pour relire la dernière phrase. Finalement, Bird posa la main sur son épaule et lui rappela qu'ils avaient prévu d'aller dans le moyeu.

Il n'avait plus que quatre-vingt-quinze dollars, il lui restait à régler sa note au *Trou*, et il ne s'était jamais présenté à une épreuve écrite. Il était passé des pousseurs aux remorqueurs, puis aux vaisseaux de prospection sans autres formalités que quelques tests pratiques.

Ben lui donna un coup de coude.

– Cesse de rêvasser et suis-nous. Sans oublier ton Idcarte.

Il la retira de la fente puis sortit du bureau avec eux, toujours sous le choc. Ils arrivèrent à la station de Trans à l'instant où une rame entrait. Ses portes s'ouvrirent.

– Viens, lui dit Ben.

Il prit son bras, et ce fut la goutte qui fit déborder le vase.

– Ne me touche pas ! gronda-t-il.

Il dégagea son bras. Il voulait retourner au pont de détente, s'enfermer dans sa chambre, prendre une pilule et effacer le reste de cette journée, et peut-être les trois ou quatre suivantes.

– Viens.

Bird, cette fois. Il le tira.

Les portes de la voiture allaient se refermer et une voix de synthèse leur disait de s'écarter.

– Merde !

Il finit par les suivre, pour ne pas subir leurs questions jusqu'à l'arrivée de la rame suivante. Il savait qu'ils voudraient savoir pourquoi il venait de se comporter en parfait imbécile.

Ils s'assirent pendant que les portes se refermaient et que le Trans démarrait.

– Qu'est-ce qui t'arrive ? demanda Ben. Tu perds les pédales ?

– Non.

Il s'était affalé sur le siège et fixait un point situé entre les deux hommes.

– Tu paniques à l'idée de te retrouver dans ce vaisseau ? s'enquit Bird.

– Non.

Il serrait les dents et bouillait de rage, comme toujours lorsque ceux qui voulaient régenter son existence le harcelaient.

– Tu débloques, Dekker, fit Ben.

C'était possible. Et si un gosse pouvait se contenter de ne pas dire un mot, un adulte endetté jusqu'aux oreilles et risquant de finir ses jours comme manœuvre à bord d'une station avait intérêt à comprendre à qui il était redevable, et de combien. Il avala sa salive malgré la boule dans sa gorge, et marmonna :

– Je ne me présenterai pas à cet examen.

Bird inclina la tête sans comprendre.

– Quoi ?

– Je ne pourrai pas réussir l'épreuve écrite.

– Qu'est-ce que tu veux dire ? intervint Ben, d'une voix si forte que les autres passagers durent l'entendre. Tu avais bien une licence, non ?

Va te faire foutre ! voulait-il lui hurler. Fiche-moi la paix ! Mais il répondit :

– C'est exact.

– Et tu n'as pas passé d'examen ?

– C'est possible, intervint Bird. Pour ceux qui travaillent aux chantiers de construction spatiale. Ils changent de catégorie en se présentant uniquement à des tests pratiques et en répondant à quelques questions. C'est ce que j'ai fait. Tous les pilotes ne sortent pas de l'Institut.

Ben se tourna vers lui.
– Eh bien... tu dis que tu t'y connais en pilotage. Alors tu sais quelles réponses il faut fournir. Un examen, ce n'est pas la mer à boire.
Ben l'exaspérait. Le simple fait de le voir respirer le faisait bouillir. Il essaya de se détendre.
– Je ne peux pas répondre à des questions écrites !
– Oh, non ! gémit Ben en s'affaissant. Manquait plus que ça. Tu sais lire, au moins ?
Il ne tenait pas à approfondir la question. Il ne voulait pas en discuter, seulement tordre le cou de ce type. Il riva ses yeux sur un angle de la voiture, derrière son interlocuteur, décida d'aller jusqu'au vaisseau et de tout faire pour ne pas donner de lui l'image d'un cinglé. Il se présenterait à l'épreuve pratique, passerait les deux cents heures requises à bord de l'appareil de Bird et reviendrait se présenter à ce maudit examen... auquel il échouerait.
Mais entre-temps il serait nourri, il s'insinuerait dans les bonnes grâces de Bird, et il pourrait peut-être se faire délivrer une licence l'autorisant à piloter des pousseurs de fret. Ensuite il s'élèverait un échelon après l'autre, comme aux chantiers de construction spatiale. Il s'interrogea. Etait-ce possible, ici, dans la Ceinture ? Inutile de s'en préoccuper pour l'instant. Il voulait seulement suivre le mouvement et oublier à quel point sa situation était peu enviable.
Bird et Ben parlaient à voix basse... de lui. Ce qu'il entendait malgré le bruit de fond le lui indiquait. Ils étaient encore à deux arrêts de l'ascenseur du moyeu. Il voulait arriver à destination... atteindre la cale d'appontage, le vaisseau, pour qu'ils changent de sujet de conversation.
Ben se pencha pour lui dire :
– Ecoute... Ces examens, c'est facile de les réussir. C'est un *système*. Suffit de connaître la technique...
– Facile pour toi !
– Es-tu un pilote acceptable ?

– Un bon !

– Alors, écoute-moi. C'est aussi simple que remplir un formulaire. N'entre pas dans les détails. La clé de tous les questionnaires, c'est de ne pas se montrer plus calé que celui chargé de vérifier les réponses.

Il prit une inspiration, certain que Ben venait de l'insulter même s'il ne savait pas de quelle manière.

– On t'aidera à réussir, ajouta Ben. Mais il faut d'abord voir comment tu t'en tires à l'épreuve pratique.

Il refusait d'être redevable de quoi que ce soit à cet individu... qui devait songer à un nouveau moyen de lui extorquer de l'argent. Restait l'espoir que pour parvenir à ses fins, Ben devrait peut-être lui faire effectivement récupérer sa licence.

Avant de le prendre comme esclave, qui sait ? C'était secondaire, vu sa situation actuelle. Il se plierait à toutes leurs volontés... si cela lui permettait de recouvrer son statut.

Ces pensées l'occupèrent jusqu'au moment où le Trans stoppa devant les ascenseurs. Ils descendirent de la rame, pressèrent la touche d'appel et attendirent. Dekker fourra ses mains dans ses poches et essaya de ne pas penser à l'avenir, aux examens, aux docks et au *Way Out*...

Tout se passerait bien. Il ne céderait pas à la panique. Il ne vomirait pas en apesanteur. Il était seulement incommodé par le froid, un froid glacial. Il frissonnait lorsqu'il entra dans la cabine.

Il s'adossa à la paroi et agrippa une poignée. Ils partirent vers le moyeu, sous un *g* d'abord important, puis moindre... ce qui fut déjà suffisant pour brasser le contenu de son estomac. L'ascenseur s'arrêta dans la zone de sécurité du mât et ils glissèrent leurs cartes dans le lecteur.

Au moins l'apesanteur ne le rendait-elle pas malade, mais...

... il avait l'impression d'être revenu en un lieu familier, comme s'il repartait à la dérive dans le temps. Il avait traversé ce secteur, allongé sur une civière et à moitié inconscient... et il lui fallait à présent garder Bird dans son champ de vision pour rester ancré dans la réalité, agripper la poignée du tire-personnes et se laisser emporter entre les deux hommes...

Dans les grondements, l'activité fébrile et l'odeur d'huile et de machines... il se croyait à R 1. Il devait se répéter qu'il était à R 2 et, lorsqu'il atteignit la cale d'appontage du *Way Out* dans la section de radoub, en dépit des protestations de son estomac, il pouvait se raisonner et maintenir son système nerveux dans un engourdissement apaisant.

Entrer dans le vaisseau ne provoqua pas le choc qu'il avait tant redouté. Il suivit les deux hommes dans le sas. Bird fit la lumière et l'appareil lui parut... banal. Il régnait ici une forte odeur de désinfectant, de colle et d'huile. Il caressa les pupitres avec des doigts gourds et regarda autour de lui. Tout était redevenu comme avant, comme s'il n'avait jamais fait naufrage. Le *Way Out* avait conservé son nom – celui choisi par Cory – mais pas son immatriculation, et il ne leur appartenait plus.

Il n'y percevait pas la présence de sa partenaire. Et peut-être était-ce son spectre qu'il avait eu si peur d'affronter.

– Nous avons fait remplacer les réservoirs, dit Bird en s'orientant vers lui. Nous avons dû interrompre les travaux à cause d'une pièce qu'il est difficile de se procurer sur le marché du troc... mais tout sera bientôt terminé.

– Comment le trouves-tu ? demanda Ben, de but en blanc.

Et il réussit à répondre, avec calme et sans claquer des dents :

– Vous avez effectué un sacré travail.

– Tu veux t'installer à la console ? s'enquit Bird.

Les systèmes principaux sont branchés. Tu souhaites faire un essai ?

Il comprit pourquoi ils l'avaient conduit jusqu'ici... pour le mettre à l'épreuve. Ils voulaient s'assurer qu'il avait tous ses esprits... par un procédé très simple, une simulation.

Il inspira l'air glacé, descendit et se sangla au pupitre principal. Puis il releva les sécurités des interrupteurs et appuya sur des boutons... il n'avait pas besoin de réfléchir et il se laissa guider par son instinct, jusqu'au moment où il se rendit compte qu'il venait de dépasser le stade de la simple vérification des circuits. Ses souvenirs le guidaient, il avait demandé des informations sur tous les paramètres et respirait de nouveau normalement, sans savoir s'il devait s'arrêter ou s'ils voulaient qu'il effectue un contrôle véritable dont les résultats seraient enregistrés dans le journal de bord...

Le moteur de vernier numéro 4 ne se déclenchait pas... il releva l'anomalie dans le flot de nombres qui défilaient sur l'écran, des données se rapportant à la dérive bâbord. Il compensa en réduisant la poussée du 2 et utilisa les freins de poupe pour interrompre l'embardée... une manœuvre non réglementaire, se dit-il sitôt après l'avoir terminée.

L'écran s'éteignit.

– Vous avez été pousseur de fret, pas vrai ? demanda l'examinateur.

Et il répondit, en prenant sur lui pour ne pas trembler :

– Ouais ! Il y a longtemps.

L'homme comprenait ce qu'il avait fait. Et pourquoi. C'était un vieux.

Il appuya sur un bouton et deux colonnes de chiffres apparurent, bientôt suivies par des graphiques.

– Vous avez déjà eu une licence.

– Je voudrais justement la récupérer.

Il gardait une respiration régulière pendant que son interlocuteur enfonçait une autre série de touches.

– Vous pouvez reprendre votre Idcarte.

– Ai-je réussi ?

– Vaisseau de classe D, permis de troisième catégorie autorisant la navigation auprès d'un pilote qualifié. Valable pour un an. Vous irez à l'Institut ?

– Appareil privé, répondit-il.

L'homme le dévisagea.

– Avec qui ?

– Morris Bird. Le *Trinidad.*

– Hum !

Il regrettait de ne pas oser demander ce que signifiait ce borborygme. Les examinateurs ne communiquaient pas les scores obtenus, ils ne discutaient pas des résultats et posaient rarement des questions. Celui-ci le rendait nerveux, mais il était heureux de ne pas avoir eu affaire à un fonctionnaire qui se contentait de presser des boutons.

Il sortit de la salle de simulation, son Idcarte à la main, et prit l'ascenseur du rayon B pour descendre au bureau de la C.T.S.A.A. Il ne se mit à trembler qu'au Bureau des licences, lorsqu'il retira la sienne, et il fourra ses mains dans ses poches pour que les employés ne remarquent rien.

Le voyant d'alerte ne s'était pas allumé... mais peut-être ne l'avait-il tout simplement pas vu avant de découvrir l'avarie dans la suite de nombres. Il était désormais trop tard pour être fixé sur ce point. Une diode rouge avait pu clignoter sans qu'il la remarque... le temps cessait de s'écouler normalement, quand les données défilaient et qu'il fallait effectuer des calcs rapides en se disant, sans savoir encore pourquoi, que la situation était anormale. Son subconscient l'avait mis en garde et il avait cru à l'imminence d'une collision, alors qu'il ne courait aucun danger lors d'une simulation...

Non, bordel ! Il avait senti une brusque augmentation de *g* et eu des nausées, et une hallucination... des moteurs qui se mettaient à feu.

Ses nerfs, sans doute. Il n'avait plus de certitudes.

Et peut-être était-ce justement son problème.

– Oh, oh ! fit Meg en voyant Dekker sortir et s'éloigner en direction de l'Admin.

Elles avaient interrompu leur travail à l'atelier pour venir l'attendre... et le réconforter en cas d'échec, avait-elle dit. Sal s'était empressée d'approuver.

Dekker était tendu et elles ne lui avaient pas dit qu'elles seraient dans les parages. Elles s'étaient abstenues de l'accompagner. Meg avait joint le service des licences pour s'informer de la durée des tests prévus pour l'obtention d'un permis D 3, avant de descendre pour être présentes... au cas où.

– Il n'a pas l'air joyeux, fit remarquer Sal.

Meg hésita. Elle envisagea de se fondre dans la foule qui attendait à l'arrêt du Trans... ce qui ne serait pas facile pour des femmes aussi voyantes qu'elles. Elle renonça à prendre lâchement la fuite et agita la main.

Dekker marchait en regardant ses pieds, isolé dans un autre univers. Il n'était pas encore trop tard pour tenter de s'esquiver.

Mais elle s'approcha et demanda :

– Alors, Dek ? Ça s'est passé comment ?

Il releva la tête, hébété. Soit il était surpris de les voir, soit il n'avait pas entendu la question.

– Ça s'est passé comment ? répéta Sal.

– Très bien.

– Ils t'ont délivré une licence ?

– Ouais !

– Félicitations, *young* rac !

Sal le prit dans ses bras et l'étreignit.

– Nous te l'avions bien dit, pas vrai ?

Il était livide. Terrifié... et un peu sonné.

– J'ai promis d'appeler Bird... pour l'informer du résultat. Je dois trouver un téléphone.

Il a craqué, se dit Meg. Il a tenu le coup le temps de passer les tests et ensuite ses nerfs ont lâché. J'espère que les employés n'ont rien remarqué. Elle glissa un bras sous le sien d'un geste protecteur.

– Viens. On va appeler Bird puis aller déjeuner.

Il les suivit, docile. Meg contacta Bird de la cabine téléphonique installée à côté de la station de Trans.

– Formidable ! dit-il en apprenant la nouvelle.

A l'arrière-plan, Ben déclara :

– Il n'y a pas de quoi en faire tout un plat.

Un de ces jours, je lui tordrai le cou, se promit Meg.

Une autre foutue panne à D 28 et une connexion de pompe qui avait cédé dans le mât, sur les docks... avec huit cents litres de fluide hydraulique qui s'éloignaient en apesanteur vers la partie rotative du moyeu. Le superintendant parlait de sabotage et Salvatore – qui se retrouvait avec trois dossiers supplémentaires sur les bras – souffrait d'une violente migraine.

Il chargea un expert de l'enquête, se versa une tasse de café et décida d'expédier toutes les affaires qu'il était possible de classer. Les cartes de données entassées dans la corbeille du travail en attente atteignaient un seuil critique, l'Admin piquait une crise parce que ses rapports trimestriels avaient une semaine de retard, il subissait les récriminations d'un lieutenant de la Flotte pour une histoire de délais trop courts, et il ne retrouvait pas les fichiers de différents suspects sur lesquels on venait d'attirer son attention.

Walker, qui avait utilisé sa carte près d'un bureau cambriolé alors qu'il n'avait rien à faire en ce lieu... Kermidge, qui avait de nouveau des fréquentations douteuses... Dekker, qui s'était fait remarquer lors des simuls.

Il demanda le rapport.

La voix de Wills s'éleva de l'ord.

– *Dekker s'est présenté à l'épreuve pratique d'obtention d'une licence D 3. Son score a été immédiatement communiqué à l'examinateur en chef. L'épreuve est passée du niveau D au C avant la fin du test... ce qui est automatique lorsque les résultats sont supérieurs à la normale. Le responsable du Bureau de certification a pensé à une suspension décidée à un niveau plus élevé... il voulait consulter les minutes des tribunaux, demander des éclaircissements à ses collègues de Sol...*

Oh, merde !

– *J'ai tout intercepté et donné pour instructions de ne délivrer pour l'instant à Dekker qu'une licence de type D 3. J'espère avoir fait ce qu'il fallait.*

Oui, Dieu merci.

– *J'ai consulté le fichier de l'examinateur : pilote en retraite, entraînement* C.T.I.*, affecté à Sol. Un bon dossier, trois ans à son poste actuel, etc. Rien de suspect.*

« Mais j'ai appris des choses intéressantes sur Bird et Pollard. Vous savez, les prospecteurs qui ont secouru Dekker et obtenu son vaisseau comme prime de sauvetage, ceux qui vivent dans la même dormerie que lui ? Eh bien, ils ont déposé une demande pour partir de conserve avec l'ex-appareil de Dekker qui a été reconditionné et qui fera ainsi son vol d'essai. Ils seront accompagnés de deux femmes : Kady et Aboujib, ainsi que de Dekker lui-même qui est inscrit en tant que D 3 souhaitant effectuer des heures de vol.

« Voilà le plus important. Aboujib et Kady ont toutes les deux un casier. Celui de Kady est long comme le

bras. Contrebande, activités subversives... elle vient de la SolCorp et a choisi R 2 quand la C.T. a imposé un transfert. Aboujib a été renvoyée de l'Institut pour imprudences dangereuses. Famille de bergers, quelques démêlés sans gravité avec la justice et une agression contre un type qu'elle a assommé à coups de bouteille. Les Affectations n'ont encore rien décidé. Doivent-elles refuser ou accepter ?

Salvatore pressa la touche pause, tendit la main vers son inhalateur et pensa : Fils de pute...

Pas de Wills. Il avait fait du beau travail... jusque-là. C'était ce qui s'était passé lors de cet examen qui déclenchait des sonnettes d'alarme dans son esprit, tout comme les fréquentations douteuses de Bird l'irréprochable.

Devait-il transmettre ces informations aux services de Payne ? Inutile de faire traîner l'affaire en longueur, avait dit son supérieur. Le rapport d'expertise adressé à la C.T.S.A.A. conclut à une défaillance mécanique, le pilote n'est pas en cause...

Payne désirait classer le dossier mais, bon sang, il remontait à la surface à tout bout de champ et le rapport de Wills faisait naître en lui un soupçon insidieux. Il existait dans les dossiers officiels des anomalies que la direction pouvait vouloir garder secrètes. Il y avait la menace de procès brandie par Mme Salazar, les litiges avec les fournisseurs, la vague d'incidents dans les docks et les usines – la Flotte qui voulait envoyer des hommes protéger les installations de R 2 –, une sorte de « tournée d'inspection » certainement due aux retards de livraison et un blâme sous-entendu pour *ses* services. On murmurait dans les couloirs de l'ASTEX que les militaires exerçaient des pressions sur la direction, que la Compagnie Terre redoutait des sabotages et des baisses de production. Dans les classes laborieuses, les agitateurs n'attendaient que le moment propice pour placer la compagnie dans l'embarras, et il n'était que trop vrai que des extrémistes de tous bords cherchaient à prendre le contrôle des syndicats – et l'ASTEX avait affaire à bon nombre d'éléments radicaux, à cause de la politique de la C.T. qui se débarrassait des mécontents et des malfaiteurs en les expédiant dans la Ceinture – sans jugement ni publicité qui pourrait attirer l'attention des médias du puits mère, où grèves, émeutes et sectes de cinglés s'abreuvaient d'ondes radio. Cette Kady était un parfait exemple des résultats de telles mesures, même si son expulsion avait dû avoir des raisons plus financières que politiques. Ce n'était pas un véritable problème. Des liens avec les bergers ? Ces derniers ne cherchaient pas de nouvelles recrues. Imprudences dangereuses ? Violation des règles de la C.T.S.A.A. ? De telles infractions ne concernaient pas ses services. Quant à cette agression, il s'en produisait chaque jour trois ou quatre au pont de détente... et on déplorait souvent des blessés.

Les services de sécurité de l'ASTEX avaient d'autres sujets de préoccupation que deux mécontentes sans envergure et un vaisseau de prospection qui venait de changer de propriétaires. Il fallait continuer de surveiller Dekker, mais cet homme n'avait pour l'instant commis aucun crime... simplement obtenu des résultats inattendus lors d'une simulation... un score supérieur à la moyenne. Alors que la G.M. avait dans ses installations top secret un appareil militaire qui ne pourrait être livré dans les délais prévus et que les sabotages se multipliaient dans une usine de matières plastiques dirigée par un incapable.

Mais ce n'était pas le conseil d'administration de l'ASTEX qui en serait tenu pour responsable. Surtout pas ! Ses membres étaient irréprochables... ceux qui appartenaient à la direction ne commettaient jamais d'erreurs. On se déchargeait de ces problèmes sur les services de sécurité, sur Salvatore en l'occurrence.

De quoi s'agissait-il, en fait ? D'une gosse portée

disparue, la fille d'une femme qui faisait partie des sommités de la MarsCorp. Elle voulait à présent attaquer en justice les mécaniciens des services de maintenance de R 1 pour faire rouvrir le dossier. Dekker avait porté de folles accusations contre la compagnie, mais il se tenait tranquille depuis. Il avait dépensé son argent en vêtements et en nourriture, et la seule chose qu'on aurait pu lui reprocher était d'avoir déposé une demande pour obtenir une licence de type D alors que ses capacités – il relut le rapport de Wills – lui auraient permis de prétendre à un statut bien supérieur.

Il convenait en pareil cas d'éviter d'attirer l'attention de ses supérieurs ou de susciter l'intérêt de quelqu'un qui travaillait pour un service de renseignements, et même – en de telles périodes de tension – d'éviter de faire quoi que ce soit pouvant être rapporté aux militaires.

S'il rouvrait le dossier Dekker, il pourrait dire adieu à sa carrière, mais s'il omettait de signaler un problème potentiel, sa compétence serait remise en question. Un sacré dilemme. Dans ses phases paranoïaques, il lui arrivait même de se demander si cette Cory Salazar avait un jour existé...

Une interrogation qui n'était pas de mise pour Dekker. Les divers services de R 1 auxquels ils s'étaient adressés leur avaient communiqué ses antécédents depuis deux ans. Ce qui s'était passé ne portait pas la marque de la C.T. et ne justifiait pas l'intervention des services de sécurité.

Bon sang ! Dekker avait obtenu une licence D 1 en 2320 et acquis de l'expérience depuis. Qu'il eût alors dissimulé une partie de ses capacités pour ne pas susciter l'intérêt des recruteurs n'était pas à exclure. Une telle conduite était fréquente chez les mâles qui atteignaient l'âge de la conscription. A présent qu'il devait surmonter le handicap d'un dossier médical accablant, il avait tout fait pour réussir l'épreuve... et il se serait par la même occasion rappelé à l'attention de Mme Salazar si Wills n'avait pas fait le nécessaire pour étouffer l'affaire.

Dekker voulait donc retourner dans l'espace. Le laisser s'éloigner serait une excellente chose. Il ne pourrait pas commettre d'impairs, une fois dans les profondeurs de la Ceinture, coupé de tout. Les avocats d'Alyce Salazar auraient quelques difficultés à lui remettre une sommation à comparaître, lorsqu'il serait loin, même s'ils avaient le bras long.

Adresser un mémo au med chargé du cas Dekker pour lui dire de délivrer un certificat de guérison et éloigner Dekker des enquêteurs qui envoyaient des rapports journaliers sur ses activités... et si Dekker piquait une crise et tranchait la gorge à Bird et à Pollard, ces derniers devaient avoir conscience des risques qu'ils prenaient. Il ne restait qu'à espérer que Dekker tuerait également Kady et Aboujib et les débarrasserait de ces deux survivantes du mouvement rac.

Il lui suffisait d'appuyer sur quelques touches pour pouvoir oublier *un* de ses problèmes pendant trois mois... Il en serait débarrassé sitôt que ces vaisseaux appareilleraient. Jusqu'à leur retour, jusqu'au retour de Bird et de Pollard, d'Aboujib et de Kady. Les hommes de Wills auraient tout le temps d'étudier les pistes qu'ils laisseraient derrière eux. Dans une situation qui risquait de redevenir explosive, en fonction des caprices des avocats de Mme Salazar, ses supérieurs réclameraient peut-être des dossiers complets.

Salvatore regrettait de ne pas pouvoir envoyer d'autres sources de tracas faire une croisière dans la Ceinture...

Le directeur de D 28, par exemple, ce taré qui imposait à ses ouvriers des tenues vestimentaires, des inspections continuelles, des notes de service sur leur comportement sexuel en dehors des heures de travail, et qui interdisait même le port de la moustache. Bon Dieu ! Il aurait *aimé* dire à Payne que Collin R. Sabich était un détraqué sexuel, mais la détention de vids perverses n'était pas illégale et aurait été anodine s'il n'avait pas été un odieux personnage. L'Admin le savait. Elle avait transféré ce salopard à trois reprises, dans l'espoir de lui trouver un poste où il ferait moins de dégâts. Comment se débarrasser d'un malade qui avait obtenu un diplôme de directeur d'installation délivré par l'Institut ?

Dieu seul le savait. Peut-être auraient-ils dû le placer à la tête d'un service administratif.

15

Dekker commençait à croire que tout finirait par s'arranger. Un problème trouvait un début de solution, puis un autre. A l'heure du déjeuner un message de la Gestion des Mouvements adressé à M. Bird était arrivé dans le fichier-courrier du bar : une autorisation accordée à leurs deux vaisseaux pour naviguer jumelés. Maman leur avait attribué un secteur – ils recevraient ses coordonnées et les cartes au moment de l'embarquement – et décidé qu'ils partiraient le 18 septembre, dans seulement quatre jours. Ben avait secoué la tête. C'était une de ces maudites décisions à effet immédiat qui démontrait que tout se passait ici comme à R 1. On prévoyait un délai, on déposait en conséquence sa demande à l'avance, et Maman annonçait qu'il aurait fallu appareiller la veille.

Dekker faisait un beau rêve ; Bird le prenait avec eux, il avait obtenu une licence provisoire, Ben le traitait avec égards, la G.M. donnait son approbation au départ des deux appareils... et il ne s'était pas encore réveillé. Il restait assis, une tasse de café à la main, pour écouter les habitués du *Trou* féliciter Bird, et il se rappelait que la dernière fois où tout s'était aussi bien passé...

Non, il refusait d'avoir de telles pensées. Il regarda autour de lui et se dit que l'arrivée de cette lettre marquait un tournant dans son existence, que Maman Garce avait décidé de s'en prendre à quelqu'un d'autre. Qui sait ? Un employé avait pu commettre une négligence et ne pas remarquer son nom. La G.M. voulait peut-être lui indiquer ainsi qu'elle effacerait l'ardoise et le laisserait refaire sa vie, s'il savait tenir sa langue.

« Ne te tracasse pas pour de simples possibilités, disait Meg. Reste tranquille, ne fais pas de vagues. Maman Garce règle ses problèmes au jour le jour. La semaine prochaine, c'est un autre pauvre bougre qui figurera en tête de la liste de ses soucis et elle oubliera jusqu'à ton existence. »

Il aurait aimé le croire, mais il savait par expérience que les bureaucrates ne prenaient pas la peine de rechercher et d'effacer les fichiers que leur avaient adressés leurs collègues. Le rapport médical et les autres reviendraient régulièrement empoisonner sa vie – un fichier insaisissable dans les mémoires des banques de données –, sans doute chaque fois qu'il demanderait une affectation de secteur. C'était une certitude, s'il redevenait un jour un C 3.

La G.M. l'autorisait à repartir dans l'espace... sans que la lumière ait été faite sur ce qui s'était passé, sans que les questions aient reçu des réponses, sans que la justice ait été rendue. Elle recouvrait cette affaire d'un voile que même la mère de Cory ne pourrait pas lever. Mme Salazar devait savoir ce qui s'était passé, à présent... la version officielle. Et qu'aurait-il pu faire de plus qu'un membre du conseil d'administration de la MarsCorp ?

Il avait envisagé d'écrire à Alyce Salazar, d'expliquer la vérité à cette femme qui le haïssait. Mais le courrier passait par de nombreuses mains avant d'arriver à destination, et si des lettres risquaient d'attirer l'attention des autorités... la sienne le ferait immanquablement. Il avait appris la prudence.

Tout laissait supposer qu'il pourrait partir, désormais. Il lui suffirait pour cela de garder son calme, d'éviter les ennuis jusqu'au lancement, d'espérer que si cette autorisation avait été délivrée par erreur les responsables ne s'en rendraient compte qu'après leur appareillage... et d'essayer de se persuader que Ben avait été sincère lorsqu'il lui avait assené une tape sur l'épaule et dit, avec sa subtilité coutumière, qu'il n'était qu'un âne mais qu'il ferait malgré tout l'affaire.

Bird empocha la carte de données et déclara que pour pouvoir appareiller à la date prévue, ils devaient aller terminer les travaux sans perdre de temps.

– D'accord, Bird ! répondit Sal. Mais nous avons déjà fait cinquante heures, cette semaine !

Et Bird de rétorquer :

– Fais comme tu veux, mais si la douche ne fonctionne pas, ne compte pas sur moi pour te plaindre.

Ils devaient régler à la dernière minute des tas de bricoles laissées en suspens... rien de vital. Ils n'avaient déposé leur demande d'appareillage qu'après avoir terminé les travaux principaux et attendu que la C.T.S.A.A. eût inspecté le *Way Out*, mais Bird voulait fignoler et l'atelier constituait un refuge où on pouvait rester assis. Insérer des vis dans des trous et tester des circuits permettait de chasser de son esprit toutes les pensées qui ne se rapportaient pas à son travail, et cela convenait parfaitement à Dekker...

Ben vint leur apporter des pièces et repartit. Meg et Sal travaillaient près de lui en parlant de leurs anciens amants, de la qualité de leur teinture capillaire et d'une vid sur laquelle leurs avis différaient... des bavardages, des mots... les bruits de fond de la présence humaine. Elles semblaient tendues. A cause de la lassitude, mais également d'autre chose.

Il s'abstenait d'y penser. Il refusait de penser.

La veille du lancement. Il n'avait toujours pas craqué. Sal était épuisée. Bird devenait agressif.

– La tension qui précède tout appareillage, commenta Meg à mi-voix, Bird, bon sang ! détends-toi. Nous sommes dans les temps.

– Il faut aller très loin pour trouver ce qu'on cherche, répondit sèchement Bird.

Et il repartit passer toute la journée dans les docks, alors que ses vieux os auraient eu grandement besoin d'un maximum de temps fort.

– Il est impossible de discuter avec lui, soupira Meg.

Et Bird leur envoya Ben avec un panier plein de morceaux dépareillés du *Trinidad* qu'il voulait faire réviser... Trente-six heures avant l'appareillage.

– Pourquoi diable n'y a-t-il pas pensé il y a huit semaines ? gémit Sal.

Ben se contenta de secouer la tête.

– C'est toujours la même chose. Il dit que tout va bien, et c'est seulement quand on range le ravitaillement dans les placards qu'il découvre qu'un loquet a pris du jeu et qu'il se souvient que la condensation nous a posé des problèmes la fois précédente.

Ces activités les occupaient et hâtaient l'écoulement des heures. Dekker comprenait pourquoi Bird était tendu. Bientôt, plût à Dieu, ils embarqueraient et entameraient le compte à rebours. Sous peu, il quitterait R 2 et resterait peut-être sain d'esprit.

– Tu aimes les vids de quel genre ? lui demanda Meg alors qu'il testait un commutateur.

Il haussa les épaules. Elle devait vouloir en louer quelques-unes, en prévision des instants de loisirs dont ils ne pourraient bénéficier. Il aimait les films d'action, mais il ne tenait pas à en voir. Cory s'était moquée de son goût pour les vids sanguinolentes, comme elle les appelait, et il craignait désormais de ressentir dans son ventre l'impact des explosions qu'il verrait sur l'écran. Il ajouta cela à la liste des plaisirs dont ce naufrage l'avait privé. Peut-être surmonterait-il un jour cette appréhension. Pour l'instant, il préférait éviter de tels spectacles. Un pas à la fois, monsieur Dekker...

– Dek ?

– Hein ?

– Tu veux sortir, ce soir ?

Il secoua la tête.

– Non, répondit-il sèchement.

Il craignait de les froisser, mais il était sincère. Il ne voulait pas voir des vaisseaux voler en éclats, surtout dans une salle obscure. Dieu était témoin qu'il avait eu sa dose de suspense. Il lui fallait trouver à s'occuper, vingt-quatre heures avant l'appareillage... mais pas de cette façon.

– Oh ! Allons ! insista Sal. On pourrait aller dîner, convaincre Bird de dépenser un peu d'argent. Un restaurant *very* chic. Nappe et bougies. En nous laissant une marge suffisante pour tout finir, rentrer et faire un brin de toilette. Qu'en dis-tu ? Dîner à 19 heures, tournée des bars, *adios* aux amis.

– Ouais, accepta-t-il finalement.

Passer la soirée en leur compagnie était une bonne idée. Meg et Sal voulaient l'inclure dans leur groupe, le faire participer à leurs conversations, mais à présent qu'il avait pris cet engagement il sentait croître en lui une sorte de panique... comme si le fait de se joindre à ces gens était un acte irrémédiable et qu'il aurait dû réfléchir à deux fois avant d'accepter. Il n'avait pas d'amis, eux exceptés, pas d'avenir sauf celui qu'ils lui avaient organisé. Ils plaisantaient, ils lui parlaient, il répondait à leurs questions, lorsqu'ils allaient chercher des boissons et un sachet de chips.

Mais cette attitude réapparaissait – ce désir de tout envoyer au diable, ce ressentiment qui le rongeait –, la rage de les voir tenter de régenter son existence. Ils lui avaient tout pris et lui demandaient de surcroît de faire contre mauvaise fortune bon cœur. Ils voulaient l'inciter à renoncer à la colère qui lui avait permis de survivre. Il était conscient que c'était stupide, mais leurs façons amicales – surtout celles de Ben – l'exaspéraient. Il essayait d'en analyser les causes pour ne pas se conduire comme un âne, pour reprendre le qualificatif que cet homme lui avait appliqué.

Mais, bon sang, tout lui tapait sur les nerfs ! Même ce dîner avant l'appareillage. C'était pareil avec Cory... Cory qui ne faisait pourtant pas de plaisanteries scabreuses sur les types avec qui elle couchait...

Un point sensible. Son esprit était truffé de puits dans lesquels il ne souhaitait pas regarder... pas à présent. L'appréhension liée à leur départ imminent ravivait des souvenirs, Dieu seul savait ce qui lui arrivait – et cette sensation vertigineuse, incontrôlable, qu'il avait éprouvée après le naufrage réapparaissait et l'incitait à penser que sa vie ne tenait qu'à un fil –, tous les éléments du puzzle étaient en désordre. Tout s'était de nouveau disloqué.

Les racs disaient : Agis ! Va ! Sois !

Mais faire quoi ? Aller où ? Etre quoi ? Meg et Sal s'étaient penchées pour se parler à voix basse, se confier un secret qu'elles ne lui auraient jamais fait partager... Ces deux femmes voulaient l'exhiber. Elles l'avaient accoutré comme un pantin... pas pour rire à ses dépens, elles étaient bien trop sérieuses. Elles nourrissaient à son égard des intentions qu'il croyait moins en rapport avec le sexe qu'avec un mode de vie. Elles lançaient des pointes teintées d'amertume, mettaient en relief leurs différences, essayaient de l'éloigner de Cory et de faire renaître en lui la rage qui l'avait autrefois consumé... Réveille-toi, petit, joins-toi à nous, sois semblable à nous, *pense* comme nous et survis.

Peut-être était-ce cela, l'amitié. Sois reconnaissant, se dit-il. Sors avec elles, surveille tes manières... Ne pense qu'au présent. Il y a pire. Tu aurais pu tomber plus mal.

Et ce sont elles qui commandent, ici.

Il fut pendant un instant de retour à bord du vaisseau. Puis il se retrouva dans l'atelier, devant un petit mécanisme de commutation de valves dont il ne gardait aucun souvenir. Il ne savait pas s'il devait le remettre en état ou s'il avait terminé le travail.

Un frisson glacé parcourut sa colonne vertébrale. Il demeurait assis, les yeux rivés sur la pièce, et il tentait de se rappeler ce qu'il devait en faire.

– C'est la dernière, dit Sal en la prenant de ses doigts pour la jeter dans le panier. Seigneur, Dek, arrête. Nous sommes crevées !

Il ne restait rien qu'il ne pourrait réparer à bord à l'aide d'un tournevis, en cas d'incident. Rien de vital, en tout cas. Et ce n'étaient pas les pannes potentielles qui l'effrayaient. Ce dont il avait peur, c'étaient des poches de néant dans lesquelles il chutait parfois.

Une épave, les nerfs à fleur de peau, pensa Sal en essuyant son front en sueur. Elle donna un coup de pied au chariot, pour dégager les roulettes qui se coinçaient sans arrêt. L'employé de l'agence de location jurait qu'il n'en avait pas d'autre... On nous a *tout* pris...

Bang ! Il suffisait de soulever une extrémité puis de la faire claquer brutalement sur le sol. Deux chocs de ce genre et elles se débloquaient.

– Aboujib, entendit-elle.

Elle se retourna et inspira à fond.

L'ami de Mitch.

– Vous devez appareiller le 18 ?

– Ouais.

– N'y comptez pas trop.

– Merde !... Qu'est-ce qui se passe ?

– C'est ce qu'on raconte. Gardez votre problème en laisse. Une courte laisse.

– *Pourquoi ?*

– Tu as ce que je t'ai donné ?

– Pas sur moi. J'évite de le prendre dans le moyeu...

– Apporte-le au club, demain. Pas un mot à Kady, à personne. Viens avec ça, ton amie, et tu sais qui.

– C'est...

Notre date de départ, voulut-elle objecter. C'était le pivot autour duquel tournait leur univers. Ils ne pensaient plus qu'à cela...

– Demain, répéta le berger.

Elle sentait son cœur chavirer. Mon Dieu ! se dit-elle. L'avenir de Bird et de Ben dépend de ce voyage...

Ils ne *peuvent* pas se permettre de rester plus longtemps à R 2... Meg et moi serons maudites s'ils ne partent pas demain.

– Vous ne pouvez pas changer d'avis maintenant, Maman Garce ne reportera pas la date de lancement, pas à si brève échéance !

– Ça ne dépend pas de nous, déclara le berger avant de s'éloigner.

– Pourquoi ne viens-tu pas avec moi ? lui demanda Meg. Sal va porter le dernier lot à Bird, et s'il essaie de nous refiler du travail de dernière minute nous lui dirons que nous sommes désolées mais que l'atelier a fermé ses portes. Nous pouvons aller rendre les clés. J'irai chercher deux ou trois choses chez *Ward*, peut-être même m'accorder une pause-café...

Il secoua la tête.

– Je dois faire ma gym.

L'unique échappatoire qui lui venait à l'esprit. Il ne pouvait rester en compagnie de Meg, pas lorsqu'il risquait de repartir à la dérive dans le temps, si c'était bien ce qui s'était produit un peu plus tôt. Il s'éloigna et ne prit conscience de la stupidité de son excuse que lorsqu'il fut dans l'ascenseur et se souvint que Meg devait rapporter une lourde caisse à outils à l'agence de location.

Mais il était trop tard pour revenir sur ses pas. Il ne savait que faire pour s'occuper... aller effectivement dans un gym, peut-être ? Plus rien ne lui semblait solide, tout était de nouveau en désordre – le *temps* lui inspirait une véritable terreur – et il tombait, en chute libre, trop effrayé pour admettre qu'il était resté en pilotage automatique, sans en être conscient... terrorisé à la pensée que le claquement d'une écoutille qui se refermerait derrière lui pourrait le couper de la réalité...

Le top d'écho se rapprochait. C'était indéniable.

Pendant que Cory lui disait : « C'est le plus gros rocher que nous ayons trouvé... »

Un bout de souvenir se mit en place, sans heurts. Il revivait ce fragment du passé et restait frappé d'incrédulité et d'effroi... conscient du danger représenté par le draveur. Comme il le ferait plus tard avec Sal, il préférait éviter toute discussion. Il maîtrisait parfaitement l'appareil mais craignait d'avoir peur, et il céda aux arguments de Cory en se disant qu'elle était plus instruite que lui, alors que ses entrailles lui répétaient qu'un draveur non signalé sur les cartes de la compagnie fonçait droit sur eux dans un silence radio complet, en infraction à toutes les règles établies...

Cory, qui connaissait la MarsCorp, déclara : « Nous n'allons pas nous laisser intimider. Ils doivent rester en liaison permanente avec la G.M... »

Il n'osa pas avouer : Cory, je suis mort de peur. Il était bien trop ignorant de toutes ces choses pour pouvoir se permettre de lui dire : Cory, c'est de la folie...

Si elle avait été encore là, elle l'aurait elle-même

reconnu : Eh bien, tout indique que je me suis lourdement trompée, pas vrai ?

Il ne pouvait pas répondre. Il n'arrivait jamais à trouver ses mots quand il craignait de passer pour un imbécile...

Il n'avait pu surmonter ses inhibitions... qui avaient coûté la vie à Cory.

Il bouscula un passant, marmonna des excuses et continua son chemin, revivant cet épisode de son passé.

Ils se croyaient invulnérables, ils étaient convaincus que tout se passerait bien. Cory avait fait le mauvais choix. Elle s'occupait des rochers et lui de piloter le vaisseau. La compagnie était pourrie, mais ils ne se laisseraient pas intimider. Il contraindrait le capitaine de l'appareil à répondre...

Il commettait lui aussi une erreur. Il le savait mais refusait de l'admettre. Et c'était cela qu'il revivait, ce souvenir qui avait au fil du temps grignoté un passage jusqu'à la partie consciente de son cerveau.

16

Tous l'attendaient. Elles avaient presque dû employer la manière forte pour convaincre Bird de sortir du *Trinidad*, de mettre ses plus beaux atours, d'aller dîner dans un établissement aussi luxueux que l'*Europa*, puis de faire une petite tournée des bars. Et Dekker brillait par son absence. Ben était en colère, Sal à bout de nerfs. Dekker avait eu une conduite étrange toute la journée, se rappela Meg en téléphonant au gym où il avait déclaré vouloir aller, quelques heures plus tôt.

Et où il n'avait naturellement pas mis les pieds.

Merde !

– Ecoute, fit Bird lorsqu'elle l'eut informé de ce qu'elle venait d'apprendre, j'ai parlé à Mike. Il lui dira où nous sommes quand il réapparaîtra. Il arrivera bien à nous retrouver.

– Tu as l'intention de laisser ce dingue se promener tout seul ? gémit Ben.

Meg ne l'aurait pas exprimé dans ces termes mais elle avait les mêmes inquiétudes.

– Accordons-lui un délai supplémentaire.

– C'est un grand garçon, rétorqua Bird. Il a su trouver son chemin dans la Ceinture, bon Dieu ! Il n'a pas pu se perdre. Peut-être n'a-t-il pas compris que nous avions rendez-vous.

– Allons donc ! lança Meg.

Elle voulait ajouter qu'elle partageait le point de vue de Ben et conseiller d'attendre un peu, quand Mike leur fit signe qu'ils avaient un appel.

Elle se leva pour répondre mais Mike désigna Sal. Déçue, Meg se rassit pendant que sa partenaire allait vers le comptoir. Sans doute un de ses amis qui venait d'arriver à R 2, se dit-elle. Si Dekker avait paniqué, c'était *elle* qu'il aurait contactée, ou encore Bird... pas Sal.

– Il doit être dans un bar, déclara Ben. Il se soûle pour oublier ce qui l'attend demain. Ou il plane avec ses pilules... Merde, Meg, où peut-il bien être ?

– Au *Pacific* ? suggéra Bird.

– On va essayer, dit Ben.

Il ajouta autre chose que Meg ne put entendre. Sal raccrocha et lui fit signe de venir la rejoindre, l'air inquiète.

– Excusez-moi, murmura-t-elle.

Elle se leva et alla retrouver sa partenaire à côté du téléphone.

– C'était Mitch, annonça Sal à voix basse. Il m'attend dehors.

Elle frissonna.

– C'est sacrément imprudent. Qu'a-t-il dit ?

– Rien.

Sal était effrayée, terrifiée même.

– Couvre-moi pour Bird. Je ne sais pas si j'en ai pour longtemps.

– Bon Dieu ! Bon, d'accord...

Sal se dirigea vers la porte, Meg vers la table.

– Du nouveau ? demanda Ben.

– Non, un ami qui a un problème.

– Dekker ?

– *Neg.*

– Bon Dieu ! Ça ne s'arrange pas. Notre groupe va se disperser.

– On devrait joindre le *Pacific.*

– Fais-le, dit Bird.

Elle prit sa carte et retourna au téléphone.

– *Désolé... Ouais, je vois de qui il s'agit... Non, il n'est pas passé.*

Un nouvel essai infructueux. Sal était partie. Dekker avait disparu. Bird ne tarderait guère à aller tenter sa chance de son côté. Ben avait raison. Elle dit à Mike :

– Une autre tournée.

– Sal va revenir ?

– J'aimerais le savoir. Dure journée, Mike.

Il secoua la tête.

– J'en connais qui n'auraient pas eu autant de patience que vous.

– Ouais ! reconnut-elle avant de regagner leur table.

– Alors ? voulut savoir Ben.

– *Nada.*

– Bon Dieu ! Je me demande pourquoi nous supportons tout ça !

– Il veut sans doute faire le point, dit Bird. Je n'en suis pas vraiment surpris.

– Ouais ! Il fait le point... ou il s'est *fait* coffrer par les flics.

– Ecoute, on va encore passer quelques coups de fil. Il reste huit gyms.

Sal revint avec une expression de mauvais augure. Elle les rejoignit et posa les mains à plat sur la table.

– Ça se complique, dit-elle à voix basse. Les bergers ont retrouvé sa partenaire.

– Vivante ? demanda Meg.

– *Neg.* Son cadavre. Il dérivait dans le Puits.

Il arrivait qu'on entende des choses qui n'avaient aucun sens. Une gosse morte un jour de mars à la limite des secteurs de deux raffineries ne pouvait arriver en septembre dans la zone de récupération des bergers, à deux cents millions de k de là.

– Impossible, fit Ben.

– Avez-vous appris où est Dek ?

– *Neg.*

C'était Meg qui avait répondu à la question de Sal. Elle se pencha en arrière en voyant Mike apporter les consommations.

– C'est pour moi, dit Bird.

Et Mike s'éclipsa sans attendre.

– Que veux-tu dire par « dérivait dans le Puits » ? siffla Ben. Mais qu'est-ce qui se passe, bordel ?

Sal secoua la tête, reflets et cliquetis des gaines de métal de ses tresses.

– Ils ne savent pas. Ils ont codé l'information et la transmettent à tous leurs appareils. Ils ne sont pas sûrs que Maman Garce ne puisse pas décrypter ces messages. Elle sera folle de rage quand elle saura... mais il y a un draveur, là-bas.

– Et il aurait envoyé le corps dans le Puits ? fit Ben. C'est une histoire de fous !

– Je m'inquiète de ce qui risque de se passer, dit Meg. Si les bergers diffusent une telle nouvelle dans toutes les directions, ceux du draveur vont la capter et, en fonction de l'heure et du point d'émission, deviner la teneur du message même s'ils ne peuvent pas le décrypter.

– Ils ne diront rien à Maman Garce, affirma Sal d'une voix chevrotante. Mais nous ne savons pas pendant combien de temps les bergers pourront garder le secret. Dek a vraiment mal choisi son moment pour disparaître.

– Si les flics ne l'ont pas arrêté, grommela Bird. Le tout est de savoir si la G.M. est au courant. Elle a dû capter ces communications.

Sal sortit deux Idcartes de sa poche et les posa sur la table.

– Elles appartiennent à des amis. Nous prenons leur identité. Ils ont un accès élevé. La consigne est de retrouver Dek et de le conduire au club situé à côté du *Scorpion* sans utiliser nos cartes.

– Malédiction, murmura Ben. Nous devons appareiller demain.

– Dek risque de ne pas pouvoir partir.

Nous risquons de ne pas partir, pensa Meg. Ces Id-cartes... les bergers étaient dans l'illégalité la plus complète, et eux aussi par la même occasion. Une gosse était morte et sans doute ne serait-elle pas la seule victime.

Elle ramassa une carte.

Bird prit l'autre.

Quand William Payne arriva à son bureau, les mémoires de l'enregistreur étaient saturées. On l'avait contacté par vidéophone pendant un dîner important et il regrettait à présent d'avoir eu le temps de boire trois verres de vin. Il donna de la lumière, s'assit dans son fauteuil et prit connaissance des messages en fonction des priorités.

Un mémo énigmatique de Crayton, son supérieur immédiat : *Les bergers diffusent un communiqué codé à tous leurs vaisseaux. Risques de sabotages.*

Une déclaration du président du conseil d'administration : *La compagnie maintient sa politique sur les communications abusives.*

Cooley, des Infoludiques : *Poursuivons la diffusion des programmes prévus en attendant des instructions.*

Salvatore, des services de sécurité : *Alerte rouge. L'équipe de décryptage a été convoquée.*

Payne se brancha sur la ligne directe, pour attendre des directives de Crayton et des informations de Salvatore. Il frissonnait. La température s'élevait à l'intérieur du bureau. Mais peut-être était-ce une impression due à sa nervosité.

Les négociations étaient dans l'impasse et à présent il y avait *ceci*... les bergers avaient pris une initiative et la compagnie devrait interrompre les pourparlers ou perdre toute crédibilité...

Alors que des agitateurs poussaient les dockers à la révolte et que les ouvriers de la raffinerie cherchaient un moyen d'imposer leurs revendications. Ils avaient de *vrais* problèmes, au sein de ces groupes. La C.T. se débarrassait des fauteurs de troubles en les expédiant dans la Ceinture, mais rien n'était résolu pour autant car ces éternels mécontents avaient toujours d'autres sujets de récrimination et toujours de nouvelles exigences. Ils ouvraient des valves dans le mât, tailladaient des tuyaux ou détruisaient des cuves de l'usine de matières plastiques. Pour couronner le tout, les bergers osaient transgresser ouvertement les règlements de la compagnie... en mettant cette dernière au défi d'exercer des représailles, s'ils ne donnaient pas le signal de cette grève dont ils brandissaient la menace depuis longtemps.

Prendre rapidement des décisions s'imposait, dans une pareille situation, et toutes les informations et toutes les directives transiteraient par les services des Informations publiques.

Devaient-ils poursuivre le black-out au niveau des médias ? Cette mesure permettrait de maintenir le calme pendant une heure mais favoriserait les rumeurs. Il décida de diffuser les nouvelles au compte-gouttes sitôt qu'il aurait obtenu le feu vert de Crayton, pour garder les travailleurs chez eux, rivés à leurs vids. Certains bureaux du mât étaient dotés d'un matériel qui permettait de capter de telles émissions clandestines, et les nouvelles qui circulaient grâce au bouche à oreille allaient aussi vite que deux ouvriers qui se ruaient vers les distributeurs automatiques du pont 8 pendant une pause-café. Tous redoutaient une attaque de l'ennemi... et des transmissions codées de ce genre avaient pu déclencher une alerte aux chantiers de construction spatiale, à la base militaire et, le pire, dans la zone de sécurité de la Terre.

Au nom de l'I.P., il adressa une demande à Crayton.

Sollicitons l'autorisation de diffuser la nouvelle afin de couper court aux rumeurs et aux spéculations.

Tous les administrateurs de ses services auraient fort à faire. Chaque décision prise au cours des prochaines heures devrait être étudiée à la loupe. La C.T., les N.U., l'U.I... Dieu seul aurait pu dire combien de carrières seraient brisées. Les bergers, qu'ils soient maudits, avaient réussi à les mettre en difficulté.

Dekker n'était ni au *Pacific*, ni au *Tycho*, ni à l'*Europa*, ni à l'*Apollo*. Et dans aucun des gyms qu'ils avaient déjà visités. Ils se dispersèrent. Ils devaient renoncer à rester en liaison... Il était impossible de téléphoner à quelqu'un lorsqu'on ignorait où le joindre et quand Maman risquait d'être à l'écoute.

– Je vais voir au-dessus, dit Meg à Ben, quand ils se croisèrent dans le pont de détente.

Elle prit le Trans pour le 3 et ses gyms.

– Vous n'auriez pas vu un jeune homme brun, coupe rac, une vingtaine d'années et plutôt maigre ?

Non, non et non. Elle souffrait d'un point de côté et d'une ecchymose au coude à la suite d'un arrêt brutal sous 0,8 *g*. Elle ne savait plus où tenter sa chance, auprès de la police et des services hospitaliers exceptés. Elle s'imaginait qu'elle attirait les regards, que la rumeur se répandait dans les coursives : Qu'est-ce qu'elle veut à ce rac brun ? Au pont de détente, des hommes lui avaient demandé : « Je pourrais pas le remplacer ? » Pas la dernière fois, dans un gym... où elle était arrivée hors d'haleine et visiblement pas d'humeur à supporter des propos de ce genre. C'était dangereux. Les flics risquaient de s'intéresser à elle... surtout lorsque les bergers émettaient illégalement des messages. Elle emprunta le couloir qui conduisait à la station de Trans. Elle marchait lentement pour reprendre son souffle et chercher dans les recoins de son esprit les lieux où Dekker avait pu se réfugier... avant de se dire que s'il avait agi avec logique ils l'auraient certainement déjà retrouvé.

Les flics risquaient de suivre les pistes laissées par les Idcartes, et utiliser celle d'un berger dans de telles circonstances était presque aussi risqué que d'employer la sienne. Mais on trouvait à R 2 un plus grand nombre de bergers que de Meg Kady, et un policier qui recherchait un homme ne prêterait peut-être pas attention à une femme. Elle fit volte-face et se dirigea vers l'ascenseur du moyeu, utilisa la carte et monta avec deux ravitailleurs insupportables qui souhaitaient faire plus ample connaissance. Meg resta les yeux fixés sur la porte, les bras croisés, en sueur et tout près de la panique. Bon Dieu ! Pas d'accrochage, songeait-elle. Il ne faut pas que les flics interviennent... *pas* quand j'ai sur moi d'autres documents d'identité que les miens...

Vers le haut, vers des ponts où elle était de plus en plus légère... Elle devait se tenir à une poignée pour ne pas s'envoler. Les ravitailleurs essayèrent de la convaincre de descendre au 8 et de les accompagner dans une dormerie. Elle refusa avec une patience exemplaire et se promit de retrouver ces types et de les étrangler, si elle se sortait de ce mauvais pas.

Le 8. Les deux hommes descendirent. Dieu merci... Une secousse marqua le passage dans le moyeu et la cabine s'immobilisa. Le voyant d'accès s'alluma et elle glissa la carte dans le lecteur, en espérant que les douaniers n'étaient pas déjà de faction.

La porte s'ouvrit. Elle agrippa la poignée du tire-personnes et se laissa emporter dans un froid engourdissant... sans veste, sans tenue adéquate pour ce lieu. Mais elle était déjà passée une bonne douzaine de fois devant les fonctionnaires enfermés dans leur petit bureau douillet sans qu'ils la remarquent.

Il ne lui restait qu'à espérer que Maman n'avait

pas posté de gardes aux sas de leurs vaisseaux jumelés.

Elle était frigorifiée lorsqu'elle lâcha la poignée du tire-personnes et saisit un hauban du *Trinidad*... elle n'avait même pas de pistolet-propulseur. Les sifflements de son haleine étaient modulés par les claquements de ses dents, lorsqu'elle ouvrit l'écoutille et se glissa dans l'habitacle.

Où cet imbécile donnait un coup de chiffon à un placard ! Il se tourna lentement pour la regarder, très calme... en apparence. Pourquoi cette hâte, Meg ? Que s'est-il passé ?

Elle s'arrêta contre une console et s'y agrippa pour annuler l'effet de recul, le souffle court, sans savoir ce que signifiait le regard de Dekker... Avait-il complètement sombré dans la folie ou était-il au contraire venu ici pour tester sa santé mentale ?

– Tu as raté une invitation à dîner, lui dit-elle.

Il cilla, comme si ses pensées venaient de changer de voie.

– Je suis désolé.

Déconcerté et innocent. Elle se demandait s'il avait tous ses esprits et si elle était en sécurité, seule avec lui, dans cet endroit isolé et insonorisé. Elle lui dit en claquant des dents :

– Dek, nous devons aller retrouver Bird... tout de suite. Il y a du nouveau.

– Des ennuis ?

Elle ne lui fournirait aucune explication avant d'avoir regagné des lieux plus fréquentés. Elle lui prit le bras.

– Un petit problème. Viens, Dek, pour l'amour du ciel. Je me gèle.

– Que se passe-t-il ?

– Je te le dirai en chemin.

Elle utilisa son auriculaire pour désigner son oreille : *micros*.

– Bird veut te voir, immédiatement.

Il rangea son chiffon puis essuya ses mains sur son sweater, désormais effrayé.

Il pensa néanmoins à réduire l'intensité de l'éclairage avant de la suivre dans le sas.

Un message de Salvatore : *On signale une activité inhabituelle des soldats présents au pont de détente. La police militaire et des officiers vont de bar en bar, apparemment chargés de récupérer les hommes en permission...*

Payne le retransmit au bureau de Crayton et saisit le téléphone.

– FlotteComs, dit-il.

Puis il entendit des sonneries, et finalement un robot.

– *Veuillez indiquer votre priorité, s'il vous plaît.*

– Ici, Payne, Informations publiques de l'ASTEX.

– *Votre appel est placé en attente. Il y sera répondu...*

Une urgence coupa la liaison. Les voyants rouges se répandaient sur le pupitre comme les boutons d'une maladie contagieuse.

– *Monsieur !*

C'était Salvatore, qu'une communication de priorité supérieure commuta sur le système d'enregistrement.

Il entendit simultanément une voix au téléphone et celle de synthèse de l'ordinateur déclarer :

– *Ici le bureau du président Towney. Un appareil berger du Puits nous a adressé un message non codé dont voici la teneur : « A 15 h 40 le 2 septembre, le berger* Athènes *a effectué une découverte dans la zone de récupération. Il s'agit du cadavre d'un être humain portant l'identification de Corazon Salazar, prospecteur enregistré à R 1 et signalé perdu lors d'une collision entre le draveur* Industry *et le vaisseau de prospection 1-89-Z. Nos calculs confirment que le point d'origine est identique à celui du minerai expédié par le draveur précité. Nous sommes en possession de données qui démontrent que des documents officiels ont été falsifiés. Nous informons la compagnie de ces faits et exigeons que les officiers supérieurs de ce draveur soient immédiatement mis aux arrêts sous l'inculpation de meurtre et tentative de meurtre avec préméditation...* »

En sueur, le cœur battant, Payne appela Salvatore. Il fallait retrouver Paul Dekker. Priorité absolue.

17

Dekker serrait les dents pour ne pas poser d'autres questions que Meg laisserait sans réponses...

– Je ne sais pas quelle est la situation actuelle, lui avait-elle répondu, la dernière fois.

Lorsqu'ils s'étaient arrêtés sur le pont 4 pour s'engouffrer dans un ascenseur à accès limité qui n'acceptait que les Idcartes du modèle qu'elle utilisait... et qui ne lui appartenait pas. Dorée. Celles de cette couleur étaient réservées aux bergers.

Il n'avait jamais visité la partie du pont de détente que desservait cet ascenseur. Elle le précéda vers une porte, à côté d'un restaurant luxueux. Seule une petite plaque dorée située au-dessus de la fente du verrou fournissait une indication : l'emblème des bergers, Jupiter, et une bande représentant la zone de récupération.

– Qu'est-ce que c'est ? demanda-t-il.

Elle inséra le rectangle de plastique et poussa le battant dès qu'elle entendit le cliquetis de la fermeture électronique.

Dekker entra derrière elle dans un vestibule moquetté, où ils n'auraient pas dû pénétrer... ils n'avaient aucun droit d'être ici, celui donné par cette carte excepté.

Au bureau de la réception, un homme blond leva les yeux sur eux.

– Voilà Dekker, lui dit Meg. Dek, je te présente Mitch. Des nouvelles du reste de notre groupe ?

– *Neg*, fit l'homme sans laisser à Dekker le temps d'ouvrir la bouche.

Il désigna la porte la plus proche.

– Allez attendre là-bas. Tous les deux.

– J'ai des amis à l'extérieur, protesta Meg. Ils le cherchent.

– Nous faisons le nécessaire, Kady. Et nous serons plus efficaces si nous n'avons pas à nous occuper de lui.

– Vous pourriez peut-être me dire ce qui se passe ? protesta Dekker.

Mais Meg le saisit par le bras et lui dit :

– Viens, Dek.

– Bon sang...

– Merde ! Je ne sais pas. Viens !... Quel con ! Je commence à en avoir ma claque de tous ces connards !

Elle le conduisit dans un bar désert et le laissa attendre pendant qu'elle allumait et servait un whisky et un rhum avec des gestes rapides et tremblants.

Dekker s'accouda au comptoir et demanda, en hésitant :

– Nous n'appareillerons pas demain ?

Elle but une gorgée d'alcool et poussa le rhum dans sa direction.

– Bois !

– Meg, que s'est-il passé ? Que faisons-nous ici ?

Elle se pencha et effleura sa main avec son verre.

– Suis mon conseil car tu en auras besoin, *young* rac. Ils ont retrouvé ta partenaire.

C'était donc ça ! Mais la carte dorée, cette précipitation, le fait de venir ici... tout ça le dépassait. Meg fit le tour du comptoir et le tira par la manche pour l'entraîner vers une table où elle le fit asseoir avant de s'installer en face de lui.

– Elle était dans le Puits, Dek. Ces salopards l'ont

envoyée faire un tour jusqu'à Jupiter. Ce sont les bergers qui l'ont retrouvée, dans la zone de récupération.

Meg approchait en douceur puis frappait à l'estomac. Les ténèbres et le néant envahirent son esprit...

Cet énorme vaisseau noir...

– Pourquoi...

L'air se coinçait dans sa gorge. Il ne put terminer sa phrase. Il tendit la main vers le verre et but. Du rhum ruissela aux commissures de ses lèvres.

Meg se pencha pour prendre son autre main et la serrer, avec tant de force qu'il eut mal.

– *Caro*. La mort est le repos. La souffrance est inhérente à la vie. Et tu ne dois pas oublier ces fils de pute. Reprends ton souffle. Tu n'es plus le seul à connaître la vérité, désormais. Tu n'es pas isolé, ici. Les indépendants, les bergers, tous sont concernés. C'est une très vieille histoire.

– Mais qu'est-ce qu'ils espéraient, bon Dieu ?

Sa voix était plus aiguë qu'il ne l'eût souhaité, à peine reconnaissable.

– A quoi jouent-ils ? Comment ont-ils pu croire qu'ils arriveraient à s'en tirer ?

– Ils ont tous un grain. Et quand ils ont donné l'ordre d'ouvrir le feu sur nous devant le siège de la comp... ont-ils eu des ennuis, *young* rac ? Bois ton rhum. Les bergers diffusent la nouvelle sur tout leur réseau. Sol va capter ces émissions d'un instant à l'autre. Maman Garce voudra t'empêcher de témoigner, tu comprends... elle ne ménagera pas ses efforts pour te réduire au silence. Voilà la situation. Mais si elle va trop loin, les bergers cesseront de travailler. Et les rats de la comp devront faire appareiller leurs vaisseaux avec des équipages au rabais. Les responsables de la compagnie n'auront qu'à aller récupérer eux-mêmes le minerai dans le Puits, si ça leur chante.

– Ces salopards doivent payer, Meg.

– Ce qu'on peut faire de mieux, c'est avoir les ordures qui les ont envoyés là-bas. Et quelqu'un a déjà perdu son boulot. On ne pourrait pas espérer plus, avec ces fils de pute.

Sa présence a été signalée dans le moyeu, annonçait le dernier rapport transmis par Salvatore. La Sécurité cherchait toujours Dekker pendant que Payne, à qui les services de Towney réclamaient le dossier de cet homme, épluchait écran après écran les informations récoltées dans le cadre de l'enquête.

Score enregistré lors de l'épreuve de réattribution de licence. Autorisation d'embarquer pour effectuer les heures de vol requises. Avec les deux prospecteurs qui l'avaient sauvé et Kady et Aboujib, deux femmes...

L'appareillage des vaisseaux jumelés était prévu pour le 18, et le propriétaire de la dormerie disait ignorer où se cachait Dekker... Dekker qui avait posé un lapin à ses partenaires. Ces derniers avaient téléphoné de tous côtés pour essayer de le retrouver. Mike Arezzo déclarait que cet homme avait pu passer et repartir, il ne savait pas, il regardait la vid. Comme tous ses clients...

Les parents d'Aboujib et de Pollard avaient été des bergers. Kady était une ex-pilote de navette renvoyée par la C.T. Bird avait fait partie des suspects dans l'affaire Nouri, un ami intime de Pratt et de Marks...

Le dossier avait été expédié à Towney.

Et l'I.P. se retrouvait dans une situation délicate.

Parce que nul n'avait pris la peine de l'informer que ce Dekker n'était pas un simple chapardeur qui avait percuté le rocher sur lequel il voulait effectuer des prélèvements. Parce que personne ne l'avait informé qu'un capitaine de draveur pourrait lancer un pareil défi aux bergers.

Il demanda le fichier de l'*Industry* et la carte de son secteur.

Aucun enregistrement de l'astéroïde 98879 avant l'incident. Et ce draveur avait signalé la découverte du caillou en question le 7 mars.

Bon Dieu !

Dekker avait cédé à la panique, à la perspective de repartir dans l'espace... Ben en était convaincu. Ils essayèrent les restaurants, les salles de jeu et de nouveau les bars, au cas où il serait passé des uns aux autres. Alors qu'ils voyaient circuler de plus en plus de flics et de soldats.

Cet imbécile peut aller au diable ! se dit Ben. Il essayait de se faire tout petit, car des membres de la police militaire passaient devant le bar. Dans la salle, la vid parlait d'équipes reportées en raison de « manœuvres de la Flotte » et d'un « test des procédures de sécurité »...

Une main se posa sur son épaule. Son cœur manqua s'arrêter. Il se tourna, pour se retrouver nez à nez avec Bird.

– Ne refais jamais ça !

– Nous avons à présent un *vrai* problème. Le *Trou* est bourré de flics.

Il tâta sa poche, brusquement transi.

– J'ai la carte. Tout va bien.

– Tout va bien ! répéta Bird en secouant la tête. Je me demande si tu sais ce que ça veut dire. As-tu revu Sal ou Meg ?

– Pas depuis une heure.

– *Les changements d'équipe sont reportés d'une heure supplémentaire*, beuglèrent les haut-parleurs. *Un exercice de la Défense civile est en cours. Tout membre de la D.C. qui appartient à l'équipe 3 doit se rendre immédiatement à son poste. Le personnel au repos doit évacuer les ponts. Je répète, le personnel au repos doit évacuer les ponts et regagner ses quartiers.*

– Merde ! grommela Bird. J'ai déjà vécu ça.

– Que font-ils ?

– Flics. Loi martiale. Pour retrouver le môme. Ils veulent l'obliger à la fermer... C'est l'affaire Nouri qui recommence.

Bird le prit par le bras.

– Et nous sommes dans le bain jusqu'aux oreilles, tu comprends ?

Il comprenait. Il voyait de toutes parts des policiers de la compagnie et des membres de la P.M. en uniforme bleu... et en armes.

– Cette fois, nous devons proclamer la vérité, dit Bird. Trouve des amis, raconte-leur tout ce que tu sais, dis-leur d'en faire autant.

– Pourquoi risquer *notre* peau ? Tu ne trouves pas que nous avons déjà trop d'ennuis ?

– C'est ce que tout le monde disait...

– Bird... ils sont armés !

– Sais-tu ce que veut dire « justice sommaire », mon garçon ? Pratt et Marks étaient innocents. Ils n'ont jamais fait partie de la bande à Nouri. De braves gosses, pas très futés. Mais dans le cas présent... à toi de choisir.

– Et toi, que vas-tu faire ?

– Tenir un petit discours à diverses personnes. La compagnie ne pourra pas étouffer cette affaire. Nous disposons des coordonnées, et des dates.

La panique éparpillait ses pensées. L'appareillage était prévu pour le lendemain... et il n'aurait pas lieu. Il avait envie d'étrangler Dekker, cet imbécile qui leur attirait tous ces ennuis, mais les flics devaient déjà l'avoir arrêté...

Il empoigna son partenaire et le tira en arrière.

– Bird...

– Je savais qu'il s'agissait d'un coup monté contre Pratt et Marks. Je détenais les preuves de leur innocence, tu saisis ? Mais ils m'auraient mis dans le même panier que Nouri, si j'étais intervenu. Tous avaient peur. Tous ne pensaient qu'à sauver leur peau. Et tous ont été perdants... Mais ce sera différent, cette fois.

– Bird, je t'en prie...

– Cette fois, c'est *nous* qu'ils veulent avoir, et nous ne sommes pas de jeunes idiots sans défense. Nous avons cette carte de données. Donne-la-moi.

Ben tâta sa poche interne pour y chercher le rectangle de plastique. Il explora son esprit dans l'espoir d'y trouver les noms d'anciens camarades d'études qui pourraient arranger ça... en vain. Chacun ne songerait qu'à sauver sa peau, comme venait de le dire Bird.

– Donne-la-moi.

– Que comptes-tu en faire ?

– Afficher son contenu sur le réseau d'information. Et le dire à tout le monde.

– Merde !

Bird se pencha et le prit par l'épaule.

– Va te mettre à l'abri. Descends au club des bergers. Je ne suis pas certain que les amis de Sal te laisseront entrer mais, bordel, ta mère faisait partie de leur Association ! Rappelle-le-leur. C'est le seul endroit où tu seras en sécurité.

Bird échouerait... Il ignorait tout des protections des systèmes informatiques, il ne connaissait pas leur complexité. Bon sang ! cette carte était leur assurance sur la vie...

Et l'unique preuve de ce qui s'était passé là-bas. Si la compagnie les arrêtait et effaçait l'enregistrement...

– Nous avons une Idcarte de berger à notre disposition ! s'exclama-t-il. Elle donne accès au réseau du pont 1.

– Et après ? Ben, c'est bien trop dangereux...

– Je me charge de l'ordinateur. Ne t'en mêle pas, Bird. Tu ne franchirais aucun des verrouillages, mais je peux accéder au système central. Je connais les codes des modem...

– Où *diable* as-tu appris tout ça ?

– Rends-moi cette carte, Bird, et va dire à tes amis que le fichier s'appelle *Dekker*.

– *M. Crayton est en conférence*, déclara la secrétaire.

Payne se résigna à envoyer son mémo.

– Faites-le-lui parvenir. Nous aurions dû être informés de sa décision il y a plus d'une demi-heure !

– *Je crois que c'est justement le thème de cette réu...*

Payne raccrocha. Il fit afficher le communiqué de presse sur l'écran, le relut et décida de l'envoyer pour diffusion aux Infoludiques en se passant de l'aval de Crayton.

La nature de la transmission codée des bergers a été révélée. Il s'agit d'un rapport adressé à leur Association concernant la découverte d'un corps humain dans leur zone de récupération. Interrogé à ce sujet, le service des fichiers de la compagnie a déclaré qu'il pourrait s'agir de Corazon Salazar, disparue il y a quelques mois lors d'un accident survenu à proximité de la limite des secteurs de R 1 et de R 2. Mlle Salazar, fille d'Alyce Salazar, membre du conseil d'administration de la MarsCorp et du conseil consultatif de Défense, était résidente de R 1 depuis deux ans. Elle a été apparemment tuée en sortie extra-véhiculaire, quand l'explosion d'un réservoir a rendu ingouvernable son appareil qui a ensuite dérivé dans la zone de R 2. Le Dr Ronald Michael, de l'Institut, pense que le cadavre s'est retrouvé par la suite dans la ligne de tir du draveur Industry *et a été emporté par une de ses charges jusqu'au point de récupération.*

Cette macabre découverte des bergers ajoute un chapitre à l'histoire déjà tragique du Way Out, *ce vaisseau marqué par le destin. Le partenaire de Corazon Salazar, Paul Dekker, a été secouru par les prospecteurs que la Gestion des Mouvements avait envoyés à sa recherche. Dekker, qui a survécu pendant soixante et onze jours à l'isolement, au froid et à la panne des systèmes de recyclage, est sorti de l'hôpital James R. Reynolds après y avoir suivi un traitement intensif de ses traumatismes, tant physiques que psychologiques. Un porte-parole de cet établissement de soins a exprimé sa vive inquiétude lorsqu'il a appris que ce patient n'avait pu être joint et informé des faits avant que la nouvelle ne soit rendue publique. Paul Dekker reste en effet introuvable. Le Dr Emil Visconti, son médecin traitant, a autorisé la diffusion du présent communiqué car il craint que Paul Dekker n'apprenne la tragédie par d'autres sources. Il demande à Paul Dekker ou à toute personne qui saurait où il se trouve de contacter immédiatement les services de sécurité ou le bureau d'information de l'hôpital Reynolds. Toujours sous traitement, Paul Dekker risque en effet d'être fortement traumatisé par cette pénible nouvelle. Un porte-parole de l'Administration de l'ASTEX a réaffirmé que Paul Dekker n'est aucunement responsable de cet accident, dû à une défaillance technique, et demande à ce dernier de contacter immédiatement l'hôpital...*

Qu'il soit maudit ! Que Crayton soit maudit... pour lui avoir refilé cette affaire sans l'informer de ce que dissimulait la version officielle des faits.

Crayton, qui refusait d'endosser la responsabilité d'autoriser la diffusion de ce communiqué et le laissait prendre tous les risques alors que la compagnie voulait étouffer cette affaire, l'enterrer... avec tous ceux que le scandale aurait éclaboussés.

L'ord prit le message. Un autre apparut, adressé à Salvatore :

Un berger est entré dans le moyeu à 20 h 41 et en est ressorti à 21 h 08. Les douaniers n'ont rien vu. Ils étaient dans leur bureau et écoutaient les émissions codées. La carte appartient à un tech nommé Nate Chaney qui demeure pour l'instant introuvable...

Il serait impossible d'arriver jusqu'à l'ord de location de leur chambre du *Trou*, mais un téléphone ferait l'affaire s'il avait un clavier complet... comme ceux de l'*Io*.

Les néons clignotaient et teintaient en vert et rouge la bière qui frémissait dans son verre. Ici, la musique était si forte qu'ils n'auraient pas entendu le moyeu exploser, se dit Ben. Les lieux étaient bondés de rats de la comp... mais il portait sa plus belle tenue et l'angle du comptoir lui offrait sa pénombre. D'abord, la carte de berger, puis celle de données...

Chargement : EN COURS. Appel du sous-programme : CALL 13 ; LISEZ-MOI 5 ; ADD 2 ; ADD 1 ; ADD 3.

Mise en mémoire du fichier résident : CHARGEMENT 2, Enter.

Des blagues d'étudiants. Pour que la fenêtre s'emplisse de points, pour que l'Œuf apparaisse.

APPELEZ-MOI : INS, TXT

INPUT : $/CARTE, CUR ; CARTE, 14 ; CARTE, 15

OUTPUT : DEKKER

ENTER SYSACC

Ses doigts tremblaient sur les touches. Il essayait de ne pas penser aux flics, aux rats de la comp qui attendaient derrière lui de pouvoir utiliser le téléphone. Il tapa, le plus rapidement possible : *2 ; 20 ; W489\209 ; INSTAL : C\$/$y ; *BOOT 3 ; *3, |/$; (rs/ ǂ)/p*280 ; ǂ |TAG/*1|

Il retira cette carte et inséra celle du berger avant la fin de la pause.

Pour que la communication lui soit débitée. Le programme serait lancé par l'utilisateur suivant. Il lui jouait un sale tour, mais au moins serait-il sorti de cet établissement quand tout commencerait à se gâter.

Il but une gorgée de bière, enfonça la touche de validation, récupéra l'Idcarte de berger qu'il dissimula dans sa paume puis fit bien voir la sienne, de la bonne couleur pour un prospecteur – si les éclairs stroboscopiques bleutés permettaient de relever un tel détail – afin d'indiquer au barman qu'il avait réglé le coût de la communication.

– Merci !

Son cri fut couvert par le grondement de tonnerre de la basse. Il laissa sa consommation sur le comptoir et sortit.

Il tremblait – mais, bon Dieu, il l'avait *fait* ! –, il venait de charger ce fichier dans les mémoires du système... la variante d'une blague d'étudiant réalisée en utilisant le code du Bureau des garanties et une Idcarte donnant un accès direct au réseau de télécommunication du pont 1. Restait à découvrir si ce serait suffisant pour déjouer les nouveaux pièges informatiques...

... et s'il pourrait retrouver Bird avant les flics.

Ils étaient sortis en nombre pour faire évacuer les passages. C'était une vieille rengaine. Ils disaient : « Dégagez ! » Les badauds répondaient : « Oui, monsieur. » Et tous allaient ailleurs, mais pas là où voulaient les envoyer les autorités. La foule considérait cela comme un jeu et les policiers en étaient conscients. Ils n'insistaient pas trop, ils savaient à qui ils avaient affaire. S'ils avaient reçu des consignes et n'avaient pas simplement pour mission de faire sentir leur présence, ils interdiraient l'accès des bars des dormeries aux non-résidents. Mais les clients qui étaient à l'extérieur ne pourraient pas regagner leurs chambres et il en résulterait des incidents... ce qui n'était pas le but recherché. Cependant, tout individu auquel les forces de l'ordre risquaient de s'intéresser avait intérêt à rester aux derniers rangs, derrière des gens plus grands que lui de préférence, et se contenter de suivre le mouvement.

Ben se demanda où pouvait être Bird. Je dois le conduire dans un coin tranquille... et s'ils nous interpellent, nous ferons bien gentiment tout ce qu'ils voudront en attendant que la situation se soit clarifiée aux échelons supérieurs.

Ils ne pourront pas nous coincer... trop de gens connaissent la vérité, et les rats de la comp penseront avant tout à protéger leurs arrières... ce qui les obligera à couvrir les nôtres en sacquant ce salopard de capitaine de draveur... et tous les employés qu'ils pourront rendre responsables de leurs ennuis. Ce sont eux qui ont le plus de raisons de s'inquiéter.

Peut-être auraient-ils pu trouver un arrangement avec la compagnie, s'il leur avait été possible d'arriver jusqu'au bureau du pont de détente...

La justice ? Bon Dieu ! Ce sont les gens qu'on connaît qui comptent. C'est le poste qu'ils occupent et le mal qu'on peut leur faire devant un tribunal.

Effacer cette carte, c'est tout...

La balancer dans une poubelle.

Bird se pencha vers Abe Persky pour lui dire à l'oreille, dans la musique assourdissante de l'*Europa* :

– Ils l'ont bien baisé, mais ce n'est pas la compagnie qui a donné l'ordre de renvoyer le cadavre de la fille vers le Puits. C'est une histoire entre draveurs et bergers... bien plus grave que laisser un rocher tomber d'une trémie. L'Association diffuse à présent la nouvelle en clair et la Terre va bientôt tout apprendre. *Voilà* la raison de cette alerte.

– Merde ! grommela Persky en secouant la tête.

– Ecoute ! Nous avons chargé toutes les données dans le réseau d'information... il sera possible de les consulter tant que Maman ne se sera pas rendu compte de ce qui se passe. Le fichier s'appelle *Dekker, D-e-k-k-e-r*. Dis-le aux autres, à tous tes amis.

Il donna un petit coup de coude à Persky, qui prit son Idcarte et lui dit avant de s'éloigner :

– Pigé. Pas d'imprudences, Bird.

La table de Collins, ensuite. Collins était devenu un pilote de la compagnie mais il ne s'estimait pas satisfait de son sort, et venait régulièrement au pont de détente pour retrouver de vieilles connaissances. Il était en compagnie de Robley... Robley qui travaillait à l'usine depuis que ses reins avaient lâché.

Bird s'assit avec eux, pendant que Persky réglait sa consommation et sortait.

Un ou deux à la fois. Mais les nouvelles passaient de bouche à oreille aussi rapidement que la foudre.

Nouvel appel du bureau de Payne.

– Oui, monsieur, répondit Salvatore. Nous essayons, nous y avons pensé, et nous...

– *Je ne veux pas entendre parler d'essais !* l'interrompit Payne. *Il me faut ces fichiers, le dossier complet de ce type. Ceux de tous les suspects. Et ne sortez pas de votre manche une autre gosse décédée dont les parents font partie de la MarsCorp, bordel ! L'Administration a eu assez de surprises désagréables comme ça ! Je veux savoir qui est ce Dekker, s'il a un casier. Je me fiche que ce soit pour un simple rappel à l'ordre, mais je veux tout connaître sur son compte ! Vous m'entendez ? La totalité des fichiers... pas seulement ceux des dix dernières années mais tous ceux ouverts depuis le jour de sa naissance, et immédiatement !*

Payne raccrocha. Un nouveau message apparut sur l'écran : *Les membres du personnel des Textiles 2 B demandent à rentrer chez eux. On déplore des dégradations de matériel et des échauffourées, le directeur s'inquiète et réclame de l'aide.*

Et un autre, du bureau de Crayton : *La Flotte a annulé toutes les permissions et posté des gardes armés aux quais d'embarquement des navettes et aux accès des systèmes de maintien de la vie et des installations considérées d'une importance vitale. Il faut immédiatement coordonner les opérations...*

Salvatore frémit alors qu'arrivait un rapport de Wills :

*Morris Bird a réservé une table à l'*Europa, *pour cinq. Il ne s'est pas présenté.*

Il aurait voulu utiliser son inhalateur mais il n'osait pas.

– Appelez ma femme, à notre domicile, dit-il à son secrétaire. Demandez-lui d'aller s'assurer que notre fille est bien au dorm.

Il but du café froid et se demanda qui pourrait se charger d'assurer la liaison avec la police militaire.

D'autres messages défilaient sur l'écran. *Un homme se plaint de violentes douleurs à la poitrine aux Textiles 2 B. Une équipe paramédicale a été appelée...*

Wills, de nouveau : *Brown a interrogé un douanier qui pense avoir vu Meg Kady dans le moyeu aux alentours de 20 h 40. Il n'en est pas certain, il a souvent vu le groupe de Bird aller et venir ces derniers temps. Ils transportaient des pièces à remettre en état... ils avaient un permis pour un vaisseau en radoub. Nous avons la confirmation que Dekker a employé son Id-carte pour aller là-bas à 17 h 23. Il ne serait toujours pas ressorti. Kady n'a pas utilisé la sienne depuis un appel téléphonique passé au* Pacific *à 18 h 46. Elle était au* Trou noir. *Le propriétaire de cet établissement déclare qu'ils sont tous partis vers 19 heures.*

Deux individus franchissaient une porte de sécurité avec une carte d'emprunt. Il se produisait un ou deux incidents de ce genre chaque semaine, presque toujours pour des rendez-vous galants. Retrouver quelqu'un dans le mât eût été pratiquement impossible, même en d'autres circonstances.

Les Textiles 2 B signalent une émeute. Le directeur réclame l'envoi de renforts de police et d'unités médicales pour...

Un message prioritaire se superposa au précédent : *Alerte virale. Mise en quarantaine technique.*

Lui-même remplacé par une information d'une

priorité plus élevée : *Un virus informatique copie en mémoire système un fichier pirate qui contient des cartes de secteurs confidentielles. Variante de ce virus sur* COPYIT. *Demandons à la division des crimes informatiques de stopper sa prolifération et de l'effacer des banques de données de la* G.M.

– ... *n'est aucunement responsable de cet accident dû à une défaillance technique et demande à ce dernier de contacter immédiatement l'hôpital...*

Bird jeta un coup d'œil à la vid par-dessus son épaule et secoua la tête avant de regarder Tim Egel.

– Tu es un bon calculateur. Tu crois ce baratin ?

– Non, pas plus que le conte de fées. Poussée jusqu'au Puits par une charge ? J'aimerais voir les calculs qui le démontrent.

– Ils n'apprennent pas la physique, aux Informations publiques.

– Et les maths non plus, à ce qu'on dirait. Ils nous prennent pour des cons, ou quoi ?

Un ravitailleur se mêla à leur conversation, sa chope de bière à la main.

– Ils voudraient renvoyer Dekker à l'hôpital. Ils l'ont bourré de drogues mais il n'a pas oublié les coordonnées. 79, 709, 12. Il y avait un sacré rocher, là-bas. Et c'est le fond de l'affaire. Ce draveur est arrivé sur eux pendant qu'ils installaient un identificateur. Il est toujours sur place, occupé à expédier des morceaux de ce caillou vers le Puits. J'aimerais pouvoir comparer ce qu'il envoie à l'échantillon prélevé par Dekker.

– Est-ce possible ?

– Nous avons rapporté l'échantillon en question. Il a été enregistré au Bureau des garanties.

– Je te présente Morris Bird, le gars qui a ramené le naufragé.

– Sans rire ? J'ai entendu parler de toi ! Tu es le *vieux* !

La célébrité permettait de boire gratis, mais elle était dangereuse. Il goûta à la bière que le nouveau venu avait absolument voulu lui offrir puis posa la chope et dit :

– Si ça vous intéresse, jetez donc un coup d'œil au réseau d'information. Demandez le fichier *Dekker*. Avec deux « k ».

– Dekker, répéta le ravitailleur.

– Je vais te dire ce qu'ils cherchent, l'ami, dit Egel à Bird. Ils ne veulent pas payer un rocher pareil. D'ici peu, ils ne verseront même plus de primes aux prospecteurs de la compagnie. Ni aux ravitailleurs. Quand tous les indépendants auront disparu, les avantages accordés par Maman en feront autant. Sitôt qu'elle n'aura plus à craindre la concurrence...

– Elle ne pourrait pas faire une chose pareille, protesta quelqu'un.

Les esprits s'échauffaient et il était temps de s'esquiver. Bird battit en retraite, à reculons. Les flics entrèrent à l'instant où il se détournait.

Ils s'avancèrent en criant que l'établissement était interdit à tous les non-résidents, et Bird resta dans l'ombre jusqu'au moment où ils eurent dégagé l'entrée.

Il se retrouva à l'extérieur. Hors de danger. Mais la situation évoluait... les forces de l'ordre prenaient des mesures plus énergiques.

– Où sont-ils passés ? demanda Meg au seul être humain présent dans ces locaux.

Ce n'était pas Mitch mais un type au teint de papier mâché qui assurait la permanence près du téléphone, bien qu'elle n'ait entendu aucun appel. Ils n'avaient aucun contact avec l'extérieur, pas même par la vid, dont les informations étaient sujettes à caution de toute façon.

– Toujours rien, dit le berger.

Il avait une trentaine d'années, un nez démesuré et l'écouteur d'un com enfoncé dans une oreille... Et il ne semblait pas très heureux de voir une rac authentique sur la moquette immaculée du club. Il ferma les yeux à demi puis leva une main manucurée pour la renvoyer :

– Kady... ne forcez pas trop sur le whisky.

Elle allait s'éloigner, revint et se pencha sur son bureau.

– Je n'en abuse pas, rassurez-vous. Où est Mitch ? Où est ma partenaire ?

– Nous avons d'autres problèmes.

– Lesquels ?

Un geste de renvoi. Un froncement de sourcils. Il écouta quelque chose.

– Veuillez me pardonner si je vous importune, *monsieur*, mais j'ai avec moi un type sérieusement perturbé qui en a par-dessus la tête des réponses évasives. Et comme je commence à en avoir plus qu'assez moi aussi, vous pourriez peut-être me dire ce qui se passe ?

– Les policiers sont sortis en force, voilà ce qui se passe. Ils retiennent toujours l'équipe 2.

– Merde !

– Ne soyez pas idiote, Kady. Cette porte est verrouillée.

– Alors, ouvrez-la !

– Kady, retournez au bar... et ramenez-y ce môme.

– Meg ?

Elle se tourna et vit Dekker dans le vestibule.

– Sois patient, Dek, j'essaie d'obtenir des réponses.

– Je n'ai rien à vous dire, Kady. Contentez-vous de le distraire.

Elle vit rouge et abattit le plat de sa main sur le bureau.

– Tu vas me répondre, espèce de connard... Où est ma partenaire ?

– Je l'ignore. Si elle avait suivi nos ordres, elle serait ici.

– Elle ignore que j'ai retrouvé Dekker, bon Dieu ! Elle n'est pas branchée sur votre réseau !

– Bien des gens manquent à l'appel, Kady... Nous n'avons pas que vos problèmes à régler.

Il enfonça l'écouteur dans son oreille et leva la main pour réclamer le silence.

– Qu'est-ce qui se passe ?

– Le vaisseau de guerre s'apprête à appareiller, là-bas aux chantiers. Ils nous conseillent de ficher le camp d'ici.

– Ils ? Quels ils ?

– Ceux du *Hamilton*. Ils ont une navette appontée au mât, mais nous n'avons aucune liaison com avec elle. Le *Hamilton* n'arrive pas à établir le contact. C'est notre moyen de transport qui nous attend là-haut.

– Merde ! Tout part en...

– Fermez-la, Kady !

Message de la Section des crimes informatiques : *Ordonnons fermeture immédiate des banques de mémoire. Le virus a envahi tout le réseau d'information du pont 2 et se propage à l'aide de cartes contaminées à chaque utilisation...*

Aux Textiles 2 B le malade était décédé. Quelqu'un venait de tomber d'une passerelle et de se casser une jambe, des machines avaient été endommagées et une femme accouchait... Salvatore reçut des images de l'Optex et put constater qu'il régnait là-bas une belle pagaille. Ils avaient coupé les téléphones du pont 2, mais ce maudit fichier était passé du réseau d'information à celui du système bancaire, et de là à tous les établissements commerciaux de R 2. Peut-être même le retrouvait-on dans les banques de données centrales.

Il fit descendre un antiacide avec une gorgée de café éventé et joignit Payne afin de le calmer. Payne lui annonça qu'il devait se rendre à une réunion et qu'il se ferait remplacer à son bureau par Lebrun, son assistant.

Il était exact que les responsables devaient se réunir. Salvatore espérait qu'ils le feraient sans plus attendre. Et qu'ils prendraient des décisions. Ses mains tremblaient et il n'avait, quant à lui, aucun assistant capable de prendre sa place, ne serait-ce que pour lui laisser le temps de faire un saut aux toilettes.

La voix de son secrétaire s'éleva de l'interphone :

– Le lieutenant Porey demande à vous voir.

Il ne connaissait personne de ce nom et allait répondre qu'il ne pourrait pas recevoir son visiteur quand la porte s'ouvrit sur un officier de la Flotte, flanqué de son aide.

– Salvatore ?

Des traits d'Africain, un accent indéfinissable, et l'attitude pète-sec d'un spatial de l'Espace-profond qui s'attendait à voir les stationneurs ramper devant lui.

Il se leva. Un troisième militaire apparut sur le seuil et en barra l'accès à son secrétaire, avant de refermer le battant.

– Lieutenant Porey.

Il accepta la poignée de main énergique mais de pure forme, en pensant : Crayton va en entendre parler, bon sang !

– Salvatore, la situation se dégrade. Des rumeurs se répandent, et un *imbécile* de vos services dit aux FlotteComs de s'adresser aux I.P...

Seigneur, un militaire pète-sec *et* de mauvais poil !

– C'est la voie hiérarchique.

– Pas pour *nous*. Je veux les dossiers de Dekker et de tous les responsables de l'Association des bergers.

– Je crains que ce ne soit impossible, lieutenant. Vous devez au préalable obtenir une autorisation de l'Administration. Je vous conseille pour cela d'aller voir M. Crayton, à l'Admin générale...

Porey plongea la main dans sa veste et sortit de sa poche une carte qu'il jeta sur le bureau.

– Lisez.

Salvatore comprit qu'ils avaient de sérieux ennuis avec la C.T. Il prit le rectangle de plastique, le glissa dans le lecteur...

Et lut : *Décret-loi de la Compagnie Terre, Bureau du Président, Station Sol, Zone administrative terrestre.*

*A l'attention de tous les responsables et agents des services de sécurité et des télécommunications des Territoires administratifs de l'*ASTEX.

*Le conseil d'administration et le Bureau des directeurs ont estimé, par un vote unanime, qu'en raison de la gravité de la situation actuelle l'*ASTEX *n'est plus en mesure de garantir l'achèvement dans les délais des travaux entrepris pour le compte de la Flotte. Les services de sécurité et des télécommunications de l'*ASTEX *sont en conséquence informés qu'ils ont été rattachés à l'EcoCorp – conformément à la clause 28 de la charte de l'*ASTEX *(copie jointe) – et que leurs responsables sont directement placés sous les ordres des directeurs de l'EcoCorp. En conséquence, nous donnons par la présente ordre aux responsables de la police et des services de la vie d'exécuter les instructions du conseil de sécurité de l'*U.D.C. *concernant la protection des fichiers et des hommes pendant ce transfert d'autorité.*

Salvatore s'assit et relut le texte.

– En pratique, votre salaire vous sera désormais versé par la C.T., dit Porey. Vous êtes un responsable du maintien de l'ordre civil qui participe à une opération stratégique militaire, et vous devez vous plier aux règles et décisions de l'U.D.C., de l'U.N. et des officiers et du conseil de la C.T. En vertu de quoi je vous ordonne de me remettre ces dossiers.

– Même si la C.T. avait été informée immédiatement des événements, vous n'auriez pas eu le temps matériel de recevoir ce document...

– Je vous félicite, Salvatore. Je constate que vous avez l'esprit critique. La C.T. avait tout prévu. Mon commandant a reçu ceci il y a déjà quelques jours. Et je vous conseille de réfléchir à deux fois avant d'effacer des fichiers ou d'informer qui que ce soit de votre changement de statut. Vous aurez un bel avenir au sein de la C.T., si vous démontrez que vous savez prendre les décisions qui s'imposent. Je ne pourrais en dire autant de vos supérieurs.

Une deuxième carte tomba sur le bureau.

– Celle-ci est prévue pour un terminal des services de sécurité et établira ses propres accès. Votre secrétaire est-il quelqu'un de confiance ?

– Je...

Il voyait des armes... automatiques. Chargées avec des balles explosives. Pas des munitions employées pour réprimer des émeutes. Des forces de l'ordre qui ne dépendaient pas de l'ASTEX.

– Je préférerais le lui expliquer moi-même, dit-il.

Et il pensa à sa femme, à sa fille. Il prit la carte, la glissa dans l'ordinateur et pressa la touche ENTER.

L'écran passa sur accès et des séries de points s'y matérialisèrent. Porey croisa les bras et le regarda en haussant un sourcil.

– Le fichier de l'*Industry*. Faites-le disparaître.

– Vous voulez dire... l'effacer ?

– Il est devenu sans objet. L'équipage a déjà été transféré. Certaines informations ne devront pas sortir de ce bureau. C'est un ordre, Salvatore. Votre carrière dépend de la décision que vous allez prendre. Et veillez à ne commettre aucune négligence en vous débarrassant de ce fichier.

« Paget.

– Lieutenant ?

– *Retrouvez* ce Paul Dekker et faites-le escorter jusqu'au quai.

– Alors, quel est le nouveau programme ? demanda Meg.

Avec une retenue exemplaire, estima-t-elle, coincée entre Dekker qui ne tenait plus en place et un bureaucrate tatillon qui insistait pour respecter les procédures à la lettre et s'obstinait à tenter d'établir un contact avec une navette qui était sans doute...

– Ils n'arrivent toujours pas à joindre Mitch, dit le berger. On brouille nos communications.

– Qu'espériez-vous donc ? Nous n'avons plus affaire à Maman mais à des militaires, bon Dieu ! Et il est impossible de se *cacher*, dans une station...

– A bord d'un vaisseau non plus, Kady. Je ne sais pas si le *Hamilton* pourra nous attendre encore longtemps...

– Alors, il faut aller jusqu'aux quais. Improvisez, bon sang !

– Ce n'est pas un jeu. Nous ne savons même pas si les ascenseurs fonctionnent encore...

– Si vous restez le cul sur votre chaise, nous ne le saurons jamais.

– Je suis le seul contact des nôtres, ici. J'ai reçu des ordres. Mitch est...

– Mitch ne répond plus et vous ne joindrez personne. Toutes les communications sont coupées et les soldats occupent la totalité de ce pont, bon Dieu ! Il ne nous reste qu'à filer jusqu'au mât, si c'est ce qui était prévu !

– Atteindre la navette ne servirait à rien, dès l'instant où son pilote n'est pas à bord.

– C'est *ça*, votre problème ? Alors, vous êtes vraiment verni, mon vieux, parce que vous n'avez que des pilotes autour de vous.

– C'est un engin de catégorie C, Kady, pas un appareil de prospection...

– Terre à orbite, vaisseau à station, B 1, n'importe quoi. Fichons le camp d'ici.

– Kady, il y a des policiers, dehors. Armés jusqu'aux dents. Savez-vous comment nous allons leur passer sous le nez ?

C'était une *excellente* question.

Une escouade de soldats approchait. Elle passa rapidement pendant que Ben s'intéressait à la devanture d'un bar puis se perdait dans la foule qui en sortait. Ils *fermaient* tous les établissements de ce genre. Leurs portes, tout au moins.

Le moment était venu de changer d'air. Bird avait pu retourner au *Trou*, si les flics ne l'avaient pas interpellé. Dieu seul aurait pu dire où il se trouvait.

Un contact sur son bras, et il sentit son cœur s'arrêter. Il se tourna vers un visage couleur café sous une casquette tricotée de docker.

Sal, en combinaison de singe des docks, alors que cette activité était purement masculine !

– Qu'est-ce que *tu* fabriques ici ?

– J'essaie d'aller jusqu'au club le plus discrètement possible, ce que nous devrions faire tous les deux sans attendre. Des nouvelles de Dekker ?

– Non, et je m'en fiche. C'est Bird que je cherche.

– Nous ferions bien de le trouver. Ils ont fait débarquer des soldats armés de fusils. Ils ont supprimé toutes les perms et ils envoient des militaires dans les secteurs administratifs.

– Merde, je n'aime pas ça.

– Pas de discussion, *darl.* Certains de ces types n'ont pas dû complètement dessoûler.

– Génial. Le génie de la compagnie.

– Ce ne sont pas des rats de la comp mais des soldats... et je te précise qu'il y en a qui se regroupent là-bas. Ne regarde pas. On va continuer de chercher Bird.

Il n'avait pas encore eu véritablement peur, avant cet instant. Il emboîta le pas à Sal. Il entendait crier au loin. Derrière eux, des gens sortaient du bar.

Une chope tomba sur le pont et se brisa.

– Ne t'arrête pas, lui dit Sal.

– Ne me tiens pas le bras, bon sang ! Tu es un type !

– Désolée, j'avais oublié, fit-elle en le lâchant.

Essayez donc de trouver une allumette dans une raffinerie...

– Il y a des bougies, au *Scorpion*, dit le berger en fouillant dans le kit de réparation.

– Ça ne nous servirait pas à grand-chose. Laissez tomber le tournevis. Des vis... avez-vous des vis ? Du fil de cuivre ?

– Meg, que vas-tu faire ? demanda Dekker.

Elle retira le cache de l'interrupteur de la porte.

– Attends et tu verras, *young* rac. Je n'en reviens pas ! Ce type a trouvé un bout de fil électrique. Alors, à quoi pourrait-il nous servir, d'après toi ?

– A provoquer un court-circuit qui déclenchera le...

Dekker changea d'expression.

– Ouais, fit-elle en enroulant le fil autour des plots. Tu te rappelles 2315, *darl* ? Dis, tu pourrais aller me chercher des serviettes et des bouteilles de vodka ? J'aurai terminé dans une minute.

– La porte se verrouillera sitôt que le détecteur de fumée se sera déclenché, dit le berger. Nous allons suffoquer.

– Elle restera ouverte. Faites-moi plaisir. Dites-moi que vous avez des masques à gaz.

18

Les haut-parleurs installés sur les façades de tous les magasins diffusaient un communiqué : *Ceci n'est pas un exercice. Regagnez immédiatement vos lieux de résidence. Regagnez immédiatement vos lieux de résidence. Dégagez les passages pour les véhicules prioritaires.*

– Ils ne savent pas ce qu'ils veulent, grommela Sal. Pour rentrer chez nous, nous devons obligatoirement nous déplacer ! Qu'est-ce que c'est que ces conneries ?

– Je n'aime pas ça, commenta Ben.

– Il serait temps de descendre au club.

Les fils furent entourés d'une gerbe d'étincelles et fondirent. La porte s'ouvrit. Meg saisit un fauteuil et le lança à l'extérieur. Des coups de feu retentirent. Dekker était prêt et le papier toilette s'enflamma, les serviettes en firent autant et des langues de feu bleutées coururent dans les plis du tissu. Il alluma une autre bouteille de vodka pendant que Meg saisissait la première et la jetait dans le passage.

Elle se brisa. Dekker préparait un nouveau projectile quand Meg lança le deuxième. Ils entendirent hurler.

Le berger s'était juché sur une chaise et tenait à bout de bras une serviette enflammée. La sirène d'alarme beugla et une pluie artificielle se mit à tomber. La porte essaya en vain de se refermer pendant que des balles crépitaient sur le chambranle et faisaient voler en éclats le dossier du fauteuil. Ils n'avaient plus de vodka et passèrent au gin.

Les systèmes de protection contre l'incendie installés à l'extérieur se déclenchèrent à leur tour et crachèrent des nuages blancs de produits chimiques.

– On y va, dit Meg.

Elle mit son masque, enjamba le fauteuil et s'avança au milieu de la fumée et des balles.

Il ne savait pas si elle avait réussi à passer et se demandait comment esquiver les projectiles. Etait-il conseillé de se baisser ?... Il essaya de ne pas penser aux détonations et contourna le siège, puis resta collé à la paroi dans ces nuages qu'embrasaient les néons. Des silhouettes jaillissaient hors du *Scorpion* en hurlant de panique.

On tirait sur la foule. Des corps s'envolaient sous l'impact des balles et les hurlements couvraient les gémissements des sirènes. Il piqua un sprint pour franchir la zone de clarté bleutée du restaurant et évita des gens qui couraient dans le brouillard, sans se demander si le berger les avait ou non suivis. Meg s'éloignait devant lui, vers les issues de secours. Les passants qui s'étaient réfugiés au *Scorpion* en ressortaient pour détaler au cœur de la brume et des rafales.

Il vit Meg s'immobiliser pour glisser son Idcarte d'emprunt dans une fente.

Des balles creusèrent la paroi à côté d'elle. Il tressaillit et se colla au mur.

– Allez prendre l'ascenseur sur un autre pont, cria le berger qui venait de les rejoindre, à bout de souffle. Ils ont dû invalider nos cartes. Utilisez les vôtres. On se retrouvera au berceau 18, s'il faut nous séparer...

Des gens pris de panique se regroupaient autour

d'eux... un homme en tenue de serveur brandissait une clé. Il écarta Meg et la porte s'ouvrit. Elle entra avec la foule et Dekker suivit le mouvement, sans se préoccuper de savoir qui il écartait de son chemin. Les fuyards présents derrière lui le forçaient à avancer. Il franchit une deuxième porte puis se retrouva en haut des marches. Retirant son masque pour respirer plus facilement, il agrippa la rambarde afin de ne pas tomber. Le berger qui le suivait de près cria pour se faire entendre au sein du vacarme :

– La porte du pont 3 restera bloquée tant que celle du niveau inférieur sera ouverte ! Il faut continuer de monter et en refermer une derrière nous !

Dekker se tourna et se fraya un chemin dans la foule des serveurs et des employés pris de panique, pendant que le berger hurlait :

– Allez !

Et qu'il le poussait.

Une trentaine de mètres séparaient les ponts. Les stationneurs n'avaient pas d'aussi bonnes jambes que les spatiaux... pas après quatre mois de gym intensive. Meg sortit de son champ de vision, dans les hauteurs.

Une sirène rugissait dans le lointain, en un point dissimulé par la courbure du pont. Ben ne pouvait voir où – mais c'était dans la direction du club – leur destination.

– Viens ! cria Sal.

Elle le saisit par la main et l'entraîna dans la foule qui sortait de l'*Amalthée*. Ils entendirent courir derrière eux.

– Arrêtez ! leur intima une voix.

Une main s'abattit sur l'épaule de Ben, le fit pivoter et l'envoya heurter la vitrine en plex du bar. Il se retrouva nez à nez avec un policier qui releva son menton avec le bout de sa matraque.

– Pollard, c'est ça ?

Merde ! Il devait faire des efforts pour respirer.

Une voix s'éleva de nulle part pour demander :

– Hé ! A qui croyez-vous vous adresser ?

C'était Bird qui posait la main sur l'épaule du flic. Un collègue de ce dernier voulut intervenir. Un inconnu sortit de la foule et détourna l'attention du second policier qui reçut une chope de bière en plein visage.

– Attendez ! essaya de dire Ben. Attendez, bon sang... *Bird !*

Quelque chose claqua, un impact fit vibrer le panneau de plex et il y eut du sang partout... Il se laissa tomber à genoux, sous la matraque. Bird gisait sur le sol, avec un grand trou sanglant dans sa manche. Ben ne voyait plus que des jambes et n'entendait plus que des jurons et des hurlements. Il rampa vers son partenaire, agrippa sa veste et le tira contre la devanture. Bird perdait connaissance, on les piétinait. Puis il vit un espace dégagé, et Sal qui le prit par le bras.

– Ben ! Viens !

Il se releva tant bien que mal, sans lâcher Bird. Sal les hissait. Bird essaya de se redresser. Ils le prirent chacun par un bras et se laissèrent emporter par la foule qui les bousculait. Bird faisait de son mieux pour les suivre. Sal le poussait. Il y eut des coups de feu et des cris.

Des hurlements s'élevèrent devant eux et les fuyards reculèrent brusquement avant de repartir en sens inverse. Les haut-parleurs diffusaient toujours des messages qui se mêlaient aux plaintes des hommes et des sirènes :

– *Ceci n'est pas un exercice. Nous sommes en état d'alerte...*

– Escalier, fit Bird.

Et Ben pensa : Où est-il ? Il était pourtant souvent

passé devant des portes de service... entre les devantures, là-bas vers les bars...

A l'Institut, il avait fréquemment emprunté de tels passages pour quitter et regagner les dorms, en se baissant pour rester hors du champ des caméras des services de sécurité...

Il y avait une de ces issues, juste à côté du *Trou.*

Ses poumons brûlaient. Bird trébuchait à chaque pas. Ils atteignirent enfin le renforcement. Sal exerça une pression sur le battant.

– Mike doit avoir une clé, haleta Bird.

– Inutile, déclara Ben.

Il appuya simultanément sur les touches ‡ , / et 9, puis 8, 0 et /... le code d'évacuation d'urgence des membres de la direction.

Ils n'étaient pas les seuls à vouloir fuir ce niveau...

– Ecarte-toi ! ordonna sèchement Ben à Sal.

La panique de la foule devint presque palpable, quand la porte s'ouvrit et qu'ils s'y engouffrèrent. Bon Dieu ! Ils n'arriveraient jamais à gravir cet escalier s'ils continuaient à tenir Bird entre eux. Ben le souleva et le prit sur son épaule, pour le porter pendant que Sal les précédait. Des individus hystériques les poussaient, les dépassaient, menaçaient de les faire tomber, puis quelqu'un qui avait, grâce à Dieu, conservé un peu de bon sens l'aida à recouvrer son équilibre et le poussa en avant.

– Refermez, bordel ! hurla Sal.

Il fallait que la porte du bas soit fermée pour que celle du pont supérieur s'ouvre. Pour Ben, la scène était indistincte et cernée d'un halo d'obscurité. Par-dessus les martèlements des pas et les battements de son cœur, il entendit une voix féminine crier :

– Exercice-E, *dix à la fois seulement*, bande de connards !

La marée humaine les emporta. Sal leur tenait la porte et leur hurlait de passer. Derrière eux, des gens eurent la présence d'esprit de se retourner pour arrêter ceux qui les suivaient. La porte se referma. Celle du couloir du haut s'ouvrit et ils sortirent dans l'atmosphère fraîche et pure du pont 3.

– Ascenseur du moyeu ! hurla Sal.

Il ne savait pas comment il pourrait l'atteindre. Ses genoux et ses chevilles se tordaient à chaque pas, il avait des problèmes de vision, et Bird n'était pas en état de se déplacer seul. Autour d'eux, les stationneurs se disséminaient de toutes parts. Ils s'entassaient dans le Trans, pour s'éloigner au plus vite. Sa respiration était hachée, ses jambes flanchaient, mais il était près du but... il le savait.

Il était aveuglé... il n'aurait pu dire où ils étaient, mais Sal le soutenait et le guidait. Elle appuya sur le bouton d'appel dès qu'ils arrivèrent à destination. Il cilla pour chasser la sueur qui lui brûlait les yeux. Il n'entendait plus que les battements de son cœur et des hurlements, dans le lointain. Il avait peur que l'ascenseur du moyeu n'ait été bloqué, mais la porte s'ouvrit sur une cabine illuminée.

Sal la referma. Il se pencha pour faire glisser Bird de son épaule puis le soutint et l'appuya contre la paroi. Le visage de son partenaire était livide, bien qu'il l'ait porté la tête en bas. Du sang imbibait sa combinaison, mais les propos qu'il tenait étaient cohérents.

Sal avait inséré sa carte dans le lecteur. Ben se pencha vers le panneau de commande pour essayer le code-E, mais l'ascenseur s'ébranla avant son intervention.

– Qu'as-tu fait ?

Sal n'eut pas le temps de lui répondre. Déjà ils ralentissaient et s'arrêtaient sur le pont 4. La porte se rouvrit sur Meg, Dekker et un berger muni d'une clé... tous hors d'haleine.

– Vous ! s'exclama Meg. Bird ?

Le berger les poussa à l'intérieur et utilisa sa clé. Ils repartirent vers le moyeu avant même que Ben n'ait repris sa respiration... plié en deux par des crampes abdominales, pendant que Meg et Sal s'agenouillaient auprès de Bird.

– Nous avons attendu le plus longtemps possible, déclara Dekker.

Ben hocha la tête, trop essoufflé pour lui cracher qu'il n'était qu'un imbécile et qu'il portait la responsabilité de tout ce bazar. De la main, il désigna Bird pour indiquer à Dekker qu'il devait prendre soin de son ami, faire quelque chose pour lui. Ben ne pouvait se redresser... La cabine filait vers le moyeu et le berger déclara :

– Nous ne savons pas ce qui nous attend, là-haut. Dès que la porte s'ouvrira, saisissez le tire-personnes. Si votre ami en est incapable... nous ne pourrons pas l'emmener avec nous.

– Va te faire foutre ! lui cria Dekker. Nous ne l'abandonnerons pas.

– Ils ont posté des gardes, dans les docks !

– Ils peuvent aller se faire foutre, eux aussi !

– Ecoute, petit...

– *Vos gueules !* hurla Meg.

Et Ben remarqua qu'elle tenait Bird d'une étrange façon... il était inerte, la bouche et les yeux ouverts. Non ! Ben resta comme paralysé. Plié en deux, il attendait de voir son partenaire bouger. Sal se leva pour le retenir en s'agrippant à une poignée, car ils atteignaient la zone d'apesanteur.

Meg, qui serrait toujours Bird dans ses bras, leur dit entre deux inspirations :

– Une navette nous attend au 18, là-bas à l'extrémité du mât. Ces imbéciles auraient tout de même pu se garer un peu plus près ! Elle doit nous conduire à bord d'un vaisseau des bergers, mais le transport de troupes a quitté les chantiers de construction spatiale et il est possible qu'il ait reçu son armement.

– Une chose est sûre, en tout cas, dit le berger. C'est qu'il est rapide. Bien trop rapide pour nous.

Ben ne les écoutait pas. Ces paroles ne faisaient que traverser son esprit, un ensemble d'éléments qui lui indiquaient simplement où ils devaient aller et que leurs chances de réussite étaient bien minces. Il chercha une autre solution, mais son cerveau s'était grippé... son ventre se chargea de l'informer qu'ils venaient d'atteindre le point de transition.

Bird n'avait pas pu mourir, il était impossible qu'il les ait quittés ainsi... Il avait tout fait pour le sauver et... C'était trop injuste... Il l'avait *porté*, bordel ! Sans faire cas de la souffrance... Non ! Bird n'avait pas pu mourir...

Au ralenti, Dekker tendit la main vers son bras pour le retenir quand la cabine entra dans la partie fixe du moyeu et fit une embardée. Il ne le lâcha qu'à l'instant où ils s'immobilisèrent et que les portes s'ouvrirent. Le berger fut le premier à agripper la barre et s'y hisser en direction du tire-personnes. Meg laissa Bird et le suivit...

Ils n'avaient pas le choix, se dit Ben en jetant un regard sur son partenaire qui flottait dans la cabine, livide et différent, entouré d'un essaim de perles de sang. Il saisit la barre et s'éloigna, le plus vite possible. Sans Bird.

Ici, le silence paraissait surnaturel. Le toboggan était à l'arrêt et on entendait les chuintements du câble dans la gorge de la poulie de renvoi, les bourdonnements des roulements de l'interface du moyeu. Pendant un moment, il se contenta de regarder défiler la paroi du tunnel.

Il tourna la tête pour s'assurer qu'il n'avait pas rêvé. Sal et Dekker approchaient du tire-personnes et lui dissimulaient l'intérieur de la cabine.

Meg était devant lui, derrière le berger. Ils pénétrèrent dans le mât et s'éloignèrent vers un point de fuite vertigineux qui mettait à rude épreuve ses yeux et son estomac, déjà mal en point. Il serra les dents et agrippa la poignée avec plus de force, alors que l'air glacé engourdissait ses muscles.

Ils approchaient du poste des douaniers. Il se demanda : Sont-ils armés ? Savent-ils où nous sommes ? Ils ne pourraient pas se défendre. Ils devraient se contenter de poursuivre leur progression à la vitesse du tire-personnes. Le froid raidissait ses vêtements imbibés de sang. Il cessa de sentir ses doigts, ses yeux larmoyaient, et le câble avançait toujours aussi lentement, clank, clank, clank... Ses dents claquaient et il concentrait son attention sur la poignée pour ne pas la lâcher. Meg avait parlé du berceau 18, à l'extrémité du mât. Ils se dirigeaient vers une navette chargée de les conduire à bord d'un vaisseau qui les emmènerait loin d'ici, à ce qu'il avait cru comprendre. Mais il ne pouvait penser qu'à l'instant où un flic avait tiré et touché Bird...

Il n'avait pas eu le temps de faire un garrot pour arrêter l'hémorragie, bordel ! Sal lui avait dit de se presser – elle devait savoir où ils iraient, elle était au courant – et elle n'avait rien dit. Bon Dieu ! S'il l'avait envoyée au diable, s'il avait porté Bird jusqu'au Trans pour le conduire à l'hôpital, son ami ne serait pas mort...

Ils passaient devant le *Trinidad*, jumelé au *Way Out* pour un voyage qu'ils ne feraient jamais. Ils avaient été si près du but...

Son attention fut attirée par un objet qui ne suivait pas la rotation régulière du moyeu, un gros conteneur parti à la dérive... Bon Dieu ! se dit-il, surpris. C'était dangereux, une chose aussi grosse qu'un écumeur qui se déplaçait sans pousseur pour la guider...

Puis il pensa – dans la mesure où il était encore capable de penser : C'est faux.

Je me trompe, c'est...

Le câble tressauta et s'arrêta.

– Merde ! grommela Sal.
Une voix forte, dans le silence soudain. Et Dekker pensa : Nous n'y arriverons jamais, nous n'avons aucune chance, nous resterons coincés et nous ne pourrons jamais atteindre la navette ou le filin de liaison...
– Ecartons-nous ! cria Meg.
Un réflexe acquis pendant la jeunesse, au cours des exercices de sécurité. Il tendit la main vers celle de Sal, la saisit... et il vit le câble onduler, venir vers eux.
– Maintenant ! hurla Dekker.
Il était le dernier de la chaîne qu'ils formaient, et ce fut en mettant à contribution toute son énergie qu'il lâcha le câble et imprima un mouvement de torsion à son corps...
Ils ne pourraient désormais plus rien faire pour modifier leur trajectoire, si le câble s'abattait sur eux ou s'ils rataient le filin de liaison...
Le fouet passa en sifflant au-dessus de leurs têtes. Le berger accrocha le filin avec le pied et les tira vers lui.
– Le centre du mât ! cria Meg. Nous ne pourrons jamais atteindre la navette et nous avons *nos* appareils, là-bas. Le plein a été fait !
– Non ! cria le berger. Leurs sas ne peuvent s'accoupler !
– Faut apprendre à se contenter de ce qu'on a, rétorqua Sal. Maintenant qu'ils ont détruit le tire-personnes, nous n'arriverons jamais à destination, Sammy, alors magne-toi le cul !
Un coup de feu, il ne savait où. Dekker savait reconnaître ce bruit.
– Ils tirent sur quelque chose, cria-t-il en suivant Sal et Ben le long du filin.
Un objet passa en sifflant près de son oreille. Ils

sont *fous* ! Ils utilisent des balles dans un milieu pressurisé...

Un ricochet. Meg partit sur le côté, du sang jaillit. Il crut qu'elle lâcherait prise, mais elle resta agrippée d'une seule main. Sal se rapprocha et la saisit par sa veste. Dekker se propulsa vers elles, pour les aider, mais Meg utilisait sa main valide pour se tenir à sa partenaire, alors que de grosses perles vermeilles essaimaient autour de son autre bras. Sal hurla à Ben d'aller ouvrir le sas.

Ce dernier se propulsa rapidement le long du câble et rattrapa le berger devant l'écoutille du *Trinidad*. Sal les rejoignit. Dekker comprima la blessure de Meg avec la main, afin de ralentir l'hémorragie pendant que Ben et le berger agrippaient leurs vêtements et les tiraient à l'intérieur du réduit.

– Fermez le sas ! cria-t-il en s'arrêtant contre une bande de contact. Meg...

Elle écarta sa main pour appuyer elle-même sur sa blessure.

– C'est bon, ça va aller, fit-elle sans desserrer les dents. Bon Dieu ! Trouve-moi un pansement... et emmène-nous jusqu'à cette foutue navette, au berceau 18...

– Les installations ne sont pas prévues pour des appareils de ce type, là-bas, et vous ne pourrez pas apponter ! cria le berger. Il est trop tard pour tenter quoi que ce soit, bordel ! Tous nos amis ont dû se mettre à couvert. Aboujib, va au com et contacte ceux du *Hamilton* pour leur expliquer notre situation et leur demander s'ils ne peuvent rien pour nous...

– Les chances sont minces, Sammy.

Bien minces, se dit Meg qui essayait en vain de soulever son bras pour permettre à Ben de placer un garrot, sur la manche d'où le sang continuait de jaillir. Elle se sentait partir...

Comme Bird.

Sans drame, sans souffrance insoutenable... une mort paisible.

– Tiens bon, disait Ben.

Il serra trop la bande et elle eut mal.

– Merde ! Fais attention, Meg. Accroche-toi !

Les grappins s'ouvrirent en claquant. Elle pensa : C'est bien, Dek...

... Les factures étaient sur la table, Bird s'excusait et gagnait le bar pour s'entretenir avec Mike. Bird s'épuisait pour remettre le *Way Out* en état. Il travaillait au point de risquer la crise cardiaque. Pendant qu'elle restait assise et regardait ses ongles en se disant qu'elle était stupide et qu'elle aurait dû renoncer à cette folie.

Une colère d'origine très ancienne, pensa-t-elle. La compagnie venait de remporter une autre manche. Une gosse était morte. Un grand nombre d'entre eux étaient morts...

Elle entendait les détonations et le fracas des vitres brisées. Elle voyait les racs tomber. Des enfants, dont les expressions traduisaient l'incrédulité. Les flics de la compagnie n'avaient pas de visage, seulement des visières argentées où se reflétaient la fumée et la terreur de leurs victimes.

Des racs hors-la-loi.

Droits de propriété. Règlements de la compagnie.

– Il faut faire quelque chose, lui avait dit Bird le jour où Dekker était arrivé au *Trou*. Ce qu'ils ont fait est injuste.

Et elle avait pensé, tordue de nausées : Bon Dieu ! Bird, ils voudront avoir ta peau...

Les propulseurs d'appoint étaient toujours en action. Elle sentait leur poussée.

Le moteur principal de la navette l'écrasa au fond de son siège, dans le néant glacé surplombant l'atmosphère de la Terre. Elle aimait cette transition. Elle rentrait à la maison, le puits mère n'avait pu la garder captive...

Vers le haut, pas le bas...

Un moment de ténèbres. L'inertie du freinage l'entraîna vers l'avant. Sal la retenait par les épaules et elle avait les pupitres auxiliaires devant ses yeux. Sa partenaire essayait de la sangler dans le siège. Elle tendit son bras indemne, prit la ceinture et la boucla. Le cliquetis était rassurant. Elle testa le dispositif de sécurité, en prévision de déplacements violents.

– Sangle-toi, Aboujib. Je suis parée, tout va bien...

Un coup de boutoir des moteurs de verniers. Dek manœuvrait, Ben gagnait son poste pendant que le berger – que Sal appelait Sammy – s'installait devant le com et disait d'une voix pressante :

– Ils nous ordonnent de revenir. Le transport de troupes arrive, très vite. Le *Hamilton* va appareiller... nous ne pourrons pas réussir, ils n'auront pas le temps de nous récupérer...

Les moteurs de verniers entraient en action une ou deux fois par seconde, d'un côté et de l'autre... elle voyait sur l'écran du moniteur numéro 2 défiler un alignement d'écumeurs à l'appontage, une succession d'images indistinctes, alors qu'ils rasaient la surface du mât. Tu es passé très près de celui-là, petit...

Des parasites crépitèrent. Le berger venait de commuter le com sur le canal B.

– *A.M.C. Vingt-neuf* Hamilton, *ici les FlotteComs. Vous transgressez les directives de l'U.D.C. Retirez-vous...*

– Coupez ça ! gronda Ben. Vous trouvez qu'on n'a pas assez de soucis ?

– Nous ne pourrons pas apponter à côté de la navette ! hurla le berger.

Sal mettait sa ceinture. Ben aussi. L'accélération augmentait à chaque mise à feu des propulseurs principaux. Ils longeaient le mât, de plus en plus vite...

Puis plus rien. Une poussée prolongée des stabilisateurs de proue et la structure se retrouva derrière eux. Ils s'en éloignaient – ils devaient décélérer – mais les moteurs du *Trinidad* entrèrent de nouveau en action...

Non, pensa-t-elle... ceux du *Way Out*... les deux appareils sont jumelés. Une masse double. Allons-nous renoncer ? Revenir en arrière ? La navette est appontée au mât, Dek, nous l'avons ratée. Ne panique pas, petit...

Ben dit quelque chose. Dek lui répondit et les moteurs de verniers emportèrent le vaisseau... à angle droit de la station !

Mon Dieu ! Nous partons à la rencontre du *Hamilton...*

Les propulseurs principaux, une accélération *brutale...* une douleur dans le bras, une souffrance intolérable...

Voilà qui est intéressant, se dit-elle en calculant divers paramètres. Sacrée promenade, Dek... Leur as-tu seulement annoncé notre arrivée ?

Quelque chose l'écrasa. De nouveau les ténèbres. Elle entendait les bips des indicateurs de distance, ceux, réguliers et plus aigus, des systèmes en attente... Et elle pensa : Existe-t-il une musique plus agréable que celle qui nous annonce que tout fonctionne à merveille ? Nous avons la preuve que cette saloperie d'interface est efficace, pas vrai ?

Une discussion, et les gémissements des systèmes hydrauliques de la soute avant.

– Qu'est-ce que tu fiches, bordel ? cria une voix d'homme. Ils sont prêts à appareiller et nous nous trouvons dans l'axe de leurs propulseurs... ils ont un transport de troupes qui vient les intercepter...

La voix de Sal, distincte et posée :

– Ferme-la, Sammy !

Merci, mon Dieu, pensa Meg qui avait fermé les yeux et se contentait d'écouter. Les bips et leur timbre lui fournissaient de nombreuses informations : la soute s'était ouverte, le bras télémanipulateur était sorti, Sammy grommelait :

– Il est dingue, il est dingue !

Ça valait le coup d'œil. Elle entrouvrit les paupières et regarda les moniteurs : une surface irrégulière, creusée de déflecteurs de poussière et hérissée de pylônes d'arrimage – le bras qui se déployait, blanc dans les faisceaux des projecteurs, ombragé par les plaques irrégulières du blindage...

– Vas-y ! Vas-y ! disait Sal. Tu l'as, Ben !

Une prise de contact irréprochable. Elle n'avait presque rien senti.

Arrimés. A un pylône. La griffe s'ouvrit et se referma.

– Beau travail ! dit-elle.

Sans avoir la certitude que quelqu'un pourrait l'entendre.

– Appareillez ! hurla le berger.

L'accélération débuta, s'accentua.

Tu dois larguer les réservoirs, Dek, désaccoupler le *Way Out*, l'abandonner, et espérer que la monture du bras résistera... nous ne pourrons pas décélérer lorsque ce berger nous aura imprimé son accélération, de toute façon...

Elle aurait aimé le lui dire. Mais son corps, ses lèvres refusaient de lui obéir.

Ils représentaient un chargement instable. Les contraintes étaient importantes. Le sang quittait son cerveau pour descendre dans son bras.

Montez, les gars... Montez ! Le plus loin et le plus vite possible...

Le silence. Il n'entendait même pas les grondements des ventilateurs. Mais les *g* avaient cessé de l'écraser.

Le goût du sang dans sa bouche.

Une explosion...

Ils ne faisaient pas de tonneaux. Non, ce n'était pas cela. Il ouvrit les yeux, sur une console. Son cou était ankylosé, ses muscles douloureux. Il tourna la tête et vit Ben inconscient... le berger à côté, avec ses écouteurs qui flottaient dans les airs. S'il y avait des sons, ils étaient couverts par ceux des ventilateurs.

Puis il se souvint avoir coupé les moteurs. Il se rappela ce qui était arrivé à Meg... tenta de se déplacer. Tout son corps le faisait souffrir, mais il déboucla sa ceinture et se poussa vers la femme.

Nimbée par la fine brume du sang qu'elle avait perdu. Elle était blanche comme un spectre. Il toucha son visage : glacé. Il la crut morte.

Morte pendant un instant, puis inconsciente mais de retour parmi eux... un changement subtil que ne traduisait aucun mouvement... jusqu'au moment où ses paupières se contractèrent imperceptiblement. Ben bougeait, au poste de pilotage numéro 2. Les meilleurs emplacements – le sien et celui de Ben – pour encaisser une accélération brutale.

– Pas de dégâts ? demanda Ben d'une voix pâteuse.

– Non, marmonna Meg.

Et il pensa qu'elle devait se référer à son état physique.

– Sommes-nous toujours accouplés ?

– Je ne sais pas, avoua Dekker. L'appareil est stable, en tout cas.

Ben déboucla sa ceinture et se propulsa vers Sal... qui revenait à elle. Le berger était toujours évanoui. Dekker prit ses écouteurs. Il entendit des parasites et une voix avant même de les avoir collés à ses oreilles.

– ... vivant, là-dedans ? Je capte des voix. Leur com fonctionne...

– Ouais, dit-il en branchant le micro. Ici le vaisseau de prospection *Trinidad*. Etes-vous le *Hamilton* ?

19

– Il n'a rien fait, affirmait Ben.

Il était couvert de sang. Sal également. Dekker constata qu'il en avait sur les mains. Celui de Bird, de Meg ? Il n'aurait pu se prononcer.

– Rien ? répéta l'officier.

– Un policier venait de m'interpeller, bon sang ! Bird est arrivé par hasard. Il s'est contenté de protester en voyant ce flic m'empoigner et un imbécile a... pressé la détente.

Dekker regardait toujours ses mains et voyait cette scène à laquelle il n'avait pas assisté, Meg qui tenait Bird dans ses bras à l'intérieur de la cabine d'ascenseur...

– J'ai vu ce qui se passait, intervint Sal. Ils remettaient des armes aux soldats dont ils annulaient les perms, et certains de ces mômes étaient encore à moitié ivres. Des bleus, qui ne savaient même pas ce qu'on attendait d'eux.

– C'est donc un militaire qui l'a tué ?

– Un marine. Il ne devait pas avoir vingt ans.

Le commissaire de bord du *Hamilton* appuya sur une touche.

– C'est bon. Nous allons transmettre cet enregistrement avant d'appareiller.

– Quelle est la situation, pour le carburant ? s'enquit Dekker.

– Elle est loin d'être idéale, répondit l'officier.

– Merde !

Sal secoua la tête. L'homme les laissa. Ben ne dit rien. Il se contenta de prendre une longue inspiration et de caler ses mains entre ses genoux.

C'était la seule information qu'ils avaient obtenue depuis leur arrivée à bord de ce vaisseau. Ils n'avaient pas revu Sammy... qui devait dormir dans une couchette, peut-être sous tranks. Ce qui venait de se passer l'avait fortement ébranlé. Il n'avait pas demandé à servir d'agent de liaison et la situation dégénérait dans les docks, l'équipage de la navette et le groupe du pont 8 ne répondaient pas à ses appels, leur com devait être sur écoute et Mitch était sorti pour tenter de contacter son équipe en utilisant le téléphone du restaurant. Mitch n'était pas revenu... arrêté, ou pire, ils ne savaient toujours pas. Sammy n'était pas un homme d'action mais le représentant de l'Association auprès des Affaires légales, un négociateur venu à R 2 pour discuter avec la direction... si tout s'était déroulé comme prévu, sans l'intervention de l'armée...

Dekker estima que Sammy avait réalisé du bon travail, en fin de compte. Il s'en était bien tiré pour un type qui n'avait probablement jamais rien fait de ses dix doigts. Il devrait le dire à Meg, à son réveil. Elle en rirait.

Un officier passa devant eux dans le petit vestibule du poste med et entra à l'intérieur du bloc chirurgical.

Une voix coléreuse s'éleva derrière la porte, une réponse.

– Il a dû leur dire de se grouiller, marmonna Sal.

D'autres échanges de paroles, des propos qui se rapportaient à des risques de paralysie et la nécessité d'accorder un délai supplémentaire. Quelqu'un qui rétorquait :

– ... inutile si nous mourons tous, Hank. Nous

n'avons pas une demi-heure de marge. Préparez la patiente, nous repartons.

L'homme ressortit, les regarda et leur dit avec plus de pondération :

– Nous avons largué votre appareil et nous nous retrouvons avec un problème de positionnement. Nous procéderons aux corrections qui s'imposent dès que l'équipe envoyée à l'extérieur sera rentrée et que j'aurai regagné la passerelle. Vos sièges sont munis de ceintures. Vous devez vous attacher.

La situation était grave. Dekker serra les dents et chercha la sangle pliée dans l'accoudoir, imité par Sal et Ben. L'officier franchit la porte et disparut.

– Merde ! marmonna Ben.

Ses mains tremblaient. Sal gardait les siennes jointes sur ses cuisses.

Ils avaient des ennuis. C'était indubitable. Il aurait été superflu de préciser qu'ils plongeaient dans le Puits. Il n'existait pas diverses significations à un « problème de positionnement » sur un vecteur orienté vers Jupiter, et la hâte des bergers leur indiquait qu'ils étaient livrés à eux-mêmes. Ils ne disposaient pas d'un rayon, seulement du peu de carburant qui leur restait... et qui ne leur servirait pas à grand-chose sur la pente gravitique du Puits.

Il avait largué le *Way Out*... une décision prise pour permettre au *Hamilton* d'économiser l'énergie nécessaire à son déplacement, de réduire le risque que le bras télémanipulateur pût arracher les boulons du pylône d'arrimage ou se détacher en emportant un bout du *Trinidad*, dont les réservoirs constituaient à eux seuls une masse trop importante. Il ne s'était accordé qu'une fraction de seconde de réflexion avant de passer aux actes et de perdre connaissance. Ouvrir cette valve leur avait peut-être sauvé la vie, car si la coque avait cédé ils auraient subi une brusque dépressurisation. Cependant, larguer de but en blanc les trois quarts de leur masse –

alors qu'ils étaient arrimés au *Hamilton* qui accélérait déjà depuis quelques secondes – n'était pas fait pour améliorer la situation. Les ordinateurs de bord avaient dû refaire tous leurs calculs. Le centre de gravité s'était déplacé à deux reprises, pendant la poussée. L'articulation du bras avait cédé, en pulvérisant le cerceau d'arrimage, et le *Trinidad* s'était rabattu contre l'autre vaisseau en modifiant de nouveau tous les paramètres. Il était inconscient à ce moment-là et ignorait l'importance de la poussée, mais comme un vaisseau de guerre approchait rapidement, les bergers avaient dû vouloir lui donner à choisir entre les pourchasser ou aller rétablir l'ordre à R 2.

L'équipage du *Hamilton* ne devait pas porter ses passagers dans son cœur.

Les systèmes hydrauliques du sas achevèrent leur cycle puis s'arrêtèrent. Une sirène beugla. Une voix enregistrée annonça :

– *Sanglez-vous à vos postes. Parés pour une correction de trajectoire. Je répète...*

– Il ne faut pas compter sur Maman Garce pour nous envoyer un rayon, murmura Sal en vérifiant sa ceinture. Elle espère que nous ferons le grand plongeon. Elle ne lèvera pas le petit doigt pour nous sauver.

– Tout se passera bien, dit-il.

– « Tout se passera bien, tout se passera bien », grommela Ben. Si tu ne t'étais pas conduit comme un cinglé, Bird serait toujours en vie et Meg ne se retrouverait pas sur le billard. Nous ne serions pas ici. Tout ça, c'est ta faute.

– Ouais ! fit-il après avoir pris une inspiration. Je sais.

– Et celle de Bird aussi, ajouta Ben. Les flics ne l'avaient pas repéré. Ils ne savaient même pas qui il était. Ils ne lui demandaient rien, bon Dieu ! Il ne risquait rien. Je me demande ce qui lui a pris.

Les propulseurs furent mis à feu. Le *Hamilton* allait utiliser toute sa puissance pour tenter de ressortir du Puits.

Et Dekker se dit : J'aurais dû mettre le cap dans la direction opposée. Rien ne m'obligeait à rejoindre le *Hamilton*. Je n'y ai pas pensé, sur le moment.

Les militaires nous auraient rattrapés mais la situation se serait calmée entre-temps. Et nous ne nous retrouverions pas dans ce merdier. Ben a raison.

Ben qui grommelait :

– C'était absurde... Merde ! Sa conduite a été insensée depuis le début...

Quelqu'un avait tiré. Les policiers affirmaient qu'il s'agissait de munitions militaires et le bureau de Crayton voulait diffuser cette information sans plus attendre.

La déclaration de ses services incluait ceci : *... regrettons vivement les pertes en vies humaines...*

Payne aurait payé cher pour n'avoir jamais entendu le nom de Morris Bird. Un vétéran, trente années dans la Ceinture, le plus vieux des prospecteurs, compromis avec Pratt et Marks mais apprécié de tous... ce qui faisait de lui un martyr. Quelqu'un avait écrit des BIRD à la peinture rouge dans tout un secteur du pont 3. Ce nom apparaissait sur le pont 8, et il n'avait pas besoin d'être accompagné par un commentaire. Les blessés s'entassaient dans les couloirs de l'hôpital, un fichier appelé DEKKER se multipliait dans le système informatique et nul n'arrivait à trouver et à détruire le virus, les bergers diffusaient illégalement des informations et réclamaient une intervention de la C.T., la démission du conseil d'administration et la suspension de la loi martiale.

Et voilà que la vid d'un capitaine berger annonçait que le vaisseau de prospection *Trinidad* avait rejoint le *Hamilton*... d'autres noms qu'il n'avait que trop souvent entendu prononcer. Un pilote à qui la G.M. avait retiré sa licence. Un groupe qui accompagnait Bird quand le soldat avait tiré. Les rumeurs se répandaient – en déformant les faits – et les Infoludiques n'arrivaient pas à les endiguer.

... Un porte-parole de la compagnie s'est déclaré profondément soulagé d'apprendre que les passagers du Trinidad *ont pu arriver à destination sains et saufs. Il a rappelé que l'ASTEX a condamné l'emploi de la force et s'est engagée à faire procéder à...*

La porte s'ouvrit. Il cilla en voyant les fusils, les deux marines en uniforme bleu. Et un troisième qui entra derrière eux et demanda :

– William Payne ? Vos services sont placés sous l'autorité de l'U.D.C., conformément aux clauses d'urgence du Traité de Défense, paragraphe dix-huit, article deux.

Il regarda les armes, puis l'officier. Il essaya de se rappeler quelles étaient les procédures prévues.

– Je dois contacter le bureau principal.

– Faites, monsieur Payne.

Il craignait pour sa sécurité. Il hésita à décrocher le combiné.

– J'appelle l'Administration. Voulez-vous vérifier ?

– Renseignez-vous, monsieur Payne. Votre ordinateur vous fournira une explication. Allez-y.

Il prit une inspiration, appuya sur des touches, dirigea le curseur sur Accès Direction.

Et il entendit : *Décret-loi de la Compagnie Terre...*

Clause de la charte 28. Traité de Défense, paragraphe dix-huit, article deux.

– Nous avons un communiqué de presse à faire diffuser, monsieur Payne.

– Bien, monsieur.

Pas de questions. Pas d'hésitations. Il prit la carte de données que l'officier plaçait sur son bureau et la glissa dans le lecteur.

L'U.D.C. a assumé le contrôle de l'ASTEX. Tous les

ouvriers opérateurs indépendants, fournisseurs et employés d'un statut inférieur à celui des membres de la direction seront maintenus à leurs postes. Le président Towney a été arrêté par les autorités civiles sous l'inculpation de détournement de fonds et de fraude fiscale. Divers membres du conseil d'administration font également l'objet d'une enquête de la C.T. Tous les résidents à même de fournir des informations au traitement de ces dossiers doivent s'adresser à la police militaire. Accès quatorze sur le système.

En outre, tous les résidents qui se présenteront au bureau de l'U.D.C. de leur pont verront leurs Idcartes renouvelées et bénéficieront sans exception de l'amnistie accordée à quiconque n'appartient pas à la direction de R 2.

L'U.D.C. recevra des délégations des indépendants, des fournisseurs et des employés civils pour prendre connaissance de leurs doléances...

– Un beau merdier ! commenta Meg.

Des oreillers la redressaient sous le *g* propre aux installations de faibles dimensions. Elle avait toujours des étourdissements mais pouvait à présent bouger les doigts à l'intérieur du plâtre. Elle avait vérifié.

– Ils n'ont pas précisé sur ta feuille de soins quand tu t'es réveillée.

Sal s'assit avec précaution au bord du lit pour prendre sa main valide dans la sienne. Une peau brune et l'autre pâle... Mal assorties, songea Meg. Puis elle pensa à Bird qu'ils avaient laissé flotter dans cette cabine d'ascenseur. Une belle vacherie. Il méritait mieux. Mais il avait toujours eu un esprit pratique, quand c'était vraiment important.

Des larmes coulèrent de son œil droit. Sal les essuya du pouce.

– Enfer ! grommela-t-elle.

Elle voulut lever son bras, mais toutes ses articulations étaient douloureuses. Elle cilla et prit deux inspirations.

– Nous n'avons pas encore interrompu notre plongeon ?

Sal ne répondit pas tout de suite. Non, pensa-t-elle. Bienvenue parmi ceux qui vont mourir, Kady.

– Il nous reste quelques problèmes de vecteur à régler, dit finalement Sal. Comment l'as-tu appris ?

– Les meds en parlaient. Ils me croyaient inconsciente. Nous descendons ?

Une nouvelle hésitation.

– Moins vite qu'au début. Ils sont en pourparlers avec la C.T. Ils envisagent de déployer la voile de moitié, d'essayer d'attraper le rayon ascendant de R 2-23 et de virer de bord.

– Ce serait chouette.

– Toi que rien ne peut surprendre, écoute ce que j'ai à te dire. Les militaires ont pris le pouvoir. Towney a été arrêté... ouais ! Les membres du conseil aussi. Ils vont remettre les relais en activité, ils y ont intérêt. Des négociations ont débuté, là-bas... Ils invitent Mitch, Persky et les autres à venir exposer leurs doléances...

– C'est une ruse.

– Tu crois peut-être qu'ils enverront de jeunes recrues récolter les cailloux ? Ils auraient besoin de beaucoup de chance, Kady. Au premier essai, leurs morceaux s'éparpilleraient jusqu'à Saturne.

– Ils arriveront à un compromis. Il se peut même qu'ils nous envoient un rayon. Ça ne me surprendrait pas. Mais rien ne changera, Aboujib. Rien ne changera jamais.

Sal resta un moment muette. Elle effectuait un plongeon d'une autre nature. C'était encore plus pénible pour elle. Ses nuits étaient hantées par des cauchemars qui avaient pour cadre des puits gravitiques.

– Mais au moins serons-nous débarrassés de Towney, dit-elle en puisant dans ses réserves d'optimisme.

– D'ici à ce que la C.T. envoie un directeur, R 2 restera sous la coupe des militaires.

Ce qui n'était pas une excellente nouvelle pour les stationneurs. Le nouveau responsable n'arriverait pas avant longtemps. Quant à *eux*, ils avaient pour l'instant des préoccupations plus pressantes. Ils devraient faire tout leur possible pour ne pas finir au fond du Puits. Elle s'interrogea sur leurs options. Les rayons seraient réactivés, si les militaires ne se heurtaient pas à des complications administratives, s'ils ne devaient pas attendre des tas d'autorisations, et si la C.T. n'avait pas décidé de les laisser disparaître. En outre, si les bergers parlaient du relais R 2-23, on pouvait en déduire qu'ils suivaient un de ces vecteurs où il était très difficile d'accrocher un rayon. R 2-23 était un géosync, et ces derniers tombaient en panne. Il fallait constamment envoyer des sondes de maintenance automatiques recharger leurs batteries et, quand ils étaient encore plus mal en point que d'habitude, les tirer hors de la zone de radiations intenses pour procéder à leur réparation. Mais en raison de la position qu'il occupait, ce relais avait son utilité, quand son ordinateur n'avait pas grillé...

– Deux beaux garçons demandent à te voir, dit Sal.

Elle semblait toujours très fragile, lorsqu'elle feignait d'être joyeuse.

– Merde ! Est-ce qu'il me reste du maquillage ?

– J'ai oublié d'en mettre dans nos bagages.

Sal lui tapota l'épaule et se dirigea vers la porte d'une démarche vacillante... elle n'avait pas encore retrouvé le pied spatial.

Leurs compagnons non plus. Ils étaient pitoyables. Ils s'étaient lavés et changés, mais boitaient et traînaient des pieds, surtout Ben. Meg devait rester couchée, le corps endolori, mais elle estima qu'elle n'avait pas à se plaindre. Bien que le *Hamilton* soit un appareil de belle taille, les *g* différentiels pesaient sur les épaules et les extrémités du corps enflaient pendant toute la période d'adaptation. Un processus qui recommencerait à zéro à leur retour en station.

S'ils revenaient un jour à R 2.

Elle tapota le couvre-lit.

– Assis ! dit-elle.

Ils s'installèrent avec précaution de chaque côté du lit.

– Tu as mal ? demanda Ben.

Question idiote.

– Il m'est arrivé de passer dans un lit des moments plus agréables. Et vous, ça va ?

– Bien, dit Dekker. Très bien.

Elle regarda leurs contusions.

– Ouais ! Je constate que nous formons une équipe bien assortie.

Leur correction de cap les place à portée de R 2-23, annonçait le message des Ops. *C'est leur dernière possibilité. Les calculs indiquent que leurs chances sont minimes, même à ce stade. Leur position par rapport au rayon rendra les probabilités de réussite nulles dès 08 h 28. Nous avons tenu compte de leur cap et de la masse déclarée des deux vaisseaux. Sauf s'ils peuvent se servir dans les réservoirs de l'appareil des prospecteurs, il ne leur reste plus assez de carburant pour manœuvrer. L'*Athènes *ne pourra pas procéder à une interception, même après avoir largué les remorqueurs. Cet appareil se mettrait lui aussi en danger. Nous estimons qu'il continue sur sa trajectoire uniquement en raison des négociations en cours. Vous trouverez ci-joint toutes les données.*

Porey tapota le bureau avec son style, consulta les chiffres, réfléchit et pensa à une communication qui lui était parvenue du Q.G. de la compagnie, où se déroulait la réunion. Il tapa un bref message. *Annoncez à leurs négociateurs que selon nos calculs l'*Athènes *ne pourra pas intervenir et que le* Hamilton *n'aura plus aucune chance d'attraper le rayon après 08 h 28. Précisez que nous nous tenons à leur disposition pour leur communiquer tous les paramètres et que notre offre tient toujours.*

Ce n'était pas le moment d'avoir un autre sujet de dissension avec les prospecteurs. Ou les bergers.

Excellentes relations publiques. Magnanimité. Amnistie générale, validation des Idcartes. Towney arrêté devant les caméras de la vid, réactivation des rayons et sauvetage du *Hamilton.*

Sitôt que les bergers auraient accepté leurs conditions.

Petit déjeuner.

Marmelade d'oranges. Dekker n'en avait plus goûté depuis l'enfance. Ben et Sal la découvraient. Meg déclara que cela ravivait des souvenirs de l'époque où elle pratiquait la contrebande.

– J'en transportais des bocaux, expliqua-t-elle. Il m'arrivait naturellement d'en égarer quelques-uns.

Sal lui fit signe de se taire au cas où la cabine serait sur écoute et Dekker sentit son estomac se creuser, mais Meg répondit :

– Je doute qu'ils aient le temps de s'intéresser à nous...

– Un peu amer, mais pas mauvais, dit Ben.

– Ben, *darl,* apprends à apprécier les bonnes choses, lui dit Sal. La vie est alors bien plus belle.

– J'apprécie ce machin. Mais c'est amer, non ? Qu'est-ce qui lui est arrivé, à ce bocal ?

Meg leva les yeux au ciel.

La porte s'ouvrit. Dekker tourna la tête.

Un officier.

Ils interrompirent leur petit déjeuner.

– Désolé de vous interrompre, dit le berger.

Il s'appuya à l'encadrement, les bras croisés. Un Afro, une seule tempe rasée, avec un insigne de tech et, sur le col de sa veste coûteuse, une barrette en or de chef tech, etc.

– Je me suis dit que vous aimeriez être tenus au courant. Les secours vont arriver.

Dekker se le répéta. Tous durent en faire autant.

Une *bonne* nouvelle ?

– Qui ? demanda Meg.

– Ce transport de troupes. Il se déplace comme une chauve-souris.

– Meeer...

Meg s'interrompit à temps.

Dekker pensa : Pourquoi, bon Dieu ? Mais il ne posa pas la question à haute voix. Il en laissait le soin à Meg et à Sal, les mieux placées à bord d'un appareil des bergers... et des femmes qui n'étaient pas responsables de leurs ennuis.

– On dirait que nous avons des chances de nous en tirer, fit Meg.

– Bon Dieu ! lâcha Ben un moment plus tard.

Pas de cris, pas d'explosion de joie. Quand on essayait de ne pas craquer et de continuer de vivre comme si de rien n'était, on ne savait plus comment accueillir les bonnes nouvelles.

– Où est le hic ? demanda Sal. Ils peuvent nous rattraper et nous prendre en remorque ?

– Ils ont atteint 0,75 de notre *v* actuelle à deux minutes de R 2. Ce sont des rapides.

Dekker fit des calculs approximatifs. Nous devons être très loin sur la pente...

– Ils négocient, ajouta le berger. J'ai cru comprendre que la Flotte s'intéresse à nous et que l'Association refuse tout accord dont les indépendants seraient exclus. Elle est intransigeante sur ce point. Ils ont sacqué Towney, c'est à présent une certitude. J'ai pensé que vous aimeriez le savoir. Monsieur Dekker ?

– Oui ?

– Le capitaine veut vous voir.

Autre sujet d'interrogation. Le commandant devait bénéficier d'une pause et vouloir en profiter pour mettre les choses au point avec l'idiot du vaisseau. Il haussa les épaules, regarda Meg, Sal et Ben et leur dit :

– A tout à l'heure...

Pour indiquer qu'ils auraient le temps d'en discuter, qu'ils seraient encore en vie le surlendemain.

Il tremblait sans savoir ce qu'il redoutait... les remontrances d'un officier ? Il les avait bien méritées. Mais peut-être était-il effrayé par la perspective d'avoir un avenir où sa place restait à déterminer. Les bergers pourraient prendre avec eux Meg et Sal... peut-être même Ben.

Mais lui ?

On ne devait guère l'apprécier, à bord du *Hamilton*. Il ne fallait plus compter sur le *Way Out*. Il ne s'était pas éloigné aussi vite que le *Trinidad* l'avait fait lorsqu'ils l'avaient largué à son tour, mais il ne se trouvait plus dans le voisinage de R 2 et suivait le même vecteur. Et si quelqu'un réussissait à le récupérer, la loi le lui attribuerait. Il avait un compte en banque mais ignorait quel était son solde et quelles mesures judiciaires seraient prises à son encontre. Les rats de la comp resteront toujours des rats de la comp, comme aurait dit Meg, et il ne croyait pas que la C.T. allait lui accorder son pardon et le laisser tranquille. Pas après tant de dégâts matériels et de pertes en vies humaines.

La cabine de Sunderland était proche. Le chef tech le fit entrer puis le présenta à un homme aux cheveux grisonnants et à l'aspect fragile qui lui tendit la main... Pas une courtoisie de mise avec un membre d'équipage, pensa Dekker. Il ne put en analyser la raison mais cela lui parut lourd de menaces. L'officier ne semblait pas en colère, plutôt las et inquiet et – chose étrange – plein de regrets.

Ce qui l'inquiéta également.

– Du café, monsieur Dekker ?

– Non, capitaine, merci. Je viens de prendre mon petit déjeuner.

– Je suis heureux d'apprendre que vous avez de l'appétit. Asseyez-vous. J'avoue avoir perdu le mien, ces derniers temps.

Il alla jusqu'au siège et s'y installa.

– Je sais que vous présenter des excuses ne changera rien à la situation. Je n'aurais pas dû larguer les réservoirs.

– Nous n'aurions pas pu vous récupérer si vous n'aviez pas pris cette initiative. La coque aurait cédé. Je vous ai demandé de le faire. Je croyais que vous m'aviez entendu.

Il secoua la tête.

– Non, capitaine.

Et il pensa : Trop de choses à effectuer. Pas assez de temps.

– Tout s'est passé très vite, n'est-ce pas ?

– Oui, capitaine.

– Il fallait prendre des décisions rapides et la situation était délicate ici aussi. Je présume que vous savez, pour le vaisseau qui approche.

– Oui, capitaine.

Il avait des étourdissements... différence de *g*. C'était normal, lorsqu'on se levait ou s'asseyait.

– Il a fallu discuter mais j'étais presque certain que la C.T. ne nous laisserait pas nous enfoncer bien plus loin. Pas elle. R 2-23 représentait une solution – la meilleure que nous avions sans une aide directe – à laquelle venaient s'ajouter deux possibilités plus hasardeuses, que nous ne tenions pas vraiment à tester. Mais quand ils nous ont contactés ce matin pour nous annoncer que l'ordinateur de R 2-23 était en panne, j'ai eu la quasi-certitude que les militaires interviendraient, qu'ils avaient déjà effectué tous les calculs et qu'ils comptaient retransmettre le sauvetage en direct à la vid. Jusqu'à Sol. La C.T. ne tient pas à ce que nous finissions dans le Puits. *Mauvaise* publicité, monsieur Dekker. Effet désastreux sur les prospecteurs. La C.T. a absorbé l'ASTEX, vous l'avez appris, et Towney a été démis de ses fonctions... il se produit de nombreux changements. La plupart sont positifs. Nous sommes utiles aux fournisseurs de l'armée, à la C.T., à l'U.D.C. Ils en sont tous conscients. Ils voulaient seulement se placer dans une position plus avantageuse pour les négociations.

Cet homme l'avait-il convoqué pour lui parler de politique ?

Où voulait-il en venir, à la fin ? !

– Nous avons reçu les coordonnées du point où s'est produit l'accident. J'ignore ce que vous savez...

– On m'a appris que vous avez trouvé le corps il y a déjà plusieurs semaines.

Ben venait de l'en informer et la colère le rongeait.

– Vous ne nous avez rien dit. Vous nous avez laissés poursuivre nos préparatifs sans nous avertir...

– Nous ignorions comment vous réagiriez... Si vous pourriez garder votre calme... Si votre comportement n'éveillerait pas les soupçons. Nous nous demandions même si Aboujib ne nous ferait pas faux bond. Elle est parfois imprévisible, vous savez ? Et nous avions besoin de temps pour nous procurer certains fichiers. Nous savions qu'un draveur vous avait éperonnés et que votre partenaire avait disparu. Nous étions occupés à étudier les cartes de ce secteur, pour y relever des anomalies, quand l'*Athènes* a découvert le corps de votre associée. Vous deviez appareiller mais... nous avions à terminer les préparatifs d'une action en justice. Sam Ford, vous le connaissez ? Il était venu s'assurer qu'il ne manquerait aucune barre aux t et aucun point sur les i. Ceux qui veulent intenter un procès à la compagnie ont intérêt à ne rien laisser au hasard. Nous avions averti Aboujib, et plusieurs heures avant de diffuser la nouvelle tout était prêt pour vous transférer jusqu'à la navette chargée de vous conduire à bord de cet appareil, où vous auriez été en sécurité. Nous espérions obtenir des concessions importantes de la compagnie – je suis absolument sincère avec vous – tout en vous aidant à attaquer cette dernière en justice. Malheureusement...

– J'ai disparu.

– Ce n'est pas ce qui a provoqué la plupart des événements qui ont eu lieu ensuite. Nous avions tenu compte de la stupidité de nos adversaires et du fait que l'armée interviendrait, mais nous n'aurions jamais pensé que la C.T. avait déjà adressé au commandant de la Flotte l'ordre de prendre le contrôle de l'ASTEX. Et nous ne pensions pas que les militaires n'attendaient qu'un prétexte pour passer aux actes. La C.T. préparait une action légale, une vérification des comptes de la compagnie, mais elle disposait d'une autre arme : une clause d'urgence applicable en cas de mise en péril des intérêts militaires. Le Traité de Défense prévoit en effet que l'armée doit assurer la sécurité des installations lorsque ces dernières sont menacées. Et ils étaient prêts... à cause de l'agitation sociale et parce qu'ils pensaient que les directeurs voudraient détruire des fichiers...

– Ils l'ont fait.

– Ils ont essayé. Nous disposions d'un élément du puzzle. Il en existait d'autres. Le commandant de la Flotte avait fait procéder au plein de ce transport de troupes. Nous l'avions appris. Et tout cela ne nous plaisait guère. Nous savions que nous aurions affaire aux militaires dès que nous bougerions – nous redoutions même un affrontement dans les docks – mais nous n'avions pas pensé qu'ils interviendraient aussi rapidement, ni qu'ils disposaient de documents légaux leur permettant de prendre le contrôle de la compagnie sans devoir seulement en référer à la Terre. Cela nous a privés de huit à dix heures, le délai de transmission correspondant. Ils avaient déjà envoyé des hommes à R 2, dans des appareils qui transportaient également des armes. Ils sont arrivés et se sont rendus maîtres des docks et de notre navette, ce qui nous a posé de sérieux problèmes. Nous n'avions pas prévu de négocier avec l'U.D.C. à ce stade, mais nous avons malgré tout obtenu ce que nous voulions. Nous négocions directement avec la société mère, les fournisseurs de l'armée et la Flotte, qui ont tous un budget mais pas le personnel qualifié pour faire notre travail... pas avec efficacité. Nous pouvons satisfaire leurs quotas... Nous ! Les prospecteurs et les bergers. Et les draveurs, qui devront se mettre au pas. Ils y seront contraints. Voilà la situation.

– Morris Bird est mort. Et il n'est pas la seule victime.

– Nous le regrettons sincèrement. Croyez bien que nous le déplorons. Mais nous ne sommes pas des experts en matière de défense. Nous avons utilisé ce que nous avions à notre disposition, le mieux possible. Ces victimes ne sont pas les premières. L'ASTEX avait déjà tué votre partenaire, vous comprenez ? Elle jonglait avec la vie des prospecteurs et des bergers. Un affrontement devait tôt ou tard se produire. Et les pertes auraient peut-être été bien plus importantes. Lors de l'explosion d'une des raffineries, par exemple.

Cela, il pouvait le croire. Il réfléchit. Il pensa au système et se dit que les militaires ne valaient pas mieux que leurs prédécesseurs.

– Ces salopards auraient pu nous prendre en remorque il y a une dizaine d'heures. Sont-ils meilleurs que Towney ?

– Non. Mais ils possèdent un peu plus de bon sens.

– Ils nous ont laissés descendre pendant...

– C'est de bonne guerre, monsieur Dekker. Nous tombons vers le Puits avec une accélération donnée... pendant que leurs négociateurs rencontrent les nôtres. Ils s'abstiennent de réactiver les émetteurs de rayon, la C.T. est à des heures de délai de transmission et ne s'adresse pas à nous, et tous feignent de croire qu'il sera impossible d'arriver à un compromis. Ceci dure depuis bien trop d'années pour me permettre de croire qu'il pourrait en être autrement. Mes cheveux sont gris depuis longtemps... à cause du Puits et de l'ASTEX. S'il m'en restait encore quelques-uns toujours intacts ce matin, ils ont blanchi à leur tour, avant que nous soyons informés que ce vaisseau venait vers nous. Mais nous étions presque certains qu'il le ferait.

– Je comprends, capitaine, dit-il à Sunderland qui attendait sa réaction.

L'adrénaline saturait son organisme et il ne savait pas comment s'en débarrasser. Il avait compris les règles du jeu. Elles incluaient de ne pas exprimer des opinions personnelles à un capitaine berger. Il regarda derrière l'épaule de son interlocuteur et revit Meg, le mât et l'essaim de perles rouges qui flottaient en apesanteur. Il revit Bird dans la cabine d'ascenseur, Ben couvert de sang.

– Monsieur Dekker, pourriez-vous me fournir votre version des faits qui se sont déroulés là-bas, avec l'*Industry*, afin que je puisse l'enregistrer officiellement ?

– J'ai déjà tout dit. Vous n'avez pas ma déposition ?

– Un récit succinct. Pour un dossier auquel l'ASTEX n'a pas eu accès.

C'était compréhensible. Il prit une inspiration profonde, se pencha en arrière dans son siège et répéta une fois de plus son histoire :

– Nous avons découvert un rocher et nous sommes

approchés. Le draveur en a fait autant et nous avons compris qu'il voulait nous prendre de vitesse. Ou nous intimider s'il arrivait sur place après nous. Nous avons alors décidé de prélever un échantillon avant que la G.M. ne nous ordonne de nous écarter. Nous ne savions pas que ces salopards fonceraient droit sur nous.

– Pour vous tamponner.

– Pas pour nous tamponner, capitaine.

– Je le sais. Je peux même vous fournir des détails, si ça vous intéresse.

– Entendu. Que diable ont-ils fait, selon vous ?

– Ils voulaient empêcher un indépendant de toucher des droits sur la trouvaille la plus importante de ces dernières années. La compagnie ne tenait pas à vous verser des sommes si importantes qu'elles... auraient rendu le bilan de ce trimestre déficitaire.

– Bon Dieu !

– Il existe une chose que vous ignorez peut-être, ou qui ne vous a pas traversé l'esprit... les draveurs suivent les prospecteurs à la trace. Ils ont à leur disposition la totalité des cartes. Ce sont des bases. Et je présume que vous vous déplaciez en utilisant vos propulseurs. Vous deviez filer à une *v* élevée, pour un si long voyage.

D'autres fragments de souvenirs s'agencèrent à l'intérieur de son crâne.

– Est-ce exact ?

Il hocha la tête. Il imaginait les instruments d'une station d'observation qui signalaient un long, très long parcours pour un prospecteur qui n'avait pas demandé de rayon. Une anomalie. Cory se méfiait de la G.M. mais n'avait pas pensé qu'un draveur pouvait les surveiller. Maman s'en chargeait. Et il était possible de se déplacer à l'intérieur d'un secteur sans qu'elle le sache... à condition de ne pas lui demander un rayon et d'utiliser ses propulseurs.

Stupide, pensa-t-il. D'une stupidité qui a été fatale à Cory. Mais...

– Ils auraient pu nous donner l'ordre de nous éloigner, nous dire qu'ils avaient découvert ce rocher avant nous.

– Vous en aviez vous aussi la possibilité. Pourquoi vous en êtes-vous abstenus ?

– Parce que... parce que Cory craignait que la G.M. n'enregistre pas ce caillou à notre nom, qu'elle prétende que ce draveur était arrivé le premier.

– La politique. Toujours cette maudite politique. Ils l'avaient enregistré. Ils lui avaient attribué un numéro.

– Alors, pourquoi ne nous ont-ils pas contactés pour nous en informer ? Nous avons vu le draveur approcher, mais la G.M. ne nous a rien dit... pas un seul « Ils l'ont eu avant vous », pas un seul « Reculez », pas...

– Ils *voulaient* que leur appareil vous prenne de vitesse. Les membres de l'équipe de Crayton estimaient que ce rocher n'aurait pas dû être enregistré de cette manière, qu'il fallait tout reprendre de zéro en attendant que la compagnie prenne une décision. Ils avaient consulté les Affaires légales pour leur demander conseil. Nous n'avons pas pu tout reconstituer car les militaires se sont emparés de ces fichiers, mais je suppose que le capitaine de ce vaisseau était bien décidé à arriver avant vous pendant que la G.M. cherchait une solution... et finissait par conclure que la situation était très délicate. *Personne* ne la croirait. Tous seraient convaincus que Maman vous avait roulés. On en aurait parlé dans tous les docks de R 1. Des membres du conseil d'administration pensaient que ce serait une source d'incidents, d'autres étaient d'un avis contraire... Et ils ont fui leurs responsabilités en déclarant que c'était « à la base locale de régler le problème »... Leur code pour se décharger de leurs soucis. Ils déclarent alors au capitaine : « Vous avez carte blanche », autrement dit : « Vous n'êtes plus tenu de respecter les règlements. »

Il écoutait les intonations de cette voix, il plongeait le regard dans les yeux délavés d'un visage maigre et ridé par les ans, et il pensa : Il s'est trouvé un jour dans cette situation...

– Ils se sont déchargés de cette affaire sur cet officier, ajoutait Sunderland. Il est alors passé en silence radio complet, comme toujours lorsqu'il faut « régler des questions délicates » à la place de la compagnie. Tous croyaient que vous auriez peur et que vous déguerpiriez.

– Ils ne connaissaient pas ma partenaire.

– Une jeune femme exceptionnelle pour autant que je puisse en juger. D'une détermination peu commune. Avez-vous tenté les signaux optiques ? Avez-vous essayé ?

(... inutile, avait dit Cory. La G.M. finira par les rappeler.)

– Nous étions assez proches du rocher pour pouvoir prendre un échantillon avant leur arrivée. Ils n'avaient établi aucun contact avec nous. Nous ne voulions pas prendre cette initiative car ils pourraient trafiquer les enregistrements. Nous nous disions que le draveur décélérerait, que nous avions du temps devant nous. Avec un prélèvement et notre journal de bord pour prouver que nous avions atteint ce caillou les premiers, nous aurions pu porter l'affaire devant les tribunaux. Nous pensions connaître les intentions de la G.M. Nous ne pensions pas qu'ils nous chargeraient.

– Etiez-vous au courant, pour les tamponnements ? En aviez-vous déjà entendu parler ?

Il le prenait pour un demeuré. « Pauvre imbécile ! » était sous-entendu dans ses propos. Dekker serra les dents avant de répondre :

– Evidemment, capitaine.

– D'habitude, ils se contentent d'une légère poussée à *v* réduite, à proximité des raffineries. Comme s'ils effectuaient un appontage laissant à désirer. C'est presque toujours un ravitailleur qui ne fait que frôler l'autre appareil, pour obliger son équipage à aller inspecter la coque. Mais vous l'aviez en l'occurrence pris de vitesse, battu malgré l'avantage que lui apportait un rayon. Ce capitaine jouait sa carrière. Il n'avait pas le temps d'envoyer ses ravitailleurs vous intimider et, si vous aviez déjà prélevé un échantillon, il devait absolument le récupérer. Silence radio complet, rien qui laisserait des traces. Il a continué sur sa lancée... tout était calculé pour vous frôler au plus près. Il voulait vous faire peur, vous effrayer pour que vous acceptiez de lui laisser le champ libre. Mais vous vous êtes alors placés *sur* sa route, n'est-ce pas ? Et l'homme de barre n'avait pas prévu cette possibilité.

– Qu'est-ce que j'étais *censé* faire ?

– Avoir la même réaction que la plupart des gens... vous écarter de son passage.

– Ma partenaire était à l'extérieur !

– Certains prospecteurs auraient filé quand même et se seraient contentés de déclarer à la G.M. qu'un accident s'était produit. Et ils auraient laissé un ravitailleur de draveur revendiquer le sauvetage de leur partenaire.

– Bon Dieu !

Il avait su que l'autre appareil ne suivait pas une véritable trajectoire de collision, que ces salopards voulaient simplement l'effrayer. Il ne s'était pas laissé intimider...

Et eux non plus.

– Une légère correction de cap aurait suffi, marmonna-t-il. Une petite poussée des moteurs de verniers et un coup de frein. Il avait décéléré en quittant son rayon et arrivait assez lentement pour pouvoir m'esquiver !

– Leur homme de barre était un Ceinturier. Et il

s'agissait d'un vaisseau de classe A. Automatisé de la poupe à la proue. Vous me comprenez ? Faire une telle manœuvre ne viendrait jamais à l'esprit d'un de ces pilotes au rabais qui sortent de l'Institut... et qui n'avait pas programmé cette possibilité dans l'ordinateur de bord. Quant aux moteurs de verniers, ils ne fonctionnent qu'en manuel. Il les a déclenchés, mais comme il se trouvait en pilotage automatique, rien ne s'est produit. C'est une des superstructures de ce vaisseau qui vous a accroché au passage.

– Non !

– J'aurais viré un pareil incapable, c'est certain. Mais le draveur vous a heurté. Un réservoir de votre appareil a explosé. Vous avez percuté le rocher avant de ricocher vers R 2. Les ravitailleurs de l'*Industry* ne pouvaient pas vous rattraper sans demander un rayon et ce capitaine se retrouvait dans une situation embarrassante. Nous avons la certitude que Corazon Salazar a été tuée sur le coup, lors de la déflagration. Voulez-vous des détails ? Vous n'êtes pas obligé d'en prendre connaissance. A vous de choisir.

– Dites-moi tout ce que vous savez. Je me suis fait à l'idée qu'elle est morte.

Mais c'était malgré tout une épreuve très pénible. Ses mains tremblaient. Il les glissa sous ses bras pour les dissimuler, et écouta l'homme en pensant : Le vaisseau l'a percutée. *Je* l'ai percutée.

– C'est le capitaine Manning – le commandant du draveur – qui a pris ensuite toutes les décisions. Il se retrouvait avec un cadavre sur les bras et pensait que vous n'aviez aucune chance de vous en tirer. Il savait que la compagnie ferait le silence sur cette affaire. En outre, elle ne l'aurait jamais autorisé à pourchasser un appareil qu'il n'était même pas censé avoir vu. La G.M. ne voulait pas qu'une telle information soit enregistrée dans le journal de bord. Il lui fallait donc se débarrasser du corps. Manning a signalé l'acquisition du rocher et la G.M. n'a demandé aucune explication. Votre émetteur de détresse envoyait des signaux. La direction de C.C.O.M. *savait* ce qui se passait, mais elle garderait le silence. Aucune question ne serait posée aux niveaux supérieurs. Cependant, Manning a pu craindre – et je lui attribue ici des pensées qu'il n'a peut-être pas eues – que vous soyez encore en vie. Toujours est-il qu'il n'a pas parlé d'une collision. Les militaires ont repéré une lumière... mais c'est fréquent dans les parages d'un draveur. Votre radio était inutilisable, vous naviguiez à proximité d'une drave, et on ne vous retrouverait pas de sitôt. Et si un tech devait capter vos signaux, son rapport serait certainement « égaré ». Vous n'aviez pas réclamé de rayon et quelqu'un s'est contenté d'effacer le *Way Out* de la liste des appareils portés disparus. Vous étiez passé dans le secteur de R 2, une raffinerie où vous n'aviez aucune existence officielle, et où nul ne prendrait la peine de vous rechercher et de tenter de reconstituer votre trajectoire. Finalement, seuls l'équipage de ce draveur et les membres de la direction sauraient que vous étiez tombé dans le Puits.

– Mais pourquoi ce Manning a-t-il envoyé le corps de Cory dans la zone de récupération des bergers ? Qu'a-t-il voulu faire ou essayer de démontrer ?

– Désirez-vous savoir ce que je pense ? Ses ravitailleurs sont allés chercher le corps de Corazon Salazar... Il n'aurait pu interrompre une opération de sauvetage. A bord, tous savaient que l'*Industry* venait de vous accrocher et de rendre votre appareil ingouvernable. Le commandant a voulu intimider ses hommes, leur imposer le silence. Il a fait en sorte de compromettre tous les membres de son équipage pour les obliger à se taire et peut-être aussi leur démontrer – s'ils avaient des doutes – que la G.M. s'empresserait de jeter un voile sur toute cette affaire.

Dekker se sentait comme engourdi.

– S'ils l'avaient envoyée dans le Puits, ils n'auraient laissé aucune trace.

– Je n'ai jamais dit que Manning possédait du bon sens. Il existe un vieux contentieux entre nous et les équipages de la compagnie. Cet homme était en colère parce que ses supérieurs venaient de se décharger sur lui d'un sale boulot. Il en voulait à la G.M., à tous ses supérieurs. Bouleversé par ce qu'il venait de faire, il souhaitait les placer en face de leurs responsabilités et les obliger à le soutenir quand nous trouverions le cadavre... et sans doute voulait-il également nous mettre dans l'embarras, car nous n'aurions rien pu prouver. On aurait avancé des hypothèses et les choses en seraient restées là. Cette tension existe depuis que la compagnie a placé ses propres équipages à bord de ces appareils. Ils restent au loin pendant des années. Ils sont rongés par l'amertume et le ressentiment. Ils nous envient nos statuts et nous tiennent pour responsables des pertes de minerai qui les obligent à demeurer là-bas de longues semaines supplémentaires. Mais ils ne sont pas complètement fous. Manning était convaincu que vous ne survivriez pas. Ce sont de simples subalternes qui ont répondu à l'appel de Bird et de Pollard, auxquels ils avaient déjà fait trop de révélations quand leurs supérieurs en ont été informés. La compagnie a alors décidé de récupérer le *Way Out* et de classer l'affaire. Elle ne voulait pas que deux prospecteurs aillent raconter dans les bars qu'ils avaient capté un signal de détresse d'un appareil dont la G.M. ignorait l'existence et se fichait complètement. Les responsables ont tenu compte des peurs liées à cette guerre, de la nervosité de l'état-major de la Flotte, et ils ont décidé d'envoyer le *Trinidad* sur place... avant de céder à la panique en apprenant que vous étiez toujours en vie. Je dois reconnaître une chose, ils n'ont à aucun moment envisagé de vous éliminer. Ils ne se considèrent pas comme des assassins. Pour eux, ce qui avait eu lieu était *accidentel* et ils ne se seraient jamais permis de vous faire tuer à l'hôpital ou sur le pont. Ils ont commis une erreur, dont nous avons tout lieu de nous féliciter. Nous vous sommes reconnaissants, monsieur Dekker. Laissez-moi vous dire que malgré l'influence de Mme Salazar et tout ce que nous aurions pu faire, cette affaire aurait été étouffée si vous n'aviez pas été là pour pouvoir témoigner. Nous aurions trouvé ce cadavre mais rien pu prouver. Jamais. Vous avez réussi. Vous avez gagné. Vous êtes des héros. Vous et Morris Bird... qui était apprécié et *aimé* par tous ceux qui le connaissaient...

Il lui était difficile d'ordonner ses pensées. Ou de parler de Bird. Il ne le pouvait pas.

– Vous êtes un survivant, monsieur Dekker. Et c'est quelque chose de magique pour les Ceinturiers... et tous ceux qui savent contre quoi vous vous êtes dressé. Mais il arrive un moment – peut-être cet instant – où il convient de retirer ses mises avant que la chance ne décide de tourner.

– Ce qui signifie ?

– Vous avez un adversaire, un ennemi redoutable.

– Manning ?

Sunderland secoua la tête, les mains jointes devant ses lèvres.

– Alyce Salazar. Elle refuse d'entendre raison. La confirmation de la mort de sa fille – la façon dont on l'a retrouvée – n'a rien arrangé. Vous n'êtes plus protégé par les barrières que la compagnie avait dressées autour de vous. La C.T. a essayé de la convaincre. Cette femme a tout fait pour que l'U.D.C. enquête sur l'ASTEX, simplement pour mettre la main sur ses fichiers, et donc sur vous. En fait, cet ordre était à l'étude, bloqué aux niveaux supérieurs de la C.T., mais il est arrivé sur le bureau du commandant de la Flotte parce que Alyce Salazar était intervenue auprès d'hommes politiques à qui elle avait rendu quelques services... De quoi faire pencher un des plateaux de la balance. Cette femme veut vous faire comparaître devant un tribunal, monsieur Dekker. Les militaires bloquent le dossier car ils ne veulent ni d'un procès ni de nouveaux incidents. La C.T. non plus, mais les rouages de la justice ne peuvent pas être bloqués aussi facilement. Mme Salazar va probablement vous accuser de mauvaise gestion financière, si elle ne peut pas intenter une action pour négligence criminelle.

C'était pénible à entendre. Il était peiné d'apprendre qu'il inspirait tant de ressentiment à la mère de Cory.

– Qu'elle ait tort ou raison est secondaire. Le résultat d'un tel procès importe peu. Le mal sera fait. Cette femme est assez riche pour payer des avocats et assez influente pour pouvoir passer outre les désirs de la C.T... qui ne veut pas que vous soyez arrêté, jugé, ou présenté à une commission d'enquête sénatoriale... pas plus qu'elle ne désire avoir des problèmes avec les prospecteurs, les ouvriers et nous... pas dans une installation stratégique. Et elle ne peut pas se permettre de vous laisser à bord d'un vaisseau qui plonge dans le Puits... pas quand tout R 2 est au courant. Elle *pourrait* décider de venir vous tirer d'embarras mais elle y est *contrainte* dès lors que vous êtes avec nous.

Il commençait à trouver ça très inquiétant. C'était toujours le même refrain, lui disait sa mère... Même quand les paroles étaient différentes. Il mit le silence de Sunderland à profit pour demander :

– Alors, que vont-ils faire ?

– Vous parlez de notre sauvetage ? De l'appareil qui approche ? La C.T. va nous secourir, ça ne fait aucun doute. Mais elle ne vous laissera pas retourner à R 2. Les responsables de la Flotte s'intéressent à vous. C'est resté un point de désaccord au cours des dix dernières heures. Nous avons essayé. Nous avons gagné du temps. Mais le moment n'est plus aux discussions. Et si nous refusons de vous livrer, ils nous prendront à l'abordage... j'en suis convaincu. Si j'ai vu juste, nous mettrons ce vaisseau en péril pour rien, seulement pour la beauté du geste, et nous aurons peut-être à déplorer de nombreux blessés.

Respirer s'avérait difficile. Il ne sentait plus ses doigts.

– Ils vont donc m'arrêter ?

– Pas vous arrêter... disons plutôt, vous incorporer.

Tout son univers parut s'effondrer.

– Merde ! laissa-t-il échapper, avant de se rappeler qui était son interlocuteur.

Et il se traita d'imbécile. La Flotte allait les tirer hors du Puits et sauver ainsi plus de cent personnes, il n'avait aucune raison d'être exempté de service militaire...

... et balancé dans les entrailles de ce vaisseau de guerre qui l'emporterait au-devant d'une mort certaine.

– C'est peut-être moins grave que vous ne le pensez. On m'a dit qu'ils ne s'intéressaient pas à vous à cause de ce qui s'est passé. Ils veulent de vous à l'entraînement des pilotes.

– Ils veulent de moi là où je serai réduit au silence. Ils ont trouvé cette excuse pour que j'aille à bord de leur appareil sans faire d'histoires. Je pourrai m'estimer heureux s'ils n'organisent pas un accident pendant ma formation. Leur pourcentage de pertes est élevé.

– Vous êtes d'une nature méfiante, monsieur Dekker.

– C'est que la vie m'a enseigné à l'être.

– Et je ne suis pour vous qu'un de ces salopards qui annoncent les mauvaises nouvelles avec un large sourire. Vous n'avez pas tort, et croyez que je le regrette car je n'aime pas plus le rôle qu'on m'a attribué que leurs agissements. Mais je n'ai pas le choix.

Je n'ai pas hésité à risquer mon vaisseau et son équipage pour vous permettre de fuir, parce que c'était important. J'ai tenu bon pendant les négociations, le plus longtemps possible. Je précise d'ailleurs que nous avons obtenu gain de cause sur la plupart des points importants, et que nous ne pouvons plus rien pour vous. Il est temps d'arriver à un accord définitif. Je crois que divers services préféreraient nous voir tous morts plutôt que de vous laisser passer en jugement. Lors de tractations où les compromis sont *trop* équilibrés, le bon sens est parfois sacrifié. Des gens pourraient mourir en essayant de vous protéger. Dans certaines circonstances, deux vaisseaux peuvent aller au diable. Ou en enfer, en l'occurrence. Voyez-vous où je veux en venir ?

Il voyait. Et il pensa au gosse qui avait passé à Meg les bouteilles de vodka, à l'imbécile qui perdait son calme pour des détails qu'il oubliait aussitôt après. Un fieffé imbécile, se dit-il. Un débile profond. Je ne suis même plus en colère. Ce merdier est trop compliqué, trop étendu, et il engloutit les simples individus. Comme Bird. Comme Meg.

– Et s'ils ne sont pas conciliants, vous devriez pouvoir les obliger à réviser leur position, ajouta Sunderland avec plus de douceur. Ils m'ont dit que seuls deux pour cent des pilotes ont des réflexes comparables aux vôtres... et ce n'est pas une chose que l'entraînement permet d'acquérir. C'est inné. Toujours selon eux... à la vitesse qu'atteignent leurs F.T.L., et même avec des ordinateurs qui se chargent de répercuter immédiatement tous les ordres, le temps de réaction du pilote est un élément primordial. Réaction mentale et physique. Il s'agit de quelque chose de nouveau, monsieur Dekker. Et je vous confierai une autre raison pour laquelle ils ne veulent pas d'un affrontement avec nous. La Flotte recherche des bergers – des pilotes et des techs – car nous l'intéressons nous aussi. Je vous avouerai que ça ne me tente guère. Je poursuivrai mes activités actuelles jusqu'à la fin de mes jours, et je préfère qu'il en soit ainsi. Mais les jeunes... un bon nombre pourront se reconvertir avant qu'il ne soit trop tard.

Le courant l'emportait. Il croyait Sunderland car il avait besoin de le croire. Le capitaine se tut et le charme fut rompu. Cet homme était soit un imbécile soit un menteur. Il existait diverses raisons pour que les militaires aient voulu lui faire gober une pareille fable... et une raison évidente pour qu'il tente de le convaincre.

Il dit, au cas où son interlocuteur aurait été effectivement un naïf, bien que ce fût improbable :

– Je ne sais pas où j'irai, mais j'y arriverai avant vous.

Ecoutez-moi. Regardez-moi. Observez ce qui se passe. Et tirez-en une leçon...

Je n'ai confiance en personne. En Meg, peut-être ? Mais il faut bien connaître ses divers aspects.

Meg savait bien plus de choses qu'elle ne l'avait dit à Bird. Et Sal bien plus de choses qu'elle ne l'avait dit à aucun d'entre nous. Ben l'a compris. C'est pour ça que les choses ne marchent plus très bien entre eux... Quand la situation se complique, il n'y a plus que les partenaires qui comptent encore.

La mienne est vengée. J'ai fait tout ce que je pouvais, Cory...

L'entretien était terminé. Il se leva. Sunderland l'imita et lui présenta sa main. Il eut l'amabilité de la serrer.

Adaptation pénible... Leurs seuls problèmes avaient été d'être à court de carburant et de tomber dans le puits gravitique de Jupiter, ce qui vous incitait fatalement à vous poser des questions morbides : Rôtiraient-ils dans leur coquille ou survivraient-ils assez longtemps pour l'entendre craquer autour d'eux ? Un problème de pure rhétorique sur lequel il s'était penché dans les recoins les plus obscurs de son esprit... Des spéculations tout de même plus distrayantes que de se demander ce que les soldats feraient de la compagnie, et ce que leur réservait l'avenir lorsqu'ils vivraient de la charité des bergers...

Sal et Ben avaient peut-être raison. Désormais calme et taciturne, Ben souffrait d'avoir perdu son partenaire. Il devait se poser la même question que Sal : Que deviendraient-ils s'ils étaient secourus ?

Premier point : quelque chose pouvait encore clocher. Quand on savait qu'on venait d'entamer le grand saut, on *cherchait* des solutions et on calculait ses chances de réussite pour pouvoir les classer en fonction de divers critères. Mais quand on savait que sa vie dépendait de la compétence ou de l'incompétence d'un tiers, on se mettait à suer à grosses gouttes en imaginant toutes les bourdes fatales qu'un imbécile pourrait commettre.

Deuxième point : Sal avait craqué... elle était terrifiée, nerveuse. Elle avait autrefois tenu tête à ses amis, lorsqu'ils avaient voulu les séparer, et elle sentait que tout allait recommencer, alors qu'elle ne désirait qu'une chose : faire partie des bergers. Meg était certaine que Sal entendait ces salopards lui dire : Ouais ! D'accord, Aboujib, mais Kady est une pie... elle s'est fait virer par la C.T. et c'est avec elle que nous devrons traiter, à l'avenir...

... La seule chose qu'elle savait faire, c'était piloter. Ce qui revenait à dire qu'elle n'aurait aucune possibilité d'exercer ses talents parmi des bergers imbus de leur supériorité, qui ne parlaient que de leur foutue ancienneté. Elle devrait se séparer de Sal, sortir de son existence, cesser d'être un obstacle entre elle et les chances que lui offraient ses parents éloignés. Elle retournerait prospecter... peut-être avec Ben, qui sait ?

C'était le début d'une période pleine d'intérêt. Les militaires régenteraient tout. Ils seraient tout sucre, tout miel avec les prospecteurs, jusqu'au jour où ils auraient la situation en main et ensuite... ils rogneraient tout ce qu'ils avaient concédé.

Dek... peut-être arriverait-il à s'en tirer, mais... bon sang ! Il n'avait pas l'air conscient de sa célébrité. Les meds l'avaient dit, son cas était si *brûlant* que c'était pour *lui* que la C.T. devait les tirer de là... Elle ne pouvait pas se permettre de laisser *Dekker* disparaître dans le Puits... Contrairement à ces bergers de merde qui n'auraient eu que ce qu'ils méritaient. Dekker était désormais connu dans tout le système, ce qui était à la fois une bonne et une mauvaise chose... Plus mauvaise que bonne pour un môme qui venait juste de reprendre ses esprits et ne supportait pas les imbéciles.

Et bien des imbéciles étaient prêts à se servir des gens célèbres. Il suffisait ensuite de déplaire à l'un d'eux pour recevoir un coup de poignard dans le dos. Elle en avait fait l'amère expérience.

Il aurait mieux valu pour Dekker que les bergers le gardent à bord du *Hamilton*. Ce qui était improbable... Un gosse sans ancienneté, avec une sacrée rep et un esprit en équilibre sur une lame de rasoir, au milieu de pilotes confirmés convaincus d'être des demi-dieux ? Il aurait explosé au bout d'une semaine. Et s'ils le renvoyaient à R 2, Dieu l'en préserve, il se produirait la même chose avec la nouvelle direction.

Ce qui ne laissait que Sol et la C.T. Autrement dit un déballage public. Et toute la merde qui allait avec.

Meg s'inquiétait pour Dek pendant que tous se répétaient qu'il était merveilleux de savoir que leur mort n'était pas inéluctable, que Ben et Sal étaient plus angoissés qu'avant l'annonce de l'arrivée des secours...

... et elle se demandait ce que le capitaine pouvait

bien raconter à Dekker, quelque part, à bord de ce vaisseau.

Peut-être lui fournissait-il un rapport officiel sur la mort de sa partenaire. Tous avaient été très occupés, et à présent que la pression se réduisait (au figuré), les responsables devaient expédier les autres tâches qu'ils s'étaient fixées.

Si cet homme ne lui tenait pas un discours d'une nature totalement différente, bien sûr.

La porte s'ouvrit. Dek revenait, muet et bouleversé.

– Qu'est-ce qu'il te voulait ? demanda Ben en se levant.

(Elle l'étranglerait dès qu'on lui aurait retiré son plâtre.)

Mais Dekker leva les yeux sur Ben comme il l'avait fait à bord du vaisseau, lorsqu'elle l'avait finalement retrouvé : sans colère, simplement déconcerté.

Pour la première fois de sa vie, peut-être, Ben comprit qu'il devait la fermer.

Dekker se concentra pour aller de la porte à la tête du lit... en coordonnant plus ou moins correctement les mouvements de ses jambes, pensa Meg, mieux qu'elle, dans la mesure où elle pouvait s'en servir.

– J'ai eu droit à une explication, dit-il. C'est à peu de chose près ce qu'on avait supposé, pour Cory. Et c'est confirmé, pour le vaisseau qui approche. Nous sommes sauvés.

– Et *toi*, ça va ? demanda-t-elle.

Il ne répondit pas tout de suite et baissa les yeux sur la couverture. Le silence était trop pesant, trop prolongé. Sal finit par s'avancer pour poser la main sur son épaule.

– Je suis crevé, dit-il.

Meg déplaça ses jambes.

– Il y a de la place près de moi. Tu devrais t'allonger un moment. Ne pense à rien. Tout va bien, Dek.

Il poussa un long soupir, se coucha et laissa une

main retomber sur le genou de Meg. Il resta ainsi. Elle ne savait quoi lui dire. Sal s'approcha pour lui masser la nuque. Ben s'assit dans le fauteuil installé près du lit et demanda :

– Ce vaisseau va nous remorquer ou simplement nous prendre à son bord ?

– D'après ce que j'ai pu comprendre, il va nous remorquer, répondit Dekker. Il ne doit pas utiliser toutes ses possibilités, même en ce qui concerne son mode de déplacement.

– Vaisseau interstellaire, dit Meg en songeant au passé, à un certain vol. Je les ai vus luire dans le ciel, lorsqu'ils sont revenus.

– C'étaient des cargos, intervint Sal. Là, c'est encore autre chose.

Une vieille rac frissonna en pensant à cette « autre chose » et à ce magnifique souvenir. Elle se dit : La Terre est aveugle. La Terre est complètement aveugle.

Des plumes emportées par le vent. Les Colonies ne reviendraient pas dans le giron de la Terre.

Les enfants ne rentreraient jamais à la maison. Pas la même, non.

Beaucoup de bruit. Dekker ignorait les dimensions du transporteur, mais il avait saisi fermement leur appareil et ils pouvaient de nouveau se déplacer, aller chercher ce dont ils auraient besoin avant que ne résonne la sirène d'appareillage, et que le mouvement de rotation ne soit interrompu pour leur permettre de repartir vers R 2.

Un voyage qu'il n'effectuerait pas à bord du *Hamilton.* Ils avaient tendu un filin de liaison d'un sas à l'autre et une escorte viendrait le chercher. La Flotte ne voulait pas perdre de temps... pas alors qu'ils tombaient toujours vers la planète géante.

Il n'avait rien dit aux deux femmes. A Ben non plus. Il leur fournirait des explications lorsqu'ils l'accompagneraient vers le sas. Il se contenterait entretemps de réunir ses affaires. Ceux du *Hamilton* avaient récupéré leurs biens dans le *Trinidad* avant de le larguer, celles de Bird aussi. Tout était rangé, en prévision du départ, avec les réserves de nourriture et les objets embarqués à la dernière minute. Tout s'était mélangé – les bergers ignoraient à qui appartenaient toutes ces choses – et il trouva une vieille photo sur papier... Un groupe, avec, en premier plan, deux garçons qui se tenaient par le cou, devant une montagne.

Ciel-bleu. Il ne savait pas quels liens avaient existé entre ces gens et Bird. Il trouvait qu'un des enfants lui ressemblait un peu. Il ignorait de quels monts il s'agissait – il connaissait mieux la Lune que la Terre et sa géographie – une autre matière qui ne l'avait jamais intéressé.

Il ne voulait pas s'approprier ce qui ne lui appartenait pas... Il n'avait aucun droit sur cette photo qu'il scruta un long moment. Elle devait revenir à Ben, mais on pouvait graver une image dans son esprit et la revoir ensuite, bien des années plus tard.

Si on avait encore plusieurs années à vivre.

Il prit ce qui était à lui. Le bracelet offert par Sal... il pensait qu'elle en serait heureuse. Puis il se demanda s'il pourrait conserver quoi que ce soit. Il décida de se renseigner.

– Dek ?

C'était Sal. Il avait presque fini. Il fourra sa chemise dans le sac, écarta une mèche de cheveux de devant ses yeux et se redressa en prenant appui contre un placard.

Ils étaient tous là... même Meg. Sal la soutenait. Ben restait derrière elles.

– Hé ! Je n'avais pas l'intention de m'esquiver

comme un voleur. S'ils apprennent que tu as quitté ta chambre, les meds en auront une attaque, Meg.

– Nous avons décidé de t'accompagner jusqu'à l'ascenseur, déclara-t-elle.

Et l'intonation de sa voix indiquait qu'elle n'admettrait aucun refus.

– Une sacrée histoire, Dek.

– Ouais, eh bien, je ne voulais pas vous ennuyer avec mes petits malheurs. Je vais aller jusqu'à ta cabine.

– Je ne suis pas fatiguée. Et nous voudrions voir ces soldats, nous assurer que la compagnie qu'ils vont t'imposer ne nous déplaît pas trop.

Il ramassa son sac, s'appuya à la paroi et se rapprocha. Des visages familiers. Des gens qu'il s'était accoutumé à voir... même Ben. Et Meg. Surtout Meg.

Il se pencha pour déposer un baiser sur sa joue.

– Oh ! fit-elle.

Elle l'embrassa à son tour, mais pas sur la joue et assez longuement pour lui indiquer qu'elle ne faisait pas cela pour plaisanter. Il avait été très proche de Cory, mais ce qu'il ressentit fut très différent.

Sal l'embrassa aussi, de la même façon, mais pas de la même manière. Il ne put dire un mot.

Ben lui tendit la main et déclara :

– Si tu crois que je vais en faire autant, tu te trompes.

On ne savait jamais si Ben était sérieux ou voulait plaisanter, mais il prit une inspiration, rit presque et ramassa son sac en entendant le verrou s'ouvrir.

– On dirait que c'est mon rendez-vous, dit-il. Mieux vaut ne pas leur faire perdre de temps, si on veut qu'ils puissent nous tirer de là. Le coin est plutôt malsain.

– Ouais ! fit Meg en le suivant au bras de Sal, le souffle court. Ils ont intérêt à être aux petits soins pour toi. Heureusement qu'on pourra s'écrire.

– Pas avant longtemps, dit-il en regardant derrière lui, ce qui manqua lui faire perdre l'équilibre. Mais je le ferai, dès que possible. Je serai au chantier de construction spatiale, ou ailleurs. Sol peut-être. Je n'en sais rien.

Il essayait de rassembler ses idées pour les exprimer en seulement quelques minutes. Il pensait aux mesures de sécurité très strictes de la Flotte, et à celles encore plus sévères qui s'appliqueraient probablement à lui.

– Demandez aux bergers, ils sauront peut-être où je suis en garnison. Le capitaine sera sans doute le mieux placé pour me faire parvenir vos lettres, même si je ne suis pas autorisé à en envoyer. Ma mère s'appelle Ingrid Dekker et elle travaille aux services de maintenance de Station Sol... contactez-la, si le reste ne marche pas. Ils lui diront peut-être où je suis.

Mais rien n'est moins sûr, pensa-t-il tandis qu'ils atteignaient la zone des ops et l'ascenseur du sas. Un homme blond en uniforme de la Flotte et deux P.M. du corps des Marines armés de pistolets l'attendaient en compagnie de Sunderland. Dekker espéra qu'ils ne lui passeraient pas des menottes. Pas devant Meg, mon Dieu...

– Monsieur Dekker ? demanda l'homme d'équipage.

Jeune, avec un insigne dont il ne connaissait pas la signification, la main tendue. Il la serra. Il ne sentait planer sur lui aucune menace, pour l'instant.

– Je m'appelle Graff. Nous sommes chargés de vous escorter à bord.

Ce n'était pas non plus de trop mauvais augure. Moins que des menottes, en tout cas.

– C'est votre équipe ? ajouta Graff.

– Meg Kady, Sal Aboujib, Ben Pollard.

Il vit Sammy loin sur la droite, avec le bras en écharpe.

– Et Sam Ford. Il s'est chargé des coms.

Il regretta aussitôt d'avoir attiré l'attention sur ce berger. Peut-être aurait-il mieux fait de ne pas ouvrir la bouche. Mais la Flotte ne s'intéressait pas aux autres, après tout ! Elle tenait celui qu'elle avait voulu avoir et Graff ne paraissait pas du genre à noter tout ce qu'il entendait. Il serra la main du capitaine, salua d'un geste ses compagnons et remarqua que Graff donnait le signal du départ.

L'ascenseur l'emporta, avec Graff et un seul marine. La cabine n'aurait pu recevoir un passager de plus. Pendant l'ascension, Graff lui dit :

– Nos services d'instruction sont vraiment heureux de vous avoir. Votre départ a failli donner une attaque au lieutenant. On ne vous en a pas parlé ?

Il fixa Graff et lut de l'amusement dans son regard. Le marine se mordit la lèvre.

La porte s'ouvrit sur le sas. Il faisait froid ici. Il se redressa en frissonnant puis pensa à demander :

– Suis-je autorisé à conserver mes affaires personnelles ou dois-je les laisser ici ?

– Mettez-les au magasin. Vous pourrez les récupérer dans quelques mois.

La cabine remonta et se rouvrit.

Sur Ben et le second marine.

– Je croyais que nous nous étions déjà dit adieu ? fit remarquer Dekker.

– Ouais ! Eh bien..., commença Ben avant de se tourner vers Graff. Vous n'auriez pas de la place pour un passager supplémentaire, par hasard ?

Un vaisseau d'une catégorie *différente*. Il était immatriculé CTS5... il n'avait pas encore de nom et n'en recevrait un qu'après avoir été armé. Un intérieur gris claustrophobique, d'énormes sections mobiles sur la passerelle, des tableaux de commande et de contrôle auxquels il ne comprenait rien. Presque tout était plongé dans la pénombre. Soit l'équipage était réduit au minimum, soit la plupart des pupitres n'étaient pas encore opérationnels. L'anneau restait immobile... c'était l'accélération qui leur permettait de marcher sur le pont, à *g* plus en raison de la masse du *Hamilton*. Graff leur avait dit qu'il leur ferait visiter les lieux.

Une promenade paisible. A bord d'un vaisseau qui naviguait. Ils n'auraient pas dû être ici. Ils n'étaient pas aux arrêts. Dekker comprit que Graff était chargé de leur vendre quelque chose.

– Un excellent programme, disait-il. Ils ne veulent pas de pilotes trop expérimentés... Une nouvelle tech. Un vaisseau de conception totalement inédite. Je ne peux pas en parler. Presque tout ce qui nous entoure est top secret.

Il ne savait quoi penser. Rien de tout cela ne ressemblait à quoi que ce soit de connu, pas même à des choses dont il aurait simplement vu des photos.

Et il n'y avait pas que cela qui le déconcertait. Quand Graff les laissa pour aller discuter avec un des techs, il demanda à Ben :

– Tu sais ce que tu fais ?

Ben haussa les épaules. Le halo des moniteurs lui donnait un teint blafard et il était en sueur bien que la température fût peu élevée.

– Comment continuer ? Nous avons perdu nos vaisseaux et nous sommes endettés jusqu'au cou, mon vieux. Mais quelqu'un qui a mes références... Il devrait avoir de vraies *occasions*, ici. L'avantage est aux militaires, si on en juge par la situation à R 2. J'ai déjà dû te dire que la Flotte, c'est l'avenir. Cette guerre ne sera pas éternelle.

– Tu as perdu la tête.

– Je deviendrai officier. Sardines en cuivre et le reste. Crois-moi, Dek. Tu me connais. Tu les feras voler pendant que je resterai bien tranquillement assis dans un bureau du Q.G. de Sol pour leur expliquer ce qu'il faut faire. Tu paries ?

– Complètement cinglé, fit Dekker à voix basse.

Puis il regarda autour de lui. Il voulait comprendre. Si Cory pouvait voir ça ! pensa-t-il malgré lui.

Science-fiction

Depuis 1970, cette collection est leader du genre en France. Tous les grands de la S-F sont présents : Asimov, Van Vogt, Clarke, Dick, Vance, Simak mais également de jeunes auteurs qui seront les écrivains de premier plan de demain : Tim Powers, David Brin...
Elle publie aussi des titres Fantasy (Conan, Gor...), genre en plein redéploiement aux Etats-Unis.

ANDERSON Poul
La reine de l'air et des ténèbres 1268/**3**
La patrouille du temps 1409/**3,**

APRIL Jean-Pierre
Berlin-Bangkok 3419/**4** Inédit (Mars 93)

ASIMOV Isaac

Les cavernes d'acier 404/**4**
Les robots 453/**3**
Face aux feux du soleil 468/**3**
Tyrann 484/**3**
Un défilé de robots 542/**3**
Cailloux dans le ciel 552/**3**
La voie martienne 870/**3**
Les robots de l'aube 1602/**3** & 1603/**3**
Le voyage fantastique 1635/**3**
Les robots et l'empire 1996/**4** & 1997/**4**
Espace vital 2055/**3**
Asimov parallèle 2277/**4** Inédit
Le robot qui rêvait 2388/**6** Inédit
La cité des robots 2573/**6** Inédit
Cyborg (La cité des robots 2) 2875/**6**
Refuge (La cité des robots 3) 2975/**6**
Robots et extra-terrestres
- **Le renégat** 3094/**6** Inédit
- **L'intrus** 3185/**6** Inédit
- **Humanité** 3290/**6** Inédit

Robots temporels
- **L'âge des dinosaures** 3473/**6** Inédit

BALLARD J.G.
La forêt de cristal 2652/**3**
Le monde englouti 2667/**3**
Salut l'Amérique ! 2704/**3**
La plage ultime 2859/**3**
La région du désastre 2953/**3** Inédit

BESSIERE Richard
Les 7 anneaux de Rhéa 2848/**2**

BLAYLOCK James
Homunculus 3052/**4** Inédit

BLISH James
Semailles humaines 752/**3** (Avril 93)

BRIN David
Marée stellaire 1981/**5** Inédit
Le facteur 2261/**5** Inédit
Elévation 2552/**5** & 2553/**5**

BROOKS Terry
Le glaive de Shannara 3331/**8** Inédit

CANAL Richard
Swap-Swap 2836/**3** Inédit
Ombres blanches 3455/**4** Inédit (Mai 93)

CARD Orson Scott
Abyss 2657/**4** Inédit

CARROLL Jonathan
Le pays du fou rire 2450/**4** Inédit
Ombres complices 2718/**3**

CHERRYH C.J.

Chasseurs de monde 1280/**4**
Les adieux du soleil 1354/**3**
Les Seigneurs de l'hydre 1420/**4**
Chanur 1475/**4**
L'Opéra de l'espace 1563/**3**
L'épopée de Chanur 2104/**3**
La vengeance de Chanur 2289/**4** Inédit
Le retour de Chanur 2609/**7** Inédit
Les légions de l'enfer 2814/**5** Inédit
Cyteen 2935/**6** & 2936/**6** Inédit
Volte-face 3144/**5**
Forteresse des étoiles 3330/**7**
Temps fort 3417/**8** Inédit (Février 93)

CLARKE Arthur C.

2001 : l'odyssée de l'espace 349/2
2010 : odyssée deux 1721/3
2061 : odyssée trois 3075/3
Les enfants d'Icare 799/3
Avant l'Eden 830/3
L'étoile 966/3
Rendez vous avec Rama 1047/7
Rama II 3204/7 Inédit
Les fontaines du Paradis 1304/3
Les chants de la terre lointaine 2262/4
Base Vénus :
- Point de rupture 2668/4 Inédit
- Maelström 2679/4 Inédit
- Cache-cache 3006/4 Inédit
- Méduse 3224/4 Inédit
- La lune de diamant 3350/4 Inédit
- Les lumineux 3379/4 Inédit

CURVAL Philippe	Le ressac de l'espace 595/3
	La face cachée du désir 3024/3
DANIELS Les	Le vampire de la Sainte Inquisition 3352/4 Inédit
DE HAVEN Tom	D'un monde l'autre 3186/5 Inédit
	Le Mage de l'Apocalypse 3308/5 Inédit
DICK Philip K.	Dr Bloodmoney 563/4
	Le maître du Haut Château 567/4
	A rebrousse-temps 613/3
	Les clans de la lune alphane 879/3
	L'homme doré 1291/3
	Le dieu venu du Centaure 1379/3
	Blade Runner 1768/3
DICK et NELSON	Les machines à illusions 1067/3 (Avril 93)
DICKSON Gordon R.	Le dragon et le georges 3208/4 Inédit
	Le Chevalier Dragon 3418/8 Inédit (Mars 93)
DONALDSON Stephen R.	L'éternité rompue 2406/6
FARMER Philip José	Les amants étrangers 537/3
	L'univers à l'envers 581/2
	Des rapports étranges 712/3
	La nuit de la lumière 885/3
	Le soleil obscur 1257/4
FERGUSSON Bruce	L'ombre de ses ailes 3226/5 Inédit
	Le poids des âmes 3474/7 Inédit (Juin 93)
FOSTER Alan Dean	Alien 1115/3
	AlienS 2105/4
	Alien 3 3294/4
FRÉMION Yves	Rêves de sable, châteaux de sang 2054/3 Inédit
GIBSON William	Neuromancien 2325/4
	Mona Lisa s'éclate 2735/4 Inédit
	Gravé sur chrome 2940/3
GODWIN Parke	En attendant le bus galactique 2938/4 Inédit
HABER Karen	Le super-mutant 3187/4 Inédit
HALDEMAN Joe	La guerre éternelle 1769/3
	Immortalité à vendre 3097/5 Inédit
HAMILTON Edmond	Les rois des étoiles 432/4
	Le retour aux étoiles 490/4
HARRISON Harry	Le rat en acier inox 3242/3
HEINLEIN Robert A.	Une porte sur l'été 510/3
	Etoiles, garde à vous 562/4
	Double étoile 589/2

HEINLEIN (suite)
Vendredi 1782/**5**
Le chat passe-muraille 2248/**6** Inédit
Au-delà du crépuscule 2591/**7** Inédit

HOWARD Robert E.
Conan le barbare 1449/**3**
(avec Sprague de Camp)
Conan le destructeur 1689/**2**
(avec R. Jordan)
Conan 1754/**3**
Conan le Cimmérien 1825/**3**
Conan le flibustier 1891/**3**
Conan le vagabond 1935/**3**
Conan l'aventurier 2036/**3**
Conan le guerrier 2120/**3**
Conan l'usurpateur 2224/**3**
Conan le conquérant 2468/**3**
Conan le vengeur 3289/**3**
Conan le boucanier 3378/**3**

JETER K. W.
Machines infernales 2518/**4** Inédit
Horizon vertical 2798/**4** Inédit
Madlands 3309/**3** Inédit

JONES Raymond F.
Renaissance 957/**4** (Avril 93)

KEYES Daniel
Des fleurs pour Algernon 427/**3**

KING Stephen
La tour sombre :
- **Le pistolero** 2950/**3** Inédit
- **Les trois cartes** 3037/**7** Inédit
- **Terres perdues** 3243/**7** Inédit

KLEIN Gérard
La saga d'Argyre :
- **Les voiliers du soleil** 2247/**2**
- **Le long voyage** 2324/**2**

KRESS Nancy
Le prince de l'aube 3166/**4** Inédit

LEE Tanith
La saga d'Uasti :
- **La déesse voilée** 1690/**4** Inédit
- **La quête de la Sorcière Blanche** 2042/**4** Inédit

LEIGH Stephen
Le cri du tyrannosaure 3307/**4** Inédit

LEINSTER Murray
La planète oubliée 1184/**2**

LÉOURIER Christian
Mille fois mille fleuves... 2223/**2** Inédit
Les racines de l'oubli 2405/**2** Inédit
La loi du monde 2736/**3** Inédit
Les masques du réel 2976/**3** Inédit

LEVIN Ira
Un bonheur insoutenable 434/**4**
Les femmes de Stepford 649/**2**

LOVECRAFT Howard P.
L'affaire Charles Dexter Ward 410/**2**
Dagon 459/**5**

MAC AVOY R. A.
Le troisième aigle 2835/**4** Inédit

McMASTER BUJOLD Lois
Mike Vorkosigan 3288/**5** Inédit
Barrayar 3454/**5** Inédit (Mai 93)

MARTIN George R.R.
L'agonie de la lumière 2692/**5**

MERRITT Abraham
Les habitants du mirage 557/**3**
La nef d'Ishtar 574/**3**
Le gouffre de la lune 618/**4**
Un visage dans l'abîme 886/**4**

MOORE Catherine L.
Shambleau 415/**4**

MORRIS Janet E.
La grande Fornicatrice de Silistra 1245/**3**

MORROW James
L'arbre à rêves 2653/**4**
Notre mère qui êtes aux cieux 3131/**5** Inédit

NOLAN et JOHNSON
L'âge de cristal 3129/**3**

NORMAN John	**Le tarnier de Gor** 3168/**4**
	Le banni de Gor 3229/**4**
	Les prêtres-rois de Gor 3351/**5**
	Les nomades de Gor 3435/**5** (Avril 93)
OLIVER Chad	**Les vents du temps** 1116/**3**
OTTUM Bob	**Pardon, vous n'avez pas vu ma planète ?** 568/**3**
PADGETT Lewis	**L'échiquier fabuleux** 689/**2**
PARIS Alain	**Daïren** 2484/**3**
POHL Frederik	**A travers la Grande Porte** 3332/**4** Inédit
POWERS Tim	**Les voies d'Anubis** 2011/**5**
	Sur des mers plus ignorées... 2371/**4** Inédit
	Le Palais du Déviant 2610/**4**
	Le poids de son regard 2874/**6** Inédit
RAY Jean	**Malpertuis** 1677/**2**
RAYER Francis G.	**Le lendemain de la machine** 424/**4**
ROBINSON Kim Stanley	**La Côte Dorée** 2639/**6** Inédit
	Le géomètre aveugle 2922/**4** Inédit
RODDENBERRY Gene	**Star Trek** 1071/**3** (Avril 93)
SADOUL Jacques	**Les meilleurs récits de Weird Tales** 2556/**6**
SILVERBERG Robert	**L'homme dans le labyrinthe** 495/**4**
	Les ailes de la nuit 585/**2**
	Jeu cruel 800/**3**
	Les chants de l'été 1392/**3**
	Pavane au fil du temps 2631/**4** Inédit
	Le château de Lord Valentin 2656/**8**
	La saison des mutants 3021/**5** Inédit
	Opération Pendule 3059/**3** Inédit
	Tom O'Bedlam 3111/**5**
	Lettres de l'Atlantide 3167/**2** Inédit
	Thèbes aux cent portes 3227/**4**
SIMAK Clifford D.	**Demain les chiens** 373/**3**
	Dans le torrent des siècles 500/**4**
	Le pêcheur 609/**4**
	Chaîne autour du soleil 814/**3**
	Au carrefour des étoiles 847/**3**
	Une chasse dangereuse 903/**4**
	Les visiteurs 1194/**3**
	Projet Vatican XVII 1367/**4**
	La planète aux embuches 1588/**3**
	Au pays du mal 1781/**3**
	Le chemin de l'éternité 2432/**4** Inédit
	La Confrérie du Talisman 2760/**4** Inédit
SIMPSON Pamela	**Du sang sur la piste temporelle** 3145/**5** Inédit
SPIELBERG Steven	**Rencontres du troisième type** 947/**3**
	E.T. l'extra-terrestre 1378/**3**
	E.T. la planète verte 1980/**3**
	Gremlins 1741/**3**
STABLEFORD Brian	**Le bord du monde** 3380/**2**
STEINER Kurt	**Le disque rayé** 657/**2**

STURGEON Theodore
Les plus qu'humains 355/**3**
Cristal qui songe 369/**3**
Killdozer/Le viol cosmique 407/**4**
Les talents de Xanadu 829/**4**
Le cœur désintégré 3074/**3**

SWANWICK Michael
Stations des profondeurs 3436/**5** Inédit (Avril 93)

TEPPER Sheri S.
Un monde de femmes 2907/**5** Inédit
Rituel de chasse 3244/**7** Inédit

VANCE Jack

Cycle de Tschaï :
- **Le Chasch** 721/**3**
- **Le Wankh** 722/**3**
- **Le Dirdir** 723/**3**
- **Le Pnume** 724/**3**

Le monde magique 836/**2**
Marune : Alastor 933 1435/**2**
Cugel l'astucieux 707/**3**
Cugel saga 1665/**4**
Trullion : Alastor 2262 1476/**3**
Wyst : Alastor 1716 1516/**3**
Rhialto le Merveilleux 1890/**3** Inédit
Au-delà du village enchanté 2150/**4**

VAN VOGT A.E.

Le monde des A362/**3**
Les joueurs du A 397/**3**
La fin du A 1601/**3** Inédit
A la poursuite des Slans 381/**2**
La faune de l'espace 392/**3**
L'empire de l'atome 418/**3**
Le sorcier de Linn 419/**3**
Les armureries d'Isher 439/**3**
Les fabricants d'armes 440/**3**
Le livre de Ptath 463/**4**
La guerre contre le Rull 475/**4**
Destination univers 496/**4**
Ténèbres sur Diamondia 515/**3**
Créateur d'univers 529/**3**
Des lendemains qui scintillent 588/**3**
Invasion galactique 813/**3**
Le Silkie 855/**2**
L'horloge temporelle 934/**2**
Rencontre cosmique 975/**3**
L'été indien d'une paire de lunettes 1057/**2**
Les monstres 1082/**2**
Le colosse anarchique 1172/**3**
La machine ultime 1548/**3**
A la conquête de Kiber 1813/**2**
Au-delà du village enchanté 2150/**4**

VINGE Joan D.
Finismonde 1863/**3** (Avril 93)
Cat le Psion 3114/**7** Inédit
Les yeux d'ambre 3205/**4**
La Reine des Neiges 1707/**5** Inédit
La Reine de l'Eté 3405/**6**, 3406/**6** & 3407/**6** (Mars)
(Egalement en coffret 3 vol. FJ 6660)

WALDROP Howard
Histoire d'os 2719/**3**

WILLIAMSON Jack
La légion de l'espace 3262/**3**

WIILSON Robert Charles
Vice versa 3263/**3** Inédit

WINTREBERT Joëlle
Cnromoville 1576/**3**
Le créateur chimérique 2420/**4**

WOLFE Gene
Le sortilège de Castleview 3165/**5** Inédit

ZELAZNY Roger
L'île des morts 509/**2** (Avril 93)

ZELAZNY & THOMAS
Le masque de Loki 3274/**5** Inédit

ZELAZNY & SABERHAGEN
Le trône noir 3456/**5** Inédit (Mai 93)

ZINDELL David
Inexistence 2691/**7** Inédit

3417

Achevé d'imprimer en Europe (France)
par Brodard et Taupin à la Flèche (Sarthe)
le 21 janvier 1993. 6463G-5
Dépôt légal janvier 1993. ISBN 2-277-23417-6

Éditions J'ai lu
27, rue Cassette, 75006 Paris
Diffusion France et étranger : Flammarion